L'autre pensée

LES PRÉSAGES

DU MÊME AUTEUR

Psychanalyse ou morale sexuelle : un dilemme centenaire, avec Sigmund Freud et Jacques Nassif, Toulouse, Érès, 2009.

Depuis Freud, après Lacan. Déconstruction dans la psychanalyse, Ramonville, Érès, 2008.

La Jouissance. Un concept lacanien, Paris, Point Hors Ligne, 1992 ; 2e édition, Ramonville, Érès, 2005.

Nestor A. Braunstein

LES PRÉSAGES

Ou le souvenir d'enfance retrouvé

Traduit de l'espagnol
par Jacques Nassif

Stock

Collection dirigée
par Anne Dufourmantelle

Titre original :
Memoria y espanto O el recuerdo de infancia

Couverture Corinne App
Illustration de couverture : © D. R.

ISBN 978-2-234-06941-1

Le premier moteur et le fil conducteur de ce livre est une phrase de Julio Cortázar :

« La mémoire voit le jour avec la terreur. »

J. Cortázar, *El perseguidor y otros textos, Antología II*, Buenos Aires, Colibue, 1996[1].

« La memoria ve el día con el miedo »

1. J. Cortázar, *Le Poursuivant et autres textes, Anthologie II*. (Il n'existe pas de traduction française.)

En guise de dédicace

Tamara[1]

5 février 2000

Une des œuvres d'imagination les plus remarquables du siècle qui s'empresse de passer la main est le voyage qu'entreprend Italo Calvino pour se rendre vers *Les Villes invisibles*. Autour des pages 23 ou 24 de l'édition espagnole[2], le voyageur, Marco Polo, s'achemine vers la ville de Tamara. Quand il s'en approche, il ressent que tout ce qui se présente à sa vue renvoie aux choses en ce qu'elles ont de réel : la trace des griffes sur le sable au tigre qui l'a foulé, le nuage à la possibilité qu'il pleuve, le fruit à l'arbre qui l'a produit et à la semence qu'il recèle, dont un autre arbre encore sera issu.

Mais quand il entre dans Tamara, il s'étonne de constater que tout ce qu'il voit a une signification différente et arbitraire, requérant une interprétation : un

1. Tiré de *Ficcionario de psicoanálisis*, México, Siglo XXI, 2001, p. 68-70.

2. Dans l'édition française (traduit par J. Thibaudeau, Paris, Seuil, 1974), il s'agit des p. 19-20. (N.d.T.)

tonneau est le signe de la taverne qu'il localise, des tenailles indiquent l'échoppe du dentiste, l'ordre qui règne dans les maisons et leur dimension reflètent l'opulence de leur propriétaire, le sourire d'un enfant fait bien augurer de l'amour de ses parents, la maigreur d'un âne trahit la pauvreté de son maître, l'élégance d'une jeune fille dénote le bon goût de son prétendant. Rien ne paraît qui soit ce qu'il est : la ville ne se parcourt point, elle se donne à lire, car en elle il n'y a rien qui ne symbolise pas autre chose, dont il faudra s'employer, à propos de chaque détail, à découvrir ce qu'il en faut penser. Après avoir séjourné un certain temps à Tamara, le voyageur la quitte sans que la véritable nature de la ville lui ait été connue de science sûre, sans savoir ce qui se cache derrière cette avalanche de signes… Et il découvre alors que les nuages ne sont pas de simples nuages avant-coureurs de pluie, mais qu'ils font penser à des danseuses, que les marques sur le sable sont des écritures laissées par un calligraphe ivrogne, que les fruits sont des emblèmes de l'anatomie masculine et féminine.

Nombreux seront ceux qui diront que le voyageur prétamarinien était mieux installé dans la réalité, ne se compliquant pas l'existence à percer des énigmes ou ne s'aventurant pas à faire des interprétations douteuses. Il n'en manquera pas pour affirmer que le fait d'être passé par cette ville de l'équivoque aura installé en lui une inclination à s'adonner au soupçon, l'aura accoutumé à scruter les choses simples pour les déchiffrer comme s'il s'agissait de cryptogrammes, lui aura inspiré une inquiétude, un sentiment d'ignorance, le besoin, pour tout ce qui lui paraissait si normal, d'en référer auprès des habitants de la ville. Mais mieux vaudra taire ces pensées au voyageur passé par Tamara : celui-ci répliquerait que son monde est à présent devenu infiniment plus riche qu'auparavant, que l'incertitude à propos de ce qu'il voit et entend l'a entraîné à aiguiser son regard et son écoute, que son toucher recueille à présent des témoignages insoupçonnés, des vibrations sublimes, subliminales, des nuances imperceptibles, des microtonalités, des subtilités insondables de l'âme et de l'humeur, messages insolites en provenance de l'inouï.

Nietzsche et Heidegger, Kandinsky et Francis Bacon, Schoenberg et Ligeti, Musil et Elliot, Freud et Lacan, Resnais et Greenaway sont les noms apparentés de quelques représentants de Tamara. On ne traverse pas leurs œuvres indemne. Le sujet qui se soumet à leur emprise devra sortir de ses gonds et se mettre à voir le monde d'une autre façon, d'une façon différente. On ne les digère pas, on est digéré par elles. Et l'on ne peut pas redire ce qu'elles énoncent. Qui pourrait « raconter » une sculpture de Brancusi, une page de Beckett, une séquence de Berio ? Et ce n'est pas qu'un « mystère » hante de telles productions : c'est qu'elles côtoient plutôt ce qu'il vaut vraiment la peine d'exprimer et qui n'est autre que l'inexprimable.

I

Introduction : minuscules papiers[1]

> *On constate en règle générale que c'est le souvenir que l'analysé met en avant, qu'il raconte en premier, par lequel il introduit la confession de sa vie, qui s'avère être le plus important, celui qui recèle les clés des tiroirs secrets de la vie psychique*[2].

À PROPOS DU LIVRE QU'EST LA VIE ET DONT LES PAGES SONT DES SOUVENIRS

D'où ? Depuis quand ? Comment se met en marche la machinerie de la mémoire ? Dans quelle mesure le premier souvenir est-il fidèle, authentique ? S'agit-il de quelque chose qui est effectivement arrivé ou d'un mythe fondateur auquel nous renvoyons, le ressuscitant,

1. Nous éviterons à dessein de traduire « *papeles infimos* » par ces « petits papiers » auxquels l'auteur fait allusion par la suite, en renvoyant à l'usage qu'en fait Lacan dans son texte à propos de l'enfance de Gide. C'est qu'être « dans les petits papiers de quelqu'un » signifie en français « entrer dans une connivence », ce que l'auteur ne cherche absolument pas à dire. Le lecteur en français pourrait s'y tromper… (N.d.T.)

2. S. Freud, « Un souvenir d'enfance de "Poésie et Vérité" », in *L'Inquiétante étrangeté (et autres essais)*, traduit par B. Féron, Paris, Gallimard, Folio Essais, 1998, p. 196.

en fonction de ce qui nous intéresse du présent, à partir d'un passé inconnaissable et obscur ? Au moment où commence le film de nos souvenirs, quelle signification prend-il ? Quel sens peut-on lui donner rétroactivement ? Comment émerge ce premier îlot qui surnage sur l'océan de l'amnésie infantile ? Comment peut-il y avoir un épisode qui serait le premier, si, pour le conter, on doit dire : Je me souviens que... et qu'il est pour cela nécessaire de présupposer un « je », un « sujet » dont l'évoqué serait le « prédicat » ? Ce « je » n'est-il pas déjà le résultat d'un souvenir antérieur et établi, d'un accord entre soi-même et l'image de soi, accord qui est déjà un effet de la mémoire ? Ou est-il possible de penser qu'en premier lieu il y a le souvenir – embryon de l'être –, et qu'ensuite surgit, comme une cicatrice enkystée de la mémoire, le personnage capable de l'évoquer ? Si tel était le cas, il serait séant de dire : « Je me souviens, donc [*ergo*, alors] j'existe. » « Je » suis celui auquel il est une fois arrivé « ceci », et, si le « ceci » en question n'avait pas eu lieu, je ne serais pas celui que je suis ; je serais un autre. Je ne suis qu'un bloc de souvenirs (et d'oublis) dont je fais l'hypothèse qu'ils appartiennent à mon « moi ». Je suis la conséquence de certaines réminiscences incertaines.

Ai-je une archive dans ma mémoire ou *suis-je* une archive de souvenirs et de mé-souvenirs[1] ? N'est-ce pas dans la mémoire (ou dans le fantasme d'en *avoir* une) que réside mon énigmatique « identité » ?

1. Le texte forge le terme de *desmemoria*, tout en jouant du doublon qui existe en castillan entre *memoria* et *recuerdo*, le terme *memoria* pouvant donc aussi bien dire « souvenir » que cette mémoire qui en français désigne seulement une faculté. L'auteur, dans sa révision nous propose de forger : *m'oublis*. (N.d.T.)

Explorons cette idée : que la mémoire est antécédente. Qu'elle est fondatrice de l'être du sujet[1]. Chacun de nous parvient à être celui qu'il croit, parce qu'il organise les données de son expérience passée au travers de son moule particulier, et sans des maîtres qui enseigneraient comment se souvenir. Dit plus clairement : on n'est pas « qui on est », parce qu'il nous est « arrivé ceci ou cela », mais parce que l'on a enregistré et compris ce qui nous est arrivé d'une certaine manière, sélectionnant, rapiéçant et suppléant des traces d'expériences personnelles à l'aide de récits empruntés à d'autres. La mémoire ne serait pas une archive consignant des documents, mais une construction enrichie par l'imagination. Que le lecteur veuille bien accepter l'illustration de la thèse par un exemple qui n'est pas de fiction : « Je devais avoir trois ans quand chez le voisin se produisit un incendie, dû à son appareil de rechapage des pneus. C'est là mon premier souvenir : il fait nuit, chaud, il y a de la fumée, des sirènes, on est asphyxié par l'odeur de caoutchouc brûlé, mon père m'ayant enveloppé le corps dans des draps mouillés. Nous avons été forcés de vivre dans la maison de mes grands-parents pendant deux semaines… »

Certaines *impressions* sont restées *imprimées*, de manière plus ou moins vivace, avec plus ou moins d'exactitude, dans une « âme » infantile. La petite fille qui, déjà, sans aucun doute, existait en tant que telle, parlait, se considérait comme « quelqu'un » à l'intérieur de sa famille, est créditée d'une expérience. S'agit-il de la première dont elle se souvienne ? Il est difficile de le certifier, d'établir entre les fichiers de la

1. En castillan, *ser* signifie à la fois « être » et « individu existant ». (N.d.T.)

mémoire une chronologie précise. Concernant un souvenir qui, dans ce cas en effet, serait bien *traumatique*. Tout autour des événements de la nuit chaotique de cet incendie et de son souvenir éloigné, la petite fille organise, remontant en arrière dans l'après-coup, toute l'information dont elle dispose à propos d'elle-même et du réseau de relations où elle se trouvait immergée. À partir de cette confusion, elle extrait une représentation de ce qu'elle est aux yeux des autres, qu'elle articule avec l'image que le miroir lui renvoie de son visage et avec la reconnaissance de son nom propre et de la position qu'elle occupe dans les liens de parenté. Le moi en formation apporte une cohérence à l'ensemble de son savoir, réunissant tous ces fragments dispersés. La petite fille (ou le petit garçon) dispose dorénavant d'un point de départ pour faire démarrer une narration qu'elle pourra tenir en première personne ; le traumatisme de la nuit, ponctué par les sirènes des pompiers, inaugure une certaine historisation, un récit dont elle est la protagoniste, n'étant plus seulement la compilatrice de ce que les autres disent à son propos. *La vie est un roman*, tel était le titre d'un film d'Alain Resnais, *la vie est un roman*, tel pourrait être l'argument sous-jacent à tous les *Bildungsromane* (à tous les romans d'apprentissage) dont le romantisme et la tradition qu'il nous a léguée nous ont inondés. La vie est un roman, le nôtre, le sien, celui que nous racontons et que nous racontent les patients, séance après séance, au cours de leur psychanalyse, celui qui s'écrit dans les journaux intimes, les mémoires et les autobiographies. Dans le texte de ce roman, il y a toujours quelque mythe fondateur, une préhistoire ancestrale, le récit d'une genèse dont le sujet ne peut se souvenir, parce qu'elle lui vient des lèvres de quelqu'un d'autre. Sur la base du mythe originaire et des traces de ces expériences innominées se bâtissent la chaumière ou le palais de la mémoire où alternent cavernes obscures et salons restés dans la pénombre. Il doit y avoir en plus un souvenir premier, originaire, qui servira de point d'ancrage où commencer le récit des péripéties d'une existence et d'un exil hors du vital, d'un exil au pays de la mémoire. *Le premier souvenir. Le souvenir d'enfance.* Relevant du fantasme, du mythe.

Par l'hellénisme de « péripéties », nous désignons les changements soudains, les événements imprévus et, apparemment, de pur hasard, les accidents, les changements dramatiques qui se présentent au cours de la vie de quiconque et qui semblent être l'œuvre du destin, du hasard ou de la fatalité. Ils n'ont pas nécessairement besoin d'être des souvenirs exceptionnels. La vie est un roman, disions-nous ; mais aussi une aventure imprévisible. Chaque existence comporte une quantité variable d'alternances, de méandres qui font dévier d'un chemin, toujours sinueux. Et, pour commencer par la première, mentionnons la plus indésirable : celle d'avoir dû naître, en se détachant du corps d'une femme. Et ensuite, toutes les autres occurences : celles qui configurent une biographie qui reste pleine de points, mystérieusement et incompréhensiblement passés sous silence, dont nous suppléons le manque avec l'une ou l'autre colle ; et c'est pour ne pas rester décousus, pour articuler et coller entre eux les fascicules rassemblés de ce « volume », que nous retissons entre eux avec des lambeaux de souvenirs. Nous sommes les couturiers et les relieurs de nos vies. C'est de souvenirs que nous sommes vêtus… ou c'est avec eux que nous nous déguisons.

Ici, c'est l'image proustienne[1] du livre qui s'impose. Tout être humain est comme un livre où sont écrits, « imprimés », les « caractères » du vécu. Une pure typographie. Un texte lisible et traduisible, généralement d'essence bigarrée et confuse. Nous le déchiffrons comme nous pouvons, avec les yeux myopes de notre entendement. Flottant à la surface de ces hiéroglyphes, nous recherchons les clés que nous avons perdues. Nous avons l'intuition que la composition de ce livre n'est pas scellée une fois pour toutes ; qu'il est susceptible d'infinies recompositions, de lectures divergentes, soumis à des techniques pas toujours délibérées qui ourdissent la trame du passé, à partir des urgences qui se font sentir dans le présent (c'est ainsi que se produit, nous le savons bien, dans l'histoire des nations, l'ensemble de ces mensonges qu'écrivent les vainqueurs, dans cette « mémoire collective » chère à Halbwachs[2]). Le flux du temps ne cesse de donner à lire une stèle d'écritures, qui sont autant de charades à résoudre, de pièces du casse-tête admettant une infinité de solutions. Puzzle qui, pour être résolu, a besoin d'un « mode d'emploi[3] ». Mais il ne vint même pas à l'idée de Georges Perec lui-même que le casse-tête pouvait être composé de pièces molles, malléables et flexibles comme les montres de Dalí. Pourtant, notre mémoire est ainsi faite, imbroglio où règnent les préjugés de notre personnalité, les désirs

1. M. Proust, *À la recherche du temps perdu*, Paris, Gallimard, La Pléiade, 1969, t. III, p. 880, 890.

2. M. Halbwachs, *Les Cadres sociaux de la mémoire*, livre publié en 1952 aux PUF, et republié par Albin Michel, Bibliothèque de l'évolution de l'humanité, 1994. Livre téléchargeable.

3. G. Perec, *La Vie mode d'emploi*, Paris, Hachette, 1978. Fascinante et incontournable illustration de cette métaphore du puzzle (Voir *infra*, chap. XI).

de ceux qui, au début, nous ont entourés de leurs soins, les pressions de notre environnement social et les soucis de notre époque historique.

Qui sommes-nous alors ? Prenons le risque d'avancer que notre être est celui d'une mémoire en mouvement, perforée d'oublis et de refoulements. Une façon de rébus, recomposée à partir de nos précaires souvenirs et proposée à la scrutation d'autrui dont la mission se révélera difficile, puisqu'il devra – si cela l'intéresse – soit la ratifier soit la contester. Et de quelles pièces est-elle formée ? De souvenirs de fantaisies ou de fantaisies de souvenirs. Proust[1], celui qui en savait plus que d'autres à ce propos, disait que chacun doit remplir le devoir qui consiste à écrire le livre qu'il porte en lui. Et il fabriquait le *sien*, lui, en mêlant saveurs et odeurs, pierres d'achoppement et rencontres fugaces, débris de choses vues et entendues, le tout disposé dans un apparent désordre temporel. Proust a montré que la mémoire autobiographique n'est pas complaisante à l'égard du schéma d'une chronique d'événements successifs. Elle se trame comme une narration discontinue dont les fils, menant d'une péripétie à l'autre, sont dépourvus de préméditation et de concertation. C'est une « mémoire involontaire » ou, pour le dire avec un mot plus précis, inconsciente. Les connexions du ressouvenir sont aussi insolites que les liaisons qui se font entre les associations du patient qui se met à parler sur le divan du psychanalyste. Ce qui les régit, c'est un oxymore logique et sémantique : celui d'un enchaînement libre.

Ce fut là une des premières découvertes de Freud : *la mémoire est discontinue.* Le sujet est divisé, il est multiple ;

1. M. Proust, *Ibid.*

entre les parties dont il est formé, les frontières sont instables et toujours litigieuses. Un précurseur, déjà auparavant, avait pressenti l'impossibilité de l'entreprise autobiographique. Goethe[1], à l'aube du romantisme, avait compris la difficulté, énonçant, au moment d'entamer le récit de sa vie :

> Car il semble que la tâche de la biographie soit de représenter l'homme dans ses rapports temporels [...]. Mais, pour cela ; il faudrait une condition qui est, pour ainsi dire, *hors de notre atteinte :* à savoir, que l'individu connaisse et lui-même et son siècle ; lui-même, pour autant qu'il est resté identique dans toutes les circonstances ; le siècle, en tant qu'il entraîne avec lui ceux qui le veulent comme ceux qui ne le veulent point, les détermine et les façonne... [Nous soulignons.]

Avec Freud, autant qu'avec Proust, Virginia Woolf et les autres auteurs dont nous suivrons les œuvres, il nous a été loisible de vérifier ce « hors d'atteinte » : personne ne jouit du privilège de rester le même tout au long du temps, personne ne serait à même d'exposer pleinement le moi avec ses circonstances. La mémoire est déchirée par l'impossibilité du ressouvenir, ce qui fut à son heure conscient et su du sujet, n'ayant pu être assimilé par lui, restant dissocié de ce qui a dû se tramer du tissu (textuel) de ses évocations. Ce qui ne s'encastre pas (qui n'est pas bonifié[2]) dans le récit d'une

1. J. W. von Goethe, *Poésie et vérité, souvenirs de ma vie*, traduit par P. du Colombier, Paris, Aubier, 1941, p. 12-13.

2. *Embonar* est un mexicanisme précieux. Il a trait (à notre surprise et pour la joie qu'il donnerait au fantasme de Georges Perec) à la fabrication d'un casse-tête, dont les pièces doivent être « bonifiées », si l'on ne veut pas forcer leur intrication.

vie, c'est le « trauma », constitué qu'il est par le souvenir de péripéties, inconciliables avec ce que l'on pourrait appeler le « propre ». La mémoire est égocentrique et prétend rester autonome. Quand nous nous apercevons de ce qui est réellement arrivé et qui diffère de ce que nous aurions souhaité, nous le sentons comme « étranger » et, au moment où nous le découvrons, nous dirons que nous l'avions oublié. Jusqu'à Freud, l'oubli était une excuse valide, une manifestation d'innocence. Après Freud, l'on doit se justifier et donner des explications à propos de ce dont on ne se souvient pas, car l'on soupçonne que l'oubli a des raisons et pourrait être coupable, que l'amnésie est la trace d'un conflit et que la mémoire est une servante non fiable : bien souvent, elle nous sert d'alibi, comme une sorte d'« écran » derrière lequel se trouve ce que l'on préfère ne pas savoir. Avec une sincérité feinte, elle prétend *garder* ce qu'en réalité elle a *inventé*.

Blanchot[1] met en évidence l'importance de l'oubli comme étant le tronc sur lequel poussent les branches des souvenirs. J'aurais pu dire de la même manière que la mémoire est une colonne creuse qui se construit tout autour d'un vide central, fait d'oubli et de rejet :

> D'abord oublier. Se souvenir là seulement où l'on ne se souvient de rien. Oublier : se souvenir de tout comme par oubli. Il y a un point profondément oublié d'où tout souvenir rayonne. Tout s'exalte en mémoire à partir de quelque chose qui s'oublie, détail infime, fissure minuscule où il passe tout entier.

1. M. Blanchot, *Le Dernier Homme*, Paris, Galimard, 1957 ; réédité dans la collection L'Imaginaire, 1992, p. 142.

C'est par un préjugé de l'intuition que nous nous convainquons de ce que le souvenir peut « être gardé en mémoire » ou « se perdre en oubli ». Rien de plus faux : l'oubli fait partie intégrante – est le cadre et le noyau – du souvenir, qui est la raison d'existence de la mémoire. Il en est de même pour la mort : elle appartient à la vie, fait partie de son essence. La formule de Bichat (1771-1802) : « La vie est l'ensemble des forces qui résistent à la mort » est éclairante. S'il est arrivé que l'on s'exprime en termes de « vie-mort », pour mettre en doute l'opposition existant entre elles et souligner leur nécessaire continuité, nous pourrions parler de « mémoubli » et proposer une rigoureuse analogie entre ces mots-valises, en disant que : « La mémoire est l'ensemble des forces qui résistent à l'oubli. » S'il y a des pulsions de vie qui ont la prétention de préserver le sujet autour d'un savoir individuel et collectif qui lui permet de persévérer dans son être, il y a aussi une constante force dissociative qui anime le mouvement vers l'inanimé, vers l'effacement de toutes les différences, vers l'oubli nécessaire que ramènent les nuits du dormir et du mourir. De puissantes pulsions vont à la poursuite du souvenir et aussi de son « oblitération » (*oublitération*, pourrions-nous inventer, sans manquer de respect à la déesse étymologie, demi-sœur de Mnémosyne, déesse de la mémoire et mère des muses).

Du reste, comment un souvenir pourrait-il subsister, si ce n'est grâce à l'oubli qu'il intègre et par l'oubli qui l'entoure et le ceint ? Vladimir Nabokov se perd dans l'immensité ouverte par le moindre souvenir : « Combien petit est le cosmos (il pourrait être contenu dans la poche d'un kangourou), comme il est mesquin et insignifiant en comparaison de la conscience humaine, comparé à un seul souvenir individuel et à son expression en mots[1]. » Le « hors d'atteinte » reconnu par Goethe est dans la ligne de l'impossibilité à « raconter véritablement une histoire », signalée par Derrida[2], de la lumière noire qui irradie tout souvenir pour Blanchot, de l'impossibilité de faire parler la mémoire, celle de Nabokov et de tous les autres, de l'incapacité que fait éprouver le langage d'appréhender le réel qui est au centre de la plus infime expérience, selon la dénonciation qu'en a faite le lord Chandos de la lettre apocryphe à Roger Bacon[3]. Le récit est condamné à l'échec ; raison pour laquelle le défi qu'il représente est tentant. Ceux que préoccupe la *subjectivité* – cas qui n'est pas si fréquent à notre époque si férue d'*objectivité* – consacrent leurs efforts à une tâche digne de Sisyphe, celle de rendre compte, pour eux-mêmes et pour les autres, de ce dont ils se souviennent. Il est évident que l'entreprise autobiographique les fait jouir ; sans quoi l'on ne comprendrait pas qu'ils se consacrent ainsi à l'impossible, ébranlés qu'ils sont par les émotions que procure le fait d'aller à la chasse aux souvenirs, sentant le bénéfice qu'ils peuvent tirer à s'aventurer sur un terrain où

---

1. V. Nabokov, *Autres rivages*, traduit par Y. Davet, Paris, Gallimard, Folio, 1991.

2. « Je n'ai jamais su raconter une histoire.

Et comme je n'aime rien tant que la mémoire, et Mémoire elle-même – Mnémosyne –, j'ai toujours ressenti cette impuissance comme une triste infirmité. Pourquoi suis-je privé de la narration ? Pourquoi n'ai-je pas reçu ce don de Mnémosyne ? [...] À travers cette plainte, et sans doute pour m'en défendre, un soupçon s'insinue toujours : qui peut vraiment raconter une histoire ? Une narration, est-ce possible ? » J. Derrida, *Mémoires pour Paul de Man*, Paris, Galilée, 1988, p. 27 et p. 33.

3. H. von Hofmannstahl, « La lettre de lord Chandos », in *Lettre de lord Chandos et autres essais*, Paris, Gallimard, 1980, p. 75-87.

ils sont les seuls à pouvoir pénétrer, excités par les défis spirituels que comporte le fait que la simple substitution d'un adjectif par un autre entraîne des modifications dans ce qu'ils donnent à voir et ce qu'ils dissimulent, attirés par le leurre de la mystification et tombant eux-mêmes dans son piège, supposant – chose non démontrée – qu'il est bon de connaître et retransmettre l'expérience du passé. Leur prétention est bien de survivre à la mort du moi, qui est une affaire entendue. Dont le genre est en plus exposé au soupçon : Venez entendre, mesdames et messieurs, le passionnant récit de comment je suis parvenu à devenir qui je suis. Ce sera là le thème de notre dernier chapitre.

Il y a un paradoxe dans le fonctionnement de la mémoire, entendue comme la capacité de conserver une conscience de ce qui fut et qui n'est plus, sous la forme d'un souvenir, réputé comme étant l'affirmation d'un certain savoir à propos de quelque chose de vécu, de vu ou d'entendu dans le passé. Elle est davantage prisée quand l'épisode en question se trouve être douloureux ou honteux, quand on parvient à se souvenir… malgré soi. Le souvenir réapparaît comme un fantôme, et avec lui la douleur et la honte qu'il traîne à sa suite. Pour l'éviter, la conscience essaie de passer à côté de cet hôte indésirable, de cet intrus peu recommandable et parfois, mais pas toujours, elle parvient à le déguiser et même à l'« oublier ». Cet antipathique habitant de l'esprit est condamné à l'ostracisme. La mémoire ne veut rien savoir du souvenir qui effraye ou dérange. Quand elle le peut, si elle le peut, elle le souffre. Si elle ne peut le supporter, elle se fait la victime (et la complice) de ses assauts. Un jour ou l'autre, il faudra bien que nous nous confrontions à la « jouissance que procure le souvenir douloureux[1] ».

De toute façon, on sait parfaitement ce que l'on a révoqué, on préfère « ne pas parler de corde dans la maison d'un pendu » (l'évoquant et l'évoqué étant pour finir le même) et l'on fuit avec angoisse ce que rappelle l'ancienne souffrance. Ou l'on s'y réfugie. Mais nous savons bien que le déplaisir évité au prix du refoulement retourne sous forme de « symptômes », de monuments commémoratifs de la plaie rouverte. Ainsi, il est mauvais de se souvenir (parce qu'on souffre) et mauvais d'oublier (parce que, d'une autre façon, l'on souffre aussi). Ce qui fait mal, ce n'est pas la conscience ; c'est le réel du coup porté et des contusions qu'il a laissées. Les souvenirs, c'est vrai, font mal, mais nous devons reconnaître qu'en eux se dissimule une autre réalité : celle d'une jouissance peccamineuse et transgressive. Avoir souffert – et s'en souvenir – est méritoire et réclame une récompense. Le martyr est un créancier. Ses palmes ouvrent les portes du paradis.

Memento. Le sujet de l'annonciation

Au commencement, Freud mettait sa confiance – excessive, selon l'avis, semble-t-il, d'une majorité – dans le fait que la récupération des souvenirs oubliés, la levée du refoulement et une amnésie infantile vaincue, permettraient de « guérir » le sujet. Selon lui, en cette période initiale de la psychanalyse, la névrose (l'hystérie en particulier) voulait dire que le sujet « souffrait de

1. Titre et thème d'un chapitre du troisième volume de la trilogie sur la mémoire dont ce livre n'est que le premier volet.

réminiscences » et le traitement analytique s'offrait comme un recours pour repêcher les souvenirs que la conscience avait proscrits. À cette fin, il lui semblait nécessaire de « rapiécer » le tissu de la mémoire, de créer des conditions favorables au ressouvenir, afin que soient surmontées les résistances à la remémoration. Le but initial d'une psychanalyse était de « rendre l'inconscient conscient » au cours de la séance, grâce aux conditions favorables qui se créent quand le sujet est « en transfert » avec une personne dont il sait qu'il n'a à craindre ni réprobations ni indiscrétions. « Maintenant, ici, avec moi, tu peux oser te souvenir ; bien mieux, tel est mon désir, lequel me permet d'énoncer pour toi un impératif : souviens-toi ! » C'est bien là ce que semble proposer l'analyste à l'analysant, quand il lui intime de dire tout ce qui lui vient à l'esprit. Le « mental » étant presque, dans l'Antiquité, puis tout particulièrement chez Dante, un synonyme de « mémoire[1] ». Ce n'est pas pour rien que ce lien persiste dans la langue italienne où « oublier » se dit : *dimenticare*, démentiser, dirions-nous, si nous nous permettions d'inventer – pourquoi pas ? – un néologisme dans notre propre langue. L'amnésie, avant même le recours, devenu populaire, à la maladie d'Alzheimer, est un trait distinctif de la « démence ». Dans les temps reculés, le siège de la mémoire était l'organe du cœur. Raison pour laquelle y conserver quelque chose se dit : *recordar*, dans le *cor*. En italien, l'antonyme de *ricordare* est *scordare* et le réflexif *scordarsi* (cf. l'aria de Mozart, K. 505 : *Ch'io mi scordi di te ?*) veut dire : laisser en dehors du cœur.

1. H. Weinrich, *Let., Arte e critica dell'oblio*, Bolonia, Il Mulino, 1999, p. 9.

« Souviens-toi ! » est, en latin, un impératif qui se condense en un seul mot : *memento.* La forme la plus usuelle de cette maxime est *memento mori* (souviens-toi que tu mourras), qui nous indique l'une des grandes leçons que nous enseigne Mnémosyne, fille de Gaïa et d'Uranus, de la Terre et du Ciel. La mémoire ne procède pas à partir du passé, comme nous le croyons ingénument, mais de l'avenir. Ce qui ne peut pas s'oublier, c'est l'avenir, à partir duquel tout souvenir prendra sens, ou se révélera comme en étant dépourvu. La mort a beau être sue et pressentie, elle dissout par avance la mémoire et scelle son destin qui est l'oubli. Comme il en est pour le riche de sa fortune, personne ne quitte ce monde en emportant avec lui ses souvenirs, son expérience, le savoir qu'il a accumulé.

Dans le récit d'un souvenir, la linguistique, mais aussi la psychanalyse ont introduit la distinction entre le *sujet de l'énoncé* (généralement, le « je » de celui qui parle au présent et évoque une expérience antérieure) et le *sujet de l'énonciation,* faussement et incomplètement représenté par le « je » de l'énoncé, lui qui sait qu'il est impossible de cerner un souvenir et qui est au courant des nécessaires falsifications auxquelles ce souvenir doit se soumettre pour passer en mots et être réitéré à l'intention d'un autre dans une expérience de dialogue, qui ne peut pas elle-même être retransmise. Cette distinction essentielle entre énoncé et énonciation inclut aussi, recouvrant l'un et l'autre, le *sujet de l'inconscient,* en tant qu'épine dorsale du discours, car en parlant le sujet ne sait pas ce qu'il dit et en dit toujours plus qu'il ne croit. Je ne m'attarderai pas sur ces concepts qui appartiennent à la linguistique du discours. Il y en a cependant un troisième que je voudrais pour ma part ajouter à ces opposés complémentaires que sont le sujet de l'énonciation et le sujet de l'énoncé. Je l'appellerai : le *sujet de l'annonciation*[1], celui qui parle à partir de sa mort annoncée, rendue présente, anticipée dans la relation au fantasme de l'autre auquel il adresse sa parole ou son écrit, se référant à ce passé « hors d'atteinte » à partir duquel Goethe entame son autobiographie. Le sujet de l'annonciation « réalise » sa mémoire, en l'articulant en discours, en l'exhibant sous la forme d'une expérience dialectique qui ni ne reproduit ni ne répète le passé, mais qui le constitue en passé, pour l'avoir historicisé en présence d'un écoutant. Le souvenir se construit depuis l'avenir qui l'attend. La vie (*bios*) se construit comme un récit (*graphie* – et aussi *phonie*), c'est un *Bildungsroman*[2], et le roman (*novela*) ne dit pas la vérité, mais la soumet au travail de la déconstruction, à l'érosion délétère du « je », et à ses prétentions transcendantales à dissoudre le rocher biographique, au point de le réduire aux grains volatiles du sable de l'existant[3], avant de le condamner à la dissémination finale de l'amnésie. Nous sommes une mémoire qui serait consciente de l'inexorable destin de son trajet : l'oubli.

Comment pourrions-nous connaître un souvenir, si nous n'avions pas affaire à quelqu'un qui nous en fasse le récit ? Comment pourrions-nous en avoir un nous-mêmes, s'il n'y avait pas quelqu'un pour en écouter le récit et l'indexer, avec son acceptation ou son incrédu-

1. J'utilise le mot « annonciation » au sens fort (*Ave Maria, gratia plena, Dominus tecum*), celui qui signifie une promesse, un présage messianique. Nous reviendrons sur ce point.

2. Roman de formation ou d'apprentissage. (N.d.T.)

3. Ici, encore une fois, l'on rencontre *ser*, avec sa double acception d'« être » et d'« individu ». (N.d.T.)

lité, au registre du souvenir ? La mémoire est un lien social. C'est une demande adressée à un destinataire. Elle ne peut s'autoriser d'elle-même.

Se souvenir, c'est re-présenter. C'est récupérer une absence et la rendre à nouveau présente, en la racontant ou en nous la racontant dans notre « for intérieur ». *Représentation* est à entendre au sens théâtral du mot, comme une *performance*, unique ou répétée, mais toujours différente et versatile, soumise qu'elle est aux caprices des interprètes. *Représentation* qui devient diplomatique, étant l'ambassadrice d'une autorité lointaine, en tant que tenant-lieu du passé qui parle en représentant de l'avenir. Tout le monde sait que notre vie psychique est constituée par le jeu des représentations (*Vorstellungen*) et que c'est l'absence qui est la condition du fait qu'il y ait re-présentation, qu'il s'agisse de représentations de mots ou de choses. Si elle n'était pas re-présentation (d'une ombre du passé, sur une scène, en secrète ambassadrice), que d'autre pourrait être la mémoire ?

Dans les chapitres suivants, nous ferons un sort aux rapports intrinsèques et aux malentendus qui existèrent toujours entre la littérature, la philosophie, l'histoire, la psychanalyse, et aussi maintenant la neurophysiologie, en ce qui concerne la fonction de la mémoire et de son corrélat : l'oubli. Il nous faudra commencer par reconnaître le fait, évident pour tous, que le rêve est seulement le ressouvenir, qui nous revient de jour, de ce qui a été rêvé durant la nuit, et nous donnerons tout son poids au phénomène universel de l'oubli des rêves et des promesses. Parce que, c'est vrai, l'oubli joue un rôle déterminant (nous l'aborderons dans les deux prochaines volumes que comporte cette trilogie).

Pour la simple raison qu'« il est absolument impossible de vivre sans oublier[1] ».

La mémoire, colonne fragile, entourée d'oubli au-dedans et au-dehors, même si nous définissons celle-ci en termes évolutionnistes, est la vie même. Un organisme, tout organisme, est une mémoire darwinienne – quoi donc, sinon ? Écrivant ce résultat, la sensation que notre thème nous envahit, au point de nous suffoquer, nous assaille sur-le-champ. Si toute matière est mémoire (prenons en compte la leçon bergsonienne), si tout le psychique – en tant que jeu de représentations – est mémoire, si tout est histoire, si la mémoire elle-même advient depuis l'avenir, si toutes nos œuvres sont héritières de Mnémosyne (mère des muses), alors nous nous retrouvons en présence d'un signifiant qui, devenant omniprésent, perd toute signification. Toutes ces disciplines que nous avons invoquées parlent de la mémoire et ordonnent à la mémoire (comme le fait Nabokov : *Speak, Memory !*) de parler ; mais parlent-elles de la même chose ? Le soupçon qui nous envahit est que cette homonymie sème la confusion et installe chez les explorateurs du passé un point aveugle. En d'autres termes, l'homonymie n'étant pas une synonymie, la mémoire n'est pas homogène, et il devient nécessaire d'en distinguer les acceptions suivant les différents discours, pour calculer leur valeur conceptuelle et linguistique, en fonction des « jeux de langage » où s'utilise le même vocable. La mémoire n'est qu'une pièce du puzzle qui assume mille visages, mettant en échec les casse-tête de nos spéculations, à mesure que nous les échafaudons. Il se pourrait bien que la

1. F. Nietzsche, *Seconde considération intempestive*, traduit par H. Albert, Paris, Flammarion, 1988, p. 78.

mémoire des philosophes ne soit pas – à coup sûr elle ne l'est pas – celle des biologistes de l'esprit ni la mémoire de ceux qui évoquent leurs souvenirs personnels, ou celle des historiens. Mieux encore, chacun de ces groupes de penseurs de « la mémoire » reconnaît la polysémie du signifiant dans le propre champ qu'il cerne d'épithètes. S'il faut évoquer des noms propres – chose que nous ne tarderons pas à faire –, la réminiscence platonicienne n'est pas la *mnémè* aristotélicienne, ni la sœur de l'imagination hobbesienne, ni la responsable de l'identité lockienne, ni la *Gedächtniss* hégélienne, ni la mémoire darwinienne du passé de l'espèce, ni le souvenir bergsonien, ni la mémoire inconsciente freudienne, ni la mémoire involontaire proustienne, ni la complémentarité entre encodage et récupération (*encoding and retrieval*) des physiologistes cognitivistes, ni la mémoire autobiographique des écrivains qui parviennent à croire qu'ils sont eux-mêmes les personnages qu'ils créent, une fois qu'ils les font parler en tant que « je ». Un seul signifiant : mémoire ; mille et un signifiés.

Ayant ainsi mis le doigt sur l'incompatibilité entre tant de « mémoires » et dissous le monolithisme spécieux de l'homonymie, nous croyons qu'il est valide d'essayer d'articuler la parenté existant entre tant de concepts. Notre méthode va consister à réfléchir sur la théorie de la mémoire, de l'oubli et du refoulement, à partir des témoignages suspects (mais quel témoignage ne l'est-il pas ?) consignés par les auteurs ayant écrit leurs premiers souvenirs, pour mettre à l'épreuve deux hypothèses : la première est celle, freudienne, qui relève l'importance décisive qu'a le premier souvenir dans la vie d'un être humain, et la seconde est celle, empruntée à Cortázar, tirée d'un texte peu répandu[1], d'où dérive le titre que nous avons adopté[2].

Précisons notre méthode. Nous disposons, pour témoigner de la mémoire, d'un matériel : la parole couchée par écrit. Formulons à ce propos deux propositions : l'une, que cette écriture du premier souvenir est grosse du désir du narrateur, se révélant dans ses interstices ; la seconde, que cette évocation de l'enfance est, en quelque sorte, présente fantasmatiquement dans l'œuvre entière de l'auteur. Que les traces écrites soient parvenues jusqu'à nous implique qu'elles sont devenues des lettres (au sens de missives, *letters, briefe*), car « une lettre parvient toujours à son destinataire[3] ». Pourquoi cette affirmation d'apparence sibylline, alors que nous savons tous qu'il y a des lettres qui se perdent, des e-mails qui restent flottants dans le cyberespace ? Parce que c'est seulement quand elles parviennent au destinataire, même s'il est erroné, qu'elles deviennent les lettres qu'elles sont, et non auparavant. Qui est le destinataire ? Celui qui sait les lire, celui qui déchiffre leurs signifiants, devenant leur interprète. Le désir de la lettre, c'est son interprétation. Sinon, elle ne l'aurait pas été, écrite. Nous nous concentrerons sur les quelques pages de différents auteurs qui mettront à l'épreuve le propos insolite de Julio Cortázar, selon lequel *la mémoire voit le jour avec la terreur*.

1. J. Cortázar, *op. cit.*, dans l'exergue du livre. Une première version de l'analyse et de la discussion de la thèse de Cortázar est parue sous le titre : « Un recuerdo infantil de Julio Cortázar », dans mon livre : *Ficcionario de psicoanálisis, op. cit.*, 2001, p. 1-6.

2. *Memoria y espanto O el recuerdo de infancia* : Mémoire et effroi, ou le souvenir d'enfance.

3. J. Lacan, « Le séminaire sur "La lettre volée" », *Écrits*, Paris, Seuil, 1966, p. 41.

Il y a un trait commun à l'ensemble des textes que nous mettrons en discussion : il s'agit de souvenirs précoces, écrits des dizaines d'années après l'événement auquel ils renvoient, par des auteurs qui, dans le champ de la création littéraire ou de la psychologie, occupent une place significative. Mais les textes que nous reprendrons dans ce premier volume ne sont pas réputés « importants » dans ce que l'on reconnaît être l'« œuvre » de leurs auteurs. Ils font partie, le plus communément, de ceux qui échappent aux volumes des œuvres complètes. Ce seraient plutôt des matériaux de construction rejetés, des notes de bas de page, des météorites du souvenir, des lettres qui pourraient s'être « perdues », ou qui étaient destinées à être détruites, expressions surgies accidentellement dans le feu d'une interview à un journal ou à la télévision, « carnets » (comme ceux de Valéry, desquels nous ne nous occuperons pas) griffonnés la nuit ou par intermittence, brèves esquisses qui trouvèrent leur chemin dans les pages du supplément culturel d'un journal, évocations survenues presque au hasard dans le cours d'une autobiographie. Bref, il ne s'agit pas de textes de haut niveau ; ce sont, comme les appelait Lacan dans un écrit de 1958 (qui a été peu lu et encore moins commenté), des « petits papiers[1] ». Ce que Tomas Segovia traduit mal en espagnol par « *papeles íntimos* » (intimes[2]). Ces *papelitos* ne sont pas intimes, mais plutôt infimes. Lacan, cette année-là, était en train d'élaborer le concept qu'il considérait comme son invention la plus notable :

1. J. Lacan, « Jeunesse de Gide, ou la lettre et le désir », *Écrits*, *op. cit.*, p. 742.

2. Avec la référence dans l'édition espagnole de Siglo XXI, México, 1984.

l'objet a minuscule, « petit a*[1] ». Un reste, un résidu de l'opération signifiante, un tas de griffonnages autour duquel dansent les personnages d'une action, comme cela se passe avec *La Lettre volée* que le ministre du conte de Poe a laissé traîner dans l'endroit le plus visible de sa chambre, afin que personne ne puisse la trouver, lieu où elle reste jusqu'à ce que l'audace et l'ingéniosité de M. Dupin la découvre et la restitue à la reine. Retrouver la lettre et faire en sorte qu'elle achève sa trajectoire, arrivant à son destinataire, est le travail d'un détective. Les « petits papiers », ce seront les indices qui cristalliseront en preuves dans notre recherche.

Un accident prémédité, parent éloigné du hasard comme tous les accidents, nous a conduits à différentes reprises, à partir de la première occurrence, celle de Cortázar, à recueillir ces restes d'écriture. Ensuite, empruntant cette piste, nous avons rencontré la trace du « premier souvenir » dans *Rayuela* (*Marelle*), puis chez Freud, traversant la théorie entière de la psychanalyse, dans certains sonnets et l'ensemble de l'œuvre de Borges, sans en exclure la cécité comme faisant partie de l'œuvre de l'écrivain, dans « l'épistémologie génétique » de Piaget, dans le projet de « vivre pour la raconter » de García Márquez, dans les tribulations de la première rencontre avec le miroir chez de notables écrivaines, dans la langue de Canetti, qui avait été vouée au martyre et qui en fut absoute, dans la fonction de cacher des horreurs de l'histoire qu'occupent les souvenirs chez Perec, dans la lutte éternelle de Tolstoï pour la liberté, dans le catalogue joli et ordonné des réminis-

1. Tous les mots suivis d'un astérisque sont en français dans le texte. (N.d.T.)

cences de Nabokov. Dans tous ces cas, nous tombons sur une donnée qui est une constante : la mémoire de l'effroi est aussi l'effroi de la mémoire.

Minuscules papiers, comme ceux dont s'est servi Jean Delay pour écrire sa notable psychobiographie des vingt-cinq premières années de la vie d'André Gide[1] (carnets de notes sur des lectures, journaux intimes, lettres à la mère, agendas de voyages), qui trouvent chez Delay, le distingué psychiatre, « leur destinataire ultime[2] ». Tel a été notre projet : nous faire les destinataires et les détectives des « petits papiers », sans prétendre retrouver en eux nos propres préconceptions ou préjugés (péché originel de la « psychanalyse appliquée »), sans sortir du contenu de leur chapeau les lapins que nous y aurions mis au préalable. Notre objectif – tu nous diras, lecteur impartial, si nous l'avons atteint – est de produire un sens qui n'existait préalablement en aucun ciel inaccessible d'Idées pures ou de Mémoires admirables. Nous n'oublierons jamais que ces papiers minuscules ne sont pas la simple réplique de tranches de vie vécues dans l'innocence des matins de l'existence, mais qu'ils sont aussi des produits littéraires. Ils ne sont pas la « cause » de l'écriture : ils sont un effet, une manifestation du désir et du projet littéraire. Chacun d'eux est une fiction (poésie, *Dichtung*) ; c'est en cela qu'ils jouissent du statut de vérité (*Wahrheit*). Ils nous parviennent, et nous pouvons faire de nous-même leur destinataire, parce qu'ils nous sont adressés. Le hasard n'est pas de leur côté ; c'est nous qui sommes un accident, quand nous croisons leur route.

1. J. Delay, *La Jeunesse d'André Gide*, Paris, Gallimard, 1956, 2 vol.
2. J. Lacan, *op. cit.*, p. 744.

II

Julio Cortázar et le coq de l'effroi

À LA RECHERCHE DU PREMIER SOUVENIR

En une occasion donnée, et en dehors du corpus de son œuvre publiée, Julio Cortázar a révélé l'existence du premier épisode de sa vie ayant laissé des traces dans sa conscience, déterrant ainsi le surgeon inaugurant sa mémoire, ouvrant la première page lui ayant permis d'entamer la narration de son existence à la première personne, l'inscription d'un moment qui ne semblait pas provenir du récit de quelqu'un d'autre, mais du mycélium du moi, à partir duquel a surgi le champignon de son histoire individuelle. Il aura à nos yeux la portée d'un mythe : celui de la naissance au désir et à la vocation de l'écrivain.

Dans ce cas mieux que dans aucun autre, on aura du mal à décider si le souvenir correspond à la réalité « objective » de ce qui s'est passé, ou s'il s'agit d'une légende personnelle, d'une invention « seulement subjective », d'un baume cicatrisant. Le plus logique est assurément que les deux hypothèses, telles les eaux de ruissellement qui, divergeant sur un toit, se retrouvent dans la même gouttière, confluent comme les deux sens d'un homonyme. Quoi qu'il en soit – qu'il s'agisse d'une reproduction ou d'une construction, d'une réminiscence ou d'un mythe –, peut nous séduire l'hypothèse suivant laquelle ce premier souvenir préfigure et porte en lui les germes de l'existence qui surviendra par la suite, comme le ferait un événement dans lequel il sera loisible, à partir de ce que parviendra à devenir ce sujet, de lire rétroactivement le sceau de son destin. Au sein du néant confus d'une âme sans repères, il se serait passé quelque chose, une péripétie inattendue, qui mettrait sa vie sur des rails et lui donnerait un sens. Une sorte de *fiat lux* indispensable pour féconder un esprit neuf, ayant pu à partir de là jeter l'ancre à bon port.

Bien qu'elle soit risquée, l'hypothèse qui consiste à considérer que le souvenir s'organise, non pas à partir du passé ni depuis le présent, mais en fonction de l'avenir, est aussi bien séduisante : ce que quelqu'un parvient à devenir n'est pas le résultat, mais, au contraire, la cause du souvenir. Normalement, les oracles qui présagent du passé sont plus crédibles que ceux qui prophétisent l'avenir.

De toute façon, un doute persiste dont la fécondité n'est plus à prouver : en a-t-il été ainsi en vrai ? Ou le souvenir n'est-il qu'une reproduction rétroactive, ayant pour visée de confirmer et de sceller une destinée dont les dés ont été déjà tirés, comme c'est la règle dans les hagiographies et les biographies de saints et de héros, toujours bourrées d'anecdotes infantiles qui, lorsqu'elles dépeignent ces êtres exceptionnels, montent en épingle les attributs merveilleux qui, l'âge venu, rendront leur vie illustre ? La mémoire ne rattrape pas le temps perdu, elle le projette vers l'avenir.

Valéry[1], économe de ses mots, disait : la mémoire est l'avenir du passé. Lewis Carroll fait dire quant à lui à la Reine de cœur[2] que la mémoire qui travaille, tournée seulement vers le passé, est bien faible.

Comment situer un premier souvenir dans le temps et dans l'espace, si celui-ci est précisément antérieur à tout ce qui a pu faire sens par la suite ? Cela semble impossible, à moins qu'on le « raccroche » au tissu qui s'est formé à partir de souvenirs ultérieurs. « En fonction de ceci, qui m'est arrivé ici même et en ces années-là, cela doit avoir eu lieu auparavant, quand... » « C'est arrivé dans la maison de mon grand-père... » Cela même implique qu'après, nécessairement après, on pouvait savoir quel âge on avait alors, ou que cet endroit était bien la maison du grand-père. Il n'y a pas de moments originels ; il n'y a que des reconstructions. Devant les prétentions à l'originalité, à l'authenticité, à l'originaire, le soupçon ne fait que croître et embellir. Tout commencement est ultérieur. Le film de nos vies (ce sur quoi s'interroge en premier lieu ce livre) commence partout et, pour cela même, nulle part. Pour le projeter en commençant par un début, il n'y a pas de meilleure façon de procéder, et, comme toutes sont mauvaises, n'importe laquelle peut être la bonne.

Par ailleurs, il nous faut bien reconnaître que le souvenir n'est pas une fonction individuelle, mais une construction collective, que l'Autre s'y immisce, s'y taillant la part du lion, soit en fournissant des données, soit en censurant et distordant l'exactitude du récit,

---

1. P. Valéry, *Cahiers,* Paris, Gallimard, La Pléiade, 1973, t. I, p. 1256.

2. « *"It's a poor sort of memory that only works backwards", the Queen said.* »

en fonction d'intérêts qui soufflent leur vent dans une direction pas toujours évidente, soit en voilant et déformant les vagues images photographiques du passé sur la surface impalpable de la remembrance. C'est bien cet Autre qui participe au premier souvenir, tant et si bien qu'à propos de cet épisode sacré, se présentant comme le garant incertain de la continuité d'une existence, il serait malaisé de justifier qu'il faille en passer par la première personne du singulier pour le raconter, puisqu'il est inconcevable que ce produit puisse l'être dans une autre langue que celle parlée par une communauté. Depuis Wittgenstein, nous sommes payés pour savoir qu'il n'y a pas de langage privé. Goethe[1] lui-même trouvait que :

> Quand nous cherchons à nous rappeler ce qui nous est arrivé dans les premiers temps de notre enfance, nous sommes souvent exposés à confondre ce que nous avons appris des autres avec ce que nous possédons vraiment par expérience et par observation personnelle. Ainsi donc, sans entreprendre là-dessus une enquête précise, *qui d'ailleurs ne peut mener à rien,* j'ai connaissance que nous habitions une vieille bâtisse... [Nous soulignons.]

Il est malaisé, sinon impossible, de différencier un souvenir « réel » d'un autre qui serait « induit » et de séparer les « parties » correspondant à l'un et à l'autre, depuis qu'elles se sont mêlées[2]. La mémoire d'une personne donnée est inextricablement mêlée à la mémoire de

1. J. W. von Goethe, *Poésie et vérité, op. cit.*, 1941, p. 13.
2. L'exemple le plus radical est celui du premier souvenir de J. Piaget. Cf. *infra*, chap. IV.

l'Autre. À cette influence du prochain, qui est variable, vient se surajouter un fait d'évidence : le moi autobiographique est loin d'être un témoin fidèle et impartial. Au contraire, suivant l'avancée prophétique de Rimbaud, « C'est faux de dire : je pense. On devrait dire : on me pense. [...] Je est un autre[1] », je ne sais pas et je ne veux rien savoir, je construis le souvenir avec des matériaux hétéroclites ; ce « je » travaille pour créer et rendre crédible une image agréable et digne de compassion, image de héros ou de victime ayant une clarté trompeuse et dont les éléments essentiels restent dans une indéfinition nébuleuse. « Je [qui] est un Autre » participe à l'histoire, jetant sur elle des voiles égoïstes, enregistrant des lambeaux du passé et les rapiéçant d'éléments empruntés à d'autres époques et à d'autres sources. Chaque souvenir de la petite enfance est un « patchwork », un agrégat intéressé (et pour cela même intéressant) de corrections et de rafistolages. Collage et bricolage.

Savoir si la mémoire concernée par l'enfance produit une reproduction mentale correcte d'un événement qui est réellement survenu à l'enfant nous préoccupe guère – dans notre investigation, il sera vérifié que ce n'est pas le cas et que ce ne pourrait l'être. Ce qui présente un attrait, c'est précisément de savoir que le récit que nous recueillons est une création de fantaisie : que sa vérité n'est pas historique (le peu d'intérêt que cela aurait dans ce cas !) – cette vérité étant directement à mettre en proportion avec la distorsion (personnelle et empruntée) qui aura été injectée au rendu de l'événement. Le saint Christophe des minuscules papiers porte sur ses

1. A. Rimbaud, « Lettre à Georges Izambard », in *Œuvres complètes*, Paris, Gallimard, La Pléiade, 2009, p. 249.

épaules l'enfant Dieu de la vérité. Sauf qu'il s'agit d'un autre enfant, différent de celui qu'il croit être.

La mémoire, suivant une métaphore éculée, est une toile : elle est soumise à tous les avatars de ce qui advient au tissu (au texte) : déchirures, dégâts, nœuds, trous, reprises, broderies, raccommodages, coutures habiles ou maladroites, colorées et déteintes, coupures, doublages, dilacérations, tissages, taches et brillances peuvent se produire à sa surface. Les mites de l'Alzheimer et de la démence, comme les petites mains réparatrices de la couturière qui polit le texte et le corrige, peuvent dévoiler en occultant (ou occulter en dévoilant) des nudités, accentuant ainsi le charme et l'effroi de tout être. Comme nous l'avons dit il y a peu, nous sommes ce dont nous nous souvenons ; mais ce que nous oublions (et bien que cela nous fasse souffrir) est constitutif de notre être. Notre insu, ce que nous ne pouvons savoir de nous-même, en fait éminemment partie. La statue de Mnémosyne présente trois faces, et non deux : *mémoire, oubli et refoulement.* L'être de notre oubli et l'oubli de notre être ne sont pas accidentels ; ils sont programmés.

Les coordonnées de temps et d'espace sont, dans le cas de Cortázar (ou celui de Freud ou de Borges), très précisément indiquées. D'autres fois, plus souvent, le sujet ne peut pas attester ces données avec précision. La plupart des personnes, selon les psychologues qui se consacrent à cette tâche, situent leur premier souvenir entre deux et quatre ans. De toute façon, comme le disait l'écrivain anglais L. P. Hartley[1],

1. L. P. Hartley, *The Go-Between,* traduit en français sous le titre *Le Messager* par D. Morrens et A. Martinerie, Paris, Presses de la Cité, 1971. La phrase que je cite ouvre le roman. Le scénario du film a été écrit par le prix Nobel de littérature 2005 : Harold Pinter.

auteur du roman *The Go-Between,* dont le cinéaste Joseph Losey a tiré un très beau film, « le passé est un pays étranger. Les choses sont faites différemment, là-bas[1]. » Aller à la pêche au premier souvenir d'un écrivain, qu'elle soit menée à bien psychanalytiquement ou d'une autre façon, en devient d'autant plus une exploration qui va au-delà de celle d'un détective, ou de la recherche de pièces à conviction dans un interrogatoire ayant trait à des suspects ; c'est un voyage analogue aux déambulations de Livingstone et Stanley parcourant le continent noir, une incursion dans le passé synonyme de voyage vers ce qui a disparu, bien que continuant d'agir, dans le « hors d'atteinte » de Goethe, dans l'aboli[2]. Au cœur des ténèbres.

Par ailleurs, si la mémoire est un tissu où certains points cruciaux sont noués à d'autres apparemment triviaux, mais pouvant associativement conduire aux premiers, il est logique que ces éléments succombent aussi à l'oubli, eux qui, en eux-mêmes, ne comportent aucun « danger » et sont, par eux-mêmes et pour leur propre compte, peu susceptibles de déchaîner de l'angoisse. Il est compréhensible que nous effacions les chemins qui nous ramènent au traumatique, à l'intolérable de situations comme celles-là et que nous érigions à leur place une haie tranquillisante de souvenirs anodins, de trivialités supposées qui dévient l'impact de l'effrayant. À nouveau, cela n'avait pas échappé à Valéry : « Le souvenir est indes-

1. « *The past is a foreign country ; they do things differently there.* »

2. En latin, *abolere* signifie « annuler, détruire, faire disparaître le souvenir de... ». Le *Dictionnaire historique de la langue française* (Le Robert) suggère qu'existe une connexion entre cette racine et celle d'*obliviscere* d'où dérive l'italien *oblio*, l'anglais *oblivion*, l'*oubli* français et l'*olvido* espagnol.

tructible. Ce qui se perd, c'est le chemin qui y mène[1]... » Il se perd assurément, mais il peut réapparaître, et même comme une voie pavée, quand on goûte à une modeste pâtisserie en forme de conque que l'on a au préalable trempée dans une tasse de thé.

Mais ce n'est pas seulement pour éloigner l'effroi que se réactivent les recouvrements de ce témoin fallacieux qu'est la mémoire. Il peut arriver, et le cas est fréquent, que le souvenir archaïque soit investi d'une indicible angoisse, convoyée par des traits inquiétants et de mauvais augures. Cette anxiété se révèle insondable pour le sujet lui-même, la terreur qu'il a vécue dans le passé reculé lui semble absurde, car le souvenir lui apparaît superficiellement comme sans danger. Exprimons-nous en termes plus techniques : il ne semble pas y avoir de congruence entre la représentation intellectuelle et l'affect, entre la pensée et le sentiment. Il convient ici d'évoquer Pascal et sa maxime si démonétisée : « Le cœur a ses raisons que la raison ne connaît point. » Il n'y a pas de doute : le cœur est directement concerné par le ressouvenir, puisque *recordar*, c'est restituer à l'organe de l'amour, au plus intime (*Erinnerung*), ce qui s'en est séparé. Le cœur, il n'y a pas de raison qui le comprenne... parce que ce « cœur » appartient, en tant qu'inconscient, sinon au souvenir en tant que tel, en tout cas à ce que le souvenir implique et aux raisons qu'a le sujet de penser qu'il a pu être de mauvais augure. Nous avancerons-nous à soutenir que le cerveau (*mind)* est l'organe de la *mémoire* (*memoria)*, tandis que le cœur est l'organe du

1. P. Valéry, *op. cit.,* p. 1239. Dans le chapitre VI, sur le souvenir de Gabriel García Márquez, nous verrons que les spécialistes de la mémoire se disputent âprement sur cette question.

souvenir (*recuerdo*) ? Quel parapluie sera alors susceptible de nous protéger de la pluie de reproches que fera tomber sur notre tête le ciel sévère de la science ?

Les apparences sont trompeuses. Selon quel critère un souvenir d'enfance prend-il de la « valeur » ? En principe, nous devrions penser que si un épisode n'ayant *a priori* aucune pertinence échappe au destin prévisible d'oubli qui attend tous les événements précoces, c'est parce qu'il comporte quelque chose de très particulier qui se conserve comme une énigme et que cette singularité que lui confère le fait d'être le premier souvenir mérite toute l'attention d'une recherche poussée. Étant « le premier » d'une série, il n'est pas nécessaire qu'il soit important, il pourrait fort bien être fait de cuivre vil se mettant à briller de la fulgurance dont la fraîcheur première l'embellit, et il serait superflu de s'employer à tailler ses facettes ou à extraire sa quintessence. De par son caractère « ordinaire », son aspect anodin, il semble être fait de ce métal pauvre, mais il pourrait aussi cependant retrouver la brillance de l'or, une fois qu'on lui aura ôté sa patine de mousse et d'insignifiance. Bijou ou bagatelle, ce sera l'analyse de son texte, et non son apparence ingénue qui permettra de trancher. La décision à prendre concernant sa valeur ne pourra se faire qu'après une *recherche** poussée au-delà du préjugé. *La suite le dira.*

On peut se laisser captiver par le mythe qu'il y aurait une origine absolue de la mémoire personnelle ; le concrétiser cependant sous forme de récit est pure fantaisie, car… une telle origine ne se rencontre point. Avec l'origine ne se tissent que des mythes. Les mythes servent toujours cependant à transmettre une vérité, bien qu'ils ne disent pas « la » vérité. Ils se prêtent, en revanche, à de l'interprétation. L'histoire de la Genèse en serait un parfait exemple. La fascination qu'exerce le premier souvenir, à laquelle Freud lui-même se prête, provient – me semble-t-il – de l'*annulation du temps* qui est implicite à l'idée d'« origine ». Pour que quelque chose soit réputé comme primordial (*ur*), il est nécessaire qu'il soit dépourvu de passé, puisque le moindre état antérieur mettrait en cause sa condition de fondement. Ne se peut non plus assumer l'idée d'un avenir anticipable à partir de cet « os », de cette « cellule germinale », de cet œuf fécondé de l'être d'une personne. À partir de ce moment, le sujet surgirait comme une création *ex nihilo*, et il ne pourrait qu'alors aspirer à être, à être quelque chose, à désirer, à caresser une fantaisie qui ne soit ni mémoire ni perception. Qui parmi nous resterait insensible à la lumière incandescente des commencements, elle qui irradie l'instant d'un pur présent qui ne serait entaché ni par du passé ni par un futur imprévisible ne se laissant pas encore soupçonner ?

Quand on se met à écouter ce premier souvenir raconté par « son propriétaire », on n'y trouve le plus communément rien de particulier. Si on interroge le sujet lui-même, celui-ci ne parvient pas, en général, à en dire mieux ou davantage. Mais dans le concret et très couramment, le travail qui consiste à émietter le récit permet d'obtenir des résultats inespérés, d'aboutir à de véritables révélations, qui confirment l'axiome de Freud sur l'« importance substantive » du premier souvenir.

Une aurore d'effroi pour Julio Cortázar

Habituellement, comme c'est le cas pour le souvenir de Cortázar, c'est l'Autre, nommément la mère, qui fournit les données indubitables de temps et d'espace, offrant « les cadres sociaux de la mémoire ». C'est elle qui apporte, sinon le tableau en entier, en tout cas son cadre : Barcelone, 1917, durant les années de la Première Guerre mondiale. La parole maternelle, la géographie et l'histoire confluent, dessinant un carrefour d'où dérive le chemin menant à un moi. La mémoire réclame ses garants historiographiques, présente des données dignes de l'archive, et elle les organise en une narration filée au petit point.

Retournons à Julio Cortázar et à son récit[1]. Nous disposons du cadre, fourni par la mère : à l'âge de trois ans, en Catalogne. L'auteur de *Rayuela* (*Marelle*) laisse, d'entrée de jeu, tomber la sentence fatidique : « La mémoire voit le jour avec la terreur. » Lisons attentivement : il ne s'exprime pas en disant « ma » mémoire, il dit « la » mémoire, de telle sorte qu'il semble bien énoncer une loi générale qui transcende le savoir psychologique, voire aussi l'acquis psychanalytique. Va-t-il en être de même pour tous ? Le point à partir duquel surgit toujours l'angoisse d'abandon, l'ignorance ou le doute terrible à propos du retour de l'autre (– Où es-tu partie, ô mère ? Pourquoi n'es-tu pas ici, à mes côtés ?), ce point qui griffe la surface lisse du néant n'est-il pas la lézarde qui va se remplir de souvenirs ? S'agirait-il de la terreur que provoque l'inconnu, la dérélicition, le côté orphelin de l'enfant confronté à l'innommable et à l'affreux. La première trace laissée sur la fragile membrane de l'être serait (ou est) celle de la détresse (*helplessness, hilflösigkeit, desamparo, d'êtresse*[2]). Il se pourrait que le premier souvenir de tout le monde

1. *Op. cit.*, à propos de l'exergue du livre, p. 9.
2. Jeu de mots de l'auteur en français dans le texte. (N.d.T.)

soit le cri poussé par chacun, provoqué par l'absence de la mère. Et ce qui suit, la résilience, ne serait rien d'autre qu'un « vivre assez pour la raconter[1] » : une pure et simple articulation de ce cri.

La généralisation risquée par Cortázar, reliant la mémoire à la terreur, peut sembler excessive. Il serait facile d'objecter que la plupart des individus ne parviennent même pas, dans le fatras des évocations infantiles, à isoler un premier souvenir, et que nombreux sont ceux pour lesquels il n'y a rien de terrorisant ou qui relève de ce qui est qualifiable de cauchemar, comme le signale l'écrivain argentin. Il y en aura même d'autres pour soutenir le contraire, qui évoqueront à cet effet le climat de douceur bénie, de chaleur de l'étable lumineuse avec la paille, l'âne et le bœuf réfléchissant la lumière émanant du halo qui entoure les trois figures centrales. Mais le recours à cette tranquille piété de l'origine serait aussi bien susceptible de nous induire en erreur ; Cortázar pourrait avoir raison, même si le plus grand nombre n'est pas d'accord avec lui, quand il affirme que le premier souvenir renvoie à la dislocation traumatique de l'esprit. Il pourrait bien se faire que nous ayons « oublié » l'effroi inaugural, que nous n'ayons pas le courage de le re-présenter et que nous nous consolions, en atténuant l'angoisse originelle avec l'image des cadeaux qui nous furent offerts : or, encens et myrrhe.

Freud, déjà en 1899[2], a révélé le caractère « recouvrant » de bien des souvenirs infantiles (de tous ?) qui se laissent « voir » comme un rideau d'impressions hyper-

1. Allusion au titre de l'autobiographie de G. García Márquez. (N.d.T.)

2. S. Freud, « Sur les souvenirs-écrans », in *Huit études sur la mémoire et ses troubles*, nouvelle traduction de D. Messier, Paris, Gallimard, 2010.

lumineuses (*überdeutig*), et dont il appert, pour peu que ces enregistrements (*recordings* !) soient analysés, qu'ils ne deviennent rien de plus que le souvenir d'événements vécus comme des fantaisies obturantes, tranquillisantes, destinées à apaiser le traumatisme de cette première rencontre avec l'effroi, dont Cortázar se dispose à nous parler. La mémoire ne fonctionne pas comme un mécanisme d'horlogerie ; elle peut fort bien être – c'est le cas, normalement – une sorte d'alambic servant à distiller le passé et par là même à l'adultérer. Selon le dire de Freud : « Une investigation minutieuse montre bien plutôt que de telles remémorations fausses sont de nature tendancieuse, c'est-à-dire, qu'elles servent des desseins, à savoir le refoulement et le remplacement d'impressions suscitées par des choses choquantes ou désagréables[1]. » Nous l'illustrerons – dès le chapitre suivant – par le cas de Freud lui-même. Il ne doit pas nous paraître étrange que la mémoire obéisse au principe de plaisir (telle est la première théorie de la mémoire freudienne ; puis, aux environs de 1920, nous en rencontrerons une autre) et que nous ayons tendance à oublier, c'est-à-dire à nous protéger, par le biais d'un faux oubli, des si nombreuses occasions qui se sont présentées, durant les époques précoces de la vie, où nous avons éprouvé de la peur, de l'angoisse, de la honte, de la colère et de l'impuissance : tous sentiments qui nous assaillent avec une force qui nous terrasse, à nous qui sommes laissés sans armes, dans le labyrinthe qu'est le monde pour un tout-petit.

Le souvenir évoqué par Julio Cortázar est aussi effarant que banal. Lors de l'un des quelconques matins de

1. *Ibid.*, p. 113.

son enfance, jusqu'alors vierge de tout souvenir, il entend chanter un coq. Ce souvenir, bien que son vécu ait été déclenché par un événement ordinaire aux yeux du savoir d'un adulte, aura pour toujours la répercussion de l'effarant. L'angoisse, n'importe quelle angoisse, même si au début nous ne savions pas pourquoi, n'est pas sans objet. Le temps passant et rétroactivement, il pourra se révéler que la terreur inaugurale de l'enfant s'est déplacée d'un contenu irritant à « refouler », à un autre contenu « innocent » et apparemment éloigné de la source d'angoisse. C'est ainsi que se construisent les « souvenirs-écrans », où le cœur vient prendre refuge et où la raison est mise à l'écart.

Il est possible que le récit que Cortázar se prépare à fourbir soit à la source de la mémoire de quiconque et que tout un chacun ait souffert de l'impact d'un choc de cet ordre, véritable traumatisme de la naissance, mais d'une seconde naissance, celle au langage, que peu d'entre nous oseraient évoquer – et ni par lâcheté ni par absence de détermination –, un traumatisme dont personne mieux que Michel Leiris, dans les premières pages de *Biffures*[1], n'a su faire le récit. Mais il nous faut écouter Cortázar, avant d'adhérer à la thèse de cette assimilation universelle de la mémoire à la terreur. S'il en était comme il l'affirme, il faudrait rechercher la raison de notre mé-souvenance[2] dans la transgression des frontières de ce que nous pouvons enregistrer ou codifier. Ces expériences précoces « qui prennent la tête » seraient affreuses à vivre, dans la mesure où elles nous

1. M. Leiris, « ...reusement », in « Biffures », *La Règle du jeu,* Paris, Gallimard, La Pléiade, 2003, p. 3-6. Cf. *infra.*, chapitre XII.

2. *Desmemoria,* néologisme en espagnol que nous avons déjà traduit plus haut (cf. p. 16 n. 1) par « mé-souvenir ». (N.d.T.)

confrontent à une tension insupportable : celle d'avoir à se réveiller sans savoir où l'on est ni d'où l'on vient.

Le décor de la remembrance de Cortázar est décrit de la sorte :

> On me faisait dormir seul dans un lit au pied duquel se trouvait une baie vitrée démesurée… Du néant émerge mon réveil à l'aube, je vois la fenêtre grise comme une présence désolante, bien propre à vous tirer des sanglots… Ce rectangle grisonnant du néant était exposé à des yeux qui s'ouvraient sur du vide, qui glissaient infiniment en une vision sans garde-fou : un enfant étendu sur le dos, en face d'un ciel nu. [*Op. cit.*]

Un écho littéraire de ce souvenir se retrouve dans *Marelle*[1] :

> Je me réveillai et vis la lumière poindre entre les rais des persiennes. Je sortais du plus profond de ma nuit, si bien que je ressentis comme l'envie de me vomir moi-même, vivant l'effroi d'aborder un jour nouveau, avec toujours sa même présentation, et, chaque fois, avec son indifférence mécanique : conscience, sentir la lumière, ouvrir les yeux, persiennes et aube… *Je suis obligé de tolérer que le soleil se lève tous les jours.* C'est monstrueux. *C'est inhumain.*

L'Autre a pris ses dispositions et le corps de l'enfant ne peut que s'y soumettre passivement, comme exposé à une violence incompréhensible ; aucune raison qui

1. J. Cortázar, traduit par L. Guille-Bataillon et F.-M. Rosset, Paris, Gallimard, L'Imaginaire, 1966.

tienne, il y a simplement que « l'on me faisait dormir seul ». Il n'est pas nécessaire de dire qui en est responsable. Il est possible que ce soient « mes parents », mais tout autant que non. L'image de l'Autre reste indéfinie, ce qui donne toute sa fascination à la phrase, aussi simple et de bon augure (sur le versant poétique) qu'elle peut être désolante (sur le versant de la subjectivité) : « On me faisait dormir seul. » La baie vitrée, comment ne pourrait-elle pas être démesurée, s'il n'y a pas de commune mesure entre le corps de l'enfant et la maison des adultes ? De cette baie vitrée provient une lumière qui traverse des yeux ouverts sur le vide, un vide tourné vers l'extérieur, qui se continue en un vide intérieur, atteignant une âme qui n'est que fenêtre, fenêtre ouverte sur l'extérieur, mais dépourvue d'intériorité. Baie vitrée de la chambre et fenêtre des yeux, vide contre vide, enfant projeté par le dos, en face de l'immensité d'un ciel sans atours ni bords, infini et nu. Le « *dasein* » (être-là) et l'état de « *geworfen* » (jeté au monde), dont parle Heidegger, ne pourraient être mieux exprimés que cela n'est fait ici avec les mots simples de ce souvenir d'enfance, infime comme un atome.

Manquent des points de référence ou des repères auxquels s'agripper ; le regard glisse en un monde d'objets indifférenciés, au sein d'un réel sinistre et innommable, à l'époque d'un « allaitement entre chats et hochets, dont les autres seuls se souviennent[1] », c'est-à-dire sur un décor déjà installé par d'autres, où il y a des choses qui se présentent avec leurs noms pour qu'un futur sujet s'y raccroche. « Je » – qui n'existe pas

1. J. Cortázar, *op. cit.*, p. 2.

encore – ne pourrais m'en souvenir : « les autres seuls », tandis que je gambade « entre chats et hochets », qui seront victimes de l'oubli. L'être de l'enfant est submergé par le réel. Lui, il ne regarde pas ; il est regardé par l'œil cyclopéen de l'immense fenêtre qui a le pouvoir de lui faire sentir son abandon, la précarité de sa vie, la condition mortelle de son infinie petitesse en face du ciel désolant.

Dans ce paysage désert où rien ne signifie quelque chose pour personne, sur ce décor spectral, ouvert à tous les présages, il survient quelque chose qui était, de toute façon, préparé, quelque chose qui ne pouvait pas ne pas survenir et qui est cependant inhabituel et inattendu : une explosion de stupeur et de vertige, la transformation du quotidien et familier en quelque chose d'atterrant et d'indéchiffrable.

Suivons les méandres du récit : chaque nuance, chaque tour du langage dévoile la vérité de l'expérience, et non de l'événement – car de ce dernier, nous ne saurons jamais rien –, celle de son évocation narrative ou répétitive[1] ; voyons comment s'en disposent l'un après l'autre les éléments. Cortázar n'a pas encore dit – et non sans raison – que ce paysage vécu par l'enfant avec sa chambre, sa baie vitrée et son ciel était en silence. Dans cette solitude, il n'y avait même pas de silence.

1. *Diegética*, en espagnol, la diégèse désignant (cf. Platon, *République*, et Aristote, *Poétique*) le contraire de la *mimésis*. Nous nous risquons à traduire, en bons freudiens, par « répétitive », laissant ainsi entendre qu'il s'agit bien d'un acte qui dépasse la narration, même s'il échappe encore au sujet (cf. *Erinnerung, Wiederholung und Durcharbeitung*, texte de 1914 généralement traduit par : « Remémoration, répétiton, perlaboration », in *La Technique psychanalytique*, Paris, PUF, 1953, p. 105-115). (N.d.T.)

> Et alors, un coq chanta ; si surnage un souvenir, c'est pour ça ; mais je n'avais aucune notion du coq, il n'existait aucune nomenclature tranquillisante ; d'où aurais-je su que c'était un coq, le responsable de cette dilacération du silence en mille morceaux, cette dilacération de l'espace qui précipitait sur moi le crissement de ses verres, son premier et plus terrible roc[1] ?

L'effroi a cours dans la trivialité, revêtu de sa tenue habituelle. Nous nous sommes trouvés tant de fois seuls dans une chambre, nous y sommes réveillés, y avons vu la lumière matinale entrant par la fenêtre, y avons entendu le chant des coqs, comprenant alors, tôt ou tard, que c'était ainsi que commençait une nouvelle journée dans nos vies, tout cela est si banal qu'il peut finir par nous paraître étonnant, et que Cortázar mentionne cet épisode, tout en montant en épingle son caractère terrifiant, et qu'il prétende, à dessein ou non – ou que nous prétendions à sa place –, l'élever au niveau du paradigme de la naissance à la mémoire.

Pourquoi faudrait-il que quelqu'un sursaute en se réveillant au petit matin, en découvrant la lumière et en entendant le chant d'un coq ? L'angoisse, nous dit l'écrivain, provient d'un creux, d'un trou dans le savoir : « manquait la nomenclature tranquillisante. » L'événement, banal en lui-même, devient sinistre à cause de l'absence d'un amortissement, à cause du

1. Le mot « roc » est effectivement absent du dictionnaire espagnol, mais mon ami Nestor Braunstein me fait remarquer qu'il ne s'agit pas pour autant d'un néologisme, puisque tous les lecteurs espagnols de la version des *Mille et Une Nuits* se souviennent de l'« ave Roc », l'oiseau mythologique des illustrations qui y figurent, et que les cruciverbistes sont loin, eux-mêmes, d'ignorer les facilités qu'il offre, lors de la définition d'oiseau mythologique, en trois lettres… (N.d.T.)

manque du matelas protecteur de la « compréhension ». En l'absence de parole, le réel n'a pas de garde-fou et devient effrayant.

La naissance de l'esprit. Au réveil, chaque matin, se produit un réveil à la vie, au souvenir et à l'histoire. Évoquer, comme le fait Proust[1], le réveil inaugural qui est, dans son cas, terrorisant, est aussi ce que fait Cortázar. Ce dernier finit par dire que c'est là le point où commence le recueil de ses souvenirs. Il se réveille de la mort éternelle qui précédait, pour entrer dans la vie. Il situe ainsi l'instant où, sortant d'un état où la lactation le fait appartenir à l'Autre davantage qu'à lui-même, l'enfant entend le chant du coq et se retrouve anéanti par cette intrusion du réel, par un cri en provenance de la nature et qui l'amène à ressentir à quel point il est sans défense face à l'inconnu, à l'innominé.

Ne pouvant savoir qu'il s'agissait d'un coq, il vivait dans l'effroi de cette « horrible dilacération du silence en mille morceaux… ». Il n'y avait pas de silence antécédent, le silence était la conséquence du cri poussé par le coq, il avait été créé par la stridence du cocorico. De la même manière que nous envelopperait un cristal parfait et dont nous n'aurions aucune idée jusqu'à ce qu'une pierre, tombant sur lui, le fragmente et que nous nous retrouvions blessés par ses éclats. De même, une fois rompu, le silence surgit comme une dimension et comme l'enveloppe de l'existence.

Le chant du coq n'est pas terrorisant. À vrai dire, rien n'est atroce *en soi* dans le réel, car la terreur est un *pour soi*, étant un état de l'âme. Ce qui est dévastateur, c'est la méconnaissance, le manque d'une parole

1. M. Proust, *op. cit.*, t. I, p. 3-9.

rédemptrice qui nomme cette expérience. C'est ainsi. La pluie de cristaux du silence, tombant et perforant le fin épiderme de l'âme du bébé, lacère et déchire.

Si chaque réveil était la réitération de cette scène, la vie serait intolérable. L'habitude et l'oubli sont les médications salvatrices qui permettent la survie. Nous pourrions dire que, parmi les humains, il y a des destinées qui se caractérisent par le fait que le réveil y est impossible, parce que la personne ne se libère jamais des « verres qui crissent », perforant la membrane du tympan, avec leur « premier et plus terrible roc » (rock'n'roll, oiseau roc[1] – *Mille et Une Nuits* –, bébé Rocamadour, *roc-coq** de l'enfant précocement bilingue). L'effroi produit par la scène n'est pas difficile à comprendre ; ce qui l'est, en revanche, c'est de savoir comment l'on se sort de la détresse initiale, comment l'on parvient à faire de chaque matin une routine des travaux et des jours. Cortázar nous raconte comment il a pu en sortir, lui :

> Ma mère se souvient que je criai, qu'ils se levèrent et s'approchèrent, qu'elle passa des heures à me rendormir, que ma tentative pour comprendre obtint seulement ce résultat : que le chant du coq sous la fenêtre, quelque chose de simple et de presque ridicule, me fut traduit en mots qui doucement en vinrent à détruire l'immense machinerie de l'effroi : un coq, son chant précédant le soleil, cocorico, *dors mon enfant, dors mon amour**.

Le duvet de l'amnésie tombe sur l'épisode et celui-ci demeure comme un rayon lumineux sur le sol, tapi

1. Suite de jeux de mots sur « roc » ; avec la référence dans *Marelle, op. cit.*, chap. XCIII : « Ah ! si je pouvais couver le Roc du silence ! » (N.d.T.)

sous le feuillage par un jour ensoleillé ; des lambeaux de lumière et d'obscurité s'installent, dessinant la trame des souvenirs. Quand la voix s'éclipse, celle de la petite personne, surgit celle de la grande, qui la remplace : « Ma mère se souvient que… » La réflexion subséquente s'essaye à discerner, comme elle peut, ce qui appartient à la mémoire de l'une ou de l'autre. En ce point, la mémoire de l'enfant fut obnubilée par la panique consécutive au retentissant éclatement du silence. Son angoisse est maintenant devenue un appel au secours, un cri auquel quelqu'un se doit de répondre. Et cet Autre, de quelle manière peut-il venir en aide ? De quoi dispose-t-il, sinon des mots ? De quoi est-il fait, cet Autre, sinon de mots, fragiles petites planches de salut qui tentent laborieusement d'éviter l'effondrement, de donner à l'être des repères lui évitant le naufrage, de le constituer en subjectivité, de lui permettre de se reconnaître comme « je », pourvu d'un intérieur, lequel sera susceptible de reconnaître et nommer les objets qui l'entourent à l'extérieur ?

Au chant du coq qui sème le sentiment d'horreur va succéder la berceuse qui roucoule et réintègre le sujet à la douce indolence du sommeil. D'un côté se joue, hors du temps, l'invasion par le réel, de l'autre se met en marche la réparation grâce à l'artefact d'une onomatopée rédemptrice : cocorico, kikiriki, maintenant à toi d'imiter ce chant qui t'oppressait, à toi de jouer à être toi-même le coq qui te menaçait, n'aie plus peur, *mon enfant, mon amour**. La voix l'enchante et assigne aux choses une pertinence ; en tant qu'objet investi par l'amour de l'Autre, l'enfant est arraché au réel, sauvé de l'angoisse. Il est à présent devenu un être capable de mémoire, une mémoire constituée à l'évidence par les mots de la langue que concède ce grand Autre. Il dispose à présent d'un pôle et d'une réserve de souvenirs, d'un entrecroisement entre un « cela m'est arrivé » et un « l'on m'a raconté », d'un livre où la page du présent en évoque d'autres qui furent déjà projetées et oubliées, lors du développement cinématographique d'instants antérieurs. Ça parvient à devenir « moi ».

Qu'une mémoire, que la mémoire, que toute mémoire naisse de l'angoisse, cela ne nous fait-il pas tomber dans l'excès qu'il y aurait à prendre l'infime vignette autobiographique de Julio Cortázar comme modèle de la formation de la mémoire et du rôle lubrifiant de la parole dans la genèse du sujet ? Nous serions portés à répondre qu'il n'y a là aucun excès et, en même temps, à suggérer que cette fonction pacificatrice de la parole, comparée à l'importance de l'angoisse qui l'a précédée, que le rapport qu'il y a entre le fragile artefact que fournissent les signifiants et « l'immense machinerie de l'effroi », rencontrent des modes et des caractéristiques contingents qu'il y aurait à redéfinir dans chaque cas et chez chacun des « laborieux mémorisants ». La loi, qui vaut pour tous, oblige à retenir le critère de l'expérience singulière de chaque être parlant. Un par un.

Octroyons-nous maintenant la permission de succomber à la tentation de faire une conjecture, une improbable et fascinante conjecture : supposons que l'intensité des sensations visuelles et auditives de ce réveil, autant que la démesure de l'angoisse de l'enfant, ont pu creuser une faille qui n'aura pu être effacée que par l'intervention des autres (« ils se levèrent et s'approchèrent, ils passèrent des heures à me rendormir »). Dans la lézarde laissée par cette faille a pu germer la vocation du poète, celui-ci se consacrant à convoyer des mots, à les accumuler, à cerner le réel innommable et menaçant, afin de minorer avec des psalmodies verbales le sentiment d'abandon qu'éprouve l'être. L'enfant se voit initié à la poésie en écoutant le chant du coq, le roucoulement de la voix maternelle, les rythmes verbaux et les cadences de sa propre voix. Il aurait pu devenir fou, il en a réchappé et a pu forger des fictions merveilleuses.

D'autres écrivains et écrivaines que nous nous disposons à consulter nous encourageront à soutenir qu'il existe une continuité entre l'effroi et la poésie, celle-ci ayant pour mission de l'évoquer, mais, dans la mesure du possible, pour l'apprivoiser. Mais nous ne pouvons nous empêcher d'ajouter une nouvelle suggestion à propos du récit que devient l'histoire du coq sous la plume de Cortázar. Et si *ce n'était pas* par le chant de ce volatile que l'enfant a été réveillé ? Et si le chant du coq fonctionnait comme souvenir-écran à propos « d'autres bruits », en provenance, non du poulailler, absolument pas, mais d'un vestibule attenant à celui où on « l'avait laissé seul » ? L'histoire tout entière du coq ne serait-elle pas un écran recouvrant la panique provoquée chez l'enfant par une autre chose incompréhensible : la « scène primitive » freudienne (*Urszene*), constituée par l'activité sexuelle d'un couple, en général celui que forment les parents, pratiquant l'invétérée habitude du coït, cette chose totalement étrangère à la possible compréhension du bébé qui dort seul et qui est réveillé par des bruits indéchiffrables ? Cette scène qui se déroule à quelques mètres de lui, est-elle violente ? Y a-t-il quelqu'un qui en souffre ? Y a-t-il quelqu'un qui en jouit ? Que se passe-t-il entre ces adultes qui l'excluent, mais le rendent témoin – peu importe dans quelle mesure c'est involontairement – d'une scène qui le sollicite, sans qu'il l'ait lui-même sollicitée ? Ne seraient-ce pas les parents qui, sous le coup d'une obscure culpabilité, se prêtèrent à l'interprétation si tranquillisante... pour eux tout du moins, faisant croire à l'enfant que tout ce remue-ménage au petit matin avait été provoqué par le chant du coq, si routinier, bien que strident ? Nous ne pourrons jamais le savoir. Ce n'est pas parce qu'elle est hypothétique et parce qu'il est toujours discutable d'en référer à « d'autres expériences cliniques du même ordre » que nous pourrions nous permettre de taire notre hypothèse. Ce n'est pas parce qu'elle est téméraire que nous pourrions l'omettre.

Nous avons pris pour point de départ une idée farfelue : nous serions ce dont nous nous souvenons ; nous serions un livre où se sont imprimés certains moments de notre expérience et où se sont gravées, comme s'il s'agissait de caractères d'imprimerie (les fameuses *impressions*), les paroles qu'on nous a adressées. Mémoire nous sommes. Mais le moment est aussi bien venu de rappeler que nous sommes tout autant faits d'oubli, d'un oubli souhaitable pour notre salut, qui laisse s'évanouir les marques brûlantes de l'inexprimable, la trace de ces chants du coq qui attaquent par leur cri la fragile membrane de nos songes et qui sans trêve menacent de la déchirer. Nous avons tant à oublier que cela même que nous enregistrons n'est, en dernière instance, autre chose qu'un infime résidu de l'ensemble de notre expérience, un reste qui s'est infiltré au travers de la passoire jalouse de l'oubli.

> Mais à vrai dire, il y a aussi des choses qu'on se rappelle en écrivant, dont on ne se souvenait pas qu'on s'en souvenait, mais qu'on n'écrit pas pour autant[1].

1. D. Markson, *La Maîtresse de Wittgenstein*, traduit par M. Winckler, Paris, P.O.L, 1991, p. 191.

Si la mémoire, comme le dit Cortázar, voit le jour avec l'effroi, c'est le même effroi qui donne lieu à cette défense qui réfute le souvenir, le recouvrant du voile pieux de l'oubli ou… avec de poétiques et mystifiants souvenirs d'enfance.

– « Mystifiants », venons-nous d'écrire. Pourquoi, cher lecteur, faire l'étonné ?

– Parce que le cocorico dont se souvient Cortázar pourrait bien être « authentique ».

– Ce n'est pas notre opinion ; nous croyons qu'il s'agit d'un récit fascinant et lyrique à propos de la naissance de la mémoire et de l'effroi, qu'il faudra étayer avec d'*autres* arguments, et non avec celui de cet épisode fabriqué de toutes pièces.

– Et si n'était pas intervenue une construction postérieure ? Comment démontrer qu'a joué la falsification poétique de cette « mémorisation » et que c'est elle qui l'a emporté sur la vérité historique ?

– C'est facile. Il suffit de lire avec attention, avec une dose de suspicion, jouant un peu à devenir des détectives de la lettre. À la seule condition de soumettre le texte à une série de questions : qui a su, qui a dit, d'où a surgi l'idée que ce fut *le coq* qui a réveillé l'enfant ? Assurément, ce ne pouvait être le petit Julio qui dit expressément sa souffrance de n'avoir aucune notion de ce qu'est un coq, aucune nomenclature tranquillisante. Lui-même ne pouvait donc désigner la cause de son réveil prématuré et douloureux. Il faut aussi bien exclure que ce soient les parents qui l'aient pu : si empressés qu'ils se soient montrés à prendre en compte la complainte du bébé, ils n'auront pas été en mesure de décider si ce fut le gallinacé, ou une aigreur d'estomac ou…, ou si devaient être mis en cause les gémissements amoureux venus de la chambre voisine. Si l'explication emplumée dont l'enfant fut pourvu s'est montrée tranquillisante, qui aura-t-elle tranquillisé ? Sans doute eux-mêmes, les adultes qui jouèrent au coq (ou à colin-maillard[1]), instillant dans l'esprit de l'enfant une *croyance*. Depuis ce jour-là, Julio Cortázar a pu comprendre ce que « le coq » pouvait désigner : un nom pour son angoisse, tant qu'elle restait privée de signifiants, ce qui lui fit comprendre que pour domestiquer la fabrication de l'effroi, il fallait s'adonner à la narration, raconter un conte qui pourrait lui servir, non pour dormir, puisque d'habitude c'est à cela que servent les contes, mais pour se réveiller et pouvoir endurer le poids des redoutables aurores. Dans ce cas, comme dans tant d'autres, le souvenir aura été transformé en mémoire, en *Deckerinnerung*, en souvenir-écran. *Par la suite et le temps passant, l'histoire aura pu devenir (edgarallan) poétique*[2]*. Effrayante et, à la fois, consolante. Pour la plus grande gloire de l'oubli*[3].

1. En espagnol ce jeu s'appelle : la poule aveugle (*la galina ciega*). (N.d.T.)

2. Le lecteur aura sans doute reconnu et toléré le jeu de mots que fait l'auteur sur le nom d'Edgar Allan Poe. (N.d.T.)

3. Ici, l'auteur renvoie humoristiquement à la devise des jésuites : *Ad majorem Dei gloriam.* (N.d.T.)

III

La mémoire est une armoire bourrée de fantômes

Freud et les origines de la mémoire

Le moindre doute ne viendrait à l'idée de personne : c'est bien à Freud qu'il y a lieu d'attribuer des découvertes essentielles, tant sur les énigmes du psychisme infantile que sur les commencements de la mémoire, découvertes qui sont consubstantielles à la naissance de la psychanalyse. Les tentatives de Freud pour vérifier ses hypothèses furent menées, sans la moindre exagération, d'une façon acharnée, autant chez ses patients qu'en lui-même, en scrutant les témoignages qu'il parvenait à obtenir de collègues ou de lettrés qui auraient pu écrire sur ce thème. En étroite relation avec l'exploration des commencements de la *mémoire* se rappellent à l'ordre ses investigations, aussi tenacement poussées, sur les raisons du phénomène contraire : l'*oubli*, négatif en apparence, mais en fait revers et face complémentaire de la mémoire elle-même. À ses yeux et d'emblée, alors qu'on était encore à la fin du XIXe siècle, il était persuadé que l'on oublie pour éloigner des souvenirs pouvant faire du mal, tout autant que l'on se souvient, en une manière de déguisement et de recouvrement, pour maintenir à distance une autre réminiscence qu'il est préférable d'éloigner de la conscience. On ne se souvient que pour mieux oublier ou méconnaître[1]. La mémoire, dans la perspective de la psychanalyse, est un « patchwork » : le fait qu'elle travaille de façon fragmentaire et sélective (c'est bien en cela, en effet, qu'il y a *un travail de mémoire*) dérive de sa soumission au principe de plaisir. L'économie subjective, selon ce que pensait le premier Freud, tend à éviter le déplaisir et, s'employant à cette fin, elle préfère le refoulement au souvenir, afin de ne pas faire entorse à ce principe souverain. La souffrance, si cela se peut, il vaut mieux l'oublier… Le second Freud, après 1921, découvre qu'en de nombreuses occasions, c'est le contraire qui advient, que, *au-delà du principe de plaisir,* le souvenir traumatique exerce une fatale attraction et que, en se ressouvenant d'humiliations, de hontes subies et de pertes irréparables, le sujet *jouit.*

Freud reste et restera actuel en la matière. La recherche la plus poussée sur les mécanismes cérébraux de la mémoire et de l'oubli – qui est, bien évidemment, la bienvenue – ne pourra donner autre chose que ce qu'elle promet : mieux connaître les mécanismes et les noyaux de cellules concernés, avec les neurotransmetteurs impliqués. Mais l'on ne

1. Parmi les références obligées en ce domaine, si l'on suit la chronologie des *Œuvres complètes* de Sigmund Freud (Paris, PUF, 2010), devraient être mentionnés les travaux suivants : « Sur les souvenirs-écrans » (1899), « La psychopathologie de la vie quotidienne » (1901) au chap. IV, « Un souvenir d'enfance de Léonard de Vinci » (1910), et, en 1917, « Un souvenir d'enfance dans *Poésie et vérité* [de Goethe] ».

pourra aborder, même avec des moyens technologiques plus poussés, la question de savoir pourquoi l'on se souvient de quelque chose en particulier ou pourquoi l'on oublie autre chose en particulier. Cette opinion, soyons clairs en la matière, est loin d'être universellement acceptée. Dans le champ des neurosciences, il existe un courant « réductionniste » qui prétend que la survivance en notre XXIe siècle de thèses « psychologisantes » n'est à considérer que comme la conséquence d'une défaillance transitoire dans le savoir scientifico-naturel. Ce programme, que soutiennent aussi bien des psychologues cognitivistes extrémistes, aspire à rendre entièrement possible une « naturalisation » de l'intellect, pour en finir avec le dualisme (cartésien ou non) et aboutir à l'ontologie simplifiée d'un monisme radical. Une fois le cerveau soumis à une investigation dans cette perspective, celui-ci fournira toutes les clés susceptibles d'expliquer le fonctionnement du psychisme et la vie animique du sujet[1].

Notre point de départ et notre méthode contestent l'hypothèse réductionniste : l'étude des raisons personnelles du souvenir, toujours différentes pour chaque sujet, est inaccessible aux techniques de résonance magnétique, d'émission de positrons et de calcul de

---

1. E. R. Kandel, *In Search of Memory. The Emergence of a New Science of Mind*, New York, Norton, 2006. Œuvre notable, dont l'auteur, juif né à Vienne en 1931, admirateur de Freud, prix Nobel de médecine (en 2000), relate les commencements de sa formation comme psychanalyste et comment il s'est ultérieurement consacré à une « science de l'intellect » qui pourrait englober le savoir psychanalytique, à condition que celui-ci… renonce à la notion d'inconscient. Nous nous sommes occupés de ses recherches et de sa vie dans *La memoria, la inventora*, México, Siglo XXI, chap. IV, p. 103, 122.

l'activité électrique concernant les changements de potentiel dans les synapses neuronales rattachées aux événements, les preuves que l'on en tire conservant le style qui a cours dans les résultats obtenus au moyen d'appareils à détecter le mensonge. Notre conception est, au contraire, congruente avec l'expérience dialectique de la rencontre entre celui qui croit « garder » la mémoire de tel ou tel événement, et l'autre être parlant habilité à comprendre comment le souvenir, sans plus de considérations à l'égard de l'« authenticité » de l'expérience évoquée par ce sujet, est porteur de sa vérité. Les inexactitudes de la mémoire ne sont plus ainsi des mensonges à détecter, mais des pigeons voyageurs venant annoncer les motivations effectivement actives dans le fonctionnement psychique : ce sont elles qui peuvent être soumises à la recherche, étant donc accessibles à la raison dialectique, et non à la raison instrumentale.

La thèse freudienne peut être résumée en peu de lignes : le souvenir autant que l'oubli d'épisodes de la vie personnelle sont motivés, et répondent au principe d'une causalité qui est celle d'une détermination multiple. L'un et l'autre, souvenir et oubli, ne sont pas des enregistrements ou des effacements mécaniques, et ils ne sauraient être complets. Mais, comme nous l'avons déjà annoncé, *la mémoire freudienne est une monnaie qui comporte trois faces.* En plus du souvenir et de l'oubli, elle tient compte du *refoulement*, c'est-à-dire qu'elle soutient que c'est le fonctionnement de l'inconscient qui décide de quoi, de comment et de combien l'on se souviendra et oubliera. La mémoire freudienne est infidèle pour ce qui est de la vérité historique, de la chronique des événements « réels ». Elle fonctionne, non comme un prétendu « journaliste objectif » – qui, nous le savons bien, n'existe pas –, mais en distordant les souvenirs et en les mélangeant à des fantaisies, à des romans familiaux et à des mythes individuels. Les souvenirs – et c'est d'autant plus le cas s'ils sont précoces – sont des collages qui mélangent les empreintes des expériences vécues, avec les désirs et les aspirations pulsionnelles de la personne qui les *évoque*, si bien qu'ils dépendent aussi bien de la personne que du contexte dans lequel se produit l'évocation qu'elle fait. En d'autres termes, *la scène du récit du souvenir* est aussi décisive pour le comprendre que *le texte même du ressouvenu*. La mémoire ne s'exerce pas indépendamment de son destinataire. Le souvenir d'enfance ressemble davantage à une construction onirique (requérant une interprétation) qu'à une reproduction photographique de l'événement passé, ce qu'avec ingénuité on contemple et accepte comme un *fait accompli**. Nous savons d'ailleurs que les photographies sont loin d'être un acte ingénu, qu'un désir est en jeu derrière la décision de les prendre, de les encadrer, de les éclairer, de sélectionner ce qu'elles rendront visible et ce qui demeurera caché. La photographie est aussi un fait de discours et un message en souffrance de destinataire : une lettre (*letter, carta*). A fortiori, quand il s'agit du récit d'un souvenir.

Dans la perspective freudienne, le souvenir n'est pas accepté pour la valeur qu'il manifeste d'emblée. La question ne cesse de se poser du processus qui a engendré sa construction et du biais qu'il a pris pour se présenter sous sa forme actuelle. Ce qui intéresse, c'est *le travail du ressouvenir*, le procès de distorsion de son résultat passant avant la forme qu'il a fini par prendre. Toute mémoire est passible de soupçons.

L'être humain – c'est élémentaire à constater – commence à exister dans un état où il est tellement sans défense qu'il ne peut s'en sortir qu'au moyen de l'aide du prochain et, en particulier, grâce à l'intervention d'institutions culturelles parmi lesquelles le langage et la famille occupent le rôle principal. Deux choses qui n'en font qu'une : c'est au sein de la famille que le sujet s'imprègne de sa « langue maternelle ». Le souvenir et l'oubli en ressortent comme reliés à la fonction du langage dans le champ de la parole. Si nous considérions comme une institution l'« histoire de la mémoire » (tentative qu'il serait original d'entreprendre), nous verrions que les mécanismes et les structures cérébraux qui y contribuent ne fonctionnent pas pour eux-mêmes ; ils se mettent au service de la « personne », telle qu'elle est immergée dans le langage qui joue justement le rôle de sujet de l'inconscient.

Le cerveau intervient, c'est certain, mais – sans se montrer toujours loyal – en subordination aux besoins et convenances du sujet, lui-même en relation avec les autres dans le social.

Les scientifiques d'aujourd'hui, qui n'ignorent plus les structures biologiques ni les quelques neurotransmetteurs qui leur sont spécifiques, distinguent avec précision dans la mémoire deux mécanismes complémentaires : l'un de « production » du souvenir, qui consiste en l'inscription de ses traces, ce qu'ils nomment *encoding*, et un autre, qui consiste en l'utilisation de la mémoire codifiée, c'est-à-dire en la récupération des souvenirs grâce à l'activation de ces traces, ce qu'ils nomment *retrieval*. Freud les avait reconnus nommément comme étant respectivement les procès de *formation (encoding)* et de *récupération (retrieval)* des souvenirs. Cette paire conceptuelle se retrouvera dans l'étude que nous ferons des mémoires infantiles des écrivains qui nous serviront pour mettre à l'épreuve la thèse de Julio Cortázar, et plus particulièrement quand nous étudierons (au chapitre XI) les conséquences théoriques de l'allégation de Georges Perec, qui est surprenante – mais rigoureusement freudienne : « Je n'ai pas de souvenirs d'enfance. »

Freud restait indifférent à l'« authenticité » du souvenir réévoqué ou à la manière selon laquelle un souvenir est enregistré ou récupéré, se préoccupant davantage du moyen mis en œuvre par l'inconscient et de l'influence que celui-ci exerce durant toute la vie ultérieure du sujet. Certains auteurs[1] ont parlé d'une « vérité narrative », pour la distinguer de la « vérité historique ».

Le fondateur de la psychanalyse, comme on peut le lire dans l'exergue que nous avons donné au premier chapitre (cf. p. 15), était convaincu de l'importance capitale et persistante du premier souvenir. Si une remembrance est sauvée de l'amnésie qui touche les premières années, supposait-il, c'est bien parce qu'elle comporte quelque chose qui, directement ou indirectement, a exercé et continue d'exercer tout au long d'une vie la fonction de boussole. Les contenus manifestes et symboliques de ce premier souvenir ne peuvent rester indifférents à quiconque entend explorer le psychisme.

Freud connaissait bien les auteurs de son temps. Dans l'article de 1899 (*op. cit.*, p. 66), il fait réfé-

1. D. Spence, *Narrative Truth and Historical Truth,* New York, Norton, 1982 ; D. Spence, « The rhetorical voice of psychoanalisis », *The American Journal of Psychoanalysis Association* 38 : p. 579-603 ; S. Wetzler, « The historical truth of psychoanalytic reconstructions », *International Review of Psychoanalysis* 12 : p. 187-197 ; P. Ricœur, « L'identité narrative », in *Temps et récit,* Paris, Seuil, 1983-1985.

rence aux « recherches » (moyennant questionnaires) de Binet et Henri (1895) et des frères Henri (1897) qui semblent aller dans le sens de la thèse que nous avons faite nôtre provisoirement : « La mémoire voit le jour avec la terreur. » Freud les cite sans relever que ces thèses ne paraissent pas le moins du monde se conformer au principe de plaisir et à l'évitement du déplaisir.

> Le contenu le plus fréquent des premiers souvenirs infantiles est ou bien la peur, la honte ou la douleur physique, ou bien le ressouvenir d'événements importants, tels que les maladies, les morts, les incendies, *la naissance d'un puîné*, etc. [Nous soulignons.]

Sigmund, qui ne conserve aucun souvenir conscient de la naissance des deux enfants : un frère et une sœur qui le suivirent (Julius et Anna), fait part de l'étonnement qu'il éprouve à devoir constater que, contrairement à cette hypothèse, les premiers souvenirs de certains adultes touchent à des impressions quotidiennes et indifférentes, fort peu susceptibles de provoquer le moindre affect chez un enfant, mais qui s'imprimèrent néanmoins dans sa mémoire, tandis que d'autres événements importants de la même époque se sont éteints sans laisser de trace. Pourquoi enregistrer des bagatelles ?

Le fait que les souvenirs retenus aient un contenu émotionnel indifférent lance Freud dans une recherche sur les raisons de leur conservation. Investiguant au moyen de sa toute récente méthode psychanalytique et se prenant lui-même comme objet et sujet de sa recherche, une recherche fortement teintée de proustianisme *avant la lettre**, il en vient à conclure que ces souvenirs sont aussi d'une importance capitale, bien que, en raison de l'action de mécanismes inconscients de déguisement, ils semblent inoffensifs. La solution sur laquelle il débouche est que le contenu *anodin*, c'est-à-dire indolore, littéralement, de tels souvenirs est le résultat d'un processus compliqué de gestion d'un *conflit* (pour écarter le déplaisir), entre le *refoulement* (de l'inconciliable avec l'organisation du moi) et la *substitution transactionnelle* (de représentations porteuses de la douleur et de l'angoisse, par d'autres, en apparences inoffensives). La structure du souvenir en devient comparable à celle du symptôme, et sa composition est cousine de la conformation des rêves. Du fait de l'interposition de l'inconscient, il devient difficile de faire la différence, dans un souvenir infantile, entre une réminiscence et un rêve.

Il est certain qu'il y a des épisodes importants des premières années de la vie qui ne laissent pas de trace (ils n'ont pas été « encodés » – *encoded*), le sevrage, par exemple, ou la première reconnaissance de soi dans le miroir. Aucune anamnèse ne parvient à récupérer (*to retrieve*) ces moments ensevelis de l'épopée personnelle. D'autres circonstances paraissent effacées, mais leurs monuments peuvent être désenfouis à l'occasion de la rencontre, qui peut être occasionnelle ou accidentelle, d'un objet ou d'un mot qui dévoile le souvenir (*retrieval cues*[1], comme la madeleine légendaire de Proust ou le berceau de l'exemple de García Márquez[2]). Il sera ensuite loisible à l'enfant devenu grand, en pleine

1. « Indices de la retrouvaille », et donc instrument de la récupération, terme par lequel est le plus couramment traduit *retrieval.*

2. Voir *infra*, chapitre VI.

possession des fonctions logiques inhérentes au langage, de mettre en ordre, en une séquence chronologique de la mémoire, les chemins par lesquels a dû passer le moi. Ces souvenirs plus tardifs, d'une époque que nous nommons avec pertinence « âge scolaire », appartiennent, topiquement parlant, au préconscient : ils ne sont pas conscients d'emblée, mais peuvent parvenir à l'être, sans avoir besoin pour autant de lever aucun refoulement ou de vaincre de farouches résistances. Ils se trouvent là, pour ainsi dire, à la disposition de qui parle et raconte. C'est la *mémoire autobiographique,* variété mnésique à cheval entre le sémantique et l'épisodique, et qui s'infiltre par le travail de la fantaisie faisant de la vérité une fiction et de la fiction un instrument au service de la vérité. Qui fait du désir, histoire.

Depuis toujours, les psychologues ont noté que l'époque de fixation du premier souvenir pouvait être variable. Il y a des personnes qui prétendent en avoir depuis leur première année de vie ; d'autres ne remontent pas plus haut que huit ou dix ans ; et toutes les époques intermédiaires ont été citées. Nombreux sont ceux, et Freud est parmi eux, qui se voient surpris du caractère, apparemment trivial, de ces premiers souvenirs. Si le souvenir paraît banal, c'est pour la raison qu'interviennent des procès de déplacement qui induisent à méconnaître (*repousser*) leur véritable signification. Il y a, dans de tels cas, du *refoulement* à lever. Le souvenir fonctionne comme le contenu manifeste d'un rêve : c'est un matériau qui doit être interprété pour qu'il permette d'accéder au savoir inconscient qui se dissimule derrière l'écran (*deck, screen, pantalla*) d'une superficie inoffensive. Ce sont des *souvenirs-couvercles.* Cette caractéristique d'être

« recouvrant » n'est pas la propriété de certains souvenirs, tandis que d'autres seraient « découvrants ». Freud soutient que les « souvenirs d'enfance » (mis entre guillemets par l'auteur de cette découverte qui précisément s'en méfie) sont, tous sans exception, fabriqués comme des formations de compromis qui expriment le désir, en même temps qu'ils le dissimulent, grâce au travail de la fantaisie. Ces « souvenirs » des individus[1]

> en viennent ainsi, *d'une façon très générale*, à acquérir la signification de « souvenirs-écrans » et à présenter, ce faisant, une remarquable analogie avec les souvenirs d'enfance des peuples tels qu'ils sont consignés dans les légendes et les mythes. [Nous soulignons.]

Un des traits qui caractérisent ces premiers souvenirs est leur caractère visuel, le mode plastique de leur composition (« seulement comparable à celle qui se voit représentée sur une scène de théâtre ») et le rôle d'acteur principal que l'enfant y occupe. Les psychologues d'aujourd'hui[2], citant comme prédécesseur le Freud de 1899, affirment qu'il faut nécessairement distinguer les souvenirs où est évoqué le décor, l'enfant apparaissant comme y étant immergé, et ceux où ce qui est vu est remémoré à partir du champ visuel du sujet lui-même. La technique de la narration cinématographique permet d'illustrer la distinction entre les scènes

1. S. Freud, *Psychopathologie de la vie quotidienne* [1901], traduit par D. Messier, Paris, Gallimard, 1997, p. 103.

2. D. L. Schacter, *Searching for Memory*, New York, Basic Books, 1996, p. 21.

filmées avec une caméra subjective (où n'est filmé que ce que voit le protagoniste) et les scènes représentées à partir d'une extériorité objective, le porteur de caméra décidant de tourner son film indépendamment des personnages. Une telle analogie peut aussi s'avérer opérante dans le champ du récit et du roman où l'on peut distinguer le narrateur qui raconte à la première personne ce qu'il lui est donné de voir et de savoir, et celui qui est omniscient, se situant à la place du savoir sans faille dont disposerait un tiers, doué, en général, d'un regard d'aigle pouvant aussi bien scruter l'intimité que l'apparence de chaque personnage. Schacter (*op. cit.*) les désigne, respectivement, en termes de : *souvenirs d'observateur* (en première personne) et *souvenirs de terrain* (en troisième personne). Dans sa langue : *observer's* et *field memories*, respectivement. Le souvenir de terrain est forcément, comme l'indiquait déjà Freud, l'effet d'une falsification :

> Dans la plupart des scènes d'enfance de quelque importance et par ailleurs non sujettes à caution, on voit, en se remémorant, sa propre personne apparaître en tant qu'enfant ; mais on voit cet enfant, tel que le verrait un observateur se situant à l'extérieur de la scène. [...] Il est clair que cette image mnésique ne peut être la répétition fidèle de l'impression reçue à l'époque. Aussi bien on se trouvait au cœur de la situation et on ne faisait pas attention à soi, mais au monde extérieur[1].

Les « souvenirs d'enfance » se trahissent comme étant des subterfuges, par le fait qu'ils se présentent

1. S. Freud, « Sur les souvenirs-écrans », *op. cit.*, p. 112.

comme des « souvenirs de terrain », comme des épisodes regardés par l'œil de cet autre qui actionne la caméra de la vidéo. L'impression originelle du « moi acteur » (celui qui a vécu l'expérience) s'est perdue en se soumettant aux impératifs de la traduction dans le langage et aux intérêts du « moi remémorant » (celui qui évoque, en prétendant être resté identique au premier).

Freud n'avait pas l'ingénuité de croire que les souvenirs fournissaient une connaissance de ce qui avait eu véritablement lieu dans le passé ; il pensait, au contraire, que ce qui était fondamental, c'était la *distorsion* (*Entstellung*, soit : tout le contraire de l'exactitude) que le sujet infligeait à la matière de la chose ressouvenue, afin d'obtenir que le souvenir serve les desseins du principe de plaisir et ses convenances personnelles. Le but que poursuit la psychanalyse des souvenirs consiste à détecter dans quelle mesure la remembrance est au service du plaisir ou de la jouissance, de la beauté plastique ou de l'effroi devant l'étrangement inquiétant (*Unheimlich*), et, en dernier ressort, de l'inévitable oubli. Voilà à quoi sert le souvenir, et ce dispositif importe davantage que la problématique restitution du passé historique, employant à cet effet je ne sais quel véhicule pour voyager en arrière, vers le passé, en s'aventurant, comme se plaisent à l'imaginer les auteurs de science-fiction, dans la dimension du temps. Il en résulte que le souvenir se transforme en outil de recherche permettant de déceler les fantasmes déguisés et d'explorer l'inconscient. Dans la meilleure des hypothèses, soutenait Freud, il n'y a pas lieu de faire de différence entre les souvenirs falsifiés et les fantasmes. Cela n'a rien d'étrange ; nous nous « souvenons » tous de récits, d'œuvres de l'imagination, qu'il s'agisse de la nôtre ou de celle de tiers. Nous nageons dans une mer d'histoires : celles que nous inventons et celles que les autres inventent pour nous.

Certes la vérité historique gît dans le terreau de ces souvenirs, mais camouflée et déformée, ce qui nous inciterait à y aller d'un aphorisme : « Lorsque la mémoire joue son rôle, ce qui en résulte, à tout coup, sera faux. » Nous nous situons ainsi dans la droite ligne du freudisme qui, au bout de son exploration des souvenirs-écrans, en vient à exprimer le soupçon que *tous nos souvenirs infantiles conscients* présentent nos débuts dans l'existence, non tels qu'ils ont été, mais comme ils nous paraissent, lorsque nous les évoquons à des époques ultérieures. Les souvenirs ne remontent pas à ces temps-là, mais procèdent d'une re-formation contemporaine, obéissant à des raisons et des motifs bien étrangers à « la fidélité historico-existentielle[1] ». Freud accuse les arêtes de la distinction, relève aussi, comme le font les « scientifiques de la mémoire » d'aujourd'hui, la différence entre le moment de *formation* des souvenirs (*encoding*) et celui de leur *récupération* (*retrieval*). L'enfance ne nous revient pas identique à elle-même, mais comme elle se (re)présente à nous en des temps ultérieurs : les années précoces, nous les remodelons, nous les *construisons*, nous les romançons.

La mémoire personnelle construit des mythes. Freud fut un des premiers à faire équivaloir l'histoire collective avec la mémoire individuelle des personnes. Il n'hésitait pas à comparer la narration que le sujet se raconte au moyen de ses « souvenirs » avec l'historio-

1. S. Freud, *op. cit.*

graphie des peuples qui se fabriquent une histoire artificieuse du révolu oublié, une « histoire de la préhistoire », qui s'accommode avec exactitude des opinions et des souhaits de l'époque actuelle :

> Il était inévitable que cette préhistoire devînt plutôt l'expression des opinions et des désirs du présent qu'un reflet du passé, car beaucoup de choses avaient été écartées de la mémoire du peuple, d'autres déformées ; mainte trace du passé fut interprétée à contresens dans l'esprit du présent, et de plus on n'écrivit certes pas l'histoire sous l'impulsion d'une objective avidité de savoir, mais parce que l'on voulait agir sur ses contemporains, les stimuler, les élever ou leur présenter un miroir[1].

Par le biais des souvenirs, la mémoire consciente d'un homme devient ainsi un manteau d'arlequin confectionné tardivement et d'une manière tendancieuse. Aller cependant à la découverte de tels oripeaux de déguisement est fondamental pour reconstruire l'irrécupérable vérité historique. Au travers de ces traces mnésiques que le sujet lui-même comprend de travers « se cachent d'inestimables témoignages concernant les traits les plus significatifs de son développement psychique ». C'est sur cette base que Freud, en vrai détective, construit sa recherche pour combler les lacunes de l'histoire infantile de Léonard de Vinci et de Goethe.

1. S. Freud, *Un souvenir d'enfance de Léonard de Vinci*, traduit par J. Altounian, A. et O. Bourguignon, P. Cotet et A. Rauzy, Paris, Gallimard, 1987, p. 92.

Le premier souvenir raconté par Goethe et relu par Freud

Nous passerons rapidement, sans nous y arrêter, sur la rencontre que fait Léonard, quand il était petit, avec le vautour qui lui mettait la queue dans la bouche, et dont il ressort que c'était un milan. Freud offre encore, bien que frôlant l'invraisemblable, un gisement de plaisir esthétique et intellectuel, en un récit qui suit les règles du genre policier, qui est loin d'être à dédaigner.

Freud se consacre, sept ans après l'étude sur Léonard et au cœur de la Première Guerre mondiale, à analyser l'unique épisode enregistré de l'époque la plus précoce de son idole littéraire, Johann Wolfgang von Goethe. L'article s'intitule : « Un souvenir d'enfance dans *Poésie et vérité*[1] » et comporte des références : à propos de la vie de l'écrivain, dont ce premier souvenir de l'enfant poète qui détruisait la vaisselle, la jetant par la fenêtre de la maison, pour divertir des voisins facétieux qui l'encourageaient ; à propos d'un patient que le même Freud a reçu et qui également détruisait, en les jetant par la fenêtre, des objets de famille ; à propos de deux patients suivis par une collègue, précurseur dans l'analyse d'enfants, etc.

Il ne nous intéresse pas non plus pour l'instant de reconstruire le souvenir de Goethe, mais seulement d'interpréter la façon dont Freud travaille dessus et les conclusions auxquelles il parvient. Son exposé fait davantage partie, comme on le verra, de la psychana-

1. Traduction nouvelle de B. Féron dans un volume intitulé *L'Inquiétante Étrangeté et autres essais*, Paris, Gallimard, 1985, p. 189-208.

lyse de Freud que de celle de Goethe. Le bref texte de 1917 se termine par une interprétation de ce souvenir, écrite par Freud à la première personne, c'est-à-dire soufflant la place du narrateur, comme si Freud était lui-même Goethe. De telle sorte que, par substitution entre les personnes, il s'applique à lui-même l'interprétation visant l'autre, l'auteur du *Faust* :

> J'ai été un enfant chanceux (*glückskind*) ; le destin m'a maintenu en vie, bien que je fusse donné pour mort en arrivant au monde. Mais il a éliminé mon frère, de sorte que je n'ai pas eu à partager avec lui l'amour de ma mère[1].

Nous ne saurons jamais si cette interprétation tient la route pour Goethe – qui n'écrivit jamais cette phrase ni aucune du même ordre –, mais elle l'est sans aucun doute pour Sigmund, le frère aîné d'un puîné rapidement oublié, Julius Freud, qui naquit en 1858 et mourut à six mois, peu de jours avant que Sigmund atteigne ses deux ans. Dans la mémoire consciente de Freud, aucun souvenir de son frère ou de sa mort n'est resté gravé, ni non plus celui de la naissance, quand Freud avait deux ans et demi, d'une nouvelle sœur, Anna, qu'il n'aima jamais vraiment.

Nous ne savons pas si Goethe a vraiment haï ou désiré la mort de son petit frère, comme l'interprète Freud à partir de « ce que nous croyons avoir recueilli de l'observation d'autres enfants » (lui-même sans doute). Quant à Goethe, peut-être bien que oui, peut-être bien que non. Ce qui est sûr, c'est que, pour l'affirmer, nous devrions devenir spirites et évoquer

1. Citation de Goethe, insérée par Freud dans son texte, *ibid.*, p. 206.

l'esprit du génial poète afin qu'il revienne confirmer ou rectifier notre hypothèse. En revanche, nous pouvons assurément croire Freud quand, ayant déjà dépassé la quarantaine, il confesse : « Je peux seulement indiquer [...] que j'avais salué la venue de mon frère plus jeune d'un an [Julius] (mort à quelques mois) avec de mauvais souhaits et une véritable jalousie d'enfant, et que sa mort a laissé en moi le germe de reproches[1]. » Un effet de cette culpabilité – c'est Freud qui l'interprète ainsi – a été, peu après la mort de Julius, sa chute du haut d'un tabouret, accident qui lui causa une intense hémorragie et lui laissa une cicatrice sur la joue qui l'obligea, afin de la dissimuler, à se faire pousser la barbe sa vie durant. Freud ne se souvient pas de l'incident, mais la peau de son visage en garde la trace et éternise la mémoire du fratricide désiré. La mémoire est une cicatrice, une sorte de circoncision.

Il est notable, d'une part, qu'il se compare à Goethe et qu'il prétende, d'autre part et en même temps, effacer la possibilité même d'avoir éprouvé une jalousie mortifère à l'égard de son petit frère, chose qu'il a pourtant découverte et communiquée à Fliess dans sa lettre, écrite vingt ans plus tôt. Étudiant la vie de Goethe, il se souvient que l'enfant Johann Wolfgang, à l'âge de quinze mois, en décembre 1750, a eu une sœur, Cornelia. Son commentaire est surprenant :

> Étant donné cette différence d'âge minime, elle est à peu près exclue comme objet de jalousie. [...] La scène que nous nous efforçons d'interpréter est incom-

1. S. Freud, « Lettre 141 du 3 octobre 1897 », in *Lettres à Wilhelm Fliess,* traduit par F. Kahn et F. Robert, Paris, PUF, 2006, p. 340.

patible avec l'âge très tendre qu'avait Goethe au moment, ou peu après la naissance de Cornelia[1].

Or Freud, quand naquit Julius, avait seize mois. Julius mourut quelques jours avant l'anniversaire de Sigmund. Comment a-t-il pu, et sur la base de quels arguments, exclure la jalousie vis-à-vis de Cornelia, sans nier, dans l'acte, celle éprouvée par lui-même envers Julius, qu'il avait reconnue vingt ans auparavant dans la lettre à Fliess plus haut citée ?

Sans paraître se rendre compte de sa signification, Freud transcrit les notes que lui a préparées un ami pour sa communication à propos de la découverte qu'il a faite dans *Poésie et vérité : « Le petit Goethe, lui aussi, n'a pas été fâché de voir mourir un petit frère*[2]*. »* Les italiques sont de Freud, le reste du texte étant écrit dans une typographie normale. Le « lui aussi », ainsi souligné, dévoile le pourquoi de l'intérêt et de l'interprétation qu'émet Freud. Être comme Goethe prend pour lui la portée, pour peu qu'il s'identifie au poète, d'une absolution, d'une annulation de toute imputation de crime pour son souhait réalisé. Si Goethe, idéalisé et vénéré par le monde entier, a pu désirer cette mort, pourquoi pas moi *aussi* ?

Le *Glückskind* (l'enfant bien luné) se charge du poids d'un désir coupable, car cette mort lui a permis de continuer à jouir, presque exclusivement, de l'amour de sa mère. Si toutefois il n'y avait pas eu la naissance d'Anna, une nouvelle fauteuse de troubles. Nous pouvons affirmer que l'adoration de sa mère pour son « *goldene Sigi* » (son Sigi en or) donne la clé,

1. *Ibid.*, p. 199.
2. *Ibid.*, p. 200.

selon Freud lui-même, de sa vie entière. Ce n'est donc pas un hasard s'il met à nouveau sur les lèvres de Goethe, son modèle, l'artiste merveilleux auquel il s'identifie, usant – encore une fois ! – de la première personne du singulier, une interprétation qui correspond à sa propre histoire. Lisons les mots de Freud, et non de Goethe :

> Or je l'ai déjà exprimé à un autre endroit[1] : quand on a été le favori incontesté de sa mère, on en garde pour la vie ce sentiment conquérant, cette assurance du succès, dont il n'est pas rare qu'elle entraîne effectivement après soi le succès. Et une remarque du genre : ma force s'enracine dans ma relation à ma mère, aurait pu être mise à juste titre par Goethe en exergue à sa biographie[2].

On appréciera l'habileté de ce « on » au début de la citation. De qui s'agit-il ? Si Freud avait écrit : « J'ai été chanceux de n'avoir pas eu à partager l'amour de ma mère avec lui », on aurait compris tout de suite que la phrase n'était pas de Goethe ; il en va de même quand il dit que c'est l'autre, Goethe, qui *aurait pu* avoir le droit de commencer sa biographie avec « une remarque du genre : ma force… » Nous avons là affaire à un bon exemple d'« autobiographie potentielle », ou, en d'autres termes, d'usurpation d'identité.

De l'autobiographie de qui s'agit-il dans le dire de Freud ? Est-ce bien de *Poésie et vérité*, qui est celle de Goethe ? Non. Il s'agit de *son* autobiographie, comme

1. Note de la traduction française : dans une note, ajoutée en 1911, au chap. VI (E) de *L'Interprétation du rêve,* p. 342.

2. *Ibid.*, p. 206-207.

« poésie et vérité ». Goethe écrivit la sienne sans s'arrêter pour parler de l'amour de sa mère. Il n'est pas étrange que les analystes fassent des interprétations qui ont plus à voir avec des confessions cryptées qu'avec des propositions fondées se référant à leurs patients. C'est ce qui fait que la parcimonie et le phrasé qui rendent une interprétation rusée ne sont pas superflus dans ces cas-là, de même que le recours à un sage scepticisme à l'égard du destinataire de telles affirmations, tant il est utile de se souvenir de ce que nous avons appris dès notre plus jeune âge, quand nous répliquions à ceux qui nous attaquaient par un : « C'est celui qui le dit qui l'est. » Et nous reconnaîtrons que Freud ne l'ignorait pas non plus quand il inventa le terme de « projection » pour isoler ce type de méconnaissance dans laquelle on tombe quand on réfléchit sur ce que pourrait être une supposée connaissance d'autrui. Quoi qu'il en soit, il est très certain que Freud a su et toujours admis que – Goethe aidant ou pas – c'est l'amour réciproque entre lui et sa mère qui fut la clé de tous les succès qu'il a obtenus.

À soixante-dix ans environ, Freud écrit une *Présentation autobiographique*, œuvre de commande destinée à un ouvrage collectif réunissant les autobiographies d'éminents médecins. On aura beau en parcourir les nombreuses pages, on n'y trouvera que l'expression d'une « mémoire sémantique », des faits, une succession d'idées, des références à propos du mouvement analytique. Mais si l'on veut vraiment savoir qui était Freud, il faut s'orienter vers sa véritable autobiographie, celle qui donne toute sa substance à *L'Interprétation du rêve* et à *Psychopathologie de la vie quotidienne*, à l'article de 1899 « Sur les souvenirs-écrans » et à des révélations passant par le biais du sujet de l'énonciation, comme dans ce bel exemple de ce qui lui échappe, quand il analyse le souvenir d'enfance (*Kindszeiterinnerung*) dans *Poésie et vérité*, un texte où il ne parle jamais en tant que « je » pour se référer à lui-même. Le récit authentique de la vie de Freud y apparaît entre les lignes : il ne se rencontre pas dans les faits de sa vie, mais dans l'élaboration et la distorsion de ses souvenirs, dans les associations qui constituent le « contenu latent » de ses rêves. Freud, comme tout un chacun, se camoufle dans son ressouvenir et laisse sa vérité filtrer dans les interstices qui lui échappent. La mémoire est un voile ; la parole dévoile.

Une réminiscence infantile de Sigmund Freud

Après être passés par la référence obligée à ce que Freud soutient concernant les souvenirs précoces de l'enfance, nous pouvons avancer en direction de ce dont peu de monde se souvient : quel est le plus ancien souvenir de Freud lui-même ? La plupart des psychanalystes eux-mêmes, chacun d'entre eux ayant lu pas moins d'une demi-douzaine de biographies de Freud, en commençant par celle, canonique et canonisante, d'Ernest Jones, si on les sollicite à propos du premier souvenir que relate le héros fondateur, élevé au rang du père, eh bien, il n'est pas exclu qu'ils bredouillent et finissent par affirmer qu'il pourrait s'agir de ce « souvenir-écran », publié en 1899, dont on retient la couleur jaune des fleurs de dents-de-lion et la merveilleuse saveur du pain offert par la paysanne. Les choses étant ainsi présentées, le souvenir fait écran, mais non pour recouvrir l'effroi cortázarien, même si quelques-unes des associations de Freud y mènent. Rappelons alors cependant que la perspicacité d'analystes plus récents a permis de découvrir que Freud lui-même falsifiait certaines des données ayant trait au protagoniste de ce souvenir paradigmatique, décrit comme « un homme de trente-huit ans, de formation littéraire, exerçant une profession complètement étrangère à notre discipline », et qui, en plus, est présenté comme n'étant pas « un névrosé, ou seulement en de rares occasions ».

Freud affirme avoir conservé beaucoup de souvenirs de Freiberg, le village de Moravie où il naquit en 1856 et dont il dut déménager en 1859, tous souvenirs, donc, remontant à ses deux ou trois ans. Or nous pouvons justement affirmer que le fameux épisode relaté en 1899, celui des fleurs jaunissantes, est recouvrant à un triple titre : c'est un *Deckerinnerung*, parce que son contenu est déformé et rendu accessible seulement si l'on repasse par une interprétation laborieuse et parfois teintée d'invraisemblance. Il fait écran également dans la mesure où Freud déguise son identité aussi « complètement » que le veut l'usage de cet adverbe qu'il emploie pour nier le fait que le sujet concerné exerce la profession de psychanalyste. Il le fait enfin parce qu'il prend la place d'un souvenir antérieur à propos duquel, curieusement, les références se font rares parmi la horde des freudologues qui existent et ont existé de par le monde – horde de laquelle nous ne nous exclurions guère, d'ailleurs.

À la fin du quatrième chapitre de la *Psychopathologie de la vie quotidienne*, Freud, cette fois explicitement, sans occulter son identité comme il l'a fait dans le cas du souvenir-écran princeps, recueille une réminiscence qui accrédite la thèse de Julio Cortázar. L'évocation précoce dont il recouvre la mémoire à quarante-trois ans passés, qui avait bien dû trouver accès à sa conscience auparavant, remonte à « avant que j'aie atteint ma troisième année de vie », étant donné le lieu et les personnages qui y interviennent en plus de lui : Freiberg, sa mère, son demi-frère Philipp qui émigra ensuite en Angleterre. Freud se charge lui-même de souligner que sa sœur plus jeune venait de naître à « cette époque ». Le texte est fort bref, mais a besoin d'être resitué dans son contexte, que Freud indique seulement d'une façon partielle, et donc partiale :

> Je me voyais en train de hurler et d'exiger, devant un bahut-coffre dont mon demi-frère, qui était de vingt ans mon aîné, tenait la porte ouverte, et ensuite ma mère, belle et svelte, entrait brusquement dans la pièce comme si elle venait de rentrer à la maison. [...] Comme ma mère me manquait, j'avais soupçonné qu'elle était enfermée dans cet armoire (ou ce bahut-coffre), et c'est pourquoi j'exigeais de mon frère qu'il ouvre le meuble[1].

Pour s'orienter dans ce récit, il faut rétablir le contexte. Amalia, la mère de Sigismund, était la troisième épouse de son père, Jakob Freud. Celui-ci était déjà un homme mûr quand il épousa la jeune femme et il avait des fils du même âge que sa sémillante épouse. L'un d'entre eux était le Philipp du souvenir. La situation familiale était confuse pour l'enfant. Il supposait que le vieux Jakob était le mari de Resi Wittek, la bonne d'enfant, qui était aussi une personne d'âge mûr ; eux-mêmes, pensait-il, seraient ses grands-parents, confusion compréhensible étant donné que ses cousins, qui vivaient dans le voisinage, les fils de son

1. *Psychopathologie de la vie quotidienne, op. cit.*, p. 105-106.

autre demi-frère qui avaient son âge, étaient des petits-enfants de Jakob et l'appelaient logiquement « grand-père ». Il supposait aussi que Philippe et sa mère, ayant tous deux la vingtaine, étaient mariés et étaient, par conséquent, ses parents. De toute façon, cette structure familiale complexe le plongeait dans la perplexité, car c'était Jakob, le vieux chargé d'ans, qui partageait la couche d'Amalia.

C'est seulement à l'aide de ces éléments que nous pouvons suivre le fil des associations qui conduisent à l'interprétation que fait Freud, avec sa « solution inattendue » concernant l'énigme du souvenir de ses pleurs en présence de la caisse ouverte :

> J'avais noté l'absence de ma mère et eu le soupçon qu'elle était enfermée dans cette caisse ou armoire (*Schrank oder Kasten*). Ce qui me fit exiger de mon demi-frère qu'il l'ouvre, et quand il accéda à mon souhait, me forçant à constater que maman ne se trouvait pas à l'intérieur, je me mis à crier et à pleurer. Tel est le moment conservé par le souvenir, moment qui fut suivi, calmant mon souci et ma nostalgie (*Sorge oder Sehnsucht*), par l'apparition de ma mère.

D'où lui vient l'idée si étrange qu'Amalia Freud ait pu être enfermée dans la caisse et qu'il y avait lieu d'aller à sa recherche à l'intérieur ? Comment expliquer que Philippe pouvait apprivoiser son angoisse ? En insatiable curieux qu'il était, Freud interroge sa mère, qui avait alors près de soixante ans (en 1899) et tombe sur l'explication qu'il ignorait jusque-là, et qui était que Resi, à l'époque de l'accouchement de son frère si mal aimé, avait commis quelques larcins à la maison, raison pour laquelle Philippe la fit jeter en prison.

Apprenant les dessous de cette histoire, Freud « comprend » quel a été l'enchaînement des événements : quand il lui devint patent que la bonne d'enfants avait disparu, l'enfant Sigismund (car tel était encore son prénom) demanda à Philippe où elle était, ayant l'intuition que c'était lui qui avait participé à sa soudaine disparition. Le jeune Philippe, « en tournant autour du pot et mi-moqueur, comme à son habitude, me répondit qu'elle *était coffrée* (*Sie ist eingekastelt*) », expression vulgaire en allemand qui trouve son équivalent en français et dans la plupart des idiomes de l'espagnol : « *estar en cana (en canasta ?)* » de l'argentin, « *estar en el bote* » du mexicain, « *estar en jaula* » ou « *en chirona* » du castillan.

Cette réponse (*eingekastelt*), Freud la digéra, en la prenant au pied de la lettre, et il cessa de poser des questions, mais quand, peu de temps après, il remarqua l'absence de sa mère, il crut que son malfaisant (*schlimme*) demi-frère lui avait fait la même chose qu'à Resi et l'avait fait, *elle aussi*, « coffrer ». Conduit par la main de cette fantaisie, entièrement échafaudée sur l'équivocité d'un mot, il se met à crier avec désespoir et oblige Philippe à lui ouvrir la caisse, l'armoire ou le coffre qui se trouvait dans la chambre. C'était là la caisse de son premier souvenir. L'angoisse céda quand la mère réapparut au portail de la maison, belle, gracile[1], libre, ressuscitée. Les connotations sexuelles et mortifères du souvenir sont évidentes. Philippe paraît disposer de la mère, au point de pouvoir l'enfermer ou la libérer à volonté. Les caisses, après la mort de Julius, évoquent les cérémonies funèbres. La mère, séquestrée

1. « …*die Schlankheit der rückehrenden Mütter* » (*Gesammelte Werke*, vol. IV, p. 60, note rajoutée en 1924).

ou défunte, se présente, dans son fantasme angoissé, comme perdue pour toujours.

Les connotations sexuelles sont explicitement élucidées par Freud. Dans ce qu'il a imaginé, c'est le demi-frère qui a mis la mère enceinte, la caisse ou l'armoire étant un équivalent du ventre maternel, et il semble bien avoir le soupçon que des enfants y soient enfermés. Philippe est un rival pour Sigismund et il prend la place du père. Freud pensait que c'était lui qui avait fourré (*hineinpraktiziert*) la petite fille récemment venue au monde dans le ventre de la mère.

La mémoire sourd de l'effroi. Seulement voilà : elle encourt un déplacement. Freud a entièrement oublié tout ce qui avait trait à la naissance de sa petite sœur, mais cet événement traumatique revient à la mémoire, en même temps qu'il est recouvert par un souvenir (*Deckerinnerung*) qui permet d'en revivre l'angoisse et de lui donner un happy end, avec la réapparition de la mère dont l'aspect gracile tranquillise l'enfant : elle n'a donc plus de bébé dans le ventre. Cela lui donne aussi bien l'occasion de mettre en scène la rage et le désappointement à l'égard de son malveillant frère qui jouit du corps de la mère et l'enferme dans une armoire. Alors qu'il insiste, lui, pour savoir ce qu'enferme ce meuble plein de secrets. Rappelons-nous de notre premier exergue qui contient l'affirmation selon laquelle le souvenir le plus ancien cache la clé des armoires dissimulant les secrets de la vie d'une âme (*welche die Schlüssel zu den Geheimfächern seins Seelenlebens in sich birgt*). S'agit-il bien de celle en forme de caisse qui cache, selon le souvenir de Freud, la mère et le frère rival qui est en place de père ? Et notre mémoire, je veux dire : celle de quiconque, n'est-elle pas une valise bourrée de fantômes ?

À un moment donné, dans ces mêmes textes[1], Freud met en lumière que la succession des associations implique l'invocation d'une causalité susceptible de les relier. Eh bien, précisément, lorsqu'il raconte pour la première fois, dans la lettre qu'il écrit à Fliess le 15 octobre 1897, l'histoire de la mère dans son caisson, il fait immédiatement après ce commentaire à son ami :

> Il m'est venu une seule pensée ayant une valeur générale. Chez moi aussi j'ai trouvé le sentiment amoureux pour la mère et la jalousie envers le père, et je les considère à présent comme un événement général de la prime enfance. [...] Chaque auditeur a été un jour en germe et en fantaisie cet Œdipe, et devant un tel accomplissement en rêve transposé ici dans la réalité, il recule d'épouvante avec tout le montant du refoulement qui sépare son état infantile de celui qui est le sien aujourd'hui.

Freud a mis à nu les racines de l'effroi qui s'éprouve à l'égard du ressouvenir. L'angoisse surgit quand ce qui devait demeurer caché vient au jour. Telle est l'essence de l'étrangement inquiétant, le *Unheimlich*.

Le souvenir se termine, pour Freud comme pour Cortázar, sous d'heureux auspices ; ni le coq ni la caisse ne font plus peur. Mais l'angoisse a laissé son empreinte chez l'homme terriblement jaloux qui a commencé par être ce moutard de deux ans et demi, celui-là même qui braillait pour peu que sa mère le prive de sa présence. Il fallait absolument qu'elle revienne et personnifie l'autre tranquillisant, elle était

1. S. Freud, *op. cit.*, lettre 142, p. 343.

la seule à pouvoir lui dire que ses craintes étaient infondées, que la caisse pouvait toujours s'ouvrir ou se fermer, parce qu'elle n'enfermait personne, ni mort ni vivant. Ouvrir et fermer, un-deux, ici et là-bas, *fort* et *da*, le couvercle d'une caisse ou la porte d'une armoire, un et deux... Tout cela n'est que jeu d'enfant.

IV

Le faux effroi de Jean Piaget

Un enfant est kidnappé dans un parc de Paris

Personne ou presque n'ignore qui fut Jean Piaget (1896-1980), psychologue suisse qui a étudié avec rigueur le développement intellectuel de l'enfant et dont les recherches l'ont induit à promouvoir certaines idées qu'il a prétendu pouvoir appliquer à la théorie de la connaissance, créant une « épistémologie génétique ». Même si son nom et son œuvre ont tendance aujourd'hui à tomber dans l'oubli, tout le monde serait d'accord pour signaler qu'il a été à la base de la fondation des « sciences cognitives » actuelles. Ce n'est pas pour ses recherches et les résultats qu'elles ont donnés que notre parcours nous conduit jusqu'à lui, mais parce qu'en deux occasions – en 1945 et en 1969 – il s'est complu à relater le premier de ses « souvenirs d'enfance », un souvenir qui conserve des traces de cet effroi, tel que nous sommes en train d'en évoquer l'incidence dans l'écriture d'autres auteurs.

Les deux versions sont presque identiques dans leur verbalisation (*apalabramiento*) (comment dirait-on *wording* en français ? Peut-être : mise en mots), bien qu'elles s'insèrent dans des moments et des circonstances bien différents. L'une a été écrite[1] en guise de note en bas de page d'un important essai, l'autre lui est venue, alors qu'il était interviewé devant des caméras de télévision en 1969[2], vingt-cinq années plus tard que l'essai précité : *La Formation du symbole chez l'enfant*, qui comporte un sous-titre suggestif : *Imitation, jeu et rêve, image et représentation*, dont la syntaxe cumulative donne l'impression d'arbitraire tout en suggérant l'ampleur des ambitions de l'auteur au moment même où il relate son souvenir.

Avant de citer le texte du souvenir d'enfance, il convient de signaler le contexte de l'entrevue télévisée : Piaget y est interrogé à propos de la relation qu'il entretient avec la psychanalyse et de sa réticence manifeste à accepter les thèses freudiennes ; il répond, lui, que cela est dû au fait que les souvenirs d'enfance auxquels l'analyse attribue tant d'importance ne sont pas authentiques, « étant en grande partie reconstruits » – ce qui est une thèse rigoureusement freudienne – et parce que « pour le freudisme orthodoxe, le passé détermine le comportement actuel de l'adulte ».

Négligeant certaines différences insignifiantes entre les deux versions du même souvenir, j'en proposerai une troisième qui les condense. La voici :

> Un de mes plus anciens souvenirs, dont il serait étonnant qu'il ait été authentique, doit remonter à

1. J. Piaget, *La Formation du symbole chez l'enfant*, Neuchâtel, Delachaux et Niestlé, 1978, p. 199.
2. J.-C. Bringuier, *Conversations libres avec Jean Piaget*, Paris, Robert Laffont, 1976.

ma deuxième année, âge qui normalement est exempt de souvenirs d'enfance. *Je puis encore voir avec une grande précision visuelle* la scène suivante à laquelle j'ai continué de croire jusqu'à mes quinze ans environ : j'étais assis dans une poussette d'enfant, mené par ma nurse ; la promenade avait lieu aux Champs-Élysées à Paris, à la sortie d'une bouche de métro, quand un individu a voulu me kidnapper. La laisse de cuir amarrant mes hanches à la poussette me retint, tandis que ma nurse essayait courageusement de s'opposer aux volontés de cet homme. Ils luttèrent et l'homme lui laissa des griffures sur le front que *encore aujourd'hui je peux vaguement distinguer sur son visage.* Puis une foule se massa, un policier s'approcha avec une jaquette courtaude, comme celles qu'ils portaient alors (faisant un geste devant la caméra), et l'homme s'enfuit à toutes jambes. *Je puis encore voir la scène complète et l'endroit des Champs-Élysées où cela est arrivé. C'est un souvenir suprêmement émouvant que je conserve encore aujourd'hui et c'est de visu que je peux encore me le remémorer entièrement.* [Nous soulignons.]

Le souvenir est clair, l'effroi, vif, l'histoire, succincte et parfaite. Vraiment ? Mais hélas !

Piaget intercale, dans l'une et l'autre version, ces phrases qui démantèlent le récit antérieur :

Quand j'ai eu autour de quinze ans, mes parents ont reçu une lettre de mon ancienne nurse leur annonçant qu'elle s'était convertie et était entrée à l'Armée du Salut. Elle désirait confesser ses anciennes fautes et, tout spécialement, restituer la montre qu'on lui avait offerte en récompense de cette histoire entièrement inventée par ses soins.

Tout était donc faux, une pure fable ! Piaget en conclut : « Beaucoup de vrais souvenirs sont sans doute du même ordre. » Nous restons perplexes devant une conclusion aussi hâtive et tranchée, qui jure avec l'intelligence. Si l'on compare les deux versions – vingt-cinq ans les séparent, nous l'avons déjà noté –, il nous saute aux yeux que, devant la télévision et dans le feu de l'improvisation, Piaget rajoute en 1969, entre le récit convaincant du souvenir qu'il « se remémore entièrement de visu » et la vérité de la fraude que la nurse avoue, une phrase qui manque dans la version rédigée : « *Durant toute mon enfance, j'ai vécu avec le souvenir glorieux d'avoir été l'objet d'une tentative de kidnapping.* » Cette phrase dont les italiques sont de notre cru apporte une « petite » discordance où se décèle, selon moi, la clé de l'histoire. C'est en cet endroit, dans cette divergence entre les deux versions que nous retrouvons la *vérité* de son souvenir, et cette vérité met en scène le *désir de l'autre* qui rend le souvenir « glorieux » : le désir du ravisseur de s'emparer du bébé, le désir de la nurse qui s'y oppose, le désir du policier qui entre en lutte avec le malfaiteur pour défendre le bébé, le désir des parents qui offrent une montre à la vigilante nurse, le désir (comme on l'apprendra) de la mère chuchotant l'histoire pour qu'il n'y comprenne goutte… voire le désir de faire pièce de ce « faux » souvenir comme argument en faveur de sa psychologie de l'intelligence érigée contre la psychanalyse, attribuant à Freud des thèses qui lui sont étrangères. Un désir qui se manifeste donc dans ces deux versions, la parlée et l'écrite, légèrement divergentes entre elles, mais dont nous devenons les heureux destinataires.

Devant les caméras, Piaget adjoint une explication qui est un nouveau souvenir, celui-ci, pas si vivace. Plus qu'un souvenir, disons que c'est une construction explicative ; si auparavant, en évoquant ce qui s'était passé aux Champs-Élysées, le tout de l'expérience revenait avec certitude, cette fois, ce qui prédomine, ce sont des avertissements pour en relativiser la portée :

> Quand j'avais, *je ne sais plus*, sept ou huit ans, *j'ai dû* écouter ma mère le raconter à quelqu'un, ce fait que j'avais été l'objet d'une tentative de séquestration. J'ai tendu l'oreille, et ce récit a été *probablement* susurré à voix basse, on n'allait pas le raconter à un garçon qui a couru le risque d'être pris en otage, cela l'inquiéterait ; mais, à partir de ce que j'en ai entendu, j'ai pu reconstruire l'image visuelle, une image visuelle *si attrayante que, encore aujourd'hui, elle demeure à titre de souvenir, comme si je l'avais effectivement vécue.* [Nous soulignons.]

Le « souvenir » est inauthentique, il est bien le produit d'une falsification malintentionnée, comment ne pas être d'accord ? Rien de cela n'est arrivé *dans le réel.* Après avoir fait la lecture du souvenir de Piaget, une question néanmoins continue d'insister : comment et pourquoi ce « faux » souvenir a-t-il atteint un tel niveau de conviction chez l'enfant ? Selon Piaget, le « souvenir » ne s'est pas du tout formé quand il avait moins de deux ans, mais quand il en avait sept ou huit. C'est alors qu'il fut « encodé » et qu'il demeura à soixante-dix ans passés encore indemne, son sujet sachant pour autant fort bien que l'événement remémoré n'avait jamais eu lieu. Sa mémoire s'est complu à situer rétroactivement un fait, reconstruit dans une intention frauduleuse, en l'autorisant à adopter toutes les apparences de l'objectivité. Dans les deux occasions qui lui sont données, Piaget soutient l'existence de son faux souvenir comme un argument asséné à l'encontre de la psychanalyse freudienne et cela attire tout autant l'attention que son attraction à l'égard de la fausse histoire inventée par la nurse. Car Piaget, le psychologue de l'enfance, n'est pas quelqu'un qui pourrait être tenu pour un ingénu. Il a été un lecteur scrupuleux de Freud (comme de tous les auteurs importants pour la psychologie de son temps) et il ne pouvait pas ignorer que ce dernier démontre dans ses textes les plus répandus, tel celui de 1901 que nous avons précédemment cité, que tous les souvenirs d'enfance sont des souvenirs faisant écran et retravaillés par la fantaisie qui les a distordus, les mettant au service du principe de plaisir et de ses convenances.

Mieux encore. En 1922, Piaget a été en psychanalyse pendant huit mois avec l'une des figures les plus importantes de l'histoire de cette discipline, puisqu'il s'agit de Sabina Spielrein, une ancienne patiente de Jung (avec lequel elle a vécu une relation mouvementée ayant fini par avoir une portée légendaire[1]) et qui par la suite fut l'amie de Freud et l'une des membres de la Société psychanalytique de Vienne, dans le cadre de laquelle elle a prononcé différentes communications importantes. La plus sensationnelle aura été une proposition d'avant-garde dans l'histoire de la psychanalyse : Spielrein, avant tout le monde, a relevé le fait qu'il fal-

1. A. Carotenuto, « Journal d'une symétrie secrète. Sabina Spielrein entre Freud et Jung », traduit par M. Arnaud, M. B. de Launay et P. Rush, *in* M. Guibal et J. Nobécourt, *Le Dossier Spielrein*, Paris, Aubier, 2004.

lait reconnaître l'existence d'une pulsion de destruction, qui est l'antécédent immédiat de la pulsion de mort que Freud mettra au jour des années plus tard, en 1921. Au cours de l'entrevue télévisée dont nous parlons, après avoir raconté l'histoire de son « premier » souvenir, Piaget évoque son analyse à Genève avec Spielrein (sans la nommer) et affirme qu'il se sent autorisé à parler de psychanalyse, précisément parce qu'il est passé par cette expérience : « Sans ça, je n'en parlerais pas[1]. » Il affirme qu'en effet, il était en résistance, mais il dit aussi que ses résistances étaient

> d'ordre théorique et qu'en aucune façon elles n'auraient pu être du ressort de la pratique de la psychanalyse. [...] Moi, j'étais très content de servir de cobaye. Je vous assure que cela m'a vivement intéressé, mais la doctrine, c'est d'un autre ordre. Je ne vois pas dans les faits intéressants que me démontrait ma psychanalyse à quelle nécessité répondait le fait de m'imposer des interprétations. Ce fut elle d'ailleurs qui a interrompu l'analyse. [...] Il lui a semblé que cela ne valait pas la peine de perdre une heure par jour avec un monsieur qui ne voulait pas donner raison à la théorie.
>
> – Vous-même, vous auriez continué ?
>
> – Moi, cela m'intéressait beaucoup. Par exemple, je n'ai rien d'un visuel. Je ne pourrais même pas vous dire la couleur de la nappe qui recouvre ce bureau sans la regarder. Eh bien, ce qui avait sur moi un impact extraordinaire, c'était de constater le nombre d'images visuelles qui me revenaient dans mes souvenirs d'enfance [...]. Pendant les heures que je passais en analyse, je redevenais un visuel et d'une façon qui me surprenait. Je revoyais des scènes vécues à d'autres

1. J.-C. Bringuier, *op. cit.*

> époques, en partie reconstituées, comme je l'ai dit, mais avec tout leur contexte, leurs formes et leurs couleurs leur étant restituées avec une précision dont je me serais montré incapable en dehors des séances.

Avec ce témoignage qui est peu sujet à caution, on comprend plus clairement quelques-unes des raisons de la résistance de Piaget à une expérience qui devait toucher en lui des couches trop profondes. Sa tendance à tout intellectualiser, une passion qui a été à la source des grandes découvertes qui ont assuré à juste titre sa renommée, entrèrent en rivalité avec le désir de l'analyste (toujours ce satané désir de l'autre !), apparemment trop intéressée qu'elle était à vouloir – comme nous le verrons – enrôler à la « cause » ce *Wunderkind*, l'enfant prodige que Piaget était et restera jusqu'à sa mort à quatre-vingt-quatre ans.

Ainsi, de même que Piaget se souvient avec autant de précision ce qu'il a vécu étant bébé, il oublie un Freud qu'il a lu, dont il s'est imprégné, et dont il a effacé les traces, un Sigmund Freud qui a pourtant écrit[1] :

> Avec les prétendus souvenirs d'enfance les plus précoces nous possédons, non pas la trace mnésique véritable, mais une version de celle-ci élaborée ultérieurement, donc une version qui peut avoir subi les influences de diverses forces psychiques ultérieures.

Comment Piaget peut-il, pour prendre ses distances vis-à-vis de la psychanalyse, tirer argument du scepticisme que lui inspirerait le côté artificiel de son premier

1. S. Freud, « Souvenirs d'enfance et souvenirs écrans », in *Psychopathologie de la vie quotidienne, op. cit*, p. 103.

souvenir, alors même que ce scepticisme exprimé à l'égard des souvenirs précoces est un trait distinctif de la psychanalyse freudienne ? Nous trouverons une réponse qui dissipe cet étonnement. Voici le commentaire en question[1] :

> Je nourris un certain scepticisme à l'égard des souvenirs d'enfance. Je sais bien que le point de vue psychanalytique consiste à pouvoir utiliser la manière selon laquelle un enfant (ou un adulte) reconstruit ses souvenirs d'enfance. Mais je ne crois pas en l'existence de souvenirs purs, ceux-ci supposant toujours que joue une part plus ou moins grande d'inférence.

La mémoire est un travail de l'imagination

Si quelque chose caractérise la position freudienne, c'est *son accord* avec cette prudente incrédulité de Piaget. Jamais Freud ou les freudiens n'ont cédé à la mystique de retrouver un quelconque « souvenir pur ». Ce que Piaget appelle une « part d'inférence » (qui serait tout autant une « interférence »), c'est ce que rajoute dans la construction du souvenir un travail de la fantaisie qui y est constant et axial. C'est une vérité connue, sue depuis longtemps – il ne s'agit nullement d'une découverte de Freud –, qu'il est difficile la faire de différence entre mémoire et fantaisie. Pour Hobbes[2] (1588-1679) « l'*imagination* et le *souvenir* ne sont qu'une seule chose, qui porte des noms différents

1. J.-C. Bringuier, *op. cit.*, p. 211.
2. T. Hobbes, *Léviathan*, traduit par F. Tricaud, Paris, Sirey, 1971, chap. II, paragraphes 3 & 4, p. 15-16.

quand on se place à des points de vue différents ». Le mot « imagination » (« que les Grecs appelaient *phantasia* ») met en avant le contenu empirique de l'expérience et laisse de côté le fait qu'une telle expérience aille en se dégradant. Le mot « mémoire » privilégie la conservation du souvenir et laisse au deuxième plan l'aspect sensuel ou sensoriel (*sensuous*) de l'expérience. Pour le philosophe anglais, la mémoire est la perception du fait qu'auparavant l'on a perçu quelque chose ; c'est elle qui permet la connaissance du monde. « Une mémoire ample ou la mémoire de beaucoup de choses se nomme expérience. » Mais « autre chose est leur compréhension » : c'est la mise en route de l'imagination par le langage, par les mots. Selon le point de vue qu'on adopte, un souvenir relève de la mémoire ou de la fantaisie. Pour tout dire, il est issu de leur conjugaison.

C'est dans cette sobre et vénérable tradition, qui assimile en les combinant la mémoire et la fantaisie, que se situe la doctrine de Freud, et c'est peut-être ce que ne pouvait ou ne voulait accepter Piaget avec son intellectualisme sans concessions. Le premier souvenir de Piaget ne montre pas tellement que la nurse a menti (il n'en a pris conscience que plus tard et la confession de la fraude commise n'a pas suffi à effacer le « souvenir »), mais plutôt que l'enfant avait besoin de croire en la « glorieuse » réalité d'une scène qui satisfaisait son fantasme d'être l'objet merveilleux pouvant assurer une jouissance à l'Autre.

Dans les souvenirs autobiographiques de Goethe[1], au début du chapitre premier, après avoir longuement donné les détails de la conjugaison astrolo-

1. J. W. von Goethe, *op. cit.*, p. 13.

gique de sa naissance, le poète nous surprend en affirmant :

> Quand nous cherchons à nous rappeler ce qui nous est arrivé dans les premiers temps de notre enfance, nous sommes souvent exposés à confondre ce que nous avons appris des autres avec ce que nous possédons vraiment par expérience et par observation personnelle. Ainsi donc, sans entreprendre là-dessus une enquête précise, *qui d'ailleurs ne peut mener à rien*, j'ai connaissance que nous habitions une vieille bâtisse... [Nous soulignons.]

Freud commence son article de 1917, précédemment cité, en rappelant cette observation du poète qui souligne le caractère induit des souvenirs infantiles et qui s'interrompt juste avant de citer ce que Goethe proclame, à savoir qu'il ne sert à rien de rechercher les données objectives se rapportant à la source des souvenirs ou d'essayer de déterminer dans quelle mesure ceux-ci procèdent de l'expérience vécue personnellement ou d'un récit relaté par des tiers. Ce qui importe, c'est le souvenir en tant que tel. Que Piaget ait été victime d'une tentative de kidnapping ou que cette tentative ait été une affabulation de celle qui prenait soin de lui ne change rien à l'affaire, puisque du point de vue du souvenir, ce qui compte, c'est la « gloire » qui le colore et qui est, non une conséquence, mais la cause de sa rétention dans la mémoire et de la conviction absolue qu'a le sujet de son caractère d'expérience (faussement) vécue. Si le récit de Piaget prouve quelque chose, c'est que le fantasme l'emporte sur la réalité. Freud mit peu de temps à s'en rendre compte. Nous pouvons même soutenir que la psychanalyse est née à partir du moment où Freud a définitivement compris que *la fantaisie primait sur le souvenir* dans la restitution d'un événement historique.

Avoir été l'objet d'une tentative de kidnapping est le contenu *manifeste* de la fantaisie de Piaget, croyance sur laquelle il saute à pieds joints, tout en sachant que cela n'eut jamais lieu. Avoir réchappé de la tentative d'enlèvement, du *kidnapping*, tel est le contenu *latent* de la fantaisie de Piaget. Parfaitement. Mais seulement pour lors ? Et avant d'atteindre ses deux ans ? Le citoyen de Genève, en bon adepte de Rousseau, a dit qu'il résistait intellectuellement à la théorie de l'analyse et que, malgré cela, il s'est fait analyser par Sabina Spielrein dont il croyait (faussement) qu'elle avait, à son tour, été analysée par Freud. Le « fait » n'en était pas certain, mais qu'importe ! Insister sur ce doute « ne peut mener à rien ». Ce qui importe, c'est sa croyance. Son analyste, Sabina Spielrein, était une collègue de travail au laboratoire de psychologie d'Edouard Claparède ; sa tâche à l'institut – on l'avait engagée pour cela – consistait à expliquer les thèses psychanalytiques[1]. Piaget croyait en plus qu'elle n'enseignait pas ce qu'elle savait à titre personnel et en son nom propre, mais que « la Société internationale de psychanalyse l'avait envoyée à Genève pour répandre la doctrine », et c'est à ce titre, donc, qu'il « était content de servir de cobaye[2] ». Piaget va jusqu'à faire savoir qu'il opposait de la résistance à la « nécessité d'interprétation qu'elle cherchait à lui imposer ».

1. E. Roudinesco et M. Plon, « Spielrein Sabina », *Dictionnaire de la psychanalyse*, Paris, Fayard, 1997.

2. J.-C. Bringuier, *op. cit.*, p. 213.

Quel est le scénario fantasmatique de la psychanalyse de Piaget allongé sur son divan ? Reprenons la scène, celle de 1922. Ne devient-elle pas transparente ? Une tentative de kidnapping ! Le fantôme des Champs-Élysées continue d'agir en sous-main. Piaget se souvient, en 1969, de comment cette femme, envoyée par Freud, a cherché à mettre la main sur lui en 1922 et comment il lui a résisté – malgré la vivacité des réminiscences de son passé que lui procuraient ses séances, aussi forte que celle qu'il a pu expérimenter en évoquant la tentative de « séquestration » qui n'eut jamais lieu. Il résista au point que ce fut elle qui « arrêta l'analyse ». Peut-être que Sabina Spielrein ne voulut-elle pas occuper la place de la nurse dans le fantasme de son analysant alors encore jeune ? Qu'il continue à vivre avec le fantasme d'être l'objet merveilleux (*agalma)* qui manque à l'Autre et qui l'incite à participer à une scène de séquestration criminelle à laquelle il se doit de résister. Qu'il organise donc sa vie comme une résistance contre la psychanalyse, depuis les tranchées de l'intellectualisme que celle-ci serait supposée méconnaître. Il n'y a rien qui soit plus têtu et constant qu'un fantasme. Piaget a su en tirer des résultats prodigieux. Sa mémoire a vu le jour dans un effroi vivace et intense… quoique irréel. Oui, c'est un fait, personne n'est plus têtu et constant que… le fantasme transformé en premier souvenir d'enfance.

V

Borges implore la cécité

Le moi se reflète multiple dans les glaces de la garde-robe

Étant donné, dans le monde borgésien, la présence – qui paraît relever de la compulsion – des miroirs, des tigres et des labyrinthes, il est légitime que l'on se fatigue et que l'on prenne la peine de lire la quantité de commentaires que ceux-ci ont inspirés. À de telles images, rajouter une couche à l'œuvre de l'auteur de *L'Aleph* serait presque s'exposer au pléonasme. À moins que… À moins qu'il ait quelque chose de nouveau à nous apprendre. Ce qui arrive en fait la plupart du temps.

Le leitmotiv de nos recherches est celui d'une mémoire, la mémoire mise en marche, comme nous l'a appris Cortázar, par l'effroi. À ce propos, nous ne pourrions négliger l'occasion d'une réponse que Jorge Luis Borges proposa en 1973 à María Esther Vázquez[1],

1. J. L. Borges, *Veinticinco Agosto, 1983 y otros cuentos*, Madrid, Siruela, 1983, p. 80-81.

quand celle-ci, dans une interview, l'interrogea à propos de ces références obsessives, insistantes, et particulièrement au sujet des miroirs. La réaction immédiate du célèbre écrivain fut d'évoquer un souvenir d'enfance, dont nous ne savons pas nous-même s'il est à considérer comme le premier, mais dont nous pouvons assurer, après avoir reconsidéré tout ce qu'il a écrit et répondu à ses nombreux interviewers, que nous n'en connaissons aucun qui lui soit antérieur (ni non plus postérieur). De toute façon, nous sommes déjà parvenus à établir qu'en ce qui concerne un premier souvenir, nous avons toujours affaire à une conjecture indémontrable et mythique, infiltrée par des fantaisies, des désirs et des données fortuites, quand il ne s'agit pas d'une pure falsification. Nous ne parierions pas un sou sur la fidélité de la mémoire, pas même sur celle de Borges :

> Nous avions à la maison une grande garde-robe à trois battants de style hambourgeois. Ce genre d'armoire en acajou était courant dans les maisons bourgeoises d'alors. Je me couchais et me voyais en triple exemplaire dans ce miroir, éprouvant la crainte que ces exemplaires ne correspondent pas à mon image exactement, ou, ce qui serait terrible, que je me voie différent dans l'un d'entre eux... Quand j'étais petit, je n'ai jamais osé demander à mes parents qu'ils me laissent dormir dans une chambre totalement obscure, pour m'éviter de nourrir cette inquiétude. Avant de m'endormir, je ne cessais de cligner des yeux pour voir si les images dans les trois miroirs restaient fidèles à ce que je croyais être mon image, ou s'ils s'étaient mis à changer d'une façon rapide et alarmante. S'ajoute à cela l'idée de la multiplicité inhérente au je, de sa mutabilité, du fait que nous sommes les

mêmes, sans cesser d'être différents ; enseignement dont j'ai tenu compte bien des fois.

Quand les miroirs des battants ne sont pas solidaires, les angles de leurs incidences doivent forcément être légèrement différents entre eux (« différants », écrirait Derrida, cette différance étant aussi bien compréhensible, puisqu'on ne peut en regarder deux à la fois et qu'un laps de différance sépare les deux coups d'œil). Les reflets sont certes concomitants ; mais les regards ne sauraient être synchrones. Une telle différence joue aussi bien quand c'est le corps, en tant que vu, qui est concerné, que quand c'est la rétine qui se dirige vers les différents miroirs. De sorte qu'aucun d'eux, par leur multiplicité même, ne peut redoubler et confirmer « exactement » le « *moi**[1] » qui les observe. De par leur diversité, les images désorientent cet observateur sans certitudes qu'est le tout-petit, encore non assuré quant à son apparence personnelle : aucune de ces images n'est plus « réelle » (véritable) qu'une autre, aucune n'est équivalente aux autres : toutes authentiques, et toutes fausses. Chacune d'entre elles pourrait s'enticher d'elle-même pour mener une action se déployant dans une autonomie capricieuse, thème classique du *Doppelgänger* et également sujet de récits sinistres dans lesquels l'ombre se rend indépendante. Les images du corps propre et du visage, ces aiguilles qui fonctionnent comme la boussole du sujet, se mettent à vaciller : il a perdu le nord.

Le regard de Borges enfant, tombant sur de tels miroirs, trifurque. Au lieu même où se présente cette

1. La différence entre « moi » et « je » n'est pas perceptible en espagnol. (N.d.T.)

triple voie ou cette triplopie, avec ce matériel des trois images quasi simultanées et à peine différenciées, il faudra, afin de ne pas s'égarer, qu'il se confectionne une forme unificatrice, une synthèse des différents « points de vue ». C'est seulement de cette façon qu'il pourra échapper à l'expérience déchirante de se sentir un et de se voir trinitaire, d'habiter dans trois espaces virtuels à la fois, avec des variations, peu perceptibles entre elles. S'il est difficile de se concevoir comme un et le même quand l'on se voit dédoublé par l'image spéculaire virtuelle, comment parvenir à rester un et le même quand correspondent au corps réel quatre représentations : celle de l'image de soi dans l'espace réel et les trois reflets de celle-ci dans les portes respectives de l'armoire hambourgeoise ?

L'inquiétude de cet enfant renvoie, me semble-t-il, comme dans le récit de Cortázar, au fait imparable que celui-ci souligne : « On me laissait dormir seul. » C'est à ses parents que ce tout-petit aurait dû demander protection.

« Georgie » (sobriquet de Borges enfant), ainsi que Vitangelo Moscarda, le personnage de Pirandello (de *Uno, nessuno e centomila*), est un et se voit plusieurs, sans que l'un puisse être plus crédible que les autres. La variabilité des perspectives y joue son rôle, mais, en même temps que « cent mille et un », il n'est « personne ». L'étrangeté des miroirs réside dans cette manie compulsive qui les caractérise : celle de nous suivre, de nous imiter et de répéter nos mouvements. La seule manière de fixer leurs images, c'est de rester immobile, sans même cligner des yeux ni respirer, c'est de faire le mort. Mais quand les miroirs sont nombreux et nous regardent, il n'est pas possible de rester planté devant l'un d'eux et de négliger l'imprévisible curiosité et voracité des autres. En plus, il n'y a là, en scène et en ce moment, aucun être humain qui incarne l'Autre. Il n'y a personne qui soit capable de garantir avec certitude qu'on est en vie. Il n'y a personne qui puisse assurer, par la grâce de la douce action du révélateur des paroles, que, malgré le spectacle menaçant de la prolifération des images, le soi ne se dissout pas en se répartissant parmi elles et que le corps peut, en face d'elles, demeurer un et unique. Il devrait y avoir quelqu'un qui serait suffisamment bien disposé pour intervenir en éliminant d'un trait de plume la prolifération de tant de « moi » qui pourraient se mettre en tête d'agir, en allant chacun de son côté. Il manque une instance de contrôle qui unifie et fasse coïncider en une seule image l'anarchique dissidence (trissidence dans ce cas) des doubles.

L'enfant parviendrait à s'échapper à la mise en abîme des miroirs s'il parvenait lui-même à les effrayer, en les privant de l'aliment qui les nourrit et qui est la lumière. Le petit, tout seul, est impuissant quand il s'agit d'éliminer ce complice des glaces, qui se répand, sibyllin et invasif, en envahissant toute la pièce. Mais l'Autre, lui au moins, pourrait expulser la lumière. Borges adresse – voulait leur adresser – à eux, ses parents, une supplique étrange, paradoxale, irrationnelle. Il faudrait faire preuve de beaucoup de courage pour implorer une telle horreur, le traitement chirurgical qui lui ôterait son angoisse. Sa demande est tellement absurde que sa formulation en devient impossible. Il aurait aimé demander à ses parents de le mettre dans une chambre complètement obscure. Mais il ne l'ose pas. Les mots le suffoquent avant de pouvoir sortir de sa bouche. L'angoisse, l'impuissance ne peuvent se formuler en un discours, parce que sa formalité semblerait inadmissible.

Restant informulées, elles ne cessent de le tarabuster. « Je n'ai pas osé leur dire que je voulais qu'ils me laissent dans une chambre totalement obscure. » Qui donc, quel tout-petit oserait *demander la cécité ?* Est-ce qu'il existe un enfant qui préfère éliminer la lumière, au lieu de se protéger en meublant le monde avec ce que lui offre la vision – avant même que se concrétise l'invention de Morel[1], qui est aujourd'hui devenue possible avec cette usine à projeter des images dans l'espace réel qu'est la télévision ?

Bien sûr, cet enfant, avec sa phobie des orages et sa peur de l'obscurité, n'est pas Joyce. Son devenir aveugle, je parle de celui de l'Irlandais, fut, de même, recherché ; il fit tout son possible pour l'obtenir, avec la collaboration inappréciable des ophtalmologues, qui lui ont fait subir une série d'opérations douteuses.

Cet enfant, assurément, n'est pas non plus le Gabriel García Márquez qui se remémore[2] :

> Je n'ai jamais pu surmonter la peur d'être seul, et encore moins de l'être dans l'obscurité, mais il me semble que celle-ci avait aussi cette origine concrète que, durant la nuit, se matérialisaient les fantaisies et les présages de ma grand-mère. Encore à soixante-dix ans passés, j'ai pu entrevoir en rêve la fragrance des jasmins dans le couloir et le fantôme des dortoirs sombres, et toujours avec le sentiment que ça m'a gâché mon enfance, ces affres de la nuit.

---

1. A. Bioy Casares, *L'Invention de Morel,* 1940, traduit par A. Pierhal, Paris, Robert Laffont, 1952 ; et LGF, 1989. L'ami de Borges a forgé la fiction qui a inspiré Alain Resnais, lorsqu'il écrit le scénario de *L'Année dernière à Marienbad.*

2. G. García Márquez, *Vivre pour la raconter*, traduit par A. Morvan, Paris, Grasset, 2003, p. 31.

Ce regard triple de la machine à miroirs défait la cohésion de la personne, la décompose comme le fait un prisme avec la lumière. Ce triple regard pourrait même se multiplier à l'infini, faisant trembler les fondations de l'instable représentation du corps (« quelque chose que je croyais être mon image »). Il est fréquent, voire presque universel, que les enfants aient peur de l'obscurité, qu'ils aient besoin de lumière pour pouvoir avoir la certitude de leur présence au monde, qu'ils utilisent les yeux en guise de béquilles pour éviter que leur existence ne s'effondre. Ce n'est pas, comme il l'affirme lui-même, le cas de Borges. Lui, il aurait préféré que les « autres », l'Autre lui procure la « nuit unanime » et, s'il n'y avait pas moyen, des livres, pour lui éviter de se retrouver confronté à son propre reflet. Le miroir, loin de lui confirmer qu'il était Borges, lui donnait l'impression qu'il était « un quelconque, personne ou cent mille[1] », suivant la perspective d'où il était regardé. Avec leurs yeux aux reflets argentés, les glaces le déroutaient[2].

Le miroir est – devrait être – ce qui garantit l'existence et la stabilité du corps dans l'espace en tant que « *moi** » qui se compte un. Mais trois miroirs ! Par leur prolifération, ils ne peuvent qu'abolir cette image, la pulvériser. Humpty Dumpty, le moi, se brise, et tous les hommes et tous les chevaux du Roi auront beau s'y mettre, ils ne pourront en réajointer les morceaux. Et si chaque miroir s'octroyait la possibilité de déformer capricieusement la

1. L. Pirandello, *Un, personne et cent mille*, traduit par L. Servicen, Paris, Gallimard, L'Imaginaire, 1982.

2. L'auteur risque ici en espagnol un néologisme : *desconcebían*, qui devrait se traduire par « méconcevaient ». (N.d.T.)

vision de ce qui se présente à ses yeux ? Qui parviendrait à harmoniser ces images ? À les soumettre à une régulation ? À restreindre l'arbitraire de leur capacité à se reproduire ? À limiter leur obscène profusion ? La constance de l'image de soi, qui est œuvre de la mémoire, offre du monde où nous vivons une garantie précaire, mais en l'absence d'une telle garantie il nous serait impossible de vivre. Borges a aussi abordé ce thème dans un conte sur Funes le mémorieux[1] : celui de la variabilité incessante des apparences qui rend impossible la formation d'un quelconque concept. Funes, dans le monde vertigineux où il réside, ne pouvait comprendre « que le symbole du genre *chien* puisse subsumer tant d'individus dissemblables de tailles et formes diverses et différentes ; cela le dérangeait que le chien vu à 15 h 14 (et de profil) porte le même nom que le chien de trois heures et quart (vu de face). *Son propre visage reflété dans le miroir, ses mains elles-mêmes, le surprenaient à chaque fois.* » [Nous soulignons.] Comme c'est curieux ! Pour parvenir à connaître, il faut en passer par l'oubli des infimes différences qui palpitent dans les souvenirs du perçu. C'est seulement à ce prix que la mémoire est possible.

Jorge Luis Borges déploie un rituel qui pourrait être qualifié, étant compulsif, d'obsessionnel. Il tente de calmer son angoisse en répétant, presque sur le mode du défi, l'expérience qui l'oppresse. Il ne cesse d'ouvrir et de fermer les yeux, autrement dit : il cligne. Consterné, il joue en pleine nuit au jeu auquel s'adonnait le petit-fils de Freud dans sa tendre enfance, reproduisant son *fort/da* à lui. Il apparaît, il disparaît. Il met à l'épreuve dans

1. Traduit en français par « Funes ou la Mémoire », dans *Fictions*, Paris, Gallimard, 1971.

quelle mesure est fiable le regard qui l'observe depuis les glaces de la garde-robe, ce regard qui est celui de l'Autre. « Les images restituaient-elles fidèlement le monde dans la continuité du temps ? » Ou pouvait-il se faire que le pacte soit rompu, avec cette conséquence qu'elles se mettaient à se modifier à toute allure et de manière alarmante ? Lui-même veut-il savoir la vérité ? Non, il ne la demande pas, mais que lui soit ratifiée l'image qu'il s'était forgée de lui-même (le « ce que je croyais »). Et si cela ne pouvait être obtenu, qu'advienne l'obscurité totale ! N'avons-nous pas ainsi en mains les clés de la vie et de l'œuvre de Borges ?

Le temps passant, Borges en viendra à donner de ce souvenir une version poétique (puisqu'on dit qu'avec quatorze vers on fait un sonnet) :

Enfant, je craignais que le miroir
Ne dessine de mes traits un visage
Autre, masque impersonnel qui cacherait
Sans doute quelque atrocité.

J'ai également craint que le temps
Du miroir ne détourne le cours
Quotidien des heures humaines,
Abritant en ses vagues confins

L'image d'êtres et formes et couleurs neuves.
(À personne il ne le dit : l'enfant est timide.)
Mais à présent je crains que le miroir

N'enferme le vrai visage de mon âme,
Bourrelée d'ombres et de fautes,
Lui que Dieu voit, et peut-être les hommes[1].

1. Poème retraduit par mes soins. (N.d.T.)

Fascination horrifiée pour le miroir, mise en doute de l'identité, incertitudes quant à savoir qui est l'auteur de ces lignes ou qui est le rêveur de ce rêve touchant les ruines circulaires, doutes de Zhuangzi qui se demande si ce ne serait pas le papillon qui rêverait d'être Zhuangzi, au lieu d'être lui-même celui qui le rêve, souvenir de l'horreur d'être vu et de l'impossibilité d'échapper au regard d'autrui, *demande que lui soit octroyé le don de la cécité*, avec celui des livres, sensation de ne pas savoir où l'on se trouve au milieu du monde qui est un labyrinthe, rejet de cet ersatz du miroir qu'est la copulation, capable de créer d'autres yeux qui se regarderaient dans d'autres miroirs ; seul moyen d'échapper à ces miroirs : la cachette des bibliothèques, stérilité du corps et fécondité d'une écriture qui est « miroir et modèle » pour les écrivains du futur, habitacle occulte où se dissimulent des manquements, tels qu'ils sont grossièrement approchés au travers de la notion freudienne du surmoi, aussi innommables qu'indissimulables (aux yeux de Dieu, mais aussi peut-être des hommes). Ne s'agit-il pas là des pierres de touche de son univers, pressenties dans l'horreur qu'ont provoquée les miroirs divergents de la garde-robe hambourgeoise, ces coordonnées que, « avant de dormir », Borges sollicite obsessivement ?

Identifier un présage (*self-fulfilling prophecy*[1]) de ce que sera le destin de l'écrivain, en le retrouvant matérialisé dans les divers miroirs de cette chambre du port

1. Prophétie autoréalisatrice. (N.d.T.)

de Buenos Aires, présente des risques. Qui pourrait apporter de l'eau au moulin de cette interprétation ? Personne... personne d'autre que Borges lui-même. Pénétrons-nous de ce qu'il répond à Antonio Carrizo[1] :

> – *Carrizo* : Borges, les miroirs..., ça ne vous plaît guère.
>
> – *Borges* : Ils ne me plaisent pas du tout, ou ils me plaisent trop. À présent, c'est sûr, je m'en suis libéré. Parce que la cécité est le moyen le plus drastique d'en finir avec les miroirs.

C'est dommage, bien dommage pour lui, que l'émancipation à laquelle il aspire ainsi reste indécidable. Il ne suffit pas de cesser de les voir pour sortir de leur champ et de leur perpétuelle capacité à vous épier. Le miroir est un objet inerte, mais il est à la fois le cadre fantasmatique qui imprègne notre forme d'humains, que nous ne pouvons engendrer. *Mirror*[2] – que nous mirons[3] –, mais aussi : *looking glass*[4], glace qui nous mire quand nous la regardons. Borges peut parler de – et aller jusqu'à abominer ce – « frère mystérieux » qui veille encore sur lui dans la nuit noire où des yeux qui ne verraient plus ne sauraient empêcher que le miroir, lui, voie encore :

> Aux aguets depuis toujours. Sur le poli
> De l'eau trémulante ou de la glace pérenne,

1. *Borges el memorioso. Conversaciones de J. L. Borges con Antonio Carrizo*, México, FCE, 1983, p. 92.
2. En anglais dans le texte. (N.d.T.)
3. Le lecteur aura l'indulgence d'accepter ce mot d'argot qui nous permet de rendre le jeu de mots de l'auteur sur *mirar* et *mirror*. (N.d.T.)
4. *Idem.*

Tu me poursuis ; être aveugle est inutile.
Ne point te voir, tout en te sachant là :
Horreur accrue[1]...

Nous reviendrons sur ces vers, mais repris sous la plume d'écrivaines perspicaces.

Il ne servirait plus à rien à l'enfant d'autrefois, maintenant devenu aveugle et vieillard érudit, de prendre le dessus sur son surveillant, en ouvrant et fermant les paupières. Les yeux multiples des infatigables glaces continueront d'envahir – et de tarauder – l'âme de l'aveugle qui ne peut ignorer leur présence, même si elles ont viré de couleur, passant de l'argent brillant au gris informe. L'enfant demandait à être aveugle. L'adulte éprouve que la bataille est perdue, que l'horreur n'a fait que s'accroître. Et il sait d'où vient l'effroi : sa source n'est pas dans le champ visuel, elle sourd du « véritable visage de mon âme, accablée d'ombres et de fautes ».

Si c'est par métaphore que l'on peut dire que les miroirs sont des prisons, ce n'est pas moins par métaphore – et une métaphore empreinte d'illusion – que l'on peut prétendre « s'en libérer », au moyen de la cécité, ainsi commuée en prix à payer pour la liberté. Il vaut la peine de mentionner que la feuille vierge également, celle où s'abîme un écrivain, est une annulation du miroir, un moyen d'y échapper[2]. L'écrivain n'abomine pas moins que le miroir la surface opaque de la page imprimée, remplie de griffonnages insensés, saturée par ce réel privé d'imaginaire des signes alpha-

1. « Au miroir », *Œuvres complètes*, Paris, Gallimard, La Pléiade, 2010, p. 109. Poème retraduit par mes soins. (N.d.T.)

2. Cf. *infra*, chap. XV.

bétiques qui, en tant que tels, sont privés de sens, ne disent rien, mais qui convoquent la présence d'un lecteur qui les peuple et les meuble de signifiés. Le livre parvient également ainsi à désactiver le jeu déstabilisant des images. Lire, c'est, entre autres choses, se détourner de la surface cristalline, réfléchissante et persécutante du miroir, pour l'incliner vers le mur, la mettant au rancart. « S'immerger dans la lecture », comme on dit d'ordinaire, c'est pratiquer une abolition « drastique » de l'espace virtuel qui décontenance par le contenu clivant du message qu'il émet[1]. Lire est un moyen de fuir le regard de l'autre et des miroirs, en s'abîmant dans un entonnoir de papier où le sujet s'abstrait, se rend secret et cesse d'être vu. Aveugles et lecteurs, lecteurs aveugles, désencombrés du moi[2]. Qui pourrait savoir ce qu'ils voient ? Qui pourrait les voir, si eux ne voient plus ? Autant de signes donnant la consigne : « Suis-nous. »

Pour échapper aux miroirs, Borges n'ose pas demander les ténèbres. S'agit-il d'une prémonition, d'un oracle inscrit dans son premier souvenir ? Ou n'avons-nous pas affaire à un désir inconscient, jamais formulé, mais réalisé dans cette cécité qui, comme Tirésias, fait de lui un voyant ? Il sait, lui, qu'être aveugle est son destin. Il a souligné que « ce lent crépuscule » a commencé en 1899, quand il est né. Il ne lui suffisait pas de savoir que c'était un mal héréditaire dont avaient souffert son père et sa grand-mère. Pour lui, nietzschéen

1. Jeu de mots intraduisible en français entre : *desquicia* (fait sortir des gonds) et *esquizia* (schize, disjonction), que nous essayons de rendre en jouant sur « décontenancer » et « contenu ». (N.d.T.)

2. L'auteur me rappelle à ce propos, dans une note manuscrite, l'admirable aphorisme de Quevedo : *Leer es oír con los ojos* / « Lire, c'est entendre avec les yeux. » (N.d.T.)

comme peu d'autres, il s'agissait d'un *ja sagen*, d'un « dire oui » au destin. Il a su accepter cette cécité comme un don, parce qu'elle correspondait à son désir le plus fervent.

> Si nous acceptons de reconnaître que parmi les biens que le ciel nous octroie il peut y avoir l'ombre, alors, qui vit davantage au plus près de lui-même ? Qui peut mieux s'explorer ? Qui peut mieux se connaître lui-même ? Conformément à la sagesse socratique [*gnoti se auton*], qui peut mieux se connaître qu'un aveugle[1] ?

Étant donné sa « modeste cécité personnelle », Borges se compare à Milton, qui devient totalement aveugle en 1652 et « dont il y a lieu de penser qu'il a volontairement sacrifié sa vue, se souvenant ainsi de son premier désir, celui d'être poète[2] ». Comme cela arrive à d'autres, Milton savait « que sa destinée serait littéraire ; si je puis m'insérer dans cette liste, c'est aussi mon cas ». À l'instar de Joyce, quasiment aveugle à l'époque où il écrivit *Finnegans Wake*, Borges passe son temps à « ciseler des phrases dans sa mémoire[3] ». Se délier du visible pour se réfugier dans le monde auditif de mots qui créent une nouvelle réalité est bien son projet. Ce n'est pas à partir de la cécité qu'il écrit, mais depuis une cécité annoncée, transfigurant l'humiliation, le malheur et la discorde, transmuant avec orgueil « le misérable terreau circonstanciel de notre vie, pour

---

1. J. L. Borges, « La ceguera », *Siete noches*, México, FCE, 1980, p. 158. Traduit par mes soins. (N.d.T.)
2. *Ibid.*, p. 154.
3. *Ibid.*, p. 157.

y faire pousser des choses éternelles, ou qui aspirent à l'être[1] » – ni plus ni moins !

La comparaison de Borges avec Œdipe pourrait être perçue comme l'application d'une psychanalyse obscurantiste et dogmatique, qui ne mériterait que la dérision. Il n'y a pas lieu d'insérer dans le dire de Borges des idées préconçues dont il pouvait se passer, et plus que jamais si l'on s'avise de sa prise de distance par rapport aux lectures freudiennes. Cela ne nous empêche pas de prendre en compte ce qu'il dit dans cette même conférence sur la cécité[2] :

> Démocrite d'Abdère s'arracha les yeux dans un jardin pour ne pas se laisser distraire par la réalité extérieure ; Origène s'est castré. J'ai énuméré suffisamment d'exemples ; certains sont si illustres qu'avoir parlé de mon cas personnel offusque ma modestie ; sauf que les gens s'attendent toujours à ce qu'on leur octroie des confidences, et je ne vois pas au nom de quoi je pourrais leur refuser les miennes.

Nous pouvons jeter un voile sur les deux références invoquées, car elles sont douteuses : Démocrite, le philosophe railleur, aurait pu difficilement explorer le monde naturel comme il l'a fait jusqu'à la fin de sa vie, en se passant de sa vue. Une légende raconte qu'il s'arracha les yeux avec un verre incandescent, pour s'éviter d'être distrait par le visible qu'offrait « un jardin » (rajoute Borges), mais cette légende a été complètement réfutée par les érudits. De même, quel que puisse en être le prétexte – éviter le scandale entraîné

1. *Ibid.*, p. 159.
2. *Ibid.*, p. 157-158.

par la présence, parmi ses élèves, d'autant de femmes que d'hommes, ou volonté de suivre les enseignements de Mathieu (19-12 : « Il y a eu des eunuques qui se sont eux-mêmes castrés, par amour du royaume des cieux, alors qu'ils faisaient vœu de chasteté ») –, le fait qu'Origène se soit castré est aujourd'hui tout autant controversé. Dans la Bible, traduite et annotée par Amat, on trouve une note énonçant qu'« il n'est pas licite de mutiler son corps, comme le fit Origène, mais il convient de réfréner ses passions et de mener dans sa chair une vie céleste ».

Borges concède que sa cécité pourrait avoir été volontaire et il ne faut pas considérer comme sans portée « la confidence » qui le fait s'assimiler à Démocrite et Origène dans leur légende d'automutilation… l'un qui s'énucléa les yeux et l'autre qui se châtra.

Nous en tirons le soupçon que la frayeur provoquée par son premier souvenir infantile a orienté sa vie vers la cécité et vers les visions synoptiques de l'univers entier que l'on trouve dans *L'Aleph*. Le fait de parvenir à échapper à la prison de son corps, piégé par les miroirs, a produit, chez cet inventeur de fictions, l'infinité d'univers virtuels, *orbis tertius*, de mondes nouveaux où la fantaisie trouverait son aliment ; les humains qui les habiteraient pourraient y mettre une distance entre leur effroi et les miroirs.

VI

La barboteuse souillée de Gabo García

OÙ EST ALLÉ SE NICHER LE SOUVENIR D'ENFANCE ?

Gabriel García Márquez est un écrivain parthénogénétique : il s'est engendré et mis au monde lui-même, en suivant un chemin inhabituel, qui l'a mené d'Aracataca, dans la jungle colombienne, jusqu'au prix Nobel de littérature. Comment a donc pu se dessiner ce paysage insolite, depuis une terre pleine de légendes, traversée de rivières de sang, débouchant sur la mer de l'étonnement, de la marginalisation – infligée par une culture officielle qui déprécie ce monde et le taxe de *barbare*, l'accusant de donner dans le métissage décentré, dans la reproduction de paysages protohistoriques et de contingences alluviales –, mais qui aboutit à l'écriture d'incantations à portée universelle, capable de provoquer chez les lecteurs de la terre entière un plaisir irrépressible, fomenté par la diablerie d'une rhétorique de l'hyperbole et du paradoxe ? Voilà où se trouve peut-être le plus grand des mystères que l'on aurait envie d'éclaircir, qui amène à se retourner vers ce qui a toutes les apparences d'être la première partie de son autobiographie[1]. Comme par hasard, et sans le rechercher vraiment (est-ce vraisemblable ? j'en doute), en suivant le cours de mes réflexions autour de la construction narrative du sujet comme « moi » et de la supposée valeur oraculaire des premiers souvenirs, je tombe, dans la saga du Colombien, sur un autre « premier souvenir d'enfance », raconté succinctement et évocateur d'un effroi quotidien, dans le style de Cortázar. Ce n'est pas non plus un hasard que ce premier souvenir soit nimbé, pour cet auteur, des lumières (et des obscurités) d'une référence personnelle. Mettons-nous à l'écoute de García Márquez :

> Là, sans que je m'y attende le moins du monde, ma mère m'annonça avec une emphase triomphale :
>
> – C'est ici que tu es né !
>
> Je ne l'avais jamais su, ou je l'avais oublié, et dans la chambre contiguë se trouvait encore le lit où j'avais dormi jusqu'à l'âge de quatre ans et que ma grand-mère avait conservé. Lui aussi, je l'avais oublié, mais en le voyant je me revis moi-même, vêtu d'une barboteuse à fleurs bleues toute neuve, pleurant et criant pour qu'on vienne vite m'ôter mes couches pleines de caca. Agrippé aux barreaux du lit aussi petit et fragile que le berceau de Moïse, c'était à peine si je pouvais me tenir debout. Cette scène avait provoqué maintes discussions et moqueries de la part des proches et des amis, qui jugeaient trop rationnelle l'angoisse d'un si petit garçon. Et plus encore lorsque j'avais insisté pour expliquer que la raison de mon anxiété n'était pas le dégoût de mes déjections mais la peur de salir la barboteuse toute neuve. C'est-à-dire qu'il ne s'agissait pas d'un souci hygiénique mais d'une contrariété esthé-

1. G. García Márquez, *Vivre pour la raconter, op. cit.*, p.114.

tique, et la vivacité de ce souvenir me laisse penser que ce fut là ma première expérience d'écrivain[1].

Ce récit est typique : par sa banalité même, il nous plonge au cœur d'un épisode déchirant et traumatique. L'évocation est bourrée d'éléments qui caractérisent le « souvenir-écran » (Freud, 1899). L'épisode peut paraître banal, mais ce qui ne l'est pas, c'est qu'il prenne fonction d'oracle, et encore moins le fait que l'écrivain lui-même le voie marqué du sceau du destin, lui attribuant une marque indélébile qui le conduit, d'une façon surprenante, vers l'écriture.

Le souvenir s'en était noyé, il avait été attaqué par la rouille de l'oubli et aurait fort bien pu ne jamais revenir à la surface, ce qui n'aurait pas empêché pour autant l'écrivain d'être le moderne Ésope qu'il est, ni ce souvenir, vu depuis ce magasin vide[2] que nous appelons l'inconscient, de cesser d'imprimer ses irrépressibles et imprévisibles effets. Son souvenir est-il en lui ? Ou gît-il endormi, tapi dans ce berceau qui l'attend depuis toujours et qui aurait fort bien pu ne jamais tomber dans l'escarcelle de la sensibilité du poète, de celui qui fut l'enfant entouré de ses barreaux, se rendant capable d'accéder au souvenir, en se retournant vers l'intérieur (*sich erinnern*) pour le reverser vers l'extérieur, faisant la « déposition » de son souvenir (*eräussern*, si nous nous permettions d'inventer en allemand un mot insolite, puisque cette langue est toujours disposée à l'innovation lexicale) ? Le berceau,

1. *Op. cit.*, p. 46-47.

2. *Colmado vacío*, dans l'original, est un oxymore intraduisible, le substantif *colmado*, qui signifie « épicerie », pouvant être pris comme adjectif et vouloir dire alors : « plein à ras bord. » (N.d.T.)

revisité en compagnie de sa mère, est le dépositaire du souvenir qu'il garde, mais qui est resté à la merci d'une rencontre aléatoire : « je l'avais oublié, mais en le voyant je me revis moi-même… » Car c'est ici qu'il convient d'arrêter la phrase. Quel événement García Márquez avait-il oublié ? Il le dit expressément : ce n'était pas son berceau, mais lui-même. La mémoire obéit à un étrange péristaltisme : quand les souvenirs font retour, le sujet est débordé par leur incontinence. Le caca du passé récupère ses qualités organoleptiques.

Le souvenir des excréments inopportuns de Gabriel García Márquez n'est pas la retrouvaille de quelque chose de perdu dans le passé, mais la possibilité offerte de se reproduire lui-même à partir de l'expression et de l'externalisation (*Eräusserung*), de l'*exo-remembrance*, comme nous serions tenté de le retraduire, dont la mémoire est capable. *Erinnerung* est le mot allemand pour dire : ressouvenir. Ce qui peut y être mis en relief, c'est la racine *in/inner* qui renvoie à un intérieur. *Aus*, en revanche, concerne ce qui est au-dehors, l'extérieur, d'où le néologisme proposé de *Eräusserung*. La langue allemande est riche de possibilités, elle qui distingue clairement la mémoire, *Gedächtnis*, effet et apprentissage de perceptions et d'actions passées, et le souvenir, *Erinnerung*, remembrance d'un épisode chargé de connotations affectives et caractérisant les êtres qui parlent. La *Gedächtnis*, on en dispose, l'*Erinnerung*, on le raconte.

Hegel a exploré cette relation entre l'« intérieur » (*Erinnerung*) du souvenir, et l'objectivé, extériorisé, archivable, de la mémoire (*Gedächtnis*). Dans l'*Encyclopédie* [1830], le philosophe n'a pas recours à notre invention : *Eräusserung* ; l'expression qu'il utilise, lui, c'est *Entäusserung*, mot qui a fait son chemin avec bonheur dans la théorie marxiste et qui est normalement traduit par : « aliénation. » Si nous retraduisons d'une autre façon ce vocable par « extériorisation », nous pouvons avec notre *Eräusserung* retomber dans la même ligne de pensée que Hegel, spécialement quand le philosophe dit que l'intériorisation et l'extériorisation sont moins opposées que complémentaires : le sujet va plus au fond de sa vie intérieure et de ses pensées, dans la mesure même où son expérience du passé s'exprime dans le discours et l'écriture. Écrire son autobiographie, vivre pour la raconter[1], ce n'est pas la mise en œuvre du moyen de matérialiser quelque chose qui existerait antérieurement en tant que souvenir, mais la construction d'une nouvelle subjectivité, au moyen de la parole proférée ou écrite. En psychanalyse, ce qui fonde la technique et la pratique n'est pas d'un autre ordre : c'est bien par la grâce d'un (se) raconter qu'il est obtenu de quelqu'un qu'il se fasse autre que celui qui occupait sa place, prenant ainsi de la distance par rapport à lui-même. La vie – oserai-je l'affirmer ? – naît du conte. Par le simple fait de la narrer, une certaine scène du récit d'un certain moment de la vie fomente performativement la vie qui est racontée. S'adressant à l'autre qui aura à l'écouter ou à la lire, la vie n'est pas seulement évoquée : elle est produite. Nous devenons ce que nous (nous) racontons. Personnages en quête d'un auteur ; contes qui se cherchent des auditeurs. Récits en vain héroïques qui conjuguent le « je » et le sécrètent.

1. Allusion au titre de G. García Márquez, *op. cit.*, et qui comporte en exergue, et donc sur une page non numérotée, la remarque suivante : « La vie n'est pas ce que l'on a vécu, mais ce dont on se souvient et comment on s'en souvient. »

La récupération de l'oublié, qui n'est pas à confondre avec la reconstruction (analytique) du refoulé, est déclenchée par la voix de la mère disant : « tu es né ici » et « ce fut là ton berceau ». L'objet muet qui vivait au rancart, dans les limbes d'une mémoire méconnue de son maître, était une entité privée de signification, aussi stupide dans sa réalité que du bois combustible, prêt à partir en fumée. La seule chose qui compte, c'est que joue une perception et que le petit appareil soit réinséré dans la saga familiale (madeleine de Proust, *retrieval cue* des neurophysiologistes), sa perception étant ratifiée par la parole de la mère, de telle sorte que se projette, sur cet écran du toujours illusoire premier souvenir, l'image radiographique de cet « os de la mémoire ». Surgissent alors les détails « tellement précis » (*überdeutig*), avec cette clarté quasi hallucinatoire de la mémoire que Freud a relevée, et que nos auteurs ont corroborée : ici, « la barboteuse à fleurs bleues », tout juste étrennée. Des propos seront échangés et ne cesseront de l'être, avec l'écrivain remémorant et les autres, les parents, les amis, autour des raisons qu'il donne de ce sentiment, à propos duquel il n'hésite pas à parler d'« anxiété » et d'« angoisse ». « Raisons », « causes », « motif » ? On peut certes aller les rechercher. « Rationalisations » que tout cela, diraient ceux qui usent du vocabulaire de la psychanalyse. Mais la question reste difficile à trancher, dira le sceptique, car on ne peut pas ne pas prendre en compte la surdétermination qui régit le psychisme, et l'on risque de s'exposer à la caricature quand on prétend, que ce soit en adoptant un point de vue intrinsèque ou extrinsèque au sujet, invoquer une « raison » ou une « explication » et soutenir que c'est la bonne. Le souvenir est coupé dans la même étoffe que le rêve, que le cauchemar d'avoir à se réveiller dans un monde désolé. Il met en échec les interprétations.

L'auteur de ces lignes peut retrouver dans son histoire personnelle un premier souvenir du même acabit. Il comporte certaines impressions imprécises marquant qu'il s'agit de temps antérieurs, d'ombres de souvenir. Mais le moment précis à partir duquel la mémoire s'éveille se présente comme s'il était « le même » que celui de García Márquez. Lui aussi, à l'âge de trois ans, avait été laissé seul, dans le cas d'espèce au milieu d'une cour caparaçonnée de rouge, à côté d'un lavoir gris, pour une sieste sous un ciel bleu et lumineux, et il se trouva encombré de caca et pleurant avec désespoir de ce que personne ne vienne le débarrasser de ce dont il s'était déchargé malgré lui et sans pouvoir l'éviter. Qu'est-ce qui rend ces souvenirs, triviaux et convergents, aussi traumatiques ? La demande non prise en compte, le manque de réponse de l'Autre. Il convient de faire ressortir les mots éclairants de García Márquez : « pour qu'on vienne vite m'ôter mes couches. » Cortázar, dans une évocation du même acabit, dit : « On m'avait laissé seul… et alors, le coq chanta. »

Ce n'est pas seulement la vocation d'écrivain qui peut ici retrouver sa source. Il se pourrait bien que tous les idéaux salvateurs aient cette humble origine. Pourquoi ne pas en tirer aussi bien le sentiment de la nécessité d'un dieu protecteur de l'invalide, la confiance en un système de relations sociales qui soient reconnues comme justes, la recherche de réponses magiques ou scientifiques, afin d'éviter de se retrouver en désarroi ? Pourquoi ne pas en faire dériver aussi l'amour avec les promesses qu'il tient, l'amitié, la fidélité réciproque qui se prouve dans la constance, chaque fois qu'il y a lieu de répondre à la demande, le commerce de marchandises et de services, les techniques du contrôle corporel, en fin de compte, les drogues, tout l'effort humain et pour atténuer le « malaise dans la civilisation », qui pourrait être relu comme une tentative de passer d'un monde embourbé de caca à un monde, à jamais perdu, de barboteuses flambant neuves avec leurs petites fleurs bleues immaculées ?

Que « la mémoire voie le jour dans l'effroi », comme le disait Julio Cortázar, entraîne la mise en route de l'entreprise de « vivre pour la raconter », voire de « la raconter pour vivre ». La narration démarre, le sens se cherche, on en appelle à la solidarité de l'Autre. Quelqu'un doit venir pour mettre à distance ce noyau atroce de l'être, pour éloigner la Chose (*das Ding*), la Chose étrangement inquiétante et irreprésentable, la plus familière et la plus étrangère, *extime*, parce qu'elle n'est pas intime, la Chose qui a déclenché le premier et le plus effrayant des cris ayant surgi du désarroi. Chose sortie des entrailles et objet du plus profond dégoût, du fait que l'Autre, par son intolérance, la lui voue. Le signal de ce voisinage intolérable avec la Chose est le cri, avec la plainte inconsolable qui l'accompagne, sous un ciel nu, en présence de personnages qui s'éloignent, plantant, par leur distance même, le décor du traumatisme. Le sujet abandonné parmi ses excréments, devenu lui-même excrément par la triste déréliction dans laquelle il se retrouve, naissant en tant que tel de cet effroi, cherche à se récupérer en s'imposant des idéaux de propreté, de confort, de beauté, d'amour. Le premier souvenir de García Márquez, aussi faux et aussi recouvrant que n'importe quel autre, pourrait fonctionner comme le paradigme de la constitution d'un sujet des échanges, entrant ainsi dans le monde du « prendre et du donner, du lait et du caca[1] ».

Personne pour tirer ce Narcisse d'affaire, lui que son moi sale et malodorant laisse sans recours, avec ses déjections collées à la peau et qui s'infiltrent dans son âme. Il devrait y avoir un Autre et cet Autre n'arrive pas. L'harmonie du monde s'est éraillée. Sans remède. Les petites fleurs de la barboteuse bleue, dans leur beauté originelle, se sont fanées. Sera-t-il possible de la restaurer avec des phrases bien agencées ? Peut-être que oui ; mais elles n'auront plus le même parfum.

L'amour que l'on peut se porter s'enracine, se raccroche à certains objets : dans ce cas, au berceau, que l'ancêtre, la grand-mère maternelle, dans son rôle de grand Autre, a conservé « pour toujours », et à la barboteuse, avec ses petites fleurs qui, peu important ce qui adviendra du corps (« les préjugés de l'hygiène »), devrait être maintenue immaculée (« la contrariété esthétique »). La blessure est portée à ce moi, quand il ne peut résoudre par lui-même et sans l'aide de personne la situation honteuse d'être envahi par le caca, quand il dépend d'un Autre qui peut, sans raison, par pur caprice, disparaître... Ou aussi bien, comme dans le souvenir de Sigmund Freud au chapitre III, quand il doit rester pris au piège d'une garde-robe dont les clés sont aux mains d'un Autre maléfique.

L'être, comme un esquif à la dérive, est à la merci de courants qui, pour être invisibles, n'en sont pas moins

1. L'auteur forge cet aphorisme, à partir de ces termes de l'échange archaïque, tels qu'ils s'entendent dans la comptine : *del toma y daca del leche y caca*. L'expression *toma y daca* est donc une phrase toute faite qui ne s'utilise que dans la comptine et où *daca* est, selon M. Moliner, auteur en espagnol d'un dictionnaire équivalent à notre Robert, une contraction de : *dame acá*, soit : « donne-moi ici. » (N.d.T.)

inquiétants pour lui, qui se voit secoué par la tempête, dans son « Moïse en osier », aussi fragile que lui-même. Vivre, c'est attester que l'on a été victime du grand traumatisme initial : celui de se voir lancé sur le Nil, pour flotter et récriminer depuis l'origine, avec des larmes dans les yeux, en appelant à la supposée toute-puissance de l'Autre, à la fille du Pharaon, seule capable de sauver l'inconsolable bébé. Par la suite, le voilà qui passera des barreaux de son berceau-prison au vaste monde des années de solitude, si lugubre qu'il soit, à l'attente de cette lettre qui jamais n'arrive, parce qu'il n'y a personne à qui l'écrire, aux temps du choléra, au séquestre et à la chronique d'une mort annoncée, abritant chaque fois l'espérance messianique de se sauver et de se soulager avec une écriture qui purifie.

La mésaventure, berceau du désir de l'écrivain, n'est pas ailleurs : il y a – ay ! – à « vivre pour la raconter[1] ».

La récupération (*retrieval*) des souvenirs

Il convient ici de reposer la question : où se trouvaient les sensations qui se réveillent chez Proust au goût de la madeleine ? Comment se fait-il que Piaget revoie, durant sa séance d'analyse, le lieu précis où l'on tenta de le prendre en otage quand il était transporté dans sa poussette, à l'occasion d'un événement qui n'eut jamais lieu ? Comment se fait-il que Nabokov[2] « revoie » son sanctuaire d'enfant dans la demeure paternelle et

1. Le lecteur aura reconnu au passage qu'il est fait allusion, tout au long de ce dernier paragraphe, aux titres les plus célèbres de García Márquez. (N.d.T.)

2. V. Nabokov, *Autres rivages*, *op. cit.*, chap. X, p. 85.

ressente que plus rien dorénavant n'y sera changé ? Comment se réveille la mémoire de Martha Robles[1] à la lecture du récit d'un souvenir narré par un autre écrivain ? Pourquoi García Márquez, au moment où il revoit son berceau, est-il touché au point de parvenir à tomber sur son premier et « oublié » premier souvenir ?

Ces récupérations de la mémoire ne sont par recherchées pour elles-mêmes ; chacune d'elles est un accident, une contingence inattendue qui donne cours à un éclat qu'émet le réel. Nous entendons ici par « réel » le non symbolisé, l'éprouvé corporellement qui se trouve expulsé, tant de la mise en mots que de la prise en images. Dans cet exemple, l'expérience infantile gisait enterrée et en attente, comme le ferait un chardon, attendant que le vent ou le morceau de tissu auquel s'accrocher lui permette d'aller germer ailleurs, pour devenir un récit plein de vie et de sang. Nous appellerons *épiphanie*[2] cette résurrection manifeste des souvenirs, quand le « je » que l'on est actuellement disparaît et se voit remplacé par le « je » qu'il fut, lors du moment qui est réévoqué. C'est un phénomène qui a toutes les apparences de l'hallucination, se déclenchant comme un rêve quand il rencontre le « reste diurne » capable de ramener à la vie l'événement primitif et méconnu. Sans le retour aux origines – la visite à la maison des grands-parents –, cautionné par la parole maternelle, combien de temps aurait pu durer l'ostracisme porté sur

1. Voir *infra*, chap. VII, p. 180 et suivantes.

2. Nous reviendrons sur la notion d'« épiphanie », telle que nous la reprenons de Joyce, lorsque nous nous occuperons des premières impressions que Virginia Woolf se souvient d'avoir vécues (cf. *infra*, chap. VII). Nous pourrons alors introduire une distinction entre l'*épiphanie*, expérience sensuelle et corporelle revécue, et l'*épisode*, qui concerne ce qui est ressouvenu et qui se transmet comme récit.

le berceau du souvenir ? Serait-il revenu à temps pour trouver sa place dans l'autobiographie de celui qui se remémore les putains tristes ?

Le souvenir latent (de *latens*, occulte, caché) est un fantôme en quête de corps, d'un corps capable de mots, d'images, susceptible de venir s'insérer dans une narration, avide de dates et de points de référence, d'idées délimitant l'emplacement du « je » par rapport à ses coordonnées temporelles, généalogiques, spatiales, convoquant des personnages et du sens. C'est un fantôme affamé d'histoire, qui mendie une place dans le récit d'une vie, qui guette un recoin où se caler dans la mémoire comme dans un fauteuil.

Les spécialistes de la mémoire (les mnémologues, si l'on nous passe ce néologisme) entretiennent un débat dont le ton monte parfois, entre deux thèses contradictoires : la première, qui a la faveur d'une majorité – pour le moins d'une majorité parmi les « romantiques » –, affirme que tous les épisodes vécus sont conservés dans la mémoire, mais que ce qui s'est perdu, c'est le biais permettant d'y accéder. Rappelons que c'était là ce que pensait Valéry (cf. p. 45-46) : le souvenir ne se perd pas, mais le chemin qui y mène. La seconde affirme le contraire et que, oui, il y a effectivement de l'oubli, avec une perte irréversible d'informations ; cette perte étant proportionnelle au temps qui passe. Sans conteste, la première des affirmations est plus attrayante, mais jamais on ne pourra démontrer qu'elle est fausse (elle n'est pas « falsifiable », selon le terme en honneur dans l'épistémologie de Popper), puisqu'à chaque fois que se présentera une quelconque impossibilité à se souvenir de quelque chose, on pourra toujours soutenir que l'échec est transitoire et qu'il est dû (pour le moment) au fait que l'on n'est pas tombé sur la bonne piste, *retrieval cue*, celle qui octroierait aux souvenirs qui dorment dans l'obscurité une lampe qui les illumine : Psyché et Éros.

Il existe des cas légendaires d'hypermnésie, comme celui du fabuleux Simonide, inventeur des arts de la mémoire immortalisé par Cicéron, celui du nietzschéen Funes de Borges, celui du prodigieux Cherechevski, patient supposé de Luria, le psychologue soviétique[1], ou celui de Georges Perec, qui nous harcèlera avec sa mémoire au chapitre XI. Tous ces « cas », qu'ils soient de fiction affichée ou cachée, nous apprennent qu'oublier est une fonction nécessaire et adaptative, qui permet un meilleur fonctionnement de la mémoire, diminuant l'interférence entraînée par des données caduques et superflues. À quoi nous servirait de nous souvenir quel a été le petit déjeuner que nous avons pris à cette même date, il y a un an ? Pourquoi garderions-nous dans notre garde-robe des chemises usées (ou des barboteuses) de notre enfance ?

La mémoire s'estompe avec le temps, mais elle peut aussi, parfois, se consolider, se réanimer sous l'impulsion de nouveaux stimulants, recevoir des compléments vitaminiques ou hormonaux, sous forme de photographies, de conversations, de rencontres fortuites avec des objets aphones qui se rendent éloquents comme ce berceau béni où dormait l'enfant García Márquez.

C'est un fait : il y a de la mémoire présente, et non utilisée. Pensant et lisant pour écrire ce chapitre, je tombe en un lieu ou un autre sur l'expression « *dormant*

1. Ces cas de Funes et de Cherechevski sont abordés dans des chapitres de mon livre *La memoria, la inventora,* México, Siglo XXI, 2008.

memory[1] », et tout d'un coup me reviennent en mémoire les vers appris au collège et jamais réévoqués depuis plusieurs décennies :

> Souviens-toi que s'endort ton âme
> Aiguise de ton cerveau la lame
> Que te réveille de t'apercevoir
> Comme en toute hâte passe la vie
> Comme bientôt s'en vient la mort[2].

Sauf que, étant donné le thème de la mémoire qui m'occupe, le souvenir m'a soufflé un premier vers[3] déformé, substituant à l'âme qui s'endort la mémoire elle-même, qui était plus en consonance avec la « *dormant memory* » où vient se nicher le « *retrieval cue* », la clé permettant d'ouvrir la porte de la remembrance qui a joué dans ce cas précis. Les *Stances sur la mort de son père*[4] de Jorge Manrique [1476] étaient, d'une façon ou d'une autre, enregistrées, plus ou moins mystérieusement, mais elles n'avaient pas seulement besoin d'être réveillées par une clé donnant accès au dortoir où elles dormaient : c'est la clé elle-même qui donne forme au souvenir, induisant le remémorant en « erreur », une erreur, évidemment, que je pouvais corriger, en me reportant, comme je le fis, à la source écrite, aux vers eux-mêmes, cherchés et retrouvés dans ma bibliothèque, au volume de : *Poésie classique espagnole*. En feuilletant cette anthologie, j'ai pu « corriger » mon

1. Mémoire en sommeil.
2. Retraduit par mes soins. (N.d.T)
3. Au lieu de : *Recuerde el alma dormida*, ce qui vient à l'auteur est : *Despierte la memoria dormida*. (N.d.T.)
4. J. Manrique, *Stances sur la mort de son père*, traduit par G. Debord, Paris, Le temps qu'il fait, 1996 (édition bilingue). (N.d.T.)

« souvenir » et « réveiller la mémoire endormie… » par mon désir, allant à l'encontre de la littéralité du poème.

Quel est le mode d'existence de ce passé en dormition ? Où le conserve-t-on ? Ici s'ouvre la porte menant au royaume des métaphores. En ce qui concerne le lieu, il ne *semble* pas que le moindre doute soit émis[1]. Manrique lui-même, il y a déjà plus de cinq siècles, parle du « cerveau » – et ce n'est pourtant pas à lui, pour sûr, que l'on pourrait attribuer l'invention de la localisation cérébrale. Depuis le « videur d'ordures », comme s'exprime Funes à propos de sa mémoire, jusqu'aux « vastes palais » de saint Augustin, depuis les impressions localisées dans quelque partie du cerveau jusqu'aux immenses réseaux neuronaux n'ayant aucun *topos* spécifique, depuis les grands magasins, avec leurs casiers, jusqu'aux hologrammes digitalisés, plus ou moins lâches, plus ou moins lascifs, suivant que le laser désire livrer ou cacher ses secrets, tout a été dit et d'autres métaphores nous attendent encore. Ce n'est pas pour rien que Mnémosyne, l'infatigable accoucheuse de métaphores capables de la désigner, est aussi celle qui a donné le jour aux muses.

Une idée très logique, dans l'esprit de la spéculation philosophique et scientifique, a été de rechercher ce que serait un *atome de mémoire*, c'est-à-dire la particule élémentaire qui, se combinant à d'autres, constituerait les molécules, les tissus et finalement le vaste organisme de l'intellect. Il n'est pas facile d'identifier cet atome : s'agit-il d'un *bit*, acronyme de *binary digit*[2], qui, quand il s'allie avec sept autres, totalisant un huit, fera qu'on

1. Ce qui est fort douteux et sciemment faux, c'est que la mémoire ait un ou plusieurs « centres ».

2. Chiffre binaire. (N.d.T.)

aura affaire à un *byte ?* S'agit-il d'un neurone, doté de cent ou mille dendrites ou synapses ? Est-ce un signifiant, est-ce un phonème ? S'agit-il de l'une des vingt et quelques autres lettres de l'alphabet occidental dont le nombre est suffisant pour remplir la bibliothèque d'Alexandrie ? En clair, c'est selon la métaphore élue pour figurer la mémoire que se détermine quelle sera la nature de ses « atomes » qui, comme leur nom l'indique, ne sont plus en danger de fission (mais, sans doute, encore passibles de fiction). Le signifiant qui a couru avec le plus de fréquence durant cette ballade par le monde des atomes est celui d'*engramme*, car celui-ci renvoie à l'idée d'un « élément » qui viendrait s'inscrire dans la cervelle, telle que l'évoque Jorge Manrique. L'heure de définir est venue : « Les *engrammes* seraient les changements éphémères ou durables de notre cerveau qui se produisent à l'occasion de la codification d'une expérience. »

Schacter mentionne, dans un chapitre remarquable[1], que le mot *engramme* fut créé par Richard Semon (Berlin, 1859 – Munich, 1918) ; mais il n'obtint la notoriété qui le fit attester comme un mot de la langue que lorsqu'il fut dépoussiéré par le grand neuroscientifique Karl Lashley, en 1950 (qui « oublia », en l'occurrence, de citer son prédécesseur). Semon, disciple comme Freud du biologiste évolutionniste Ernst Haeckel, dans une œuvre vite oubliée intitulée *Mnémè* (1904), avait parlé d'une « mémoire héréditaire » – que nous préférons, pour notre part, appeler « mémoire darwinienne » –, qui se distingue de la « mémoire quotidienne » ou psychologique. Semon proposait de distinguer trois phases de la

1. D. L. Schacter, *Searching for Memory, op. cit.*, p. 58.

mémoire quotidienne : l'*engraphie*, phase de codification de l'information qui sera ensuite remémorée ; l'*engramme* – dont nous venons de citer la définition – et qui est la « trace mnésique » ; et l'*ecphorie*, qui est le processus d'activation et de récupération d'un souvenir. Semon mourut oublié (il se suicida en 1918, après la mort de son épouse). Ses idées sur l'*engramme* eurent une postérité posthume quand Lashley les reprit à son compte, mais surtout quand le chirurgien Wilder Penfield, dans les années 1950, réalisa des recherches qui obtinrent une immense notoriété. Penfield stimulait électriquement certaines zones du lobe temporal chez des sujets éveillés et conscients, déclenchant ainsi chez eux, à leur plus grande surprise, le souvenir d'événements anciens qu'ils supposaient avoir oubliés. Les résultats qu'il obtint confirmèrent rapidement la supposition que les souvenirs ne sont pas oubliés ni perdus, mais qu'ils sont *latents*, en attente d'une incitation adéquate (dans ce cas, d'ordre électrique, mais aussi – pourquoi pas ? – d'ordre sensoriel ou psychique) qui les réactive, afin qu'ils puissent redevenir conscients. Malheureusement, rappelle Schacter[1], l'enthousiasme de ceux qui pensaient avoir identifié l'emplacement de la mémoire, le lieu où les engrammes ont leur dépôt, ne dura pas longtemps. Sur les 520 patients qui reçurent la stimulation dans le lobe temporal, seulement 40 éprouvèrent des expériences pouvant être appelées des souvenirs, et même ceux-ci ne pouvaient se décider à dire d'une façon tranchée que c'étaient de véritables événements qui leur revenaient en mémoire, et non des hallucinations ou des fantaisies.

1. *Op. cit.*, p. 56-60.

La décision de limiter mon essai à un aspect partiel du thème de la mémoire, celui des premiers souvenirs et de certains matériaux que j'ai décidé de privilégier (les « minuscules papiers »), me contraint (pour le moment !) à laisser de côté, pour un traitement ultérieur, le champ passionnant dessiné par les investigations sur la mémoire, menées à bien par les chercheurs en neurosciences contemporains, et parmi eux, à ceux qui adhèrent aux modèles informatiques. Les progrès réalisés dans le champ de la psychophysiologie sont remarquables, bien que – c'est ma croyance, plus encore, ma conviction – ceux-ci ne parviendront jamais à percer les secrets de la mémoire s'ils ne prennent pas en compte les aspects subjectifs et, notamment, la relation du sujet avec les destinataires de la remémoration, ces autres, précisément, témoins et écoutants, que leur méthodologie doit nécessairement laisser hors champ. De quoi se souvient-on ? Pour quelle raison ? Et quel sens prend la mémoire dans la vie d'un sujet, qui est un nœud de relations à autrui, immergé qu'il est dans un monde social ? On aura du mal à trouver des réponses à ces questions dans l'hippocampe.

Proposons plutôt l'analogie des relations existant entre l'appareil de projection cinématographique et le film tel qu'il se montre. Le savoir, tout le savoir possible sur les mécanismes installés dans les dispositifs de projection filmique, qui permettent que le film se voie mieux ou moins mal sur un écran, seront à grand-peine considérés comme décisifs pour ce qui est de comprendre le film. On ne pourra qu'admettre, assurément, que nous ne verrions rien du film sans l'appareil qui en matérialise la projection sous la forme fugitive des ombres qui s'esquissent sur un écran. C'est ainsi que nous concevons la relation entre le cerveau et la mémoire. Le script du film que nous regardons, avec contentement ou terreur, ne dépend pas des dispositifs qui le projettent. L'histoire se fait avec les mots du langage.

Les déclencheurs de la remembrance des souvenirs (*retrieval cues*), berceaux et madeleines, dépendent de la situation du sujet ; mais celui-ci aura à se souvenir en se mettant en relation avec un Autre qui devra « authentifier » ce qu'il s'est remémoré. On se ressouvient pour quelqu'un, pour un Autre. Dans le cas des écrivains, dans le nôtre tout aussi bien, dans celui des neurophysiologistes aussi sans doute, ce qui se met en relation dans la mémoire, c'est le souvenir associé à un projet vital, à une fantaisie qui est l'effet de l'imagination de chacun, tournant autour de ce que l'on cherche à obtenir. Nous fouillons tous dans le gisement de la mémoire et y faisons des découvertes. Nous nous donnons tous du mal pour démontrer la valeur énergétique de l'or noir que nous extrayons, et nous livrons à des exercices rhétoriques pour prouver la validité de nos évocations, afin que nos thèses viennent y prendre appui. Les savoirs auxquels nous parvenons sont partiels, aucun ne devrait exclure les autres, bien qu'il soit fort possible qu'ils ne soient pas enclins à s'empiler pour cohabiter dans un même ensemble. Le moment ne semble pas encore venu pour une synthèse, mais l'opposition ayant cours entre les mnémosciences, qui font partie des sciences de la nature, et les sciences du signe, parmi lesquelles se trouvent la psychanalyse et la critique littéraire, au même titre que la linguistique, l'anthropologie et l'histoire, n'est pas un fléau ; elle est même féconde, car elle stimule une double recherche.

La divergence entre les chemins empruntés ne fait qu'élargir l'étendue du territoire qui reste à explorer.

Justement, parlant de territoires, on peut se demander : le berceau de Gabriel García Márquez se trouvait-il dans la maison de sa grand-mère à Aracataca ? Dans le noyau amygdalien de l'auteur ? À la page 46 de son autobiographie ? S'est-il transporté vers ces pages mêmes que je suis aujourd'hui en train d'écrire et chez les lecteurs qui les liront plus tard ? Où, diable, s'est-il niché ? Une récompense est promise à qui le retrouvera, mort ou vif !

VII

Virginia Woolf : avoir honte devant le miroir

Qui est pour Virginia Woolf ?

Peu d'auteurs se sont aventurés dans l'écriture autobiographique et dans la narration de souvenirs personnels avec autant de précautions et avec une meilleure connaissance des risques guettant ceux qui osent s'attaquer à l'entreprise que Virginia Woolf (1882-1941). « Une esquisse du passé[1] » met en pratique cette suspicion à partir d'une triste constatation : le sujet qui écrit, à un âge donné et, la plupart du temps, après avoir publié une œuvre plus ou moins nourrie, se réfère, croyant être resté le même, à un autre, à quelqu'un auquel sont arrivées des choses… mais il se trouve qu'il (ou elle) est fort différent de celui à qui ces choses sont arrivées. Celui dont il est parlé n'est déjà plus. Les êtres

1. V. Woolf, « Une esquisse du passé », *Instants de vie*, traduit de l'anglais par C.-M. Huet, Paris, Stock, La Cosmopolite, 2009, p. 79-193. Les pages auxquelles nous renverrons (notées entre parenthèses) dans les citations prendront cette édition comme référence.

antérieurs que l'on a été sont des fantômes qui, s'étant égarés dans les brumes du passé, sont aujourd'hui devenus méconnaissables ; l'*identité* – personne ne saurait le nier – est *discontinue*. La mémoire a tendance à corriger, en comblant et en maquillant. « La pratique de la narration, disait Claude Simon[1] avec justesse et élégance, est un effort de l'esprit qui s'emploie à calfeutrer les séquences du temps qui ont échappé à notre perception. » Le nom seul de l'auteur en sort indemne. Dans le cas de Virginia Woolf, ce n'est même pas le cas. L'épouse de Leonard Woolf n'est justement pas, par son nom, la fille qu'elle fut – par les gènes et par son combat contre lui – de sir Leslie Stephen. Plusieurs couvertures de ses livres, avec le nom de son mari écrit en gros caractères, après celui de « Virginia », attestent de cette intermittence du nom. En particulier, au féminin.

Virginia Woolf n'ignorait pas que celui qui parle et écrit, *le sujet de l'énonciation*, se trompe et égare le lecteur, en croyant et simulant qu'il est le même que *le sujet de l'énoncé*. Quand nous parlons, en disant « je », nous ne sommes pas celui dont nous parlons. « Je » est un écran ; déjà, à ce titre, un souvenir-écran. La clarté de nos affirmations – en même temps que la vivacité de nos souvenirs et de notre propre image – fonctionne comme un mirage qui maintient à nos propres yeux sous son voile l'être que nous sommes. Qui dit « je » usurpe la place du sujet et donne en spectacle un masque auquel il s'est identifié. Nous pourrions – nous devrions – dire : *je est un inconnu pour moi ; une invention capricieuse de ma mémoire*. C'est en cela que consiste l'équivoque de l'identité, telle que l'alimentent

1. C. Simon, *Le Vent. Tentative de restitution d'un retable baroque*, Paris, Minuit, 1957, p. 146.

les miroirs. La plupart du temps, celui qui se proclame « je » est un imposteur : c'est le thème de « Borges et moi[1] ». Raison pour laquelle il est si révélateur d'arriver à comprendre, dans toute autobiographie, quelle est la relation entre l'auteur et son image dans le miroir. Nous l'avons déjà entrevu quand nous nous sommes penchés sur le thème d'un Borges tripliqué par un miroir hambourgeois. Nous l'aborderons d'une façon explicite lorsque nous reviendrons sur les différents types d'autobiographie, les distinguant selon le mode de relation de l'écrivain avec son visage (*prosopon*) : ce sera au chapitre XIV, l'avant-dernier.

Entre les deux sujets (de l'énoncé et de l'énonciation), la distance est infranchissable. Comment Virginia Woolf pourrait-elle, en tant qu'écrivaine consacrée en 1939, se considérer comme la même que la petite Jinny[2], qui a vécu certaines péripéties en 1885, date de son premier souvenir ?

Virginia Stephen provenait d'une famille où les lettrés ne manquaient pas. L'écueil sur lequel elle tombe en façonnant ses expériences pour les intégrer à son autobiographie avait déjà été une pierre d'achoppement pour son père, sir Leslie Stephen, qui avait écrit[3], un an avant la naissance de son illustre fille :

---

1. Fontcuberta Joan et al, « Borges et moi », *La Pensée de midi*, Arles, Actes Sud, 2000/2, p. 52-59. Article disponible en ligne sur Cairn.

2. Jinny est le diminutif que Virginia s'attribuait à elle-même dans *Les Vagues*. Il exprime donc sa face androgyne, le masque qui s'impose à elle lorsqu'elle se regarde dans le miroir : "That is my face, said Rhoda, in the looking-glass behind Susan's shoulder – that face is my face. But I will duck behind her to hide it, for I am not here. I have no face. Other people have faces; Susan and Jinny have faces; they are here. Their world is the real world. The things they lift are heavy. They say Yes, they say No..."

3. L. Stephen, *Hours in a Library*, London, Folio society, 1991, vol. I, p. 185. Traduit par mes soins. (N.d.T.)

> L'autobiographe jouit d'office, dans l'exercice de sa fonction, de deux avantages qui ont une suprême importance dans toute œuvre littéraire. Celui-ci écrit sur un thème auquel il est par nature le premier à s'intéresser et, concernant ce thème, il est la source la plus incontestable. Il y a lieu, en plus, de lui reconnaître une chance à nulle autre pareille, car c'est seulement dans ce genre de l'autobiographie que le livre sera d'autant plus précieux qu'il aura comporté la plus grande quantité de distorsions (*« misrepresentations »*). Cela ne nous remplit pas d'admiration qu'un homme présente le personnage de son voisin d'une façon mensongère, mais il est toujours curieux de voir comment il s'ingénie à donner un faux témoignage en ce qui le concerne[1].

Virginia Woolf surenchérit avec ses propres raisons d'être d'accord avec lui, quand elle constate que la majorité des écrits autobiographiques sont des échecs. Pour quelle raison ? « Parce que la personne à qui les choses sont arrivées reste au-dehors... » Nous avancerions-nous jusqu'à dire – dans le fil de sa suggestion – que toute autobiographie, sans exception, est une mystification et une imposture ? Oui. Il n'y a pas d'exemple du contraire. La distorsion (*Enstellung*) est structurale, constitutive ; elle n'a rien d'accidentel et ne saurait être évitée. Les meilleures autobiographies sont celles dont les auteurs reconnaissent cette fatalité, celles qui assument sans ambages cette inévitable adultération, passant subtilement du « genre autobiographique » au romanesque (Joyce, Proust, Perec, Woolf elle-même, Amat). Car, si élevées que soient les prétentions à l'objectivité, le résultat, de toute façon, sera toujours un roman. L'opacité

1. Traduit par mes soins. (N.d.T.).

provient tout autant de la mémoire que de l'inconscient ; l'une comme l'autre répandent leur ombre double : celle de l'oubli et celle du refoulement. À projeter plus de lumière sur le miroir, ce qui advient, c'est de l'éblouissement, non de la transparence.

Les premières réminiscences rapportées par Woolf ne correspondent pas à la formule que nous avons tirée de Cortázar. Loin d'être des souvenirs d'absence et de terreur, ce sont des vécus jouissifs de présence et d'exaltation. Dans la première évocation, elle se revoit étendue dans le giron de sa mère, tandis qu'elles voyagent en train. Elle suppose, à cause de la lumière crépusculaire, qu'elles revenaient de Saint Ives ; mais « il convient davantage, du point de vue artistique, que ce soit sur le chemin d'aller à Saint Ives ». [Merveilleux exemple d'objectivité autobiographique !] C'est dans cette position qu'elle aperçoit la robe fleurie de sa mère (étaient-ce des anémones ?) dont ressortent les couleurs vives (bleu, rouge et pourpre) sur un fond noir. À l'occasion de cette perception de la robe de sa mère s'ouvre une brèche pour pénétrer à l'intérieur du véritable premier moment de la mémoire, le plus important de tous.

Woolf imagine que sa vie pourrait se comparer à une carafe qui se vide et se remplit sans trêve. Cette carafe est posée sur une base qui est la présence, toujours renouvelable, d'*un* instant mémorable, d'un instant *unique*, celui de la plus grande des voluptés possibles. Son souvenir est d'être

> au lit, à demi réveillée, dans la chambre des enfants, à Saint Ives. J'entends les vagues qui se brisent, une, deux, une, deux, et qui lancent une gerbe d'eau sur la plage ; et puis qui se brisent, une, deux, une, deux, derrière un store jaune. J'entends le store traîner son

> petit gland sur le sol quand le vent gonfle le store. Je suis couchée et j'entends ce giclement de l'eau et je vois cette lumière, et je sens qu'il est à peu près impossible que je sois là ; je suis en proie à l'extase la plus pure que je puisse imaginer.
>
> Je pourrais passer des heures à essayer d'écrire cela comme il faudrait l'écrire, pour rendre le sentiment que je ressens très fortement à cet instant encore. Mais je n'y parviendrais pas (à moins d'un hasard merveilleux). [p. 80]

Le souvenir suivant est nettement postérieur, mais se passe aussi à Saint Ives, la maison de campagne, l'équivalent pour Virginia du légendaire Combray de Proust. Tout ce qui le concerne y est d'ordre sensuel, « comme si tous les fruits étaient mûrs » : des chuchotements, la lumière du soleil, les pommiers ayant sa hauteur, le bourdonnement des abeilles, les couleurs du jardin. Ces deux moments, dit-elle avec étonnement, sont plus réels que le moment actuel :

> Il m'arrive parfois de retourner à Saint Ives plus complètement que ce matin. J'atteins un état où il semble que je regarde les choses se produire comme si j'étais là-bas. C'est-à-dire, je suppose, que ma mémoire fournit ce que j'ai oublié, si bien qu'il semble que cela se produise indépendamment de moi, *alors que j'y mets du mien.* [...] Mais s'il en est ainsi, ne serait-il pas possible – je me le demande souvent – que des choses que nous avons ressenties avec une grande intensité aient une existence indépendante de notre esprit ? [p. 84. Les italiques ont été rajoutés par mes soins, afin de faire ressortir le caractère *artificiel* de la mémoire et son analogie avec le travail de rêve.]

Dans un autre paragraphe est racontée l'extase qu'elle ressent en regardant une fleur et en comprenant que cette fleur fait partie d'un immense tout. En tant que lecteurs, nous percevons que les objets qui déclenchent des états d'extase et d'envoûtement (*rapture*) sont, en soi, triviaux, mais l'expérience à laquelle ils renvoient est celle d'une dilution des limites et de l'existence propre, comparables du tout au tout aux *épiphanies* joyciennes, ces brusques éclosions du réel qui se présentent comme des révélations à l'artiste, « en jeune homme ». Ces épiphanies n'apparurent jamais en tant que telles dans l'œuvre que Joyce accepta de voir publiée, sinon pour s'en moquer dans les premières pages d'*Ulysse*. Ces moments de révélation, si souvent commentés et devenus fameux, n'avaient été décrits et définis comme des « épiphanies » que dans un texte posthume, *Stephen, le héros* [1906], imprimé sans l'aval de l'auteur. Le terme d'épiphanie fut écarté de l'œuvre publiée à laquelle cette esquisse donna lieu : *Portrait de l'artiste en jeune homme* [1914]. Woolf, sans connaître les élucubrations de Joyce, décrit ses propres états de transport mystique, cette irruption d'une jouissance que les mots ne peuvent que trahir, expériences intimes, ineffables, allant au-delà de tout commentaire qui en résulterait, non seulement inadéquat mais inopportun. Il s'agit là de sensations corporelles et de vibrations dont aucun document ne saurait donner la preuve. Ces vécus ne sont pas des fables. Simplement, ils véhiculent le réel. Peut-être est-ce pour cela même, parce qu'ils étaient sans raison mais avaient une valeur artistique, que Joyce les a supprimés, en tant qu'objets de la réflexion théorique d'un lettré qui avait les moyens de les baptiser, alors même qu'il les conservait, en fait, dans ses textes : *Ulysse*, tout en s'en moquant, est une vaste anthologie des épiphanies du jeune Jimmy.

Combien de rapprochements possibles entre Jimmy et Jinny (le surnom de Virginia) ! Ils naquirent et moururent la même année (1882-1941) – elle vint au monde quinze jours après lui et se suicida deux mois après le « quasi-suicide » de Joyce, qui se laissa emporter par un ulcère gastrique mal soigné. À eux deux, ils accomplirent le renouvellement de la littérature en langue anglaise ; rien pourtant ne parvint à les faire se rapprocher. Tout les opposait : lui, homme ; elle, femme. Lui, hétérosexuel ; elle, bisexuelle. Lui, un Irlandais ; elle, une Anglaise. D'origine plébéienne, lui ; elle, d'origine noble. Affublé, lui, d'un père alcoolique, raté et aimé par son fils ; pourvue, elle, d'un père respecté par la société, ridiculisé, voire haï par elle. Resté indifférent, lui, à la mort de sa mère ; souffrant, elle, la mort de la sienne comme un coup intolérable du destin. Échappant, lui, à son milieu et choisissant de vivre en exil ; passant, elle, toute sa vie dans sa région natale, aux environs de Londres. Lui, grevé de dettes et empêché de donner à connaître sa littérature ; directrice, elle, d'une entreprise éditoriale en vogue. Usant, lui, pour être auteur, d'une écriture impudique ; auteur, elle, d'une littérature respectueuse des conventions ; satisfait, lui, d'occuper un rôle masculin ; violemment opposée, elle, au rôle assigné aux femmes. Ils ne se sont jamais rencontrés, mais quand Mrs Weaver, le mécène de Joyce, présenta à Virginia le manuscrit d'*Ulysse* pour le faire publier dans sa maison d'édition, Hogarth Press, elle le garda un temps chez elle, le lut de façon superficielle et le rejeta. Virginia Stephen-Woolf dépréciait Joyce pour sa vulgarité scatologique ; lui, dédaignait l'auteur des *Vagues* s'abritant derrière une ignorance complète et une superbe presque divine.

Nous conviendrons (malgré cette opposition sur tout) de désigner comme étant des *épiphanies* – un phénomène ayant une transcendance qui le rend moins accessible à la raison que les *souvenirs* – les premières impressions ressenties par Virginia Woolf. « Plongée en elles, je n'ai presque plus conscience de moi-même, mais seulement de la sensation qu'elles me procurent. Je puis à peine me considérer comme un dépôt du sentiment d'extase, d'envoûtement » (p. 76). Après le récit de ses premières et plus précoces épiphanies, sa mémoire s'emploie, sous le titre adéquat de *Moments d'existence*, à narrer, cette fois, un véritable *souvenir.* Dans le préambule au récit de ce premier souvenir, elle mentionne le fait que, au lieu d'analyser (*instead of analysing*) ses sentiments d'entrer en transe, ce que nous avons appelé des *épiphanies,* elle nous expliquera que cela veut dire que les souvenirs sont plus complexes et moins intenses que celles-ci :

> Voici un exemple de ce que je veux dire : l'impression que me faisait le miroir du hall.
>
> À Talland House, il y avait un petit miroir dans le hall. Il y avait, je m'en souviens, un rebord sur lequel était posée une brosse. En me dressant sur la pointe des pieds je voyais se refléter mon visage. Vers six ou sept ans, à peu près, je pris l'habitude de me regarder dans le miroir. Mais je ne le faisais que lorsque j'étais certaine d'être seule. J'avais honte. Un violent sentiment de culpabilité y semblait naturellement attaché. Mais pourquoi en était-il ainsi ? Une raison évidente me vient à l'esprit : Vanessa et moi étions ce qu'on appelle des garçons manqués (*tomboys*) [...]. Quoi qu'il en soit, la honte du miroir m'a duré toute ma vie [...]. Je suis incapable aujourd'hui de me refaire une beauté en public. Tout ce qui est chiffons –

> essayage, entrer dans une pièce avec une robe neuve – m'épouvante encore ; ou du moins cela me rend timide, empruntée, mal à l'aise. [...] Pourtant cela ne m'empêche pas d'être transportée d'extase, de ravissement, spontanément, intensément et sans la moindre honte ni le moindre sentiment de culpabilité, pourvu qu'il ne s'agisse pas de mon propre corps. [p. 85-86]
>
> Bien que j'aie fait de mon mieux pour expliquer pourquoi j'avais honte de regarder mon propre visage, je n'ai réussi qu'à découvrir quelques raisons plausibles ; il peut y en avoir d'autres. Je ne me figure pas avoir trouvé la vérité ; pourtant il ne s'agit là que d'un simple incident, et il m'est arrivé, à moi personnellement ; et je n'ai aucun motif de mentir à ce sujet. Tout cela n'empêche pas les gens d'écrire ce qu'ils appellent des « vies » d'autres personnes. C'est-à-dire qu'ils rassemblent un certain nombre d'événements, mais ils ne font jamais connaître la personne à qui ces événements sont arrivés. Qu'on me permette d'ajouter un rêve, car il se rapporte peut-être à l'incident du miroir. J'ai rêvé que je me regardais dans un miroir quand un horrible visage – une tête d'animal – est apparu soudain derrière mon épaule. [...] Mais je n'ai jamais oublié l'autre visage dans le miroir, que ce soit un rêve ou un fait réel, ni qu'il m'a effrayée. [p. 87-88]

Avec Virginia Woolf, les choses vont jusque-là. Si audacieux que cela puisse paraître, nous nous aventurons à insister pour dire que, une fois les « moments de transe » distingués (comme elle le fait elle-même) des souvenirs, celui-ci est bien le *premier souvenir* qu'elle évoque au sens propre. Il nous incombe de continuer son analyse. Le récit du visage reflété dans le miroir de l'auteur de ces *Moments d'existence* est un coup de sifflet strident adressé à l'attention des psychanalystes lacaniens, habitués à penser au moment de rencontre avec l'image spéculaire comme à un moment de jubilation, fondateur d'une énamoration sans fin du sujet pour son image, épris d'elle comme Narcisse. Or pour cette petite fille, la rencontre avec le miroir est teintée de honte. La terreur survient immédiatement après, avec l'apparition du monstre, dans le rêve qui succède tout de suite au récit autobiographique, comme au fil de sa plume. Cette pudeur et cet effroi se retrouvent donc liés dans le premier souvenir, ce qui rapproche son cas – même d'une façon atypique – de la formule énoncée par Julio Cortázar. Dans la partie finale de ce chapitre, nous aborderons la question des miroirs et du rôle qu'ils tiennent dans la mémoire chez les écrivains.

Le souvenir de la petite Virginia nous conduit à une conclusion qu'il nous faudra soigneusement étayer, même si nous l'exposons ici avec une brusquerie qui n'est pas exempte de dogmatisme : *le regard, celui de tous et de chacun, est toujours sexué.* Il se pourrait bien que pour la plupart (que tous ?) nous nous en doutions ; mais bien peu l'ont reconnu. Regarder un visage – ce qui advient à tout un chacun depuis un temps immémorial –, c'est lui assigner, ainsi qu'à la personne qui le porte, une place dans la division entre les sexes, ce qui explique, dans les cas où il y a ambiguïté, que l'on se voie surpris et déconcerté. Le procès n'a rien de volontaire ; il est automatique. Ce n'est pas du particulier, mais bien de l'universel. Si cet aspect, si élémentaire, du regard humain, a été négligé, il va sans dire qu'a été encore moins relevé que *le regard des miroirs, avec son innocence métallique et obscène, est, de même, sexué.*

Aussi bien quand elle se regarde que quand elle regarde un autre, Virginia Stephen est une petite fille ; ce que voient les autres est une figure de petite fille, eux qui lui offrent, comme « espace propre » [*Une chambre à soi*[1] (à elle)], un monde féminin à partager. La petite fille aperçue dans le miroir (à l'instar, comme nous le verrons, de Nabokov, avec ses papillons et ses mites) épingle avec des aiguilles la petite fille chrysalide, pour la vouer à un destin de femme, un destin comparable à celui de sa mère. Est-ce sous cet aspect qu'elle aspirait à se voir ou aurait-elle préféré rester fidèle à son code *tomboyish* (de garçon manqué), celui qu'elle a partagé avec sa sœur (Vanessa Bell), jouant au criquet, bondissant entre les rosiers et grimpant aux arbres, pour ne pas parler de son côté débraillé ? A-t-elle hérité, comme elle le prétend, d'une paradoxale *terreur ancestrale à l'égard de la féminité* et de la beauté, telles qu'elle les observe et les admire dans la ravissante toilette de sa mère ? Ce n'est pas nous qui le lui attribuons. C'est elle-même qui le propose, en termes propres[2].

La voici pourtant épiant la petiote qui la regarde de l'autre côté du miroir, effrayée à la simple éventualité d'être vue. La voici s'escrimant à atteindre la hauteur de son propre visage (*standing on tiptoe*[3]) et retrouvant peut-être une image hors de portée et, pour cela même, située à une distance sidérale. La mère, tout particulièrement dans son cas, est un objet d'amour idéal et idéalisé.

Sans tomber dans l'imperturbable naïveté de la psychanalyse appliquée, nous pourrons nous mettre à

1. Titre de l'un des romans les plus connus de V. Woolf. (N.d.T.)
2. V. Woolf, *Instants de vie, op. cit.*, p. 82.
3. Debout sur la pointe des pieds. (N.d.T.)

l'écoute d'une Virginia prenant ses distances par rapport à la merveilleuse image féminine de sa mère et rivalisant avec son père, en accédant à la condition d'écrivaine, de femme du monde et de créature spirituelle. Bien que le considérant comme un homme conventionnel, elle reconnaît, vers la fin de sa vie, qu'elle l'enviait, « bien que n'étant pas un écrivain pour lequel j'aurais eu un penchant naturel » (p. 115). Sir Leslie Stephen jouissait, aux yeux de sa famille, d'une présence qui était à la fois celle d'un dieu et celle d'un enfant. À un moment donné, la petite fille se mit à se retrousser les cheveux comme lui. Quand la mère la gronda, elle répliqua : « Papa le fait bien » et la mère lui répondit d'une phrase qui a bien dû fonctionner pour Virginia comme un défi : « Oui, papa, mais toi, tu ne peux pas faire tout ce que fait ton père » (p. 111). Non, vraiment ? Pourquoi pas ? De ses amours torrides avec des amies (en particulier, avec Victoria Sackville-West) naîtra l'énigmatique *Orlando*, personnage qui traverse sans difficultés les siècles, les frontières nationales et les identités sexuelles, pouvant passer, de la nuit au matin, de la condition masculine à la condition féminine et démontrant leur peu de stabilité, la dissolution et la constante recomposition de ce que beaucoup appellent le « moi ».

Si l'on prend en compte leur étymologie, *speculum*[1], spectre (aspect, espèce, espion et spectacle) appartiennent à la même famille conceptuelle. L'image dans le miroir est un spectre qui prophétise, parce qu'il

1. Le mot « miroir » aurait justement une autre racine, et espagnole ! Alors que le terme espagnol : *espejo* prend bien, lui, sa place dans cette série. En revanche, le « regard » se traduit en espagnol par *mirada*, et « regarder » par *mirar*. (N.d.T.)

coagule et sanctifie par avance celle-là, celle d'ici, qui vit, elle, dans l'espace réel, lui enjoignant de s'identifier avec une icône de femme qui lui est imposée comme étant sa figure véridique et propre, être pérenne qu'elle se devra d'incarner, en se soumettant aux oukases de l'Autre, dorénavant et pour toujours. La question fuse, et ni Virginia Woolf ni nous-mêmes ne pouvons y répondre à la hâte : « Est-il pareil de voir dans un miroir l'image d'un garçon que celle d'une fille, quand on découvre qu'il s'agit de soi-même ? » Aussi bien Virginia que nous-mêmes – ou que Martha Robles, dont nous parlerons dans ce chapitre, ou que Nuria Amat dont nous nous occuperons dans le suivant – aurions tendance à répondre par la négative. Parce que le miroir nous regarde : c'est un *looking-glass*[1]. Et le regard qu'il a classe les sujets en deux espèces : masculine et féminine ; son regard est sexué.

Quel rapport entretient l'image mâle ou femelle avec le désir de l'Autre ou avec l'image sexuée que l'enfant a déjà extraite à partir de la figure de l'Autre, maternel ou paternel ou fraternel ? Insistons sur ce qui ne peut qu'être indéniablement vérifié : l'image spéculaire est toujours, ne peut pas ne pas être une image fondamentalement liée à l'« identité du genre » de son « maître » ou de sa « maîtresse ». *Speculum* et spectre, mais aussi *spectacle :* celui qui nous regarde nous qualifie et catalogue, en fonction de ce que nous lui montrons (*what we* ***show***[2]). Le miroir reflète le regard… celui de l'Autre.

1. En anglais dans le texte. Terme que nous pourrions nous risquer à traduire ici par : « glace voyeuse. » (N.d.T.)

2. En anglais dans le texte, mais avec la connotation du mot *show* en français comme en espagnol. (N.d.T.)

Si le visage aperçu dans la glace est forcément celui d'un homme ou d'une femme, l'image nous réclame – et nous le lui réclamons aussi – des signes octroyant un accord à notre désir ou à nos inquiétudes et incertitudes à l'égard de l'identité sexuelle. Nous lui demandons qu'elle nous sorte de l'embarras. Le miroir est le réceptacle d'une question (comme avec la mère de Blanche-Neige) ; il doit y répondre. Il ne peut rester muet, quand il est interrogé sur le sexe. Le travesti illustre mieux que personne cette envie fréquente de retourner l'image sexuée, la transformant en son contraire par le simple fait de la revêtir de nouveaux atours. Mais la clinique psychanalytique met en évidence des situations insolites qui comportent le cas, beaucoup plus fréquent, de l'exagération des traits dénotant plus particulièrement le sexe auquel chacun appartient, moyen utilisé pour prévenir l'anxiété d'être vu comme pouvant appartenir à l'autre sexe. Je parle du *show*, de la représentation, de la mascarade, dans l'exhibition de son propre sexe. Les hommes qui deviennent adeptes du culturisme ou les femmes qui exagèrent leur maquillage et l'exposition de leurs attributs féminins illustrent l'existence de ce carrefour du sexe, dans le jardin des sentiers qui bifurquent[1]. Nous avons déjà fait allusion à la « mascarade » féminine ; dans ce cas, l'exagération des traits qui caractérisent une femme vise à dissimuler, tout en s'en faisant « pardonner », l'envie de s'emparer du pouvoir conféré traditionnellement à certaines caractéristiques distinguant le masculin. Quand Orlando, le personnage de Virginia Woolf, passe de l'être-homme à l'être-femme,

1. Allusion à la nouvelle de Borges portant ce titre. (N.d.T.)

il se découvre lui-même, après s'être longuement et attentivement regardé dans le miroir. L'écrivaine commente[1] :

> Elle était en train de redevenir plus modeste, comme la majorité des femmes, en ce qui regardait son intelligence ; un peu moins vaniteuse aussi, comme la majorité des femmes, en ce qui concerne son apparence. Elle se rendait plus sensible à certaines choses, moins à d'autres.

En ce point, permettons-nous, avant de revenir à Virginia Woolf, de faire trois digressions : l'une divertissante, l'autre clinique et la dernière, littéraire.

Il sied toujours à un psychanalyste d'illustrer un thème avec un mot d'esprit. Un homme pose cette question : « Pourquoi, vous les femmes, essayez toujours de faire des conquêtes en usant de votre beauté, au lieu de le faire en usant de l'esprit ? » Et la femme de répondre : « Parce qu'il est beaucoup plus aisé de rencontrer des hommes bêtes que des hommes aveugles. » C'est bien une question d'image, l'affaire est entendue. Cela ne tourne pas rond, c'est bien connu, pour ces femmes qui savent le latin et qui font étalage de leur intelligence (ni elles ne se marient ni elles n'arrivent à bon port[2]). Avec leur finesse innée, elles ont vite découvert qu'il vaut mieux dissimuler cet attribut, car abondent encore des hommes qui ne sont pas

1. V. Woolf, *Orlando, a Biography,* p. 128 de la traduction espagnole, republiée à Barcelone en 1977, qui est de J. L. Borges lui-même.

2. Allusion au proverbe espagnol : *Mujer que sabe latín ni se casa ni tiene buen fin,* « Femme sachant le latin ni se marie ni ne finit bien. » (N.d.T.)

disposés à leur pardonner cette qualité qu'ils croient être leur apanage.

Ayons aussi recours à une illustration par un cas clinique, ce dont on ne saurait non plus faire reproche à un psychanalyste. Une jeune chercheuse en biologie doit prononcer des conférences dans le pays voisin et elle rencontre une énorme difficulté à prononcer les mots qui commencent par *w* ; raison pour laquelle elle essaye d'en éviter l'emploi. Cela ne lui arrive tout de même pas avec des mots comme *what* ou *which*, mais à coup sûr avec des mots comme… comme… *woman*. Il lui faut éviter que sa communication au congrès de physiologie comporte ce mot. Elle ne camoufle pas pour autant ses traits féminins, mais c'est dans le champ du langage que le symptôme phobique apparaît. Le travail psychanalytique ne tarde pas à dévoiler la rancœur qu'elle éprouve chaque fois qu'elle doit constater les limitations professionnelles auxquelles elle se trouve en butte par le fait d'être femme, le ressentiment que lui provoquent les prérogatives dont jouissent – ou du moins, le suppose-t-elle – les hommes ; enfin, chose étrange, elle s'aperçoit que le *w* de l'anglais correspond (en espagnol) au *m* de *mujer* (femme), qu'il s'agit de la même lettre renversée « comme dans un miroir », et qu'en plus ce *m* est l'initiale du nom de sa mère, qui est à l'origine des plus grands ravages auxquels elle a eu à faire face dans sa vie, et contre lesquels, pour pouvoir l'emporter, elle est encore en lutte, alors même qu'elle est devenue une scientifique ayant un certain renom. Mais le comble, c'est que ceux qui la connaissent sont unanimement surpris par la ressemblance physique qu'elle a avec sa mère, à savoir : avec l'image haïe dont elle cherche à se distinguer. Le miroir, pour elle, ne peut pas être un bon compagnon. C'est bien plutôt un insolent facteur qui se fait le porteur des pires nouvelles.

Le rapport qui existe entre l'image de la femme dans le miroir et l'image de la mère comme idéal, comme figure vaguement indifférente ou comme modèle détestable, se grave en lettres de feu, ou perdure comme une ombre qui accompagne toute femme, lors de ses face-à-face avec le miroir. Nous pouvons l'illustrer par la référence littéraire que nous avons annoncée. L'héroïne d'un excellent roman de David Markson[1] tient ce monologue, plein d'humour et de profondeur :

> Un jour, à la galerie Borghese, à Rome, j'ai apposé ma signature sur un miroir.
>
> Je l'ai fait avec un rouge à lèvres, sur une glace des toilettes pour femmes.
>
> Ce à quoi j'apposais ma signature était, bien sûr, une image de moi-même.
>
> Pourtant, n'importe qui d'autre, si elle se regardait dans la glace sur laquelle il y avait ma signature, l'aurait vue inscrite au bas de l'image d'une autre que moi.
>
> Sans doute ne l'aurais-je pas signée, s'il y avait eu quelqu'un d'autre pour m'épier.
>
> Bien qu'en fait, le nom que j'avais emprunté fût celui de Giotto.
>
> Cela dit en passant, dans cette maison, il n'y a qu'un seul miroir.
>
> Ce que le miroir reflète, c'est, naturellement, une image de moi-même.
>
> Bien qu'en fait, ce que le miroir reflète sans trêve, ce soit aussi une image de ma mère me renvoyant mon regard.

---

1. D. Markson, *La Maîtresse de Wittgenstein*, *op. cit.*

> Ce n'en est pas moins moi-même que je verrai au même instant. Autrement dit, tout ce que je suis en train de voir, c'est l'image de ma mère dans la mienne propre.
>
> Je suppose qu'une telle illusion est assez banale et qu'elle survient l'âge aidant.
>
> Ce qui veut dire que l'illusion n'en est même pas une, puisque l'hérédité reste l'hérédité.

Mais il n'y a pas de symétrie. Markson n'aurait pas pu mettre ces paroles dans la bouche d'un personnage masculin. Et il n'aurait pas pu le faire en remplaçant le mot « mère » par le mot « père ». Il semble bien que ce soit par l'attitude qu'ils adoptent en face du miroir que les hommes se différencient des femmes. Les stéréotypes, qui ne sont pas gratuits, jettent le soupçon sur la virilité d'un homme épris de son image spéculaire, si bien que l'on a tendance à considérer que l'on a affaire à un trait féminin chez celui qui se complaît et ne cesse de se retourner vers le support que lui apportent des petits ou des grands miroirs. En mettant à part l'angoisse métaphysique éprouvée par Borges devant les miroirs multiplicateurs, les autobiographies écrites par des hommes ne font pas mention du reflet spéculaire, alors que c'est presque immanquablement le cas chez les femmes qui racontent leur vie.

La première confrontation avec le miroir – cet appareil grâce auquel nous reconnaissons que le voyeur qui est de l'autre côté, « c'est moi » – se grave d'une façon indélébile dans la mémoire, l'authentique et l'involontaire, la proustienne comme la freudienne. Cette image est salvatrice, elle confère une unité. Mais aussi, selon la perspective qu'adopte le regard de l'autre, celui-ci peut être dissociant, caustique, destructeur. Nous dirons que le premier regard lancé vers le miroir est celui qui met un être à l'abri du morcellement corporel. Il met en place un « moi-idéal », un modèle de perfection vers lequel on cherchera toujours à faire retour. Ensuite, nécessairement dans l'après-coup, va apparaître la connaissance des différences sexuelles, qu'elles soient d'ordre génital ou référées au genre, induites qu'elles sont par la culture au travers de la famille. Tant dans l'anatomie que pour ce qui est du socioculturel (qui ratifie la division entre masculin et féminin), le sujet doit admettre que cet idéal du moi est hors de portée, parce que celui qui est homme n'est pas femme, et vice versa. Ce qui importe quant au sexe, ce ne sont pas les attributs génitaux, qu'on les ait ou qu'on cesse de les avoir, mais que, quel que soit ce que l'on ait, de reconnaître qu'il y a du manque et que cela même qui est perçu chez l'une ou chez l'autre comme négativité, puisse apparaître, positivé, dans le sexe de l'autre.

La complétude (que l'on me passe un néologisme aussi facile) n'existe pas ; il y a toujours, il ne manquera pas d'y avoir, du manque. Le miroir, puisqu'il reflète un corps sexué, notifie cette restriction. L'idéal doit céder face à la pression exercée par les stéréotypes ou face à des signalements de cette déficience-différence sexuelle des hommes et des femmes, tant au niveau de l'image que sur le plan du réel. Le sujet s'emploiera, à partir de là, à récupérer le « moi-idéal », « repu, plein de lui-même[1] », mais il devra le faire en se soumettant à des règles du jeu qui le pousseront à se mettre à la recherche de l'intégrité perdue, sur le terrain miné de

1. J. Gorostiza, *Mort sans fin*, traduit par C. Couffon, Paris, La Différence, Orphée, 1991. (N.d.T.)

l'amour, espérant retrouver chez l'autre un substitut de son propre manque. Pour se rapprocher du moi-idéal, il devra se plier à des exigences « morales » qui proviennent du champ de l'Autre : il se sera ainsi configuré un certain *idéal du moi*, un ensemble n'ayant pas de contours bien définis et plus ou moins bourré de contradictions, mais qui n'en donne pas moins des ordres. Virginia Woolf a vécu et poétiquement transfiguré ce qu'elle a dû souffrir pour satisfaire à ces exigences, difficiles à concilier. Vie et œuvre semblent – dans ses amours autant que dans ses livres – former un filet qui s'est noué autour de ces énigmatiques miroirs sexués, rejetons argentés du premier, celui qu'elle épiait à Talland House.

La même glace qui commence par la charmer avec le mirage de l'intégrité autosatisfaite se charge à présent de la nier. Hétérosexualité, homosexualité et travestisme seront trois des réponses, toutes insuffisantes, à cette reconnaissance de l'incomplétude entre les sexes. Différence-déficience, pour reprendre le jeu de mots que nous avons proposé. Ordre et ordonnancement de l'incompatibilité : le sujet est invité à représenter, comme au carnaval, une « identité » qu'il peut soit accepter soit refuser, suivant les deux modèles que lui offre son entourage : mâle ou femelle.

La fonction spéculaire de la mère

Nous sommes prêts pour l'aventure d'une exploration théorique du continent virtuel des miroirs, ce continent où (nous croyons que) nous vivons. On essayera pour cela de retrouver le premier miroir de Jinny Stephen, la petite fille qui parvint à devenir

Virginia Woolf, une femme qui a parlé de cette petite fille tout en admettant qu'elle la connaissait peu et mal, qu'elle l'avait oubliée.

Ce qui lui arriva « personnellement », cet « incident si simple du miroir », qui déchaînait en elle des sentiments de faute et de honte, se retrouve, quand il réapparaît dans sa mémoire et qu'il demande, un demi-siècle plus tard, la permission d'être retranscrit, comme apparemment inexplicable. Elle se doute qu'un secret y est occulté. Quant à nous, nous voudrions nous octroyer la permission d'aller y fouiner. La pudeur d'avoir à y apparaître en tant que femme n'a pas cessé de la tarabuster durant cinquante ans ; c'était même le trait qui définissait son rapport aux autres : la honte incarnée, chaque fois qu'il lui fallait montrer son image féminine. Personne ne devait discerner – et peut-être pas même Jinny – la satisfaction intime qui la subjuguait quand elle s'y contemplait. Car, s'y regardant, mais en cachette, il ne fait pas de doute qu'elle devait en jouir, seule à seule. Qu'y discernait-elle ? L'image maternelle, toujours admirée ? Ou la figure rejetée de la petite fille garçon manqué (*tomboyish*) que les autres, ceux qui exerçaient la pression normalisante, voulaient corriger ? Aventurons-nous à pénétrer dans le miroir pour aller nous enquérir de ce que Jinny Stephen y trouvait. Disons qu'elle ne *voyait* ni l'une ni l'autre. Elle ne voyait pas : elle *lisait*. Elle lisait le contraste qu'il pouvait y avoir entre les deux ; le miroir lui montrait son moi-idéal, dépourvu des pressions extérieures qui visaient à l'obliger à se définir comme homme ou comme femme. La jouissance, l'ineffable saisissement qui devait demeurer secret, au cœur de son désir, devait donc être constitué par la dissociation qu'elle éprouvait, autant que par le jeu de dissimulation de la jouissance provoquée par le regard coagulant de l'autre. L'image propre – celle de la fille *tomboyish* – était recherchée comme source de plaisir, puisqu'elle s'efforçait même de l'atteindre *on tiptoe* (sur la pointe des pieds). Le déplaisir et l'effroi provenaient de la possibilité d'être découverte en train de jouir du fait de contester la différence sexuelle. Son fantasme, d'ordre clairement bisexuel, est celui qui prend corps et vie, à l'étonnement des lecteurs, dans *Orlando*.

Au point culminant de cette « biographie[1] » est racontée la transformation fabuleuse de l'homme de trente ans qui, s'étant couché pour dormir une nuit à Constantinople, se réveille quand retentissent des trompettes, se dresse complètement nu « devant nos yeux », et « nous devons l'avouer, peut-on lire : c'était une femme ». Mais avec ces simples mots, aussi vite qu'elle a raconté la métamorphose, elle s'écarte avec honte de son histoire elle-même, comme si elle avait peur d'être vue se regardant face au miroir et se découvrant féminine : « Que d'autres plumes traitent du sexe et de la sexualité ; quant à nous, quittons, le plus vite possible, ce thème odieux. »

Pour donner des bases à notre reconstruction du fantasme de Virginia Woolf, il nous faut faire retour à l'événement le plus douloureux de sa vie : la mort, quand elle avait treize ans, de l'inénarrable beauté que fut sa mère, mort qui la plongea dans la désolation la plus effrayante et dont elle ne parvint à sortir, soutenue par un élan que rien ne pouvait arrêter, qu'au moyen de la création poétique, en écrivant – trente ans après ! –

1. Il s'agit d'*Orlando* qui dans son titre même est qualifié de « biographie ».

To the Lighthouse[1]. Ce n'est qu'une fois achevée l'écriture de ce roman autobiographique où elle se réserve le rôle d'un garçon (James) qu'elle parvint à échapper à l'obsession du souvenir de sa mère, qu'elle cessa d'entendre sa voix et de la voir. « Je suppose, écrit-elle, que je réalisais pour moi-même ce que les psychanalystes font pour leurs patients » (p. 81). Qu'est-ce à dire ? Dans les termes que nous emploierions : se souvenir (et rédiger la matière de ce souvenir), c'est parvenir à l'oublier. Plusieurs pages plus loin (p. 108), elle ajoute que *La Promenade au phare* obtint également que le souvenir de son père, en même temps que celui de sa mère, s'use et s'efface. Avec ce roman, elle put considérer que s'était terminée la lutte constante, obsessive contre sir Leslie Stephen, qui avait suivi sa mort. Jusqu'au moment d'écrire ce roman, les lèvres de Virginia Woolf continuaient de se mouvoir comme animées par les aigres propos qu'elle se disait à elle-même, n'ayant jamais osé les lui adresser. Écrire *La Promenade au phare* lui servit de cérémonie rituelle pour enterrer ses parents. Mais, même après, ses fantômes, comme les dinosaures de Tito Monterroso[2], continuaient de la hanter. Il ne lui avait pas suffi de se réveiller, et non plus de se mettre à lire pour la première fois Freud, en 1939, fait qu'elle mentionne dans son journal immédiatement après avoir raconté la relation belliqueuse qu'elle avait entretenue avec son père, l'écrivain, le rival.

1. V. Woolf, « Voyage au phare », in *Romans et nouvelles,* traduit par M. Merle, Paris, GF, La Pochothèque, 1993.

2. Tito Monterroso (1921-2003), auteur guatemaltèque et citoyen d'honneur de México, a écrit un mini conte fameux qui ne comporte qu'une seule phrase : *Cuando desperté, el dinosorio todavía estaba allí !* « À mon réveil, le dinosaure était encore là-bas. » (N.d.T.)

Puisque nous y sommes, rappelons ici que James et Alix Strachey, les traducteurs officiels de Freud en anglais, étaient amis intimes des Woolf et membres du groupe de Bloomsbury qu'elle a fondé. Aussi paraît-il bizarre – ou est-ce très compréhensible ? – qu'elle n'ait pas voulu s'analyser ou prendre conscience, seulement peu de temps avant son suicide, de ce que la psychanalyse aurait été susceptible de lui apporter. Mieux encore, Virginia et Leonard Woolf ont été les fondateurs de Hogarth Press, la maison d'édition pratiquement officielle du mouvement analytique anglais. Même aujourd'hui, l'édition standard des œuvres complètes de Sigmund Freud continue d'être publiée par la Hogarth. Le frère de Virginia, Adrian Stephen, était psychanalyste et marié à une psychanalyste. Son mari, Leonard Woolf (*avis rara : un Juif pauvre*, au sein du groupe de Bloomsbury qui était fort élitiste), se déclara freudien tout au long de sa vie. Et pourtant, quand Virginia était victime de ses épisodes mélancoliques et hallucinatoires, ils ne se soumettaient pas à autre chose qu'aux cures de repos et de renutrition (de Weir Mitchell). La relation sincère à la psychanalyse que les Woolf affichaient se restreignait à la sphère de l'intellectuel. Ce n'était rien de plus qu'une manifestation de snobisme, une façon d'être *à la page**, alors même que, dans la vie réelle, ils maintenaient farouchement en place leur maquillage de conformisme victorien. Ce qui les irritait le plus chez Freud et chez ses disciples, c'était l'insistance sur le rôle de la sexualité. Sur le thème de la relation ambiguë de Virginia Woolf avec Freud et la psychanalyse, nous pourrions encore écrire bien des pages ; mais ce n'est pas notre propos pour ce travail. Ce qui nous intéresse, c'est la mémoire et l'effroi. Avec les miroirs.

Comme elle s'en est ouverte, nous devons, nous aussi, l'avouer : elle n'a pu soulager sa désolation et désavouer l'emprise de ces deux fantômes, celui de l'admirable mère qui mourut quand elle-même se transformait en femme, et celui du père, modèle et rival, qu'en les noyant dans l'eau du fleuve auquel elle voua son corps quand commençait l'automne de 1941.

Dans la théorie de Lacan[1], le « stade du miroir », vécu par un enfant qui n'a pas encore accédé à la parole lorsqu'il atteint entre six et dix-huit mois, est fondateur du moi. L'*infans*, le sans-parole, qui éprouvait auparavant son corps comme un ensemble disjoint et chaotique de sensations erratiques rencontre, dans l'image qui le regarde de l'autre côté de la glace métallisée, une figure intégrée, complète, idéale, annonciatrice d'une unité qui, jusqu'à présent, lui manquait. Il s'éprend de l'autre qui est lui-même, sourit avec jubilation en sa présence, s'aliène en s'identifiant à une image qui n'est pas lui, mais son double, et qu'il finit par appeler son « moi ». Il prend aussi conscience de son existence au travers d'un jeu universel, consistant à entrer et sortir du champ dessiné par le miroir : bébé pas là – bébé là, une, deux, comme les vagues, dans l'épiphanie inaugurale de la biographie de Virginia Woolf. Les adultes s'adaptent, quand se met en jeu ce reflet infantile, et ils apparaissent également dupliqués par le miroir, confirmant à l'enfant qu'en effet, c'est bien lui, que c'est bien ainsi

1. J. Lacan, « Le stade du miroir… », in *Écrits, op. cit.*, p. 93-100. Il s'agit là de l'un des fragments les plus répandus de l'enseignement de Lacan. Sa reprise peut paraître superflue, mais elle se révèle indispensable pour éclaircir les traits essentiels des souvenirs des trois écrivaines qui nous occupent : Virginia Woolf, Martha Robles et Nuria Amat.

qu'il est vu et qu'il porte un nom grâce auquel il pourra être reconnu et répondre : « Présent, à vos ordres ! », quand on l'appelle.

L'image spéculaire, dit-on, est salvatrice, elle évite le morcellement, elle se condense en un centre autour duquel le monde s'organise. Il en est tellement ainsi que la « folie » se repère dans le fait de ne pas pouvoir se reconnaître comme un et le même que celui du miroir, ignorant et ne tenant pas compte de la différence abyssale qui se creuse entre l'espace virtuel du miroir et le corps existant dans l'espace réel. Dans le miroir, nous nous identifions comme « un », au moment même où nous nous voyons dupliqués et sommes « deux », quand ce n'est pas trois, comme cela arriva à Borges. L'« aliénation » (*Entäusserung* chez Hegel), cela consiste, paradoxalement, à *ne pas* s'aliéner et à ne pas être dupe de la croyance que l'on est celui qui est de l'autre côté du miroir et que le nom qui est assigné à quelqu'un désigne celui-là même que l'on n'est pas : « Patrick Dupont, c'est moi, je me vois (l'on me voit) dans le miroir, sur la photographie. » La psychanalyse a enquêté sur cette fascination de soi par soi jusqu'à revenir à ses fondements dans la mythologie, raison pour laquelle elle lui a conféré, depuis Freud, le terme expressif et exact de « narcissisme », en tant qu'il évoque et prophétise le statut mortifère de l'énamoration de soi.

Cette captation dans les fers de l'image de soi est le fondement des énamorations ultérieures – nous tombons amoureux de qui sait nous reconnaître – et elle s'enracine, comme on dit, dans les expériences épiques de conquête de la singularité qui ont lieu entre les sixième et dix-huitième mois de la vie. Mais l'effet de cette victoire ne s'arrête pas là, puisqu'il se prolonge tout au long de la vie.

« Nous savons » (nous *croyons* savoir) qui nous sommes et nous aveuglons, sans la moindre critique, avec l'idée que nous restons un et le même de la naissance à la mort. C'est là – nous l'avons découvert il y a peu – l'une des fonctions essentielles de la mémoire, celle de nous rendre dupes, en faisant de nous les supports sur lesquels s'appuie cette conscience crédule en la continuité de la personne. Le stade du miroir n'est pas transitoire ; c'est une structure permanente : il est à la racine de l'être comme sujet à la fiction, habité qu'il est par la croyance d'être là où il n'est, ni par essence ni par accident[1] : sur les miroirs et dans le regard des autres. « Je suis ce qu'ils voient ; ils voient ce que je suis. » C'est vers notre prochain, dans les moments où notre identité est menacée, que nous nous tournons pour trouver une confirmation de notre être, la reconnaissance qui nous permet d'affirmer (de supposer) que nous « sommes ». Mais peut-être – pourquoi pas ? – les raisons d'avoir honte de la chose que nous sommes, du plagiat qu'elle représente, de nos fautes innominées, ne seraient-elles que trop nombreuses. Ou pourrions-nous qualifier d'ignominie le fait qu'il se découvre que nous nourrissons envers cette image une complaisance, ou qu'il se révèle que chaque fois que nous nous regardons, c'est le Narcisse qui copule avec lui-même qui nous fait jouir dans l'autoérotisme ? Est-ce là ce qui advint à Virginia Woolf ? Il serait simpliste et faux d'en rester là. Nous passerions à côté de la valeur complexe

1. En espagnol, il y a : *allí donde ni es ni está*. Les hispanisants auront la mansuétude de nous accorder cette facilité, lorsqu'on se voit buter sur ce mur impénétrable de la langue. (N.d.T.)

de son expérience et de son souvenir. Nous devons aller au-delà et discerner quel rapport se tisse entre les vécus de honte et d'effroi de l'écrivaine, et la thèse qu'a proposée Cortázar après avoir relaté les effets sur lui du chant angoissant du coq (si c'est bien là qu'est repérable la cause de son réveil).

Nous savons (nous ne pouvons pas l'oublier) que, dans la confrontation au miroir, tout n'est pas de miel et de roses. Fatalement, celui qui nous épie quand nous contemplons notre visage sur ce support est un intrus sur lequel nous n'avons aucune prise ; nous comprenons alors que nous ne pourrons jamais parvenir à nous situer au point où il se trouve, lui, avec la vaine promesse d'unité qu'il incarne. Nous voyons bien que nous n'avons pas su nous reconnaître ni pu admettre notre douloureux clivage, la permanence du décalage entre soi et cet autre idéalisé, le moi-idéal. *On se retrouve aussi fragile sur le miroir que ne l'est toute glace :* car le reflet nous épingle, en même temps qu'il nous notifie qu'il est impossible de le dépasser, pour réduire l'infime et infinie distance – l'abîme profond – qui nous sépare de nous-mêmes. Derrière la jubilation que procure la reconnaissance se dessine en arrière-fond un paysage de drame et de désolation. Ce compagnon, aussi inséparable qu'une ombre qui nous regarde depuis l'au-delà du miroir, est, à la fois, le reporter de notre irréductible solitude et celui qui, à l'instant même où il nous regarde, nous laisse toujours sous le regard de l'Autre, d'un autre, en fait quelconque, qui croit nous reconnaître. Jamais nous ne pourrons nous voir d'où l'Autre nous regarde. Jamais nous ne pourrons exercer un contrôle – quand bien même nous multiplierions les heures passées devant le miroir – sur l'image que l'autre aura de nous.

Autrui – cet Autre qui nous tient toujours en respect sous le viseur de sa caméra photographique – est-il en trop ? Pourrait-il venir à manquer ? Non. Les autres ont pour mission de garantir l'identité imaginaire, celle d'incarner la fiction qui s'inférerait de la soudure entre l'enfant réel et celui qui apparaît dans l'au-delà qu'offre l'espace virtuel du miroir. « *Tu es bien celui que tu vois. Tu es parce que tu te vois.* » Ce sont eux qui doivent ratifier l'identification du garçon/de la fille, avec son image, eux qui doivent lui confirmer son insertion dans le réseau des relations familiales et sociales, dans l'histoire d'une communauté. L'expérience du miroir enseigne qu'il y a une dissociation entre le là (le côté *réel* – R) et l'au-delà[1] de soi (le côté *imaginaire* – I) et qu'elle requiert la présence d'un tiers (*symbolique* – S), qui sanctionne et conjugue, dans le langage, cette venue au monde de l'existence du moi : R – I – S étant ainsi noués, non dissociables. Il n'y a pas de moi avant la reconnaissance spéculaire. En raison de cette même et nécessaire présence d'autrui – de ceux qui parlent et qui apposent aux choses des noms –, même les enfants aveugles, qui sont incapables de se voir reflétés par un appareil optique, adviennent à l'existence et peuvent « se voir » comme dotés d'un moi ; eux aussi, comme nous tous, ont besoin de quelqu'un qui les voie et les nomme pour parvenir à s'identifier avec le regard et la parole d'autrui. En vertu de quoi tout miroir est énigmatique : c'est sur lui que repose la question de savoir quel est notre destin. Il n'en va pas autrement dans le cas de Virginia Woolf, au moment où elle s'escrime, en se postant sur la pointe des pieds, à se mettre à portée

1. L'auteur joue en ce passage sur *acá* et *allá* qu'une traduction par « ici » et « là-bas » ne suffirait pas à rendre en français. (N.d.T.)

de son image. Pour autant que personne – sinon, quelle terreur ! – ne la surprenne en train de s'avilir à ce jeu.

La reconnaissance spéculaire – cela va sans dire – est une des fonctions de la mémoire. Celui qui apparaît dans le miroir est le même que celui (dont on se souvient) qu'il fut auparavant. Pour peu que joue le retour en boucle des figures se génère l'illusion de la continuité dans le temps. Celui-ci impose cependant aux images le changement de son érosion. Proust dit quelque part dans *La Recherche :* « Quand nous regardons le visage d'une femme qui fut belle, il ne suffit pas d'en lire les traits actuels ; encore faut-il pouvoir les retraduire. » On peut aussi lire l'avenir dans le miroir : c'est un instrument de divination pour ce qui adviendra. La *catoptromancie* est l'un des rares recours qui nous reste pour prévoir ce qui (nous) arrivera. La sagesse populaire masculine a forgé des expressions proverbiales à ce sujet, qui ne vont pas sans misogynie : « Si tu veux savoir quelle apparence aura ta future femme, ne jette pas ton regard sur elle, mais sur sa mère. » Le miroir, on le voit, traverse les trois dimensions du temps et habite les trois temps du verbe. Il est une perception du présent, il est une version de l'histoire, il est une prophétie crédible.

Peut-être va-t-il sans dire, parce que cela saute aux yeux, que le regard de cet autre peut comporter de l'amour, de la haine ou de l'indifférence. Si l'enfant définit son identité en partageant ce que l'autre « voit » de lui, quand il lui dit : « Ce qui est là sur le miroir, c'est toi », l'identification avec l'image comporte la valorisation par l'adulte de l'être de l'enfant. L'on est, au principe, ce que l'autre voit en vous, on se regarde avec les yeux de l'autre. Le miroir est ainsi hanté (ou allégé) par la charge d'amour ou d'hostilité d'autrui. Ce n'est pas pareil d'être un nourrisson désiré que d'être cela que l'autre hait ou craint. Être accepté comme on est, ou de subir l'exigence d'être différent, une exigence allant peut-être même au-delà de ce que l'on pourrait obtenir de soi, n'a pas les mêmes conséquences. Peu importe ce que l'on est dans la réalité (qui pourrait savoir ce que l'on est, « en vérité » ?) ; ce qui compte, c'est la compatibilité ou la différence qu'il pourrait y avoir entre soi-même et ce qui est convoyé comme idéal par l'autre. La valorisation narcissique de l'enfant (l'amour qu'il se voue) dépend de contingences immaîtrisables : si l'autre regrette que l'on soit une fille et veut que l'image qui apparaît dans le miroir soit celle d'un garçon, ou vice versa, si l'autre émet le vœu que l'on soit blond, et pas brun, etc. *Le miroir ne reflète pas, il compare*, et il le fait en comparant le sujet à l'image désirée par l'Autre. Il mesure, et, le plus souvent, pour déceler ce qui laisse à désirer (*wanting*[1]). C'est pour cela qu'il nous déprime. Nous croyons le regarder, mais c'est lui qui nous regarde. L'ambiguïté de la langue anglaise est merveilleuse à ce titre : elle propose justement comme synonyme du mot « miroir » (*mirror*, *espejo* en espagnol), le mot : *looking-glass*. Le lecteur naïf se contente d'entendre qu'il s'agit de la glace (*glass*) où l'on se regarde (*look at*). Mais pour peu qu'on reste au ras du signifiant, quelque chose de plus peut se donner à entendre : le *looking-glass* est la glace qui nous mire. Alice, celle de Carroll, ne pourrait pas passer au-delà du *mirror*. Elle traverse (*goes through :*

1. En anglais dans le texte, un verbe qui connote à la fois ce que l'on désire et ce qui fait défaut. (N.d.T.)

passe par) le *looking-glass*, *glass* étant à prendre au double sens, actif et passif, de la pulsion scopique. Elle pénètre dans le territoire d'où on la regarde. Le miroir, découvre Borges, nous épie. Il induit la paranoïa.

L'auteur des *Fleurs du mal* se trompe, quand il croit qu'il lui est loisible d'intervenir sur l'image de l'autre pour lui transmettre ses préjugés. Lorsque Baudelaire voit un homme horrible en train de s'observer dans le miroir, il le réprimande et lui reproche de poser son regard sur une image abominable. Ce à quoi l'autre réplique qu'eu égard aux sacro-saints principes de la Révolution de 1789, il a le droit de se regarder et que la question du plaisir ou du déplaisir qu'il y trouve ne concerne que sa conscience. Mais Baudelaire[1] s'enferre dans son erreur. Il reconnaît à l'autre le droit d'invoquer la raison juridique, mais continue en assurant que sa protestation est fondée sur le « bon sens ». Son erreur est de croire qu'il peut se situer au lieu d'où le regarde l'« homme effrayant » qui pourrait bien – pourquoi pas ? – être en train de se regarder avec les yeux de quelqu'un qui l'aime, la mère, par exemple, pour qui, proverbialement, aucun fils (ou presque) n'est laid. Il y a, à l'opposé, tellement de belles jeunes femmes qui souffrent d'hypocondrie esthétique et engraissent de leur symptôme les chirurgiens que cela concerne.

La possibilité de s'aimer soi-même et, par conséquent, de transférer cet amour sur autrui, s'enracine dans ce fait primaire, qui échappe totalement au contrôle de tout sujet, de pouvoir être aimé, approuvé,

1. C. Baudelaire, *Œuvres complètes*, t. I, Paris, Gallimard, La Pléiade, 1975, p. 344. (N.d.T.)

absous par le jugement sans appel de cet Autre fondateur et fondamental qu'est la mère. L'indifférence ou le mépris de la mère, tout autant que son amour, peuvent être la matrice où le sujet acquiert forme et consistance, l'espace où il peut parvenir à se réjouir et prendre du plaisir, ou s'empoisonner, avec l'image qu'il a de lui-même.

La position innovante de Lacan, quand il a promu le stade du miroir [1949], a eu une influence notable dans les études sur la subjectivité entreprises depuis lors. C'est en termes propres que le reconnaît celui qui a su rajouter une note décisive au postulat lacanien : D. W. Winnicott[1]. Pour ce rénovateur de la psychanalyse d'enfants, « dans le développement émotionnel de l'individu, *le précurseur du miroir, c'est le visage de la mère* ». Quand le bébé regarde le visage de la mère, en général, il se voit lui-même. Quand la mère le regarde, il capte l'image de ce qu'elle-même voit en lui. Si la mère ne peut répondre aux expectatives émotionnelles de ses enfants, « ceux-là regardent mais ne se voient pas eux-mêmes ». Il en résulte que s'atrophie en eux la capacité créatrice et qu'« ils cherchent un autre moyen pour que l'environnement leur réfléchisse quelque chose d'eux-mêmes ».

L'expression du visage maternel devrait avoir, toujours selon Winnicott, une fonction oraculaire. Si les bébés ne trouvent pas une confirmation de leur exis-

1. D. W. Winnicott, « Mirror-role of mother and family in child development », in *Playing and Reality*, London, Tavistock Publications, 1971 ; *in* Penguin Books en 1974. En français : *Jeu et réalité, L'espace potentiel*, traduit par C. Monod et J.-B. Pontalis, Paris, Gallimard, Folio Essais, 1975. Plus précisément dans le chapitre IX : « Le rôle de miroir de la mère et de la famille dans le développement de l'enfant. »

tence dans les expressions du visage de la mère, ils se retrouvent perdus.

> D'autres bébés, torturés par ce type de défaillance maternelle relative, étudient les variations du visage maternel pour tenter de prévoir l'humeur de leur mère, tout comme nous scrutons le ciel pour deviner le temps qu'il va faire. Le bébé apprend rapidement à faire une prévision qu'on pourrait traduire ainsi : « Mieux vaut oublier l'humeur de la mère, être spontané. Mais dès le moment où le visage de la mère se fige, ou que son humeur s'affirme, alors mes propres besoins devront s'effacer, sinon ce qu'il y a de central en moi sera atteint. » [...] Un bébé ainsi traité grandit, se posant des questions à propos des miroirs qui l'intriguent et de ce qu'ils lui offrent. Si le visage de la mère ne répond pas, le miroir devient alors une chose qu'on peut regarder, mais dans laquelle on n'a pas à se regarder [p. 206-207].

Nous regretterons pour notre part que Winnicott ne se soit pas penché sur ce qui pourrait faire la différence entre ce qui caractérise, chez les filles par rapport aux garçons, cette réaction, pour commencer par s'intéresser aux expressions du visage de leurs mères, et ensuite seulement, au miroir. Il a négligé une perspective qui aurait été féconde ; et peut-être nous, ses lecteurs, serions-nous bien inspirés si nous complétions son article centré sur le regard maternel comme instigateur du développement émotionnel des enfants. Même si Winnicott ne fait pas de distinction entre le cas des femmes en herbe et celui des petits garçons, le fait est que l'importance du regard de la mère est illustrée par quatre cas, mais qui se trouvent être tous les quatre des femmes adultes. L'une d'entre elles, évidemment une psychanalyste, a lu l'article de Lacan sur le stade du miroir, mais ne se sent « pas encore capable d'établir le lien que je me sens pour ma part en conditions de pouvoir faire entre le miroir et le regard de la mère ». La voie d'accès que nous cherchons à privilégier, celle de l'étude de minuscules papiers autobiographiques, pourrait ouvrir une brèche pour des découvertes cruciales dans le champ de la sexuation, par le biais des miroirs et de ce précurseur des miroirs, si indispensable, mais si imprévisible, aussi instable pour tout dire que le temps qu'il fait, qu'est le regard de la mère.

Cet ajout de Winnicott à la découverte de Lacan (qui lui-même, de son côté, avait pris pour base de départ les travaux d'Henri Wallon) a une importance décisive pour pénétrer dans les souvenirs des trois écrivaines sur le cas desquelles nous nous penchons. Elles pointent l'existence de trois avatars paradigmatiques de la relation spéciale que les femmes entretiennent avec le miroir et avec l'écriture, relation qui, à l'évidence, est différente de celle qu'établissent les hommes avec le *looking-glass.*

Martha Robles et la phobie du miroir, ou : Je préférerais ne pas me voir

Mes commentaires et conclusions sur le premier souvenir de Julio Cortázar (cf. *supra* chap. II) tombèrent sous les yeux[1] d'une bonne amie, la remarquable

1. N. A. Braunstein, « Ficcionario », paru dans le journal *L'Excelsior*, de México, 26 mai, parutions des 2, 9, 16, 23 & 30 mai 2001.

écrivaine mexicaine Martha Robles[1]. Ces pages firent l'effet en elle de la gâchette d'un revolver qui tira, pour le ramener à la surface, sur un souvenir archaïque, potentiellement le souvenir inaugural qui confirme et, selon ma façon de voir, enrichit la proposition tirée de Cortázar sur le rapport entre l'angoisse (« la mémoire voit le jour dans l'effroi ») et la capacité de créer à son usage un « moi autobiographique ». Stimulée par le témoignage de l'auteur de *Marelle*, Martha Robles retrouva un souvenir, en concevant un texte splendide qui jette une nouvelle lumière sur des aspects classiques de la théorie analytique, particulièrement sur les conceptions lacaniennes : celles que nous avons révisées en évoquant Virginia Woolf et les visions de son enfance, telles que nous les avons mises en rapport, dans les deux premières parties de ce chapitre, avec les idées de Winnicott sur le stade du miroir, c'est-à-dire sur le rapport que chacun de nous entretient avec sa propre image, au travers du premier miroir qu'a été le regard de la mère. Nous profiterons, en la remerciant ici, de la généreuse permission que l'écrivaine nous a concédée de citer amplement son récit dans les moments où nous pourrons résister à la tentation de la paraphraser.

Que nous dit-elle ? D'abord, elle reconnaît un effet, que j'appellerai « rédempteur », qu'a eu sur elle la lecture du premier souvenir de Cortázar. Je m'explique : quand Robles était petite, *infans*, n'ayant pas encore eu accès à la parole, elle eut une expérience intérieure,

1. M. Robles s'est fait une réputation de romancière, d'essayiste et de journaliste. Auteur de nombreux livres. Parmi ses romans, il convient de relever : *La condena* [*La Condamnation*], México, FCE, 1996 et *La ley del padre* [*La Loi du père*], México, FCE, 1998.

incommunicable, saisissante, qui laissa en elle une marque inoubliable. L'événement fut un véritable *épisode*, non une sensation intense du type de l'épiphanie, qui l'aurait laissée incapable de la transformer en récit : quelque chose comme un tremblement de terre qui secouerait le sol infantile, et dont on peut supposer qu'il a échappé à la conscience, parce qu'il devenait impossible de l'intégrer dans les recoins de l'encombrant monument qui sert à caser l'effroi et que nous appelons *langage*. Le souvenir de ce « moment d'existence[1] », qui avait eu lieu, bien entendu, avant que ne soit lue l'histoire du coq de Cortázar, lui était en revanche inaccessible. Comment aurait-elle pu, sinon, le récupérer ? Il était « là, quelque part » (où donc ?), enseveli dans sa mémoire, mais refoulé, bien au-delà de l'oubli, prêt cependant à resurgir à la lumière de la conscience, quand celle-ci serait tombée sur sa madeleine, sur le déclencheur adéquat (*retrieval cue*), comme l'aura été le berceau, pour García Márquez. Martha Robles trouva accès à mes premières réflexions encore protéiformes, au travers de certaines notes parues dans un article (des « minuscules papiers ») dont le thème était une évocation de Cortázar enfant ; et cette lecture coïncida avec la métaphore d'un premier souvenir terrifiant, comme axe médullaire de la mémoire à partir duquel quelqu'un parvient à exister en ayant entraperçu qu'il pouvait récupérer, faire front – et donner forme de récit littéraire – à cette chose, à cette première rencontre avec l'étrangement inquiétant. Réarticulé à l'imagination poétique, l'événement a pu se délivrer ainsi des chaînes de l'oubli (pour être plus exact, du

1. L'auteur reprend ici le titre de l'autobiographie de V. Woolf. (N.d.T.)

refoulement) et se réincorporer au registre de sa mémoire officielle. S'étant frayé un chemin vers l'écriture, c'est à présent dans son cadre qu'il peut vivre. Son souvenir errait, irrécupérable ; et voilà qu'il était « sauvé ». À partir des effets, « médicalement » constatables sur elle, de la trouvaille de l'épisode Cortázar défini par son coq matinal, Martha Robles aperçoit – promulgue, oserai-je dire – une assimilation féconde entre le souvenir précoce recouvré, et l'oracle. Nous le disons sans oublier un seul instant que les oracles sont rétroactifs (*nachträglich*, après-coup, *a posteriori*). Ils apparaîtront comme ayant été des oracles une fois qu'ils se seront accomplis d'une façon littéraire ou figurée.

L'oracle est une expression obscure, mystérieuse, qui porte en elle le chiffre d'un destin. Chiffre qui également recèle – c'est elle-même qui en a l'intuition – le premier souvenir. Avec une différence qui saute aux yeux : l'oracle est un message énigmatique, mais qui oriente la flèche du temps vers l'avenir, alors que l'évocation du passé infantile révèle un destin, mais en la pointant en sens inverse ; grâce à la mémoire, il met en évidence dans le passé des signes qui donnent cohérence à la vie :

> Prophétie à rebours ou divination en arrière. À l'instar de la prophétie, elle aussi chiffrée, le souvenir acquiert sa signification exacte dès qu'il sort de son mutisme intérieur [...]. À force de pénétrer dans les arcanes du jadis, sa compréhension fait apercevoir également l'aujourd'hui et la destination qu'il prend vers l'avenir. C'est ainsi, avec des procédures du même ordre, bien qu'orientées en sens inverse, que se rejoignent l'éclaircissement de la mémoire et la fonction remplie par l'oracle.

Martha Robles donne son assentiment à la conjecture de Freud déjà citée (en exergue) concernant le caractère décisif du premier souvenir pour la vie d'un être en formation, devenu ce serrurier qui se rend capable d'ouvrir les armoires de l'âme. Elle ose aller au-delà, soutenant que « l'axe médullaire de la mémoire » fonctionne comme un oracle rétroactif, un point à partir duquel elle pourrait lire le chiffre de son destin, se donner ses propres fondations, s'accouplant avec son propre mythe. Elle transplante sur elle-même le fantasme de la continuité : je suis cette plante, j'ai été sa graine, j'en serai le fruit. Se souvenir, c'est désenfouir la graine et anticiper en elle la saveur du fruit. C'est se faire le cadeau d'une cohérence narrative qui, avant que n'ait été accordée la permission de se souvenir, condamnait à l'ostracisme la reviviscence de l'épisode. Mais si Cortázar a raison, si l'effroi est à l'origine et au commencement de la mémoire, tout le monde n'est pas prêt, et pas toujours, pour accepter une retrouvaille avec cet embryon de la mémoire. Ainsi, de même que voler est l'apanage des oiseaux, se souvenir de l'origine n'est donné qu'aux intrépides. Écoutons Martha Robles en parler :

> Après avoir lu le premier souvenir de Julio Cortázar, moi aussi, je me suis souvenue. Je m'aperçus de ce que je savais à mon insu. J'étais petite. Si petite que les trois glaces de la garde-robe qu'il y avait dans la maison de mes grands-parents me semblaient si hautes qu'elles montaient à l'infini. Peut-être cela eut-il lieu alors que, déambulant dans un youpala, je tuais le temps du plus chaud de la journée en allant de-ci, delà, tandis que les adultes causaient. Je serrais des dents la tétine d'un biberon, quand, dans l'une des chambres

> les plus ensoleillées, je me tins à regarder mon propre reflet. De la panique m'envahit. Je ne sais si cet instant fut court ou long, mais je me rendis compte de l'effroi que me causait le fait d'être et de n'être pas celle qui se reflétait là, à l'intérieur d'un terrifiant miroir. Tout advint à la vitesse d'un éclair, comme si découvrir le miroir et la duplication de moi qu'il offrait étaient une seule et même chose. Je n'y comprenais rien, sauf qu'un moi – ou une moi dont j'avais alors l'intuition – se voyait piégée dans l'une des glaces de la garde-robe, tout en me regardant. Un cri m'échappa. Puis je pleurai. Je partis et je revins d'où je venais, mais j'avais eu si peur qu'à partir de ce moment, il me fallut contourner la cour pour ne pas avoir à en passer par « cela » dont moi seule avais connaissance et qui m'avait appris à connaître la terreur.

Tel est le souvenir dont Martha Robles disposait et ne disposait pas, « savait à son insu ». Comme nous l'avons noté dans les cas antérieurs, les nuances de son récit sont émaillées d'intuitions expressives qui attestent du vraisemblable de l'expérience (la *relatée*, et non la *réelle*, qui est insondable), un vraisemblable qui la rend exemplaire. Le regard jeté est angoissant, et sa conséquence un symptôme qui consiste concrètement en une phobie des miroirs qu'un spécialiste en mots savants appellerait *eisoptrophobie*. L'évocation de Cortázar fut capable de déclencher le souvenir de Robles, qui redéploie son message d'incurable désolation.

Mais retournons à nos « minuscules papiers ». Ceux que nous écrivons nous-mêmes – dans ce cas, il ne s'agissait que de notes journalistiques qui, le jour suivant, retourneraient à l'oubli parmi ce que personne ne garde ni ne relit, concernant la mémoire d'un autre

(Julio Cortázar) – peuvent également fonctionner comme des détonateurs actionnant des souvenirs ensevelis, peuvent tomber ni vu ni connu dans un esprit préparé à recevoir le message et ouvrir en lui une clairière en plein cœur des forêts de la mémoire. La question toute simple : « Quel est ton premier souvenir ? », posée dans des conditions favorables au dialogue, en vient à jouer le rôle d'un appareil du ressouvenir, reconstructeur, sinon de toute l'enfance, en tout cas de celle qui tourne autour du distant et à jamais perdu. Les minuscules papiers de ces remarques parcimonieuses déclenchèrent, en premier lieu, la rédaction d'un courrier électronique, ensuite – peut-être à mon invitation – celle d'un éloquent article imprimé, qui passa à son tour au rang de « minuscule papier », destiné qu'il était au supplément culturel d'un journal du dimanche mexicain[1]. Les chemins qu'emprunte cette lutte sont imprévisibles, mais s'agissant de l'oubli, elle est ardue, car elle doit aller contre l'indifférence à laquelle nous nous raccrochons, bien qu'allant à la pêche, en tant que graphomanes, pour retrouver ces bouteilles jetées à la mer par les voyageurs perdus dans ce trou noir que nous appelons l'amnésie infantile.

Nous avons laissé entendre que le souvenir de Martha Robles était enchaîné, comme Prométhée à son rocher, en attente de la visite quotidienne de l'aigle carnivore, mais qu'il était également prêt à la rencontre avec le hasard[2] ou à la causalité d'une rencontre

1. M. Robles, « El primer recuerdo. Su doble espejo », *Arena*, supplément culturel de *L'Excelsior*, México, DF, dimanche 3 juin 2001.

2. Il faudrait se risquer à traduire *casualidad* par « casualité », pour rendre le jeu de mots *casualidad/causalidad* auquel s'adonne ici l'auteur. (N.d.T.)

avec un autre souvenir : dans ce cas, celui d'un enfant terrorisé par le chant d'un aigle domestique, appelé coq, lui permettant par là même de reprendre sa place dans l'univers des mots. Il vaudra la peine de comparer, de repérer des ressemblances et des différences.

Nous qualifions de traumatique ce qui est inassimilable, ce qui ne peut être ni « avalé » ni métabolisé, ce qui ne peut ni être intégré ni se concilier avec le « moi » ; avec la mémoire, quand celle-ci se montre hostile à l'égard du sujet. Se référant à cette rencontre avec le miroir, à laquelle Martha Robles n'était pas le moins du monde préparée, voici ce qu'elle nous dit :

> Les limites interprétatives de la fillette que j'étais ne pouvaient contenir la familiarité avec un miroir. En l'absence de la possibilité de se voir agrégée à une fiction propre, l'expérience inculqua de manière subversive la trace d'un message oraculaire : elle chiffra mon histoire.

La petite est terrorisée en face du miroir – tout comme Virginia Woolf, en tant que Jinny Stephen – devenant ainsi l'ancêtre de cette écrivaine qui fit la rencontre d'un souvenir de Cortázar, ce qui l'incita à publier la description pleine de vie de son souvenir à elle. Pourquoi l'« ancêtre » ? N'est-elle pas peut-être une seule et la même ? C'est elle qui met en relief la différence : « Entre la date de l'épisode et la lecture de ce qui m'a permis de m'en ressouvenir, intervient la parole, en tant qu'elle est ce qui me définit, le langage, qui est ce qui a fait de moi celle que je suis. » Prêtons-lui nous-mêmes quelques mots (comme s'il lui en manquait), usurpant sa place d'auteur :

Non, je ne suis plus cette fillette. Celle que je suis à présent est venue après, quand, entre cet épisode sinistre et le jour d'aujourd'hui, s'est interposé le lourd manteau du langage, des signes qui me permettent de traduire la panique ancienne en cette succession de sons qui aspirent à atteindre l'exactitude poétique.

Jetons la carte d'une hypothèse qui permettrait, pour en faire un ensemble, d'adjoindre ce souvenir à ceux qui nous attendent encore[1] de Leiris et de Perec. Le traumatisme du spectacle de sa propre désolation, du désarroi en face du miroir ne forme aucun épisode dans le trou noir dont nous venons de parler. Ce n'est pourtant pas un épisode négligeable dans cette période allant de la naissance à cinq ans et qu'on ne peut saisir, surtout si nous prenons en considération la sagesse de Tolstoï touchant les deux éternités, celle antérieure au premier vagissement et celle postérieure au dernier soupir, qui entourent le bref interlude de nos vies. N'en doutons pas, l'« épais manteau des paroles » s'est constitué chez Robles pour adoucir et apprivoiser la voracité de l'image du désarroi. Le fait de se voir sans protection, comme c'était arrivé à Cortázar, devait être tamponné par du coton, afin de ne pas la laisser piégée pour toujours dans l'accident de la collision sans douceur avec le miroir ennemi qui lui renvoie sa propre image, en la déformant impitoyablement. *Le trauma produit par le miroir est le trauma d'avoir à naître au langage*, à la fonction de la parole qui sauve un être en germe, le sortant de l'atmosphère des objets inertes qui l'entourent, le convertissant en un « je ». Dans le cas de

1. Dans les chapitres XI et XII où nous leur payerons notre dette.

Robles – et de tant d'autres –, le trauma s'accentue à cause de l'indifférence des adultes.

La récupération du souvenir fonctionne comme une prophétie qui vaticine sur la vie, qu'elle fait procéder des ténèbres d'un passé lointain et d'un futur imprévisible. Maintenant, elle peut exprimer avec d'autres mots, qu'à nouveau je me permets d'insérer dans son texte, m'arrogeant le droit de parler à la première personne du singulier, un droit que, bien entendu, j'usurpe :

> Je suis la conséquence d'une panique vécue dans mon enfance ; tout ce que je vis depuis, tout ce que je fais – mon écriture – est une tentative alambiquée pour continuer à échapper au fantôme de moi-même qui m'a agressée et terrifiée, lors de cet après-midi resplendissant de chaleur et d'ombres.

Les adultes (les parents ?) s'empressèrent d'apporter à l'autre enfant, à Julio Cortázar, une consolation. Ils le bercèrent, restèrent des heures avec lui, lui parlèrent, lui expliquèrent, lui fournirent des noms et des mots, composèrent à son intention une onomatopée du chant du coq, essayant de lui faire comprendre qu'il ne devait pas avoir peur, qu'il disposait de la laine, de la soie et du coton des mots pour revêtir sa nudité face à l'inconnu et faire taire l'infernale machinerie qui s'était mise en marche, comme il l'avait supposé, en ce matin de 1917. Il est ainsi passé de l'effroi à la musique. Martha Robles, en revanche, nous dit que son expérience eut lieu « tandis que les adultes causaient », indiquant par là qu'ils ne faisaient pas attention à elle. Les trotteurs sont des appareils destinés à permettre que l'enfant bouge seul et se rende indépendant. Ils sont en même temps un instrument qui permet aux adultes de se débarrasser de la gêne qu'apporte l'inconfortable présence enfantine. Robles nous confie qu'elle n'était qu'une enfant, une de plus, dans une longue succession de frères et sœurs qui ne semblaient pas avoir la moindre importance aux yeux de quiconque, elle qui fut la dernière parmi ses sœurs, avant que ne commence la série des frères ; l'un d'entre eux, peut-être deux, était déjà né quand eut lieu l'épisode du miroir. Quelle importance pouvaient donc avoir les plaintes et les trépignements, le bruit et la fureur de la petiote ?

Si l'on a pu injecter à Cortázar le tranquillisant des paroles, Robles fut laissée seule et effrayée, sans protection. Peut-être a-t-elle pressenti elle-même que personne n'écouterait son *cri*, celui d'un Munch en trotteur. Les mots lui vinrent par la suite. Il lui aura fallu les inventer, sinon les voler, afin de tisser avec eux le vêtement qui la mettrait à l'abri de la déroute de l'esprit qui survint quand elle s'aperçut que la petite fille désarmée qui la contemplait depuis l'autre côté du miroir était un double dont elle ne pourrait plus se séparer, une accompagnatrice perpétuelle, une poursuivante qui arborait le même air désolé, la même colère rentrée. « Je serrais des dents la tétine d'un biberon, quand je me tins à regarder le reflet qui m'était renvoyé. De la panique m'envahit. » Nous assistons à la mise en lumière du *Doppelgänger*, l'âme vive de tant d'œuvres littéraires.

Martha Robles ne voyait pas seulement sa propre image. Se reflétaient aussi dans le miroir deux objets de la puériculture, produits de l'industrie humaine qui fabrique des trotteurs et des biberons, permettant à l'enfant de se débrouiller en se passant des bras ou des seins de sa mère. Perdue comme Cortázar dans l'immensité, face à des miroirs (trois aussi, comme chez Borges) qui continuent vers le haut sans toucher le plafond, en face de baies vitrées qui arrivent au ciel vide et sans fond, dans un abîme qui s'étend vers les hauteurs, l'être se révèle dans son insignifiance, son total désarroi en début de vie. Le trotteur et la tétine mordue avec désespoir dénotent la rage que les autres ne soient pas là, seulement intéressés qu'ils sont à ce qui se passe dans le vaste monde étranger qui est le leur. *Geworfenheit* du gosse précipité vers la vie.

Par la faute du manque d'un regard aimant (celui de la mère comme premier miroir, nous a enseigné Winnicott), et parce qu'elle ne peut aimer ce que montrent les glaces de l'armoire, il ne lui reste que la possibilité de s'identifier avec cette image détrônée, dégradée, qui est le résidu, voire l'excrément, du désir de l'Autre. Tel est le destin le plus fréquent d'hommes et de femmes qui passent leur vie à supporter le poids d'être venus au monde, privés du vent favorable du désir de la mère dont ont bénéficié Goethe et Freud, soit à cause d'une disparition précoce, comme cela arriva à Rousseau, Yourcenar ou Tolstoï, soit pour être venus au monde comme des gêneurs ou des objets méprisables, pour une raison ou pour une autre liée au désir (inconscient) de cette mère, ancêtre des miroirs. Nous croyons que c'est en ces termes que nous pouvons déchiffrer la panique de Martha Robles, lorsqu'elle est confrontée à sa propre figure :

> Je me tins à regarder mon propre reflet. De la panique m'envahit. Je ne sais si cet instant fut court ou long, mais je me rendis compte de l'effroi que me causait le fait d'être et de n'être pas celle qui se reflétait là, à l'intérieur d'un terrifiant miroir. [L'effigie de soi,

> même dans l'effroi, est fascinante.] [...] Je me tins à regarder mon propre reflet. [...] Je partis et je revins d'où je venais [...]. Combien de temps tout cela dura-t-il ? Cet instant fut-il long ou court ? [...] Je l'ignore.

Le langage, dirait-on, n'est pas vraiment précis : comment un instant pourrait-il être long, sans que cela entre en contradiction avec ce qui le définit : sa fugacité ? Si l'écriture, toujours si limpide, de notre amie en vient ainsi à tituber, achoppant sur l'oxymore d'un « instant long », c'est parce que préciser sa vérité est la tâche qui nous incombe. Ce ne fut qu'un instant, l'instant d'un regard, mais avec celui-ci, c'est le temps qui s'inaugure, le temps qu'il faut pour comprendre. Du « temps », il n'y en avait pas *avant* cette rencontre par surprise avec une fillette dont se sont emparés les contours rigides du miroir d'une garde-robe. Dès ce moment vont commencer pour elle les longues années de latence, de remembrance ; après cette première rencontre avec l'image de soi, le sentiment d'être horrible n'a plus cessé de la poursuivre. Le destin de cet instant aurait pu être de succomber à l'oubli. Devenu insensible au passage du temps, il se transforma plutôt en source d'un éternel retour, comme l'aile prométhéenne, sans avant ni après, jusqu'au jour où, lisant quelque chose sur le souvenir de Cortázar, elle put achever l'étape du temps pour comprendre, et arriva le moment décisif : celui de conclure[1]. Martha Robles met un terme à l'« instant prolongé » de son enfance en posant l'acte de lui écrire un épilogue : celui de ces pages généreuses qu'elle nous remet et dont nous

1. J. Lacan, « Le temps logique et l'assertion de certitude anticipée. Un nouveau sophisme », in *Écrits*, *op. cit.*, p. 197-213.

aimerions déplier et désarticuler le sens. La diégèse[1], l'acte de s'adonner au récit d'une vie, en prenant des distances par rapport à son propre personnage, est cathartique.

Sa vie, à partir du malencontreux face-à-face avec l'image spéculaire, se voit soumise à ce qui s'appelle la condition phobique. Il lui faudra vivre, face à l'image de soi, dans l'angoisse d'avoir à la rejeter et dans la souffrance que lui infligeront ses réactions d'intolérance et d'*auto-immunité*. Martha Robles ne parviendra à continuer son existence qu'à la condition d'arriver à tromper la vigilance perpétuelle et agressante des miroirs qui pourraient la renvoyer à ce moment-là et lui rappeler de quelle façon elle devint la proie du regard de l'Autre, comme si la prenaient en chasse les miroirs où elle s'encadrerait, les expressions, quelles qu'elles soient, qui l'objectiveraient, ces « jugements » qui emprisonnent dans des cages invisibles et infranchissables, ces « interprétations » réductrices et limitantes, ces affirmations intrusives prétendant pouvoir vous dire : « Tu n'es que ça. » Également phobique aura été la réaction de Virginia Woolf, sauf que, dans son cas, c'était par rapport au fait d'être vue comme femme ou comme exhibant des attitudes féminines devant le regard d'un autre qui s'en montrerait surpris : Stephen Woolf, par exemple, est censé surveiller l'interdiction qu'elle a intériorisée de se poudrer le bout du nez, d'essayer de nouveaux vêtements. Quand nous

1. Sur le concept de « diégèse » qui s'oppose à celui de « mimésis », si important dans la narratologie contemporaine, cf. G. Genette, *Figures II*, Paris, Seuil, 1969, et P. Ricœur, *Temps et récit, II*, Paris, Seuil, 1984. Son origine remonte à Platon, *République*, livre III (395a-397d), et Aristote, *Poétique*, chap. III (1447a-1448b). Voir plus haut n. 1 de la p. 55.

parviendrons au dernier chapitre concernant le genre autobiographique, nous verrons que l'écriture est peut-être le moyen le plus efficient d'échapper à l'espionnage par les miroirs : en se créant un visage propre – mais qui ne serait plus reflété –, au cours d'une aventure risquée de l'être, qui s'appelle : prosopopée.

L'autre est un regard qui épingle et dissèque, un miroir, un péril dont on ne peut que se protéger en prenant la tangente. Borges, aussi épouvanté que Martha Robles, s'emploie à répéter son effroi, pour apprivoiser son trauma, y réplique par une compulsion à apparaître et disparaître, en clignant de l'œil, et il demande la cécité pour y échapper d'une manière drastique et définitive. Virginia Woolf se cherche et se retrouve elle-même *through the looking-glass*[1], mais elle bute cependant sur l'obstacle de la faute et de la honte, en raison de la jouissance mystérieuse qui l'envahit. Martha Robles fuit. J'en viens à croire que tous les trois ont trouvé refuge dans l'écriture :

> Jusqu'à pouvoir déchiffrer cet événement éloigné (c'est-à-dire, jusqu'au jour présent), je ne m'étais pas aperçue que, depuis cette première rencontre avec lui, je ne m'étais jamais sentie conciliable avec mon reflet. Presque remplaçable, j'ai grandi en m'éloignant de l'« agression » du miroir. Jusqu'à cette date, je l'évite…

Cette expérience était dépourvue « de la possibilité de s'agréger à mon autofiction » et, pour cette raison même, « elle a marqué mon histoire de son chiffre ». Quelle conclusion nous suggère Robles, ayant, cette

1. Le titre de Carroll, que nous avons déjà traduit en ce contexte par : « glace voyeuse. » (N.d.T.)

fois, une portée, non plus personnelle, mais universelle ? Chacun construit une fiction de soi autour du « moi » ; cette narration devient l'« autofiction ». Et elle ajoute : « Mais dans mon cas, une telle fiction est profondément cryptée autour d'un moment où "je" ne cherche pas à savoir – et où, à la fois, je ne saurais m'empêcher de savoir – qui je suis. C'est que ce "moi", reflété dans le miroir, m'effraie. » Peut-être, dirais-je, me risquant à nouveau à m'immiscer dans son texte pour y interposer des mots qui n'y figurent pas (comme le faisait Freud, quand il interpolait des phrases à la première personne et les attribuait à Goethe) : « Je vis en écriture pour échapper à l'image de la petite fille coléreuse qui mordille son biberon et qui m'attaqua sans pitié depuis le miroir. Je vis et j'écris, pour qu'elle ne me coince pas comme alors ; pour me persuader et pour que d'autres comprennent que je ne suis plus celle d'autrefois. »

Pourquoi cet effroi à l'égard de son image dans les glaces de la garde-robe qui meublait la maison de ses grands-parents ? Robles risque plusieurs hypothèses, propose des schémas pour rendre le mystérieux intelligible. C'est l'attitude que l'on peut adopter si l'on se souvient que « les mystères des Égyptiens étaient des mystères pour les Égyptiens eux-mêmes ». Face aux secrets fondamentaux de notre existence, nous sommes tous des Égyptiens (et par là même, Moïse aussi, ajouterait Freud).

Telle est la *première question* que s'adresse l'écrivaine : « La cause d'un effroi si radical était-elle de découvrir que le moi se voyait coincé et dupliqué ? » La fillette pouvait croire qu'elle-même était une, qu'elle jouissait de la liberté de se mouvoir « de-ci, de-là » avec son trotteur, que personne ne faisait cas d'elle. Grâce au désintérêt des adultes qui se parlaient entre eux, elle pouvait prendre conscience, non seulement de l'abandon où on la tenait, mais aussi de l'avantage qu'il y avait à pouvoir faire ce dont elle avait envie. Et voilà que le miroir la reflète, lui montrant, avec traîtrise, mais sans préméditation, qu'il y avait une autre Martha. Le triple miroir la regarde et l'attrape dans les limites inflexibles qu'il impose. Le *Doppelgänger* spéculaire lui révèle son impuissance. Ils sont deux, et tous les deux en bois, les corsets qui l'enserrent : le cadre du miroir et le bâti de son youpala, cette prothèse qui la soutient dressée sur ses jambes en argile. Ces yeux qui viennent de l'*autre côté* la condamnent, hypnotisée, à entrer dans l'espace virtuel : qu'elle parvienne à s'en éloigner, il lui faudra y revenir. « Je partis et je revins d'où je venais. » Mais remettre son corps dans le champ visuel du miroir fait renaître l'effroi, qui l'oblige à une nouvelle fuite, cette fois définitive. Elle ne veut plus passer au-devant d'elle-même, « autrifiée » par un regard de verre, inerte et ingouvernable ; un regard muet, mais qui ne cesse de proférer, en prophétisant des destinées dont on voudrait mieux ne rien savoir. *Il est impossible de bâillonner un miroir*. Raison pour laquelle on les retrouve rituellement recouverts avec du crêpe noir, quand il y a un mort dans la maison. Et comme Borges l'a déjà dit pour nous :

> Aux aguets depuis toujours. Sur le poli
> De l'eau trémulante ou de la glace pérenne,
> Tu me poursuis ; être aveugle est inutile.
> Ne point te voir, tout en te sachant là :
> Horreur accrue[1]...

1. *Op. cit.*, p. 119-120.

Voici la *deuxième question* : « Cela m'a intimidée de tomber sur une autre petite fille qui imitait mon ébahissement de l'autre côté de la glace. » Il est difficile de supporter l'angoisse de se voir comme autre. Le visage redoublé révèle et amplifie son angoisse, son délaissement, son besoin de s'échapper. Passée à travers le miroir (*through the looking-glass*), Martha Robles se retrouve en compagnie d'une autre petite fille qui est comme elle, mais qui vient un peu après elle. La répétition, nous l'avons déjà dit à propos de Borges, implique toujours un différer, une différance (au sens de Derrida). L'ébahissement envahit jusqu'à l'espace virtuel et en revient, vous soumettant à une énigme : suis-je moi ou ne suis-je pas moi ? L'image reflétée contraint à donner une réponse paradoxale : *Je suis moi et je ne suis pas moi.* Mais ce genre de réponse intimide et laisse coi.

La *troisième question* en découle : « Le fait de me voir être et ne pas être dans deux espaces inconciliables m'a-t-il perturbée ? » Démultiplions pour notre part l'interrogation : si cette figure désarmée se trouve là où je la vois, où est-ce que je me trouve, moi ? Sommes-nous toutes les deux également vraies ou également fausses ? Ou bien, y en a-t-il une qui soit plus vraie que l'autre ? À laquelle dois-je croire ? Suis-je celle-là à l'instant où je la perçois ? Ou bien, ce renvoi prévisible, le temps infime qui s'interpose entre le fait que je la regarde et qu'elle me regarde marque-t-il une différence entre nous deux ? Est-ce elle ou est-ce moi, cette contrefaçon qui prétend me remplacer, usurpant ma place ? Est-ce elle qui me procure mon être ? Ou bien me le subtilise-t-elle et m'en soustrait-elle la jouissance, au moment même où elle me la procure, m'imposant une fiction où elle devient celle qui tient les leviers de commande ? En elle, est-ce que je me trouve, ou est-ce que je m'aliène et me perds ?

Continuons de tirer des enseignements du premier souvenir de Robles : la fillette tombe foudroyée par l'effroi. Pourquoi est-elle seule ? Et n'y a-t-il personne qui lui explique que celle-là, « c'est bien elle » ? Parce qu'elle sait ou comprend que celle-là, c'est bien « elle », le fait de se voir chosifiée et aliénée dans la glace hors d'elle-même la prive-t-elle des vagues certitudes qu'elle croyait avoir ? Ou bien n'est-ce pas plutôt parce qu'est rejetée, depuis sa plus tendre enfance, l'identification à la *fille*, ayant pressenti que l'image sexuée qu'elle voit la mènerait sur un chemin qui l'empêcherait de se différencier des figures féminines détestées qui l'entourent et, plus particulièrement, de celle de sa mère ? Quelle sorte de vide s'ouvre sous ses pieds, sans qu'aucun youpala ne puisse l'empêcher d'y tomber ?

Reprenant les interprétations antérieures présentées comme hypothèses, nous voyons bien qu'il est impossible de trancher la question, mais par ailleurs que rien n'oblige à faire un choix entre ces différentes options. Il en va de même quand, après avoir fait le récit d'un rêve, le patient propose différentes voies associatives sans savoir pour laquelle il va se décider, si bien que le psychanalyste lui indique que toutes sont valables, parce qu'il n'y a aucune contradiction entre elles. Les diverses questions que se pose Robles permettent toutes qu'il y soit répondu par un simple et laconique : oui.

D'abord, parlons de *la solitude*. Oui, un autre, un tiers est indispensable pour qu'on puisse s'identifier avec son image. Je sais qui je suis quand il y a quelqu'un d'autre pour le confirmer. L'aspect fondamental qui contribue à la constitution du moi, c'est ce qui a pour assise le *mirror role* (la fonction de miroir) que remplit la mère (selon Winnicott), dont nous avons reconnu l'importance un peu plus haut. S'il n'y a personne qui me reconnaisse, comment saurai-je que je suis moi ? S'appuyer aux paroles de l'Autre est requis.

Ensuite maintenant, de *l'identification*. Si j'accepte que cette figure soit la mienne, mais que je me vois inspectée du dehors par mon reflet, j'en viens à cette conclusion que je suis l'objet d'un regard et de tous les regards qui me voient, sans que je puisse me voir. Je ne puis me libérer de cet œil de l'Autre, de l'œil qui me lit et m'interprète. De là à la paranoïa, il n'y a qu'un pas : pourquoi me regardent-ils ? Que voient-ils en moi ? Depuis l'autre côté du miroir, mon image me houspille, me pourchasse[1].

En troisième lieu, de la *sexuation*, qui est à mettre en rapport avec les deux dimensions précédentes. La forme, que l'autre reconnaît et avec laquelle je m'identifie, est celle d'une femme en gésine. Comment les autres voient-ils le fait d'être femme et comment j'entre moi-même en relation avec cela ? Est-ce ainsi qu'ils désirent me voir et est-ce ainsi que moi-même je désire me voir ? Puis-je échapper au destin fait aux femmes dans un monde phallocentrique ? Comment ?

La fillette a trois raisons d'en avoir le frisson et de fuir le miroir. Il nous faut en dire un peu plus à propos du tiers, car celui-ci reste le moins explicité, et tirons parti pour cela de ce que nous avons appris au début de ce chapitre. Lorsque nous faisons la rencontre d'un autre être humain, la première distinction que nous

1. L'auteur fait ici un jeu de mots intraduisible, écrivant le verbe *acosar* avec un tiret : *a-cosa*. Il faudrait donc une formulation comme « *il m'achose* », qui ne serait pas loin en français d'un « il m'accuse », peut-être pas si déplacé en ce contexte. (N.d.T.)

faisons est celle entre le masculin et le féminin. Comment ne tomberait-on pas tout de suite sur cette première différence, lors de la rencontre avec cet anthropoïde puéril qui répète nos gestes, notre prochain le plus intime et le plus inatteignable, cet intrus qui vit de l'autre côté du verre métallisé ?

Une nuit après dîner, Borges et Bioy Casares se parlaient, tandis que du fond reculé d'un couloir un miroir les surveillait. Sur ces entrefaites, ils découvrirent, chose inévitable au milieu de la nuit, que les miroirs avaient quelque chose de monstrueux. Bioy Casares fit alors mention de la phrase d'un auteur imprécis, provenant d'un pays hypothétique, qui avait assumé de dire que les miroirs et la copulation sont abominables, car ils multiplient le nombre des hommes. Pour Borges, la sentence était mémorable, et elle l'est aussi pour nous ; mais, jusqu'à aujourd'hui, nous ne savons pas si elle fut écrite par un auteur anonyme ou si elle est le fruit de la modestie de Bioy, qui prétendit l'avoir lue dans une introuvable encyclopédie, ou de celle de Borges qui l'attribue à celui qu'il supposait être son meilleur ami et qui finit, lui aussi, par devenir un miroir qui l'interprétait, sans se priver de la cruauté d'être avec lui comme un malicieux Boswell[1]. Les miroirs, si monstrueux et abominables qu'ils soient, sont domestiqués par l'industrie, sont postés en des lieux prévisibles où ils sont dépouillés de leur caractère inquiétant. L'habitude les rend inoffensifs. Qui ne se souvient pas cependant de la sensation d'étrangeté qui l'envahit quand il tombe à l'improviste sur son image spéculaire, parfois tapie sous la forme

1. Ami, alter ego et finalement biographe de Samuel Johnson, libertin mélancolique de la fin du XVIIIe siècle. (N.d.T.)

d'un autre être humain qui a des traits approchant à l'excès des siens propres ?

Ce n'est pas seulement Borges et Bioy Casares qui peuvent parler de la monstruosité des miroirs. Ce serait un exercice d'érudition vaine de passer par tous les textes littéraires, si nombreux et si excellents, depuis le mythe de Narcisse dans le récit qu'en fait Ovide, jusqu'à un film ou un autre récemment sorti dont la mention pourrait toujours être relevée, pour montrer l'étrangeté de la rencontre avec soi-même ou avec ce qui s'en rapproche. Cortázar a dit que la mémoire voit le jour dans la terreur et Lacan parle de la rencontre de l'enfant avec sa propre image comme un moment de jubilation. Il y a, en apparence, contradiction entre eux, mais le souvenir de Martha Robles pourrait trancher ce différend. La première rencontre avec le miroir pourrait bien être toujours terrifiante et angoissante, comme cela a été rappelé par elle (et par Borges) ; l'exaltation euphorique qui suit, dans les rencontres postérieures avec l'« autre moi », serait le résultat de l'apprivoisement et de l'assujettissement de cette angoisse originaire devant le *Doppelgänger*. Proust, peut-être également Borges, finirent par s'habituer aux miroirs et par ignorer leur inconfortable présence, leur obsession vivipare.

Freud raconte[1] que son petit-fils de dix-huit mois, pendant que sa mère s'absentait pour aller au travail et que son père était à la guerre, avait appris à identifier son image dans un miroir qui arrivait presque jusqu'à terre, pour ensuite, s'accroupissant, effacer cette image, la faisant disparaître de son champ visuel. Quand la

---

1. S. Freud, « Au-delà du principe de plaisir », in *Essais de psychanalyse*, Paris, Payot, 1993 pour la nouvelle traduction, p. 51-55.

mère revenait, il pouvait lui raconter à demi-mot, dans sa langue à lui, que le bébé était sorti « hors-là[1] ». L'interprétation du grand-père consistait à proposer que le petiot, objet passif de l'abandon de la mère, obtenait, par l'entremise de ce jeu du miroir, de pouvoir se transposer en sujet actif, par la manipulation de son apparition et de sa disparition, parvenant ainsi à gouverner l'incontrôlable absence de la mère, c'est-à-dire la sortie de soi-même hors du champ visuel de sa mère, quand elle allait vaquer à ses affaires. Cette maîtrise de la présence et de l'absence se voyait confirmée par un exercice ânonné de verbalisation (*fort-da*) et par un recours à la mémoire qui lui permettait de narrer, avec ses pauvres phonèmes tirés de la langue maternelle, son exploit face au miroir. Le jeu d'apparaître à la vue et d'en disparaître, un, deux, un, deux, comme la mère de Freud devant l'armoire, comme les « vagues » (*The Waves*) dans l'épiphanie de Virginia Woolf, un, deux, un, deux, sous une couverture ou devant le miroir, redoublé par le jeu avec le langage : « bébé est là », « bébé n'est plus là », tel est le seuil que l'on emprunte pour commencer à marcher sur les routes de la vie.

Nous devrions enquêter pour savoir comment l'on se sort de l'angoisse originelle : celle de se reconnaître *objet* d'un regard, avant de pouvoir être le *sujet* de ce regard. Ou, comment se configure le destin de ne pouvoir surseoir à ce désarroi (*Hilflosigkeit*, *helplessness*), dès

1. On me permettra de traduire ainsi le *fuera* de l'original, voulant dire « au-dehors », mais qui renvoie aussi bien au *fort-da* par lequel est couramment désigné le jeu de cet enfant, dans sa langue d'origine et son langage à demi-mot, façon de ramener dans notre langue la trouvaille de son invention et sa reprise par Freud. (N.d.T.)

lors qu'à tout bout de champ l'on constate que l'angoisse reste toujours en jachère et que l'âme vit et vivra condamnée à souffrir devant l'éventualité imminente de rester la proie des signes d'interrogation lancés par un infortuné miroir.

C'est ce qui arriva à notre Martha Robles. Elle vivait jusqu'alors dans un monde de bruits et d'ombres, éventuellement d'odeurs. Elle était absorbée par le crépitement de ses premiers pas incertains, par le ruissellement d'une fontaine, par les voix incompréhensibles des paroles qui se proféraient dans son entourage, par les cris de la rue, le gazouillis des canaris et les bruits de cuisine. « Tout ce monde infantile était fait de sons dont les échos se répercutaient en redoublements étranges. » De quoi la concernant pouvait-elle avoir elle-même intuition ? La seule information dont elle disposait provenait de cette forme improbable et archaïque du double qu'était son ombre. Elle s'amusait à la suivre, à la piétiner, se fascinant « à ce jeu de la lumière et des silhouettes obscures, dépourvues de gestes et de traits », c'est-à-dire sans visage.

L'ombre est une reduplication de soi qui n'a pas de figure ; elle est sans visage, à la différence de l'image dans le miroir qui est peuplée de signes d'identité et qui a des limites spatiales précises. La figure (*the figure, el rostro*), telle qu'aperçue dans le miroir, fixe, montre au soi, comme dit Martha Robles, « ce qu'il est » (mortel) et « comment il est » (sexué), car dans le faciès nous butons sur une synecdoque et une métonymie du corps : « Je suis cela, je suis ainsi. » C'est vers le semblant que se concentre la recherche des ressemblances et des assignations généalogiques de l'enfant : « Il ressemble à... » Le cas n'est pas rare que surgissent des doutes quant à la paternité « véritable » de l'enfant, à partir de son visage, ce qui est la même chose que d'émettre des doutes quant au désir de la mère (pour le père et relativement à l'enfant).

> Nette, fidèle et dans toute sa transparence, la figure entr'aperçue dans la garde-robe appartenait sans doute à l'univers des répétitions, comme l'écho et l'ombre, déjà identifiés. Mais, à la fois, elle était différente, parce que mon reflet se montrait, me montrant avec clarté. La petite fille tombait pour la première fois sur un indice de réalité, sur le concret d'un être. La trouvaille me terrifia [...]. C'était comme si l'ombre, soudain, prenait vie.

L'ombre est nimbée d'un halo d'incertitude ; son identité est incertaine ; son « front[1] » sans fin. L'ombre, on la voit, mais elle est aveugle. En revanche, le visage, vu dans le miroir, avec ses yeux qui le regardent à partir d'un espace virtuel, irréel, oblige le sujet à vivre identifié à ce regard et, du coup, à mener à partir de là une vie virtuelle, immatérielle, désincarnée. Il appert ainsi que la figure n'est pas ce que nous rencontrons dans la nature ou sur des surfaces réfléchissantes, ni le résultat d'une expérience perceptive. *La figure est une construction*, signée par celui qui nous voit et qui nous confirme que « cela », c'est nous. Il n'y a pas de figure, sans cette intervention du signifiant et de la lettre. Le visage (*prosopon*) est un effet poétique (*poiesis*) : une

1. Le mot espagnol est *descaro*, qui signifie : « effronterie, insolence, impudence. » C'est dans ce sens que nous le traduisons par : « front », mais il est formé à partir de *cara* : « visage. » Qualifié d'infini, ce front ne dévisage pourtant pas. (N.d.T.)

prosopopée. Nous y reviendrons, pour nous conformer à la menace dont nous avons prévenu le lecteur.

Le miroir nous fait exister dans un espace de fiction, mais l'irréalité vers laquelle il nous charrie se transforme en notre réalité la plus authentique : celle d'être des corps observés. Nous sommes « là-bas » et, d'une certaine manière, nous cessons d'être « ici ». C'est quelque chose de cet ordre que Martha Robles a percé à jour et elle en a pris peur, parce qu'elle ne pouvait plus se déprendre de l'image encadrée, elle ne pouvait plus s'isoler comme « la gosse solitaire que je fus ». Sous l'effet du miroir, elle se retrouvait en taule avec les autres, dans l'aire sous contrôle et vigilance, dans l'œil du « panopticon ».

Rappelons cette proposition architecturale pour les prisons, telle que formulée par Jeremy Bentham[1], à la fin du XVIIIe siècle, et qui a coïncidé avec cette révolution qui a mis sur le trône une ironique liberté : elle consiste en un hémicycle circulaire central d'où les gardiens pouvaient toujours garder sous leur contrôle chacun de leurs prisonniers, internés dans des cellules disposées radialement par rapport à l'œil en alerte de leurs geôliers. Dieu – on n'a pu le dire que depuis le temps de Bentham et de Hegel, Celui qui voit tout – est mort. Oui, il est mort et a dû être remplacé par cette architecture de la prison qui est de la paranoïa orchestrée et mise en acte. Le panopticon est la vérité du monde contemporain : aujourd'hui, les caméras de

1. J. Bentham, *Panopticon*, 1791. Il existe une traduction mexicaine de ce texte préfacée par M. Foucault. La première édition en français, comporte un titre éloquent que nous pouvons lire au frontispice du volume : *Panoptique. Mémoire. Sur un nouveau principe pour construire des maisons d'inspection, et nommément des maisons de force ; par Jeremy Bentham. Imprimé par ordre de l'Assemblée nationale.*

télévision peuvent s'implanter en n'importe quel point de la planète ou même de l'espace extraterrestre ; et, à partir de là, chacun de nous autres, les êtres humains, peut être observé par le grand Autre, si celui-ci décide qu'il vaut la peine d'être surveillé. Qu'est donc une caméra, si ce n'est un miroir, auquel on rajoute un enregistreur qui garde en mémoire les scènes qu'il voit ?

La fillette, épouvantée, cria ; puis elle apprit à faire des détours pour ne pas se retrouver nez à nez avec « cela », si étrangement inquiétant (*unheimlich*), dont elle avait perçu la présence, sans pouvoir communiquer à personne sa découverte. Manquait quelqu'un pour lui expliquer la raison de sa terreur. C'était « quelque chose qui faisait son apparition sans nom et sans référence », une ennemie qu'il était impossible de garder à distance, dont on pouvait aussi peu se dissocier que de sa propre ombre. On n'a pas affaire ici à l'interlocuteur imaginaire avec lequel tant d'enfants se consolent en paroles dans leurs fantaisies, pratiquant de la sorte une cure spontanée et autoérotique, pour se guérir de l'amer esseulement. Il s'agissait, au contraire, de quelqu'un à craindre, d'un persécuteur, auquel il fallait imposer silence. L'évitement du miroir se redouble en refoulement du souvenir de l'effroi qui s'est déclenché, lors de la première et infortunée rencontre.

Qui est assez heureux pour ne pas savoir que faire acte de mémoire, c'est endurer une douleur ? Martha Robles sait en tout cas ce qu'elle a refoulé et dont elle ne peut plus se souvenir. Sans qu'elle soit en rien contaminée par le freudisme, voici les paroles qui lui viennent :

> L'oubli est une réserve, un moment de suspens qui guette l'occasion de nommer le face-à-face inopiné

avec le vide ou, pour mieux dire, avec l'inconnu qui effraye. Ce qui est déjà expérimenté, bien que non dit, ne disparaît pas du répertoire de l'être, il reste plutôt indéfiniment à l'ombre, là où la voix peut illuminer indirectement cette non-parole dont le pouvoir oriente la direction de ce qui sera notre destin.

L'advenu est ineffable ; il demeure hors de tout espoir de compréhension et de dialogue. La petite doit se débrouiller seule avec son maudit souvenir. L'image corrosive s'auto-engendre comme un infatigable parasite mental qui perce de ses lances les téguments de l'âme. Il ne suffit pas de s'évader pour surseoir à la sinistre rencontre avec le miroir ; il faut fuir en plus l'outrage qu'inflige son souvenir. Il faudra le neutraliser, l'ostraciser du cours de l'histoire du je. Martha Robles oublie la frayeur que ressentait la petiote du miroir, frayeur qui « mystérieusement se dissimule, bien que le vocabulaire intérieur se rende aux lois qu'elle impose, répondant à l'impact qu'elle a eu en empruntant d'autres voies ». La fillette se voit obligée de faire un détour, d'emprunter une déviation pour s'éviter de tomber sur ce portrait animé qu'elle connaît bien, de la gosse inquiétante et trop familière qui lui ôte le repos, venue pourtant d'une surface qui n'est que du verre bronzé. Il est vital de trouver un moyen de se sauver de la condamnation à perpétuité d'avoir à vivre – donc à vivre à moitié – avec son sosie. Elle inventera le détour nécessaire, en se faisant passer par un chemin dont nous avons déjà anticipé le tracé : celui du langage, mais en dehors de la parole. Tel aura été son destin. Le miroir, aussi stupide qu'il soit dans sa mécanique, ne pouvait prévoir que, l'ayant effrayée de ce qu'elle pourrait avoir à *dire*, il la pousserait à l'*écrire*.

Écrire pour échapper à soi, ou du moins à l'image de soi ? Comment se peut-il que ce soit à partir du refus de l'image spéculaire que puisse naître un écrivain ? Interrogeons à nouveau les lignes éloquentes de Robles :

> De même que le registre du plaisir rassemble et harmonise, la réminiscence du trauma écorche le langage, le ségrègue, l'isole. Elle offense son obscurité et, confiné au non-dit, le moment souffert déchire à distance, brûle sa cicatrice, si bien que son besoin de s'exprimer, tout déformé qu'il soit, s'étend à la région de l'angoisse.

L'angoisse est une bête insatiable qui dévore les âmes. Il faut l'enfermer et éviter, si possible, de se mettre à portée de ses coups de dents. La phobie (du miroir) et l'oubli (de la catastrophique rencontre) sont les muselières qui lui bouclent la gueule. La parole bâillonnée devient symptôme… et le symptôme une lettre.

L'ÉCRITURE COMME ORACLE

Il semble que nous arrivions de la sorte au secret que recèle le souvenir de Martha Robles, ce qui nous met sur la piste de cet obscur objet du désir dans le cas d'un écrivain. Nous arrivons à mieux comprendre ce qu'elle entend quand elle énonce que le choc provoqué par le miroir a chiffré son histoire, a fonctionné comme oracle, a ouvert la voie à une écrivaine qui convoque aujourd'hui ses lecteurs à partager sa passion littéraire. Je ne crois pas cependant que cette formule s'applique à tous les écrivains ni nécessairement à la majorité d'entre eux ; peut-être ne vaut-elle que pour un petit nombre. Il n'y a pas de formules générales définissant l'orientation du désir.

Nous nous retrouvons confrontés à un thème qui nous poursuit, plus que nous ne le poursuivons nous-mêmes, dans les pages que nous avons déjà écrites et dans celles qui viendront encore. La diégèse (terme qui n'est pas attesté dans le dictionnaire de l'Académie), le fait de narrer, en écrits ou en mots, est assurément une mise en jeu de la mémoire, une relecture après coup de certaines « traces mnésiques ». Quelque chose d'un événement litigieux demeura inscrit dans l'âme infantile et le problème qu'il pose pousse à une réécriture le faisant passer en « souvenir », mélangeant à cette fin la « mémoire épisodique » (*Erinnerung*) avec la « mémoire sémantique » (*Gedächtnis*), pour reprendre les termes classiques de Hegel, redécouverts par les mnémosciences contemporaines. Le doute qui lancine beaucoup d'écrivains est le suivant : se peut-il que le voyage se fasse en sens inverse, que l'épisode infantile, loin d'être une conséquence du récit (à ce moment, en *poète, je prends ma lyre*), en devienne la cause, occupe la place d'origine de la vocation de l'écrivain qui va se mettre à « vivre pour la raconter[1] » ? La valeur prémonitoire éventuelle de ce « premier souvenir » est cela même qui a amené Freud à lui attribuer un caractère séminal décisif. Nous pourrions aller jusqu'à nous ranger du côté de la fiction que Barthes[2] a imaginée d'un auteur pervers qui publierait divers livres durant

1. Titre, ici réévoqué, de l'autobiographie de G. García Márquez. (N.d.T.)

2. R. Barthes, *La Préparation du roman* (I et II, cours et séminaires au Collège de France, 1978-1979 et 1979-1980), Paris, Seuil, Traces écrites, 2003.

les premières décennies de sa vie, en ayant pour seul objectif de gagner pour lui le droit d'écrire un jour son autobiographie, pensant ainsi pouvoir inciter les lecteurs qu'il s'est acquis à s'intéresser aux origines de sa mémoire.

Tant et si bien que le premier souvenir apparaîtrait comme mettant en branle une vie d'écrivain d'emblée vécue pour l'action narrative, celle-ci se substituant, la plupart du temps, à la vie elle-même. Nombreux sont ceux pour qui écrire est un artefact ayant la fonction d'a-diction[1], qui leur permet de fausser compagnie à un Autre dont les exigences sont devenues plus ou moins impossibles à satisfaire. Ce fantasme d'émancipation et d'autonomie se fabrique quand une femme ou un homme s'enferment dans leur for intérieur, seuls avec eux-mêmes, entre quatre murs, armés de leur stylo et de papier ou d'un ordinateur. Le premier souvenir deviendrait alors une prophétie autoréalisatrice (*self-fulfilling*). Si l'on fait se rejoindre ces réflexions avec la thèse attribuable à Cortázar, l'originaire, dans le cas de l'écriture et de l'écrivain, deviendrait cette horreur devant une expérience traumatique à laquelle il serait impossible d'échapper. La diégèse (« l'acte d'entrer en littérature », dirait Derrida) permettrait de survivre, en faisant appel à un Autre, à cet Autre qui entendra ou lira la transmutation de la terreur en poésie, la métamorphose du visage effrayé ou humilié de la fillette devant le miroir se convertissant en prosopopée autobiographique. La flèche du temps se mettrait à courir

1. L'auteur cherche ici à faire un jeu de mots qui laisserait entendre que l'écriture, quand elle sert de substitut à la « diction », le « a » étant donc ici à lire comme privatif, comme l'inverse du simple dire, se transforme nécessairement en « addiction ». (N.d.T.)

du passé vers le futur : depuis la blessure première infligée par la terreur jusqu'à l'écrit cicatrisant.

Une autre option existe aussi : celle de parcourir le chemin en sens inverse, quand le sujet, immergé dans les filets du langage, retenu par eux, hoquetant pour ne pas se noyer, fabrique rétroactivement, dans son fantasme, un souvenir séminal d'où ont surgi et sa vocation et la série qu'elle engendre de récits qui seront avoués comme étant des fictions ou qui aspireront à l'objectivité historique, en ayant recours, le cas échéant, à des papiers d'archive capables de venir les attester. La « prophétie » primitive fonctionne alors comme une construction plutôt précaire, qui ratifie cependant la continuité recherchée par le moi, en calfeutrant les coques des bateaux troués de la mémoire et en ébauchant une homogénéité de fiction, sur le papier, devenu la peau de l'« en chair et en os ».

Dans un essai récent, Pierre Bayard[1], psychanalyste et critique littéraire, étudie différents « cas » d'écrivains (Rousseau, Verhaeren, Melville, Woolf, Breton, Borges) qui se seraient avancés à traiter dans leurs récits d'événement décisifs de leur vie. Pour expliquer ces « étranges coïncidences », il distingue quatre hypothèses : l'irrationnelle, la rationnelle, la freudienne et la littéraire.

La première, l'*irrationnelle*, soutient qu'il existe une lecture anticipée du futur, une capacité de divination inhérente à l'écriture, ou, pour le moins, à celle de certains écrivains. L'idée est séduisante, mais elle n'écartera jamais le soupçon que ne sont prises en compte que les prophéties réalisées, ce qui s'obtient par le forçage de l'anticipation rétroactive, fonctionnant depuis

1. P. Bayard, *Demain est écrit*, Paris, Minuit, 2005.

le présent vers le passé, grâce à un travail qui est en lui-même poétique. André Breton fait la rencontre, par exemple, de la femme dont il avait anticipé l'existence dans un poème écrit selon la technique de l'automatisme chère aux surréalistes. Il finit (ou il commence) par épouser la femme en question. À ses yeux, il n'y avait aucun doute : le poème avait anticipé la rencontre. Auriez-vous la force de le démentir ?

L'hypothèse *rationnelle* (ou *scientifique*) soutient que, dans certains cas et comme s'il ne pouvait en être autrement, il existe une suite d'événements plus ou moins fortuits, donnant lieu à ces conséquences qui, par après, rétroactivement, se liront comme anticipées par l'écriture des auteurs. Les péripéties du narrateur sont dépouillées de leur gangue symbolique par le penseur rationaliste et le recours au simple jeu mathématique des possibilités rendrait compte des événements réels, en leur ôtant toute aura de mysticisme. Par exemple, si Borges a fini par être aveugle, ce fut en raison d'une maladie héréditaire et à cause d'un accident dû à la hâte avec laquelle il monta un escalier obscur où il se cogna le crâne sur une fenêtre restée ouverte vers l'intérieur. Une autre coïncidence ferait que l'accident aurait eu lieu en 1938, soit l'année où était mort son père aveugle.

La troisième hypothèse, la *freudienne*, comme s'exprime à son propos Bayard, souligne l'importance déterminante du passé et montre jusqu'à quel point les textes peuvent trouver leur inspiration la plus authentique dans les événements ayant eu lieu après. Pour cela, il faudra faire usage, en tant que schème d'interprétation, de l'activité du fantasme de l'écrivain, un scénario imaginaire répétitif où le sujet se choisit des proches pour leur faire jouer des rôles dans les situations lui procurant une jouissance, suivant pour cela les quelques variantes qui s'accommodent à son désir inconscient. Les textes littéraires mettraient en scène ces fantasmes avant que ceux-ci ne parviennent à s'incarner dans la réalité[1].

> L'œuvre dépend évidemment de la vie, mais la vie dépend également de l'œuvre, car l'une comme l'autre sont des expressions diverses d'une structure commune qui est sous-jacente à ses développements depuis la profondeur. Cette structure est d'autant plus insistante qu'elle trouve ses sources dans des événements très anciens de l'histoire du sujet.

Bayard estime qu'il s'agit d'une solution congruente au problème de la prédestination, car elle permet de se tirer avec aisance des apories que présentent les lectures rationnelles et irrationnelles. Il reproche cependant à l'hypothèse freudienne le fait de s'en tenir à une conception linéaire du temps et de ne pas oser renverser la direction du vecteur pour le faire aller depuis le futur vers le passé, reconnaissant ainsi à l'avenir un facteur de déterminisme. Je crois personnellement que cette hypothèse dont Bayard regrette le manque est précisément celle de Freud, pourvu que l'on mette en avant l'insistance de Lacan sur la conception qu'avait Freud de l'*après-coup*, de la rétroactivité du temps. Dans les exemples travaillés dans ces chapitres, nous avons toujours mis l'accent sur le fait que c'est l'écrivain (ou l'analysant) qui construit son souvenir, selon les nécessités de la cause qui est toujours présente et qui s'oriente vers la réali-

1. *Ibid.*, p. 89.

sation du désir dans le futur, se guidant sur la fiction du fantasme de l'écrivain. C'est bien pour cela que « la vérité a structure de fiction » ; et que la mémoire s'écrit depuis le futur vers le passé : son auteur étant le *sujet de l'annonciation*.

Finalement, l'hypothèse *littéraire* convoque le livre lui-même à occuper la place centrale, l'œuvre, comme projet qui va guider l'existence, de telle sorte que tous les deux, texte et vie, soient liés à la certitude de la mort. Bayard met Proust en place de paradigme et rappelle, d'une façon erronée à mon sens, que, dans Freud, l'inconscient ne connaît pas le temps, tandis que le psychisme proustien y est immergé et ne peut se concevoir en son absence. Chez Proust, à la différence de Freud, l'avenir, et pas seulement le passé, aurait une influence sur nos actes. Bayard semble ignorer que dans Proust, l'œuvre, c'est-à-dire le livre qui donne à l'auteur l'ordre de l'écrire, est une construction fantasmatique qui organise sa vie. García Márquez vit pour la raconter, Proust la raconte pour vivre et Neruda avoue qu'il l'a vécue. En fait, l'ignorance du temps dans l'inconscient, telle que soutenue par Freud, n'est rien d'autre que l'action des processus primaires qui ne tiennent pas compte des séquences chronologiques et mélangent les épisodes vécus, avec les fantasmes de l'écrivain, bénéficiant d'un combustible qui est le désir intemporel, la pulsion constante et silencieuse et la jouissance comme but et boussole. *Le futur est l'animateur du passé ;* rien n'est plus consistant avec la pensée psychanalytique que cette thèse. Entre l'« hypothèse freudienne » et l'« hypothèse littéraire », il y a une absolue solidarité, presque une coalescence. *Le Horla* n'est pas une prémonition de la folie de Maupassant, c'est une de ses premières éclosions, de la même façon que l'aura fait déjà partie de l'attaque épileptique, au lieu d'annoncer son imminence. Il n'y a pas lieu d'inventer de nouveaux temps verbaux pour rendre compte de notre « sujet de l'annonciation », qui est le résultat de l'action concrète des fantasmes, en tant qu'ils configurent aussi bien la vie que l'œuvre, ainsi que la sélection rétroactive des souvenirs qui leur donnent à toutes deux une cohérence et une continuité historique. Le *futur antérieur*, le « il aura été » est le temps verbal avec lequel s'écrit le scénario (*guión, script*) de la vie de tous. C'est un temps du verbe suffisant pour montrer que – quels que soient les avatars de notre existence – ceux-ci organiseront rétroactivement tous les événements du passé et rendront plus spécialement pertinents ceux qui serviront de matériel pour la construction de l'(auto) (bio)(graphie). Ce qui nous est arrivé *aura été* important, en fonction de ce qui nous arrive et nous arrivera. *Le passé s'abreuve dans le futur. Le toujours, c'est maintenant* (le futur est un fantasme pas encore né, et le passé n'existe déjà plus, est déjà mort), mais *la flèche traverse le temps depuis le lendemain jusqu'à l'hier.*

La vie et l'œuvre de Martha Robles sont-elles des effets de sa première et infortunée rencontre avec le miroir ? Non, si nous pensons à une causalité mécanique ; oui, si nous nous persuadons que, dans sa panique et la phobie qui s'ensuit, il y a à reconnaître un style qui cherche à dévoiler les mystères de cet instant et un motif de contrôler l'effroi – et d'y échapper –, au moyen de la pureté et de l'élégance d'une écriture limpide et régulatrice d'une jouissance (effrayée et effrayante) provoquée par l'image spéculaire.

Si « la mémoire voit le jour dans l'effroi », on peut, en écrivant, tourner autour du cercle de feu qui interdit le retour à cet enfer, ou l'on peut, comme cela arrive à Poe ou à Kafka, se risquer à faire un voyage sans garantie vers le « cœur des ténèbres », jusqu'à faire la rencontre avec Kurtz, l'autre moi, chuchotant, tandis qu'il agonise : « Quelle horreur, quelle horreur ! » Marlow a pu en revenir, mais pas tout à fait semblable à lui-même, rendu autre pour toujours par la traversée, lors de son voyage en amont (et en aval) du fleuve, au centre du continent noir. Beaucoup se sont arrêtés en route. Aller jusqu'à l'effroi, lui échapper ou le contourner vers la périphérie, telles sont les alternatives du voyage. La mémoire est le véhicule qui peut traverser, en fonction d'une décision inconsciente de l'écrivain, en passant par des chemins centrifuges ou centripètes ou rotatifs, par rapport à l'absence, à la représentation de l'absent ou à sa récupération dans l'imaginaire. Ils seront trois, selon le cours qu'empruntera le chapitre final de notre aventure, les chemins de la mémoire autobiographique.

VIII

Nuria Amat : un trou dans le miroir

Par la fenêtre d'en face

Nuria Amat est une romancière catalane de renom qui écrit en espagnol, auteur, pour ne citer que ses trois derniers romans, de *La Intimida* (Madrid, Alfaguara, 1997), *El país del alma* (Seix Barral, 1999) et *Reina de América* (*idem*, 2002). Elle a publié également un livre notable de petits essais, souvent d'allure autobiographique, portant le titre de *Letra herida* (Alfaguara, 1998)[1]. Dans *Babelia*, le supplément culturel de *El País*, daté du 23 juin 2001, elle porte à la connaissance du public un article plein de réserve portant le titre de « Vie d'une écrivaine », au cours duquel elle raconte son « premier souvenir d'enfance qui se trouve avoir affaire avec la folie et le suicide ». Comme on le voit, encore un de ces « minuscules papiers », à nouveau sous forme de fragment isolé publié dans un supplé-

1. Respéctivement *L'Intimité, Le Pays de l'âme, Reine d'Amérique* et *Lettre blessée.* À ce jour, aucun de ces ouvrages n'est, à notre connaissance, traduit en français. (N.d.T.)

ment culturel, de México tout à l'heure, de Barcelone à présent[1], qui va venir se rajouter à l'avancement de notre réflexion. Pour encadrer son souvenir, elle ne manque pas d'apporter certaines données personnelles qui ne pouvaient faire moins que soulever notre intérêt, empêtrés que nous sommes dans le thème du « premier souvenir », de « l'os de mémoire » qui, selon l'intuition freudienne, organiserait la vie de la plupart des êtres humains et qui, selon Cortázar, est ancré dans la terreur. Tant dans le sens du prospectif que du rétrospectif.

Dans la note du *Babelia*, Amat relate « cette expérience terrible pour une petite fille de voir comment une femme, pendue à la fenêtre de la maison d'en face, est sur le point de tomber dans le vide ». On peut mettre en question le fait que ce soit là son premier souvenir, étant donné que dans *L'Intimité* elle fait état de cette dame, vue depuis sa « fenêtre de privilégiée » (!?) qui donnait sur l'asile d'en face, et raconte qu'elle avait déjà été vue par elle en « quelques occurrences ». L'imprécision et le doute caractérisent, nécessairement et toujours, le premier souvenir. Reprenant à notre compte une question étrangère, mais apparentée à celles que nous avons posées au départ de ce parcours à travers les « territoires de la mémoire » : « Se montrant toujours capricieux et rebelles à toute soumission, quand commencent exactement les souvenirs [...],

1. Dans cette même note, N. Amat énonce : « Montrer (publier) un texte, c'est le condamner à l'oubli. » Elle se réfère aux livres... Combien est plus rapide la disparition de la mémoire du texte publié dans les journaux ! Le mémorisable s'efface au moment même où il est imprimé. Mais à quoi sert la mémoire si elle n'expose pas à ses spectateurs les efforts qu'elle entreprend pour persister ? Que vivent les minuscules papiers ! Il faut donner sa chance au pur hasard de ne pas les laisser parfois tomber dans l'oubli.

toujours submergés qu'ils sont dans la même atmosphère que les rêves[1] ? »

Quoi qu'il en fût alors, cette réminiscence, première ou non – personne ne peut l'assurer –, est la colonne vertébrale de sa trajectoire d'écrivaine et de ses récits. C'est la source de son œuvre, le moment de sa naissance à une seconde vie, celle des énigmes terribles qu'elle voudra (s')expliquer. La folle se suicidant, vue par la fenêtre, comme les loups dans le rêve du patient de Freud, sera comme une *ritournelle* obsessive dans ses pages, parce que, pour elle, elle correspond, d'une manière fantasmatique, au mystère de la disparition précoce de sa mère alors que Nuria était une fillette de trois ans.

De la femme que fut sa mère, l'écrivaine en fleur n'a rien emmagasiné dans le trésor de sa mémoire, c'est-à-dire dans sa mémoire officielle, dans les archives de son moi. Elle affirme que, ne lui restant rien du corps dans lequel elle s'est formée, elle « est la fille de certains mots » et, comme la folle en blouse blanche de son premier souvenir, elle « reste suspendue sur un enfer de silence ». Se présentant comme un effet de langage (« écrire pour naître »), elle nie son origine corporelle, ou se donne à elle-même l'existence en tant que « verbe incarné », comme une gosse affublée d'un enfantement solitaire et tardif : celui d'aborder traumatiquement le langage, submergé qu'il est dans un souvenir sinistre. La mère eut trois enfants de façon rapprochée. Nuria est celle du milieu, la « petite dame ». Quittant la maternité après avoir mis au monde son troisième bébé, elle ne retourne pas chez elle, mais se rend direc-

1. J. C. Onetti, *Cuando entonces*, México, Diana, 1988, p. 75.

tement dans une station thermale où elle meurt sans que personne ne sache bien pourquoi. L'hypothèse du suicide[1] est soutenable en raison d'un faisceau d'indices, bien que personne ne prononce les mots décisifs qui lèveraient le brouillard entourant cette mort. Ce que l'adulte tait, ce que le père, en l'occurrence, ne dit pas, est suppléé par l'enfant, Nuria nous rapportant ainsi son fantasme infantile : « La future écrivaine tend à confondre sa mère avec la folle enfermée dans le grenier de l'asile d'en face. » Soulignons le verbe *tend*, car ce verbe sous-tend davantage le désir et la jouissance qu'elle aurait à obtenir une réponse de confirmation, que l'angoisse devant une interrogation sans fin. Grâce à sa mémoire épisodique, elle peut se transformer en témoin oculaire du fait qui devient le chiffre et la clé de sa vie : la disparition passée sous silence de sa mère[2] qui s'en fut, sans dire un mot et sans prendre congé avec une lettre d'adieu. Le spectacle de la femme pendue à la fenêtre, retenue par un médecin qui finalement la laisse tomber, fonctionne d'« oracle » (selon la désignation bienvenue de Martha Robles), de point de référence incontournable, d'aimant maléfique et d'incitation à se sauver par le fait de sceller, serait-ce en « lettres blessées », l'irruption de la folie et de la mort. L'oracle du souvenir, épouvantable comme l'est celui-ci, incite à fabriquer des amulettes qui protègent contre son influence, à s'installer pour la vie dans une scène de narrations qui enveloppent l'irreprésentable d'une absence.

---

1. Une dépression *puerpérale* ? Un médecin dirait peut-être quelque chose de cet ordre.

2. Comme celle de G. Perec, au chapitre XI. Tout comme l'écrivain français, Amat ne garde qu'un seul souvenir d'enfance, *le* souvenir d'enfance, celui de la folle à la fenêtre de l'asile, allégorie de la disparition de sa mère.

Le souvenir traumatique de Nuria Amat a deux persiennes qui se recouvrent pour fermer la fenêtre de son âme : l'une, latente, est la mort de sa mère en un lieu indéfini, maintenue secrète de façon prolongée ; et l'autre, vue avec l'« œil de la caméra photographique », qui est le suicide, devant son regard d'enfant, d'une « folle » en face de sa fenêtre d'orpheline. Le souvenir est brûlant (*O rimembranza amara !*) : la démence et la mort, la douleur insupportable de la vie assaillent la petite dame qui est restée privée de paroles ou traversée par des sons qui passent comme des lézards bégayants sur le bout de sa langue.

Nuria perdit sa mère quand elle avait trois ans. D'elle, il ne lui reste qu'un petit frère nouveau-né, un coffre avec de vieux habits où elle humera des arômes en voie d'évanescence, où elle rêvera sur de pâles photographies et des souvenirs confus qui lui sont étrangers, parvenus par le biais de personnages enviés qui connurent effectivement sa mère, celle qui était en chair et en voix articulée. Dans son article du *Babelia*, elle raconte :

> Sans doute ai-je dû prononcer mes premiers mots d'enfant quand ma mère fantôme était prête à recevoir ma voix et la fêter, mais personne ne peut m'en assurer… Quand meurt ma mère, moi, qui ne parle pas encore, je demeure hors du lieu de la parole. On me vole ma mémoire. On me dit que ma mère est catalane. [Notons au passage la contradiction entre : « Sans doute, ai-je dû prononcer mes premiers mots », et : « moi, qui ne parle pas encore. » Les adverbes sont des mouchards par profession.]

Amat en déduit qu'elle était une « enfant mutique », qu'elle ne commença pas à parler avant d'avoir bien entamé ses quatre ans. Nous pouvons nous risquer à dénoncer la contradiction en reconsidérant les deux affirmations : Nuria parla, comme presque tous les enfants, en entrant dans sa deuxième année ; ses trouvailles étaient goûtées, son ingénuité applaudie. Ensuite, soudain, la mère s'en alla donner naissance au frère annoncé et ne revint pas du voyage. Le corbeau de la tragédie qui volette au-dessus de sa maison, construite en face de l'asile de fous, justement là, va la laisser sans mots. L'esprit et le verbe de Nuria Amat meurent et reçoivent leur sépulture dans la tombe de la mère toujours revisitée, tandis que son fragile petit corps insiste pour survivre. La petite fille s'efface du miroir que constituait sa mère, et elle doit renaître. Elle le fait lentement, en un enfantement sans langue maternelle, qui se prolonge jusque vers ses quatre ans, se continuant en bégaiement, signe de l'angoisse qui la saisit, devons-nous croire, chaque fois que survient pour elle le devoir de prendre la parole.

La seconde naissance à la parole ne répète pas la première. Pour une part, quand elle se *décide à parler*, elle le fait « en castillan, la langue de ma non-mère… une langue inférieure pour ma famille qui se vante d'être d'extraction modeste et profondément catalane ». Son inclination vers la langue de Castille, la langue de l'envahisseur, la langue officielle de ses camarades de l'école franquiste, sanctionne la trahison de la mère et la prise de distance de l'écrivaine en herbe :

> Dans cette langue qui est mienne, celle de ma mère ne demeure que le trou noir de sa disparition. La langue importée m'exclut des conversations familiales. Je me rebelle contre la langue de ma mère absente.

Sans le savoir en son moment, Nuria Amat prend la même décision que James Joyce. Il rejeta le gaélique de ses ancêtres irlandais et se tourna vers la langue de Shakespeare, dégradée qu'elle était par la vulgarité du parler des Anglais victoriens. Amat parlera et écrira dans la langue de Cervantès, cette langue abâtardie par la censure et la platitude spirituelle du régime de Franco. Irlandais et Catalans (Shaw et Wilde, Goytisolo et Pla) se tournent vers la langue de l'envahisseur, pour que « la souche incréée de leur(s) race(s) » retrouve son tranchant et son lustre.

L'autre point par lequel la seconde naissance, post-maternelle, diffère de la première, est capital : Nuria passera de la langue orale (« Quand je me mets à parler, je sens dans ma tête comme l'imparable d'un coup qui me fait me souvenir de ma condition d'orpheline ») à la langue écrite. Elle se réfugiera dans l'opulente bibliothèque catalane de son foyer paternel[1] :

> Je n'eus comme remède que de troquer la pierre tombale pour les livres. Les livres me parlaient. Je croyais entendre ma mère à travers eux. Ils me parlaient du silence de ma mère abandonnée [...]. Les romans étaient comme les miroirs du souvenir. En eux, je me voyais ou ne me voyais pas, suivant le caprice que m'exprimait depuis son au-delà ma pauvre mère. Les romans me contaient le silence qui entourait la mort de ma mère [...]. J'eus toujours l'impression que la bibliothèque faisait partie du territoire où le cimetière séquestrait le corps de ma mère.

1. *Ibid.*, p. 169.

Nuria Amat est une fille de Gutenberg et une habitante de sa galaxie. Exilée du corps absent de sa mère et de la langue de sa famille, avec les lèvres cousues par un mot qui lui manque tout autant qu'en pâtit le Moïse de Schoenberg, elle choisit son métier : elle sera bibliothécaire, elle deviendra écrivaine et romancière, elle cherchera le silence et finira, suivant la nécessité du paradoxe, par rendre publics les recoins de son intimité. Elle enfantera ses livres dans la douleur. Elle sera aussi, à Barcelone, sa ville natale, professeur à l'école de formation des bibliothécaires. À la différence de la vie réelle, la bibliothèque est un monde peuplé d'objets muets, fiables et compréhensibles. Les livres, contrairement aux humains qui demandent à ce qu'on leur réponde, admettent avec indifférence le silence de leurs lecteurs. Ils reposent, impassibles, en attente d'être appelés par la trompette d'un imprévisible lecteur, comme reposent les squelettes jusqu'au jour du jugement qui ressuscitera leurs carcasses. L'espace vital se fera sépulcral : une bibliothèque, « une île flottante de compassion et de tristesse, située au centre de ma maison ».

Amat n'émerge ainsi du silence initial de sa mère, de l'ambiguë relation entretenue avec son père et de l'impossibilité du parler, que pour se clouer dans la contemplation du spectacle qui se déroule, au-devant du rebord de sa fenêtre, dans la réclusion de la maison d'en face, celui de la femme-mère suspendue, d'abord, dans le vide, et tombant ensuite dans un mouvement de caméra au ralenti, éternellement. Elle n'en émerge en fait que grâce à un arrangement particulier : le père, à moitié bibliophile, à moitié bibliomane, permet à sa fille qu'elle s'introduise dans sa tanière, parmi les neuf mille volumes qu'il y conserve. La majorité des livres paternels sont en catalan, la langue qu'elle abomine. Le père lui demande d'ordonner et de classifier son trésor. Elle, la gosse, se considère comme « la fille d'une bibliothèque abandonnée », tandis que l'homme se récupère dans son orgueil de bibliomaniaque, tel qu'immortalisé par Henri Boulard[1], ou par le Dr Kien du roman de Canetti[2], dans la jouissance des livres qu'il possède, trésor précieux qui est pour lui – c'est en ces termes qu'Amat le transcrit – « (presque) l'épouse de mon père[3] », « un cimetière pour vivants où l'on aurait fort bien pu enterrer ma mère ».

L'écrivaine, dont la vocation se dessine, se voit donc subornée (par des livres, sinon, par quoi d'autre ?) par son père, qui lui fait exercer son métier de bibliothécaire, et la jeune fille se soumet, obtempérant à ses demandes[4] :

> Seule une fille obéissante accepte de son père des commissions de cet ordre. J'étais moi-même la fille malheureuse d'un père malheureux, et cette condition vous amène à accepter gracieusement des charges et des faveurs qu'aucune autre fille n'aurait été disposée à assumer sans être payée ou sans l'offre d'une bonne quantité de livres.

Il est de toute façon toujours préférable d'accéder à ce type de désirs paternels qu'à d'autres moins explicites et plus difficiles à confesser :

1. N. A. Braunstein, « ¿ Conoce usted a Henri Boulard ? » in *Ficcionaio de psicoanálisis, op. cit.*, p. 7-11.c
2. E. Canneti, *Auto-da-fé*, traduit par P. Arhex, Paris, Gallimard, L'Imaginaire, 1968. (N.d.T.)
3. N. Amat, *Letra herida*, Madrid, Alfaguara, 1998, p. 149.
4. N. Amat, *La Intimida*, Madrid, Alfaguara, 1997, p. 98.

> Bien des fois, au matin des dimanches… mon père venait en pyjama me faire le cadeau de sa tendresse ou me demander la mienne, selon ce qu'il en était, et il s'introduisait dans mon lit, m'embrassait et me caressait avec une intensité et une insistance excessives […]. Mon père m'embrassait d'une façon inhabituelle, d'une façon mielleuse et maniérée, comme dans les couples d'amoureux. Et comme j'aimais mon père au-dessus de tout et que je sentais, en plus, une immense compassion pour sa tristesse de veuf, j'appris à supporter ce supplice avec suffisamment de doigté.

Nous savons que nous ne sommes pas ici en train de lire une chronique de faits réels, mais un roman qui s'appelle *L'Intimité*. Nous aurions tort de confondre le moi du personnage avec une histoire réelle. Nous ne les mélangeons pas, mais savons que tous deux s'abreuvent au courant du même fleuve : celui du fantasme. Nous ne nous faisons aucun souci à propos de la littéralité du souvenir, parce que nous n'y croyons plus. Les souvenirs, comme nous l'ont enseigné en leur temps Freud et Piaget, sont des constructions. Cette présence du père dans le lit de sa fille, ardent de tendresse, est l'indication ou d'un événement réel qui aura bien pu avoir lieu, et à plusieurs reprises, élaboré et enrichi comme de l'uranium par la mémoire nucléaire de sa fille, ou d'un fantasme qui se fraye un chemin par l'obscur sentier de la création poétique, auquel cas il n'est pas réel et, bien mieux, il devient hyperréel.

Retournons à Amat : l'interposition de la mère-bibliothèque, l'ambiance nécrophile qui la réunit et la sépare du père, auront des effets providentiels. Pour eux deux. La femme s'octroie un délai sur son chemin vers l'écriture et emprunte le détour de la bibliothèque. Elle s'occupera des livres de ce père qui la trahira, finissant par la déshériter de ses trésors qu'il léguera, au moment de mourir, à son frère, lequel fera en sorte que les volumes convoités aboutissent dans les rayons de la bibliothèque du monastère gothique de Poblet. En tout cas, pour cette jeune fille qui vit dans les romans et qui reçoit des médecins les diagnostics impitoyables de neurasthénie, d'encéphalite, d'épilepsie, pour cette jeune fille inaccessible à ceux qui croient en les vertus de la parole, pour cette fugitive du lien social, rien ne vaut une bibliothèque où elle peut s'ennuyer bien à son aise.

METTRE UN POINT À LA LIGNE DANS L'IMAGE DE SOI

Qui pourra la sauver ? Quel talisman pourra exorciser les démons de l'effroi, si manque la caresse amoureuse de l'autre, concrètement, de la mère, seule capable d'interposer le lubrifiant de mots portés par une parole berçante et mélodieuse, au cœur du désarroi ? Qu'est-ce qui peut protéger le cocon infantile des sinistres influx d'une mémoire dévastée, tant par le non-savoir à propos de la mort de la mère que par le savoir certifié, pour l'avoir vu de ses yeux, de ce qui arrive à la malade atteinte de mélancolie et qui se projette dans le vide de l'autre côté de la ruelle, offrant un spectacle qui répond à l'énigme de l'absence de la mère ? Nuria Amat obtient une forme de soulagement grâce à la parole sous sa forme imprimée, grâce à des livres que, comme le personnage de *Fahrenheit 451*, elle apprendra par cœur, « avec leurs points et leurs virgules ». Elle se transformera très vite en femme de papier, en « femme-livre ».

« Il se pourrait bien que ma mère morte se soit transformée en une bibliothèque vive. » Dans *L'Intimité*, l'écrivaine qui maquille peu sa présence de personnage central, relate cette première époque de ses allées et venues. Elle y confond intentionnellement roman et autobiographie (ayant parfaitement le droit d'user de son fictionnaire[1]) quand elle nous parle de sa vie précoce, de l'époque où elle s'allaitait de papier imprimé.

Elle ne voit pas sa mère ni sa mère ne la voit. Se dérobe le reflet du visage infantile sur le regard salvateur de sa mère, et Nuria essaye de le faire renaître, sans cesser pour autant de croire en la vérité des artifices qu'elle fabrique[2] :

> Ma mère est une armoire bourrée de mots inutilisables. Je me revêts de ses habits disproportionnés, comme si ses robes splendides étaient des linceuls de mots. C'est ainsi que je m'emploie à construire mon corps d'écrivaine. Je me déguise en mère et, grâce à cette robe de mots, je parviens à la voir un instant dans le miroir. C'est une sorte d'éclat. Un point à la ligne dans le miroir. L'écriture, mon écriture et, finalement, toute écriture, consiste à aller à sa recherche.

La fillette ne se recherche pas elle-même, elle cherche l'Autre dans les miroirs, et ceux-ci lui révèlent la double fiction : elle n'est ni elle-même ni morte : « En face du miroir, je suis tant de fois ma mère que l'idée qu'elle puisse apparaître d'un moment à l'autre et

1. Néologisme qu'affectionne particulièrement l'auteur et qu'il a inséré dans le titre de l'un de ses ouvrages, recueil de chroniques journalistiques parues dans *L'Excelsior* durant deux ans et republiées chez Siglo XXI : *Ficcionaio de psicoanalisis*, ou *Fictionnaire de psychanalyse.* (N.d.T.)

2. N. Amat, *Letra herida*, *op. cit.*, p. 148.

découvrir sur-le-champ combien il est immoral que je supplante son image, me donne un peu d'effroi[1]. »

Avec le récit d'Amat, nous retombons, par un nouveau biais, sur la honte qu'éprouvait Virginia Woolf. Mieux encore, avec des mots précis, elle éclaire la lanterne de l'écrivaine anglaise. Il devient patent que la honte s'éprouve pour le fait de *jouir* de se substituer à l'image de sa mère face au miroir. Le regard du *looking-glass* est sans pitié, parce qu'il provient de l'outre-tombe, comme le regard de la folle à la fenêtre qu'elle a choisie. Qui se regarde au miroir, particulièrement s'il s'agit de la fille inconsolée d'une mère défunte, voit de l'autre côté quelque chose dont aucun autre regard ne pourrait se porter garant : il s'agit d'un spectacle auquel d'autres yeux resteront aveugles, celui d'un autre visage que l'on recherche et qui, s'il apparaissait dans l'espace réel, provoquerait la panique la plus effroyable. La limite entre la vie et la mort se verrait transgressée, celle, donc, entre bon sens et folie. Le passe-temps coupable auquel se consacre Amat dans le grenier où sont conservés les effets de la mère défunte est un péché, au sens fort du mot. De même, supplanter sa mère, lors de ce jeu auquel elle s'adonne avec son père les dimanches matin : « un acte immoral » caractérisé. Selon elle, la compassion envers le père veuf est à la base de la profanation qu'elle commet dans l'imaginaire : une *Zugzwang* (une compulsion inévitable). Quoi qu'elle fasse, cela sera mal fait, et elle ne peut s'abstenir de le faire. Elle doit représenter la mère, mais elle ne peut l'être, il lui faudra se cliver et jouer une double vie de

1. *Ibid.*, p. 158.

fiction. Combien mystérieux sont les chemins qui mènent à l'écriture autobiographique !

Revenons aussi bien à la terreur de Martha Robles, lorsqu'elle se découvre seule et abandonnée face à un miroir sans discrétion ni miséricorde. L'objet en cause est le même qui avait effrayé Borges durant ses nuits, et angoissé Proust lors de ses réveils. Et c'est, encore une fois, le miroir.

Le père a placé Nuria en lieu et place de sa femme, pour surseoir à un deuil qu'il n'a jamais fait. La fille s'installe dans l'espace qui lui est offert, tout en lui opposant de chétives résistances. La folle est tombée par la fenêtre. La mère s'est évanouie dans le vide, ne laissant que l'obligation d'aller lui rendre visite au cimetière tous les dimanches. Ce n'est pas un ange qui veille sur ses enfants orphelins ; ce serait plutôt une persécutrice acharnée, et ce, tant qu'on ne peut pas la haïr. Officiellement, elle est « la reine des cieux et de mes songes increvables », mais, dans les rayons de la bibliothèque, la voilà qui pourchasse « la mère la plus méchante et la plus fausse », l'unique cause de la désolation du foyer, la coupable de la catastrophe familiale et de la lugubre confusion des sentiments auxquels ils sont tous soumis. Nuria se refuse à l'absoudre pour sa fuite. La fillette sait, sans que personne n'ait besoin de le lui dire. Elle sent en elle « la plus maladroite prolongation de ses os pourris ». Non seulement l'image reflétée par les miroirs, mais aussi le corps réel et soumis à la décomposition. Les os ne se reflètent pas dans le miroir, mais le regard qui tombe sur lui est radiographique : le X des rayons correspond à l'inconnue de l'équation où se formule la disparition de sa mère. Le squelette du cimetière, se reconstituant à partir du verre inerte du miroir, passe de l'autre côté de la peau vive et s'incruste dans le visage enfantin, promulguant que les destins seront identiques. « Le souvenir de sa non-existence devrait persister en moi jusqu'au jour où j'aurai à aller la rejoindre, sous sa même tombe. » Par le fait de ne point exister, la mère est devenue présence perpétuelle, inoubliable, clou fiché dans la mémoire.

Le moment n'est pas ici venu de développer les théories freudiennes sur l'identification avec l'objet perdu dans le deuil et la mélancolie, ni de faire un rappel des thèses actuelles, discutables, de la philosophe Judith Butler et de la *queer theory* autour des conséquences qui affectent l'identité des personnes qui ne peuvent pleurer l'absence de l'être aimé quand celui-ci est du même sexe. Nuria, en fin de compte, ayant atteint l'âge scolaire, est la « seule femme de la maison ». Elle subit des pressions « normalisatrices » pour l'inciter à s'accepter comme « une » femme, ayant donc son destin marqué par la loi commune de prohibition de l'inceste. Elle doit précisément incarner « cette » femme parfaite et haïe, qui est à la source de ses mésaventures. Elle doit suppléer sa mère, en assumant la continuité de sa vie, ce qui ne l'autorise pas à faire son deuil : elle est contrainte à prendre la place de la morte tant avec le père les dimanches matin que lors des visites aux deux cimetières, celui de Barcelone et celui de la bibliothèque. La *père-version** lui est imposée. Sans appel.

Si ce n'est pas le père, qui pourrait lui transmettre la loi ? En ce lieu laissé vide, et doublement, par l'absence de la mère et par la défaillance du père, le miroir se dresse. Amat jouit en se substituant à la morte, incorporant ses odeurs, jouant à tromper le miroir en revêtant des robes qui la déforment. Borges est effrayé de voir que son image est une et trinitaire, ce qui dissout les limites de son identité ; il préfère prendre la fuite et s'échapper de la prison du miroir. Robles était effrayée de voir le fantôme de la mère haïe et avait aussi trouvé le moyen de fausser compagnie au miroir dans l'écriture. Woolf jouissait devant son miroir en y jouant le double rôle de sa mère et de l'amant qui la conquiert, raison pour laquelle elle s'alarmait d'être découverte par quelqu'un en train de s'adonner à son coupable jeu bisexuel : l'écriture lui a permis de créer un espace de fantaisie où elle pouvait dissimuler sa culpabilité sans renoncer au jeu. Amat a peur d'être percée à jour, non par le regard d'une présence vivante, mais par un trou perforé au centre même du miroir, et cela redouble sa peur d'être punie pour se consoler avec une imposture. Celle qui la pourchasse et la poursuit, pas trop, « un peu », lors de ces moments de jouissance honteuse, c'est la morte elle-même qui pourrait dévoiler son « jeu immoral ». L'écriture lui fait bénéficier d'un espace propre et la sépare du moi idéal, de cette mère éteinte et mortifère qui l'appelle du haut des cieux et qui l'attire, à la fois, dans les caveaux de la folie. Aussi écrit-elle pour échapper à cette cavité dans le miroir tout autant qu'au vertige des hauteurs de la fenêtre asilaire. C'est *un point à la ligne sur le miroir* – merveilleux pouvoir des mots quand ils tombent sous la main de qui sait les ramener, tout beaux, de chez le teinturier ! Amat se sert de robes qui ne sont pas les siennes : ce sont des « robes de mots » qui lui permettent de « la voir », là où elle se cache, là même où cette mère met en scène le calamiteux spectacle de la transfiguration de sa fille, telle qu'imposée par le père. Il n'y a pas de figure maternelle à laquelle s'identifier, à laquelle elle pourrait chercher à ressembler. L'idéal du moi, suppléant la morte, devra être atteint, pour la plus grande jouissance du père, en écrivant selon son goût, « comme Dickens ».

Nous avons tendance à penser que la littérature écrite par Nuria Amat est, fondamentalement, celle de romans marqués du sceau de l'autobiographie. En leur sein, la protagoniste oscille constamment entre un « je suis moi » et un « je ne suis pas moi ; c'est l'autre ». Son œuvre obéit aux lois du genre. Paul de Man écrit : « La distinction entre fiction et autobiographie ne forme aucune polarité, étant ou ceci ou cela ; elle est tout simplement… insoluble[1]. » Amat parle sincèrement lorsqu'elle fait croire qu'elle trame une fiction. « Je veux feindre que cette histoire n'est pas feinte. Il m'est malaisé d'imaginer mon écriture sans le moteur de cette équivocité constante, telle que je la maintiens avec moi-même. » En fin de compte, on ne sait plus qui est le scripteur de sa page : si c'est elle, la mère ou l'image surréaliste de la folle suspendue à la fenêtre d'en face. Le miroir les rend interchangeables. Le moi vacille d'un côté à l'autre de l'étroit passage qui la sépare de l'asile, d'un côté à l'autre du miroir qui la regarde, habillée de vêtements qui ne sont pas à elle dans le grenier où se conservent les reliques de la défunte.

Elle dit le vrai sur elle-même et elle le dit le plus clairement lorsqu'elle croit qu'elle le dissimule, raison pour laquelle elle ne sait plus très bien par où passe la frontière entre ce qu'elle a vécu dans sa chair et ce qu'elle a dessiné avec une encre qui lui est davantage

1. P. de Man, *Blindness and Insight. Essays in the Rhetoric of Contemporary Criticism*, Minneapolis, University of Minesota Press, 1983, p. 70.

affine que le sang de ses artères. Elle invente des personnages qui parfois (dans *L'Intimité*) disent « je », mais qui sont constamment des doubles de la narratrice, autrement dit sont tout autant elle-même que cette mère pâlement reconstituée à partir de retouches de son image à elle, l'infantile, l'abandonnée, dessinée qu'elle est dans la langue étrangère que sa communauté barcelonaise rejette, et retranscrite en castillan sur des feuilles de papier. Elle le disait déjà dans l'article du *Babelia* : « Je mets des mots sur le silence. J'invente des souvenirs que je n'ai pas eus. Je suis poète à mon insu. »

Je sais bien que je suis en train de construire moi-même une fiction avec les matériaux qu'offre la fiction d'elle-même qu'a construite Amat. Si mon lecteur avait en cet endroit le moindre doute, je lui reprécise que j'aspire au vraisemblable, et non à la vérité (dont j'omets la mention depuis belle lurette). Nuria Amat se voit elle-même comme un personnage de roman, et j'écris moi-même quelque chose comme un roman de son roman (et celui d'autres écrivains arbitrairement choisis), pour mettre à l'épreuve la thèse d'une mémoire qui voit le jour dans l'épouvante. Je ne me permettrais pas de faire avec elle de la « psychanalyse appliquée ». Je souhaite que la finesse de sa plume me révèle, en empruntant le sentier de ses lettres, en me soumettant à ses signifiants, la structure de son fantasme, cette invention qui se décroche du souvenir de la femme suspendue dans les airs.

La chair, semble nous dire Nuria Amat, a la consistance marquable et la propriété combustible du papier : « Mon enfance était un livre abandonné avec ses lettres mortes en italiques. Et ma vie était un livre, et une tombe avec des lettres sacrées en italiques. » La vie de papier, la vie sur le papier, la vie au travers du papier, finit par mettre davantage en lumière la mort. L'identification avec la mère, absente à jamais, passe par les rayons rigides d'une nécropole reliée. Les territoires de la vie et de la mort, du bon sens et de la folie, du commerce et de l'inceste, voient leurs frontières devenir imprécises, tant et si bien que les passions de la lecture et de l'écriture auront pour mission de les rétablir comme limites et d'ériger des postes de douane autorisant le passage entre la vie comme possible et l'impossible de la vie.

Nuria Amat ne se réfère pas moins de cent fois à « la mère abandonnée ». Mais abandonnée par qui ? On pourrait penser que ce n'est point par elle, la petite orpheline, mais il nous faut accepter sa verbalisation comme véridique. La mère l'a laissée, c'est sûr, mais il n'est pas moins certain qu'elle-même a laissé sa mère gisant dans un cimetière de lettres ciselées : « On peut passer sa vie à faire exactement le contraire de ce que veut son père, pour finir, à sa mort, par s'apercevoir que l'on fait exactement ce qu'il voulait. » Et que voulait ce Père ?

D'abord, qu'elle classe sa collection et délimite clairement les espaces entre le catalan (le sien) et le castillan (de sa fille). Nuria Amat est aujourd'hui, à notre connaissance, professeur à l'école des bibliothécaires de Barcelone.

Il voulait ensuite qu'elle écrive comme Dickens. Nuria Amat s'y est montrée rebelle, récusant à quiconque la possibilité d'écrire comme Dickens, et elle a cru qu'elle ne pouvait se tirer d'affaire eu égard à ce perfide désir paternel qu'en écrivant non *comme*, mais *contre* Dickens. Elle en vient à expliquer la mort de son père comme un assassinat qu'elle aurait elle-même commis[1] :

> Mes textes illisibles, indignes d'une fille de Dickens, finirent par le tuer. C'est la raison pour laquelle il modifia son testament et me déshérita des livres qui étaient à moi [...], car, au lieu d'écrire comme Dickens, j'écrivais comme la fille de mon père.

Le père n'aurait pas pu imaginer que s'accomplissent ses désirs d'une façon plus fidèle. Amat échappe au réalisme et écrit une littérature intimiste, confidentielle, autobiographique. Nous ne savons pas dans quelle mesure ce père pouvait avoir la moindre idée sur la vérité de Dickens, tandis qu'Amat la connaît parfaitement :

> Mon père ignorait que les romans réalistes de Dickens étaient qualifiés de tels à cause de l'excès par lequel ils pèchent en données personnelles et autobiographiques. Peut-être mon père craignait-il, au fond, que je finisse par écrire comme Dickens. [*Ibid.*]

Ce jeu de miroirs n'est-il pas merveilleux ! En voulant consommer un parricide purement imaginaire, elle se fait la gardienne du destin véritable de son père et, alliée à ses deux frères, privés comme elle de la consolation d'une mère, elle accomplit à l'égard de ce père la mission salvatrice de perpétuer la vie de la morte, en même temps qu'elle la maintient enfermée dans la bibliothèque. Ayant la prétention de le contrarier, celle même de mener à bien un parricide, elle se voit pour

1. N. Amat, *La Intimida*, *op. cit.*, p. 173.

finir réalisant son propre désir qui est le désir de l'Autre : elle écrit, comme Dickens, des romans autobiographiques et, parachevant la mission paternelle, elle enseigne aux bibliothécaires comment entrer dans les arcanes de la profession.

IX

Vladimir Nabokov, ou comment serait le monde sans moi ?

Délices de la mémoire infantile

Si des doutes pouvaient encore persister, levons-les : il doit être facile de dénicher des exemples qui ne confirment pas (qui *infirment*, disent les épistémologues depuis un certain temps) la thèse de Julio Cortázar ; il suffirait pour cela de trouver des personnes et des écrivains dont les premiers souvenirs n'aient pas le caractère « effrayant » du coq à l'aube. J'avoue que je me suis mis fébrilement en quête de leur existence, j'ai eu le sentiment d'avoir trouvé en la personne de Virginia Woolf un contre-exemple pertinent – mais c'était avant d'avoir eu à prendre en compte la différence entre épiphanies et souvenirs – jusqu'au moment où j'ai pu reconnaître que j'étais tombé sur un auteur chez qui le plaisir de se ressouvenir est sans limites et chez qui l'effroi infantile semble complètement absent : Vladimir Vladimirovitch

Nabokov[1] (Saint-Pétersbourg, Russie, 1899 – Montreux, Suisse, 1977). Son autobiographie est peut-être, d'un point de vue strictement littéraire, la plus belle qui ait jamais été écrite : un modèle définitif du « genre ».

Le début de son récit, au chapitre premier, pourrait bien s'intituler : « Une enfance parfaite dans un monde parfait[2]. » L'auteur a soin d'exhiber en première page une carte détaillée des trois vastes domaines de ses parents à Vyra, où il a passé une bonne partie de son enfance bucolique, et de reproduire une photographie de l'impressionnante demeure familiale en granit rose, de style italianisant, au cœur de la noble ville de Saint-Pétersbourg. Repérer qu'il est né en 1899 permet facilement de calculer qu'il avait dix-huit ans quand éclata la révolution d'Octobre, moment où s'écroula son monde de luxe et de privilèges. Le premier lustre de son enfance évoque des vacances en Italie et en Allemagne, renvoie à un défilé de précepteurs qui l'instruisirent des différentes langues de l'Occident et lui apprirent à écrire l'anglais avant même le russe, mentionne les origines aristocratiques allemandes de la famille de sa grand-mère paternelle, souligne les richesses de sa mère et les nobles conditions patriciennes de son père, homme idéal : une sorte de père

1. L'autobiographie de Nabokov, parue dans sa version définitive en 1967, sous le titre *Speak, Memory, An autobiography revisited*, est parue chez Gallimard en 1989 sous le titre : *Autres rivages, biographie*. Nous renverrons pour les pages à l'édition Folio, *op. cit.*, qui est la plus couramment accessible.

2. Ce chapitre est effectivement paru pour la première fois dans le *New Yorker*, le 15 avril 1950, avec le titre : « Un monde parfait », supprimé ensuite dans le volume définitif.

de Hamlet rendu à la vie, et un être exceptionnel qui vivait très haut au-dessus du commun des mortels.

Dans un premier temps, nous consignerons ce que le texte rend manifeste, sans vendre la mèche pour ce qui est de la surprise qui nous attend à la fin. Le premier souvenir clair de Nabokov, celui probablement grâce auquel il ressent qu'il est né à la vie, remonte à un anniversaire de sa mère[1]. Ce jour-là, datable avec une rigoureuse exactitude, il parvient à concevoir l'idée, à laquelle il avait donc déjà accès, de ses quatre ans, puisqu'il peut associer son âge à la différence entre les vingt-sept ans que sa mère fêtait et les trente-trois ans de son père. Ce gosse disposait d'un « don monstrueux en arithmétique qui avait fait de moi un enfant prodige » (p. 156). C'est quand sa mère eut atteint ses vingt-sept ans, dit-il, que se fit jour en lui le sentiment du temps ; de ce jour date sa compréhension du fait qu'il était inséré dans l'histoire... une histoire qui, chez le pauvre Joyce, était un cauchemar dont il aurait aimé pouvoir se réveiller, tandis que, pour Nabokov l'enfant gâté, cette entrée n'aura été qu'un rêve qui le protégeait de l'histoire dont le sinistre couperet tomberait plus tard sur lui. Il garda pendant de nombreuses années de l'intérêt pour l'âge de ses parents, eu égard au fait que la donnée lui servait de référence personnelle, « comme un voyageur inquiet qui demande l'heure, afin de contrôler une montre neuve » (p. 27). Retenons cette donnée du temps des calendriers et des anniversaires, le temps

1. Le préfacier de l'édition anglaise, Brian Boyd, n'hésite pas à dire que le premier chapitre « tourne autour de son premier souvenir, dont Nabokov croit qu'il remonte à l'un des anniversaires de sa mère ».

« officiel », comme formant sa « première lueur de conscience parfaite » (*ibid.*). Sans états d'âme ni hantises de la mort.

Tandis que Cortázar énonce une proposition universelle qui met en relation la mémoire avec l'effroi des aurores, Nabokov en formule une autre, opposée du tout au tout à celle de l'écrivain argentin :

> Peut-être suis-je attaché à l'excès à mes toutes premières impressions, mais après tout je leur dois de la reconnaissance. [...] Rien n'est plus doux ou plus dépaysant que de réfléchir sur ses premiers frémissements. Ils appartiennent au monde harmonieux d'une enfance parfaite et, en tant que tels, possèdent dans notre mémoire une forme naturellement plastique, que l'on peut coucher sur le papier presque sans aucun effort ; c'est seulement à partir des souvenirs de notre adolescence que Mnémosyne commence à devenir difficile et crispée [p. 30].

On ne rencontre nulle part chez Nabokov les horreurs inaugurales d'un enfant né en exil qui se verra transporté par les vents de l'histoire (Bruxelles, Barcelone, Buenos Aires, pour Cortázar), cerné par l'atmosphère étrange d'une guerre apocalyptique. Le jeune Vladimir, lui, ressent que « les enfants russes de ma génération » (tous autant que lui ?) ont passé par une période de génie, comme si le destin faisait loyalement tout son possible pour eux, en leur donnant plus que leur part, « en considération du cataclysme qui allait faire complètement disparaître le monde qu'ils avaient connu » (p. 30-31).

Ce n'est pas la même opinion qu'a exprimée un autre grand « écrivain » russe, qu'un destin tragique n'a cessé de poursuivre, Lev Davidovitch Bronstein, dit Léon Trotski, qui était juif, issu de la plèbe et qui a vécu son enfance éloigné de la capitale impériale :

> On a l'habitude de dire que l'enfance est l'époque la plus heureuse de l'existence. En est-il toujours ainsi ? Non. Ceux qui ont eu une enfance heureuse sont bien peu nombreux. L'idéalisation de l'enfance est le fruit de la littérature pourrie des privilégiés. Une enfance complètement dénuée de soucis est restée chez eux logée dans la mémoire comme un espace lumineux inondé de soleil à l'aube du chemin de la vie. [...] L'immense majorité des gens jettent à peine un regard en arrière ; ils ont, au contraire, le sentiment d'avoir eu une enfance sombre, mal nourrie, soumise. La vie s'emploie à frapper les faibles ; et qui l'est davantage qu'un enfant[1] ?

Ce n'est pas non plus ce que nous trouvons chez un autre poète remarquable, russe aussi, juif de même, et aussi exilé, Joseph Brodsky[2], qui commence son autobiographie en racontant deux souvenirs d'enfance qui n'ont rien à voir avec l'idyllique sentiment d'être bien chez soi, mais concernent plutôt une initiation à « l'art de se rendre étranger » à soi-même, par le fait de devoir rendre compte de son identité auprès d'étrangers, qu'il s'agisse de réciter le catéchisme marxiste ou d'avoir à se présenter comme juif dans la salle de classe. « La véritable histoire d'une conscience commence avec le premier mensonge que l'on assume de dire. »

---

1. L. Trotski, *Ma vie*, traduit par M. Parijaine, Paris, Gallimard, 1953, p. 17.
2. J. Brodsky, *Less Than One*, New York, Selected Essays, 1986, p. 7. Il n'existe pas de traduction française de cette autobiographie !

Le passé de Nabokov est idyllique. Il ne se lasse pas de faire les louanges de la perfection que lui retracent sa mémoire et ses souvenirs, dont il se plaît à signaler qu'ils constituent des traits distinctifs de sa mère (p. 47) et de son père, à propos duquel il pouvait rappeler la date du 17 août 1883, jour où il parvint à capturer un papillon fort rare (p. 95) et que le fils mentionne (dans quel but ?) dans sa propre autobiographie.

Pour toutes ces raisons, il lui est loisible d'écrire :

> M'appliquer à me rappeler de façon vive et nette un pan du passé, c'est à quoi j'ai pris, toute ma vie, un extrême plaisir, et j'ai lieu de croire que cette mienne acuité, presque pathologique, de la faculté de revoir en esprit le passé est un trait de caractère héréditaire [p. 95].

La mémoire de Nabokov est un sanctuaire, un espace sacré vers lequel il se replie pour reprendre des forces dans les moments difficiles que la vie ne lui a pas épargnés. Il traite des années de son enfance en insistant sur le fait qu'il s'agit d'objets conservés à l'état pur, restés indemnes à l'usure, à la dégradation, à la falsification. Sa mémoire est comme un flacon de formol. Les souvenirs y reposent embaumés et incorruptibles :

> Je revois ma salle d'études de Vyra, les roses bleues de la tapisserie, la fenêtre ouverte. Elle remplit de son reflet tout le miroir ovale au-dessus du divan de cuir où mon oncle est assis, occupé à savourer un livre tout déchiré. Une sensation de sécurité, de bien-être, de chaleur estivale, se répand dans ma mémoire. Vigoureuse réalité qui fait du présent un fantôme. Le miroir déborde de lumière : un bourdon est entré dans la

> pièce et cogne le plafond. Tout est bien, rien ne changera jamais, personne ne mourra [p. 97].

Les souvenirs merveilleux sont classés et mis en ordre ; c'est une passion incoercible, aussi méticuleuse qu'une collection de timbres, mais qui seraient classés dans un album de la mémoire ; une passion qui le domine tout autant qu'une seconde : attraper, épingler et classer des papillons par leurs noms. Cette passion, qui est aussi héritée, apparaît chez lui dès l'âge de six ans et ne le quittera plus durant toute sa vie. Cette intense curiosité pour les mites et les papillons était violente : « Le désir de décrire une espèce nouvelle remplaça entièrement celui de découvrir un nouveau nombre premier » (p. 156). Une passion aussi véhémente ne pouvait rester sans être récompensée ; nous apprenons ainsi que certains spécimens portent son nom : le *Cyclargus* Nabokov (p. 83) et l'*Euphitecia* Nabokov (p. 160). Ce n'est pas sans fierté qu'il invite ses lecteurs à aller voir ses collections de lépidoptères au musée des Sciences naturelles de New York et à celui de l'université Cornell. Les réminiscences deviennent ainsi du matériel littéraire et les papillons se conservent éternellement dans l'immobilité. Ceux-ci, *récupérés* : arrachés à l'oubli et à la nature. Celles-ci, *encodées* une fois pour toutes, dans l'éternité.

Qu'il ne vienne à l'idée de personne de vouloir souiller l'entomologue et le mémorieux avec des impuretés psychologisantes et des sécrétions psychanalytiques ; dès les premières pages de l'autobiographie, il nous a fait entendre son rugissement d'impatience :

> Permettez-moi de dire tout de suite que je rejette absolument le monde foncièrement médiéval, mesquin

> et commun, de Freud, avec sa recherche maniaque de symboles sexuels [...] et ses petits embryons amers espionnant, de leurs recoins naturels, la vie amoureuse de leurs parents [p. 25].

La protestation est trop véhémente pour être honnête. Comme s'il cherchait à se protéger du fait qu'on lui remette en mémoire le seul rêve qu'il expose en détail durant tout le cours de son autobiographie, un rêve à propos duquel il n'est pas nécessaire d'être psychanalyste ou de se laisser aller à la tranquille jouissance de fabriquer des interprétations « osées » pour comprendre de quoi il retourne. Il importe d'en reproduire la prose inimitable, d'en savourer chaque mot :

> Peu après l'aventure de la garde-robe, je trouvai un spectaculaire papillon nocturne, isolé dans le coin d'une fenêtre du vestibule, et ma mère le tua à l'aide d'éther. Par la suite, j'ai employé de nombreux agents meurtriers, mais le moindre contact avec celui qui fut le tout premier fait toujours s'ouvrir toute grande la porte du passé ; une fois, étant adulte, je me trouvai sous l'effet de l'éther durant une appendicectomie, et, en couleurs vives comme celles des images de décalcomanies, j'eus la vision de moi-même en costume marin en train d'étaler un Paon-de-nuit fraîchement éclos sous la direction d'une dame chinoise dont je savais que c'était ma mère. Pas un détail ne manquait à cette reproduction si vivante dans mon rêve, cependant que l'on était en train de mettre à découvert mes propres organes vitaux : le coton hydrophile imbibé d'éther, froid comme la glace, pressé sur la tête lémurienne du papillon ; les spasmes allant décroissant de son corps ; le craquement satisfaisant produit par

> l'épingle perforant la dure carapace de son thorax ; l'insertion, avec précaution, de la pointe de l'épingle dans la rainure à fond de liège de la planche d'étalage ; l'arrangement symétrique des ailes épaisses, fortement nervurées, sous des bandes de papier à demi transparent habilement apposées. [p. 153-154].

Quelle est cette « spectaculaire beauté » (*blundering beauty*) attirée par l'éther, immobilisée, fixée avec la jouissance ineffable de celui qui « l'épingle dans la rainure » et la « perfore » en transperçant sa carapace ?

Le lecteur de ce rêve peut bien, s'il le souhaite, conserver sa candeur nabokovienne. Il n'y aura rien à interpréter de toute façon si celui qui raconte son rêve n'a pas d'associations à son propos, et si celles-ci ne sautent pas à la vue de celui qui écoute son récit. Les autres, les pervertis que nous sommes assurément, lorsque les mots nous jettent un sort, insérés qu'ils sont dans leur gracieuse prose, n'auront rien à ajouter non plus. Nous demanderions simplement que son récit nous soit refait, nous poserions alors la question de savoir si le rêve a quelque chose à voir avec l'histoire de ce précoce amoureux des papillons, qui maîtriserait ses impulsions agressives, qui déplacerait sur une mite innocente (*a marooned moth*) une libido – libido ? Quel mot mesquin (*cranky*) ! – à laquelle il ne faut surtout pas attribuer – il ne manquerait plus que cela ! – un quelconque contenu sexuel. Peut-être que les lecteurs dénués d'ingénuité que nous sommes oseront tout de même suggérer que *Lolita* (1958) est un roman écrit à la même époque que *Speak, Memory* (1947-1960) et qu'il n'est pas sorti de rien !

Il semble que ces digressions nous ont entraîné loin du thème de la mémoire et des premiers souvenirs. Il est temps de rebrousser chemin et de voir que notre incursion dans le domaine des rêves ne nous a pas mené nulle part. Nous avons pour le moins établi le lien qu'il y avait entre la passion des papillons et les jouissances de la mémoire, une mémoire aussi minutieusement codifiée que l'exposition des papillons sur leurs planches. « J'assiste avec plaisir à l'exploit suprême de la mémoire, à cet usage magistral qu'elle fait des harmonies innées lorsqu'elle rassemble au bercail les tonalités interrompues et errantes du passé » [p. 218].

Rien n'a été perdu. Par la grâce d'une mémoire sans faille, les souvenirs hibernent tranquillement et peuvent être extraits de leur réceptacle afin d'être décongelés chaque fois que cela sera requis par la gourmandise de l'évocation. Le merveilleux passé est récupéré, chaque fois que le génie le convoque avec sa lampe magique. Quelle situation enviable, vraiment ! Faisons à présent retour à l'agréable premier souvenir reconnu comme tel par Nabokov et par ses exégètes : celui du plaisir qu'il trouve à pouvoir se situer dans le temps en se repérant sur l'âge respectif de ses parents, sa passion pour l'évocation ordonnée des souvenirs trouvant là ses points de référence, « à l'instar de l'individu qui consulte nerveusement le fonctionnement de sa nouvelle montre ».

CHRONOPHOBIE

Nabokov est l'évangéliste de la nostalgie. En face de la robuste réalité du passé, le présent est un spectre et rien n'est susceptible d'y changer, rien ne pourra y mourir. Le temps n'a subi aucune dissolution : les bulles de savon qui ont fasciné l'enfant n'ont pas éclaté ; tout est là, à portée de main. Mieux encore, le temps n'existe pas :

> J'avoue ne pas croire au temps. J'aime à plier mon tapis magique, après usage, de manière à superposer les différentes parties d'un même dessin. Tant pis si les visiteurs trébuchent ! Et le moment où je jouis le plus de la négation du temps (*the highest enjoyment of timelessness*) – dans un paysage choisi au hasard – c'est quand je me trouve au milieu de papillons rares et des plantes où ils se nourrissent. Je suis en extase, et derrière cette extase, il y a quelque chose d'autre, qui est difficile à expliquer. C'est comme un vide momentané dans lequel s'engouffre tout ce que j'aime.

Nabokov joue *la mémoire contre le temps*. À l'effroi pascalien à l'égard du « silence *éternel* de ces espaces infinis » correspond chez lui exactement une angoisse à l'égard du *temps* vécu, une vérité intérieure qui n'a pas besoin de tenir compte des distances sidérales. Il souffre de s'apercevoir, mieux qu'un autre, dirions-nous, que « notre existence n'est que la brève lumière d'une fente entre deux éternités de ténèbres » (p. 23). C'est sur cette première phrase que s'ouvre *Speak, Memory*, immédiatement après la constatation que « le berceau balance au-dessus d'un abîme » (*ibid.*). Nabokov ne parvient pas à s'arrêter de calculer que la mort se rapproche à raison de quelque 4 500 battements de cœur à l'heure (compter, tout compter, « arithmomanie », selon les classiques de la psychiatrie) ; et il ressent l'éternité qui vient après la mort comme terrorisante. Toute la beauté de ce livre qui se dilate est un plaidoyer contre le temps. Il parle de deux éternités de ténèbres et constate – suivant en cela, à son insu, Tolstoï –

qu'existe aussi un « abîme prénatal ». Tout cela est dit dans les huit premières lignes du livre. Sans transition, sans avoir à passer à la ligne, il se lance dans la description du *premier souvenir du livre*, un souvenir qu'il préfère attribuer à quelqu'un d'autre, à quelqu'un qui ne serait pas lui :

> Je connais, toutefois, un adolescent chronophobe qui éprouva une espèce de panique en regardant pour la première fois quelques vieux films tournés chez lui peu de semaines avant sa naissance. Il vit un monde qui était presque inchangé – même maison, mêmes personnes – et puis il se rendit compte que lui y était totalement inexistant et que personne ne s'affligeait de son absence. Il aperçut sa mère qui faisait un signe de la main depuis une fenêtre, à un étage supérieur, et ce geste inhabituel le troubla, comme s'il se fut agi de quelque mystérieux adieu. Mais ce qui tout particulièrement l'effraya, ce fut la vue d'une voiture de bébé toute neuve, campée là, sur la véranda, avec l'air suffisant et abusif d'un cercueil ; d'un cercueil vide, qui plus est, comme si, dans le cours inversé des événements, jusqu'à ses os s'étaient désintégrés [p. 23-24].

Tel est le premier souvenir de Vladimir Nabokov, président à vie de sa propre vie et de son œuvre. *Ce souvenir fondateur est si précoce qu'il est prénatal.* Dans son cas, à la différence des auteurs qui nous ont jusqu'ici apporté leurs témoignages, on ne peut même pas cacher le fait que le souvenir ait été fabriqué de toutes pièces, ce qui présente l'avantage supplémentaire de nous détourner des faits qui l'ont engendré : il s'agit d'une rêverie extrêmement significative, précisément parce qu'elle ne s'efforce même pas de se faire passer comme la reproduction d'un événement réel. Il s'agit d'un « premier souvenir », mais de quelque chose qui n'a jamais eu lieu, un événement invraisemblable et, par cela même, véridique, effrayant : un véritable cauchemar. C'est le premier à avoir marqué Nabokov, sans doute par la place qu'il occupe, puisqu'il sert de préambule à l'autobiographie. Alors, pourquoi mettre en doute son affirmation du fait que ce souvenir n'est pas de lui, mais emprunté à un autre ? Qui pourrait donc être ce « jeune chronophobe » sinon l'écrivain qui décrit avec un tel luxe de détails le sentiment intime d'une personne dont il aurait eu à « connaître » ? Qui pourrait être ce « jeune chonophobe » sinon lui-même ? Qui donc a rencontré des « chonophobes » qui ne soient pas seulement des hommes et des femmes affligés par la vieillesse et attristés par la certitude d'une mort proche ? Qui a connu des personnes méritant de porter cette épithète ? Il nous faut bien admettre que ce sont des oiseaux rares. Pour avoir lu l'autobiographie avec attention, nous voyons qu'il nous faut parcourir de nombreuses pages pour nous apercevoir que la jouissance suprême de l'écrivain s'obtient quand il goûte à l'*intemporalité*, au point d'aboutir, 140 pages plus loin, à la reconnaissance du fait qu'il ne pouvait se réconcilier avec l'idée de l'éphémère des choses. À l'instar du jeune poète qui accompagnait Freud – presque à coup sûr, Rilke – et dont il est fait mention dans ce texte bref et magnifique qui s'appelle, justement, *Vergänglichkeit*[1]. L'effroi à la Cortázar devient, dans l'écriture de Nabokov, la frayeur que lui inspire une

1. S. Freud, « Éphémère destinée », traduit par J. Altounian, A. et O. Bourguignon, P. Cotet, A. Rauzy, in *Résultats, idées, problèmes*, t. I, Paris, PUF, 1984, p. 233-237.

existence précaire qui pourrait se dissoudre, réduisant à néant le paradis perdu de l'enfance. *Au commencement, il y avait du cadavre :* faire marche arrière dans le temps l'aura amené à retrouver la poussière de ses os dans une poussette non encore étrennée, dans un landau (funèbre) qui l'attend pour l'emmener, tandis que sa mère esquisse un geste d'adieu. Mémoire et papillons sont censés le sauver de l'horreur de ce fantasme originaire qui précède et gouverne son existence entière. Nous n'avons pas encore tourné la première page de l'autobiographie que nous nous apercevons que Nabokov « fait la grève » (*pickets nature*) de la sévère Nature qui impose cet état de choses. « À mainte et mainte reprise, mon esprit a fait d'immenses efforts pour distinguer la moindre lueur personnelle dans ces ténèbres impersonnelles, à l'un et l'autre bout de ma vie » (p. 24). Il sait que cette obscurité n'est provoquée que par les murs du temps ; il sait que s'affronter à eux, ce sera meurtrir ses petits poings innocents. Il cherche avec désespoir une voie d'issue, pour fuir hors du temps, et il finit par découvrir que « la prison du temps est sphérique et sans sorties. Sauf le suicide, j'ai tout essayé » (*ibid.*).

Nous comprenons mieux à présent la fonction consolatrice qu'a le défilé de souvenirs-écrans qui se bousculent dans sa bavarde mémoire ; l'album entier qu'ils forment lui sert à mettre à distance le jeune chronophobe dont il ne parvient même pas à avouer que c'est de lui qu'il s'agit. Et pourtant le texte d'une majestueuse beauté qui en résulte est bien là. La mémoire de Nabokov épingle et fixe sur des plaques de liège les souvenirs qui volettent. La stratégie inventée pour éloigner la mort est elle-même mortifère. Sa mémoire, quand elle le concerne lui, ne vit que pour alimenter la fantaisie. Ce qui arrive au grand romancier est sublime et pathétique : le créateur de personnages immortels comme Ada, Pnin, Sebastian Knight et son frère, Humbert Humbert avec sa Lolita, et bien d'autres encore ; eh bien, à chaque fois qu'il lui arrive de déplacer l'un de ses propres souvenirs pour le transposer sur l'un des protagonistes des romans qu'il écrit, il s'aperçoit de la défaillance de cette mémoire, dès qu'elle s'est transportée sur le papier et dans le monde de la fiction. À être racontée, la vie perd de ses couleurs. Le souvenir persiste dans sa tête, mais comme une chose qui s'est alanguie et refroidie, qui a perdu sa magie et finit par avoir meilleur allure imprimée dans son roman que reléguée dans sa tête. Une fois décrites par l'artiste, les maisons où il a vécu s'écroulent dans la mémoire, sans faire de bruit, comme cela survenait dans les vieux films muets. À lire le récit qu'il fait de cette lutte entre l'homme qui jouit et l'artiste, à être rendu témoin du déchet que l'art fabrique de la vie dont il se sert, nous ne pouvons nous empêcher d'évoquer *Le Portrait ovale* de Poe, l'histoire de ce peintre qui ne cesse de priver de sa vie son modèle, si bien qu'à mesure que le tableau gagne en fraîcheur, il atteint ce point culminant où la peinture est achevée, parfaite, non sans que le modèle se retrouve, elle aussi, achevée, étant morte.

L'encre est encore fraîche du recueil d'essais posthume de W. G. Sebald (1944-2001)[1]. Ce notable écrivain allemand, auteur de ce grand roman contemporain touchant la mémoire qu'est *Austerlitz*, commence la note qu'il consacre à Nabokov en faisant amplement référence

1. W. G. Sebald, *Campo Santo*, traduit par P. Charbonneau et S. Muller, Arles, Actes Sud, 2009.

au « jeune chronophobe » du premier paragraphe d'*Autres rivages* et signale les effets que l'anticipation de la mort produit chez celui qui regarde les images prises avant la naissance : il se mue en ce fantôme qui, avant même d'être né, vit déjà au milieu de sa propre famille, sa prise de chair étant encore à venir. Sans que Sebald relève ce que nous nous sommes permis de déduire, à savoir que la description du souvenir correspond à une fantaisie caressée par Nabokov lui-même, il souligne que la préoccupation pour la fugacité de l'existence gît derrière l'obsession de l'auteur à attraper toutes sortes de mites et de papillons. L'œuvre narrative de Nabokov serait dans son ensemble infiltrée, selon Sebald, par cette impression que nos actions sur cette terre sont sous observation et que ce sont d'autres espèces, encore non classifiées, qui s'y emploient, nous envoyant des émissaires qui assument de temps à autre un rôle d'invités dans les comédies dont nous sommes les acteurs. C'est pour cela qu'aux yeux de Sebald, les personnages du romancier russe, maître de la langue anglaise, ont la consistance des figures d'un rêve, de même que les épisodes qu'il raconte ont la texture des songes. Ils marchent tous, en posant leur pied sur la frontière qui sépare la vie du monde de l'au-delà, faisant ainsi allusion au monde de son enfance qui a disparu avec la révolution d'Octobre sans laisser de traces. Sebald émet également l'opinion, comme nous le faisons nous-mêmes, que, malgré la précision des souvenirs (ou peut-être précisément à cause d'elle), Nabokov se demande au fond si cette Arcadie de son enfance a eu réellement quelque existence. L'éden perdu serait le produit rétroactif de l'exil et des rigueurs du travail, qui ont à voir avec les douleurs d'un enfantement. Selon nous, le paradis originel dont parle le souvenir de ses premières années est un papillon qui cherche à s'envoler, raison pour laquelle il importe de le fixer en l'épinglant, et de l'exposer avec toutes ces pincettes qui définissent un style. Il est d'une importance vitale de le conserver mort, de lui donner l'illusion de la vie, épinglé sur une planchette de liège, après l'avoir aplati entre les pages des livres. Sebald l'énonce, lui, en ces termes :

> Nabokov savait, mieux que la plupart de ses collègues écrivains, qu'il ne saurait y avoir de nostalgie de l'abolition du temps sans le rappel, le plus précis possible, de choses depuis longtemps emportées par l'oubli [*ibid.*, p. 181].

La clarté de ses souvenirs a à voir avec la méticuleuse mise en place de spécimens longuement pourchassés et laborieusement capturés durant les heures pénibles et sans nombre consacrées à la réécriture des phrases qu'il polissait.

Le projet de Nabokov est sans ambiguïté : fixer les ailes du temps qui s'envole, en épinglant la mémoire, capturée par la magie de l'éther, avec l'aide de paragraphes bien aiguisés. Tuer la figure morte de Moïse le législateur, en sculptant son image parfaite, « ôtant le marbre pour que la statue s'en dégage[1] », et puis lui porter un coup de marteau au genou, lui intimant : *E adesso parla ! Speak, memory !* (À ton tour de parler, mémoire !)

Nous avons noté au passage que l'image des deux éternités, dont l'une antérieure à la naissance, n'est pas de Nabokov, mais de son père spirituel en littérature : Léon Tolstoï. Il convient ici de reproduire en détail les mots de l'écrivain légendaire qui, avec son premier

1. M. Buonarotti, *Poesie*, Milan, Adelphi, 1996.

souvenir, procure en plus une confirmation à la thèse de Julio Cortázar. Dans ses pages autobiographiques[1], qu'il écrivit aux alentours de cinquante ans, nous lisons :

> Il est étrange et effrayant de penser que de ma naissance à trois ans, à l'époque où je prenais le sein, où on me sevra, où je commençais à me traîner à quatre pattes, à marcher, à parler, j'ai beau chercher dans ma mémoire, je ne peux trouver une seule impression, hormis ces deux-là. Quand donc ai-je commencé ? Quand ai-je commencé à vivre ? Et pourquoi m'est-il agréable de me représenter à cette époque, tandis qu'il fut toujours effrayant (comme c'est aujourd'hui effrayant pour beaucoup de gens) de me représenter au moment où j'entrerai à nouveau dans cet état de mort dont il ne restera pas de souvenirs exprimables par des paroles ? Est-ce que je ne vivais pas, lorsque j'apprenais à regarder, à écouter, à comprendre, à parler, lorsque je dormais, prenais le sein, baisais ce sein, riais et faisais la joie de ma mère ? Je vivais, et dans la félicité ! N'est-ce pas alors que j'acquérais tout ce dont je vis maintenant, acquérais tellement, si rapidement que dans tout le reste de ma vie je n'en ai pas acquis le centième ? De l'enfant de cinq ans jusqu'à moi... il n'y a qu'un pas. Du nouveau-né à l'enfant de cinq ans... une distance effrayante. De l'embryon au nouveau-né... un abîme. Et du non-être jusqu'à l'embryon, non plus un abîme, mais l'inconcevable.

L'éternité postérieure à l'époque dont il est possible de se souvenir est objet d'anticipation et de crainte, dès lors que s'interrompt la sensation d'une succession

1. L. Tolstoï, « Souvenirs et récits », in *Œuvres*, Paris, Gallimard, La Pléiade, 1960, p. 376.

dans le temps, mais il est à peine possible d'imaginer ce qui angoissait Nabokov : ce temps coagulé, ce temps vide et infini qui précède la naissance, qui sépare le rien de l'embryon. C'est un temps *supra*-individuel, celui de la gestation silencieuse dans un monde d'êtres parlants qui, petit à petit, offrent à un obscur désir dont nous sommes les descendants l'occasion de se manifester, faisant de nous le réceptacle d'une mémoire génétique, d'une mémoire collective matérialisée dans le langage, dans des lois, des institutions, des expectatives qu'il nous faudra nous approprier. Et nous le devrons faire par le biais d'un pronom qui nous est aussi imposé : le « je ». Nabokov est un activiste dans une grève contre la nature. Sa révolte se dirige, en dernier ressort, contre le langage, contre la mortification et l'aliénation qu'induit le langage : comment peut-il y avoir eu un avant ? Et comment se peut-il qu'un monde puisse venir après et qui serait sans moi ? Les journaux paraîtront-ils encore le jour suivant ma mort ? Ma vie aura-t-elle été une « passion inutile » ?

Tolstoï, comme nous l'avons annoncé, apporte aussi sa contribution à la thèse de ce livre, celle de l'Argentin qui est né par l'effet du hasard à Bruxelles. Mettons-nous à l'écoute de son récit, qui d'ailleurs pourra se dispenser de plus amples commentaires[1] :

> Voici mes premiers souvenirs (je ne sais pas les mettre en ordre, ne sachant ce qui fut avant, ce qui fut après : de certains même, j'ignore si je rêvais ou si j'étais éveillé). Les voici : je suis attaché ; je veux dégager mes bras, je ne peux le faire, je crie et je pleure et mes cris me sont pénibles à moi-même ; mais je ne

1. *Ibid.*, p. 375.

peux m'arrêter. Au-dessus de moi se tient, penché, quelqu'un, je ne me rappelle plus qui. Et tout ceci dans une semi-obscurité. Mais je me rappelle qu'ils sont deux. Mes cris leur font de l'effet : ils s'en inquiètent, mais ne me détachent pas, ce que je désire, et je crie encore plus fort. Il leur semble que c'est nécessaire (que je sois attaché) alors que je sais que c'est inutile ; je veux le leur prouver et je me répands en cris insupportables à moi-même mais irrésistibles. Je sens l'injustice et la cruauté non des gens, car ils me plaignent, mais du sort, et j'éprouve de la pitié pour moi-même. *Je ne sais pas et jamais ne saurai ce que c'était :* étaient-ce mes langes de nourrisson dont j'essayais de me libérer les bras, ou était-ce un maillot dont on m'enveloppait lorsque j'avais plus d'un an pour m'empêcher de gratter ma gourme ? *Ai-je réuni en ce seul souvenir, comme cela arrive en rêve, beaucoup d'impressions ? Ce qui est sûr c'est que ce fut là ma première et ma plus forte impression.* Et ce qui m'est resté en mémoire, ce ne sont pas mes cris ni ma souffrance, mais la complexité, la contradiction des sensations. Je veux ma liberté, elle ne gêne personne, et moi qui ai besoin de forces, je suis faible, tandis qu'eux, ils sont forts. [Nous soulignons.]

Comme nous l'avons annoncé, notre commentaire sera bref : touchant l'orée de cette mémoire, l'affirmation de Cortázar se vérifie sans équivoque. Il serait superflu de faire un retour sur l'œuvre et la vie de Léon Tolstoï pour éclaircir dans quelle mesure dans son rapport à la littérature, au pouvoir politique, à sa vie familiale et conjugale, à la société de son temps, à l'histoire entière de ses longues années, c'est toujours en fonction de l'existence d'un fantôme de la liberté que tout s'est joué. Cette première sensation d'impuissance et de révolte contre les pouvoirs de la destinée est restée gravée comme une cicatrice. Sa vie, qui fut blessée par l'échec de nobles entreprises, tout comme sa mort dans une obscure station ferroviaire, expriment l'impuissance face aux forces d'oppresseurs qui – c'est raconté en clair dans le souvenir d'enfance – se montrent pourtant pleins de compréhension. À voir le contraste qui se perpétue entre une si sublime impuissance et un tel élan vers la liberté, on aurait presque envie, comme Anna Karénine, de se jeter sur la voie au passage du train. Ou, comme Bézoukhov, dans *Guerre et paix*, de mettre en jeu sa propre vie et de finir écroué en prison, après une tentative d'assassinat de Napoléon, le tyran.

Fantaisie, rêve ou souvenir ? Mémoire, par anticipation ou par rétroaction ? Personne ne pourra jamais résoudre la question. Personne ne pourra non plus douter de l'existence de l'effroi et de son rôle de gond pour réunir les deux battants de la vie, l'art de Tolstoï jouant à son tour le rôle de gond qui relie deux volets : celui d'une œuvre avec celle de son descendant en littérature, Nabokov.

X

Elias Canetti, ou le couteau sur la langue

> *Il est difficile d'imaginer à quel point une phrase écrite apaise et dompte un être. La phrase diffère toujours de qui l'écrit. Elle se dresse devant lui comme quelque chose d'étranger*[1].

La langue condamnée

Les indications que nous fournissent les données de sa biographie[2] font d'Elias Canetti [1905-1994] un écrivain autrichien d'origine séfarade. C'était, pour dire les choses avec davantage de justesse, un expatrié vivant en littérature, le paradigme de l'écrivain en déshérence qui a en bouche les modes de saliver engendrés par toutes les langues d'Europe centrale et qui les remodèle

1. E. Canetti, *La Conscience des mots*, traduit par R. Lewinter, Paris, Albin Michel, 1984.

2. E. Canetti est né en Bulgarie en juillet 1905 et mort à Zurich en 1994. Il a obtenu en 1981 le prix Nobel de littérature. *La Langue sauvée (Die gerettete Zunge)* (traduit en espagnol par *absuelta* : absoute), parue en 1973 en allemand, est le premier volume de son autobiographie. Nous renverrons à l'édition dont la référence est donnée dans la note suivante. Les citations de l'auteur sont, dans la mesure du possible, abrégées, « éditées » comme on dit aujourd'hui.

par l'écriture. Il est l'auteur d'un unique roman (écrit en allemand et porté au pinacle : *Auto-da-fé*, 1935), de nombreux essais et d'une autobiographie en cinq volumes[1]. Cette autobiographie ne commence pas, selon le mode habituel, avec le récit obligé concernant les parents ou la date et les circonstances de la naissance. Sans prévenir ni faire aucun préambule, il raconte sa vie en commençant par le récit d'un souvenir initial et initiatique. Les premières lignes de *La Langue sauvée* énoncent ce qui suit :

> *Mon premier souvenir*
>
> Mon souvenir le plus ancien est baigné de rouge. Je sors par une porte, sur le bras d'une jeune fille, le sol devant moi est rouge, à gauche d'une descente d'escalier, rouge également. En face de nous, à même hauteur, une porte s'ouvre, laissant passer un homme qui avance à ma rencontre en me souriant gentiment. Il s'arrête et me dit : « Fais voir ta langue ! » Je tire la langue, il fourre la main dans sa poche, en sort un canif, l'ouvre et porte la lame presque contre ma langue. Il dit : « Maintenant on va lui couper la langue. » Moi, je n'ose pas rentrer ma langue et le voilà qui arrive tout près avec son canif, la lame ne va pas tarder à toucher la langue. Au dernier moment il retire sa main et dit : « Non, pas aujourd'hui, mais demain. » Il referme le canif et le remet dans sa poche.

1. Réunis en français à la Pochothèque, chez Albin Michel, dans la traduction respective de M.-F. Demet, A. Guerne, B. Kreiss et W. Weideli, Paris, 1998, sous le titre général de *Écrits autobiographiques*, pour les cinq livres que sont : *La Langue sauvée* (1905-1921), *Le Flambeau dans l'oreille* (1921-1931), *Jeux de regards* (1931-1937), *Le Territoire de l'homme* (1942-1972) et *Le Cœur secret de l'horloge* (1973-1985).

Par cette porte, nous pénétrons chaque matin dans le vestibule rouge, la porte d'en face s'ouvre, et l'homme souriant paraît. Je sais ce qu'il va dire et j'attends qu'il m'ordonne de tirer la langue. Je sais qu'il finira par me la couper et j'ai de plus en plus peur. La journée commence ainsi et cela se reproduit fréquemment.

Je n'en parle pas sur le moment, beaucoup plus tard seulement j'interroge ma mère à ce sujet. À la couleur rouge, elle reconnaît la pension de Karlsruhe où elle a passé l'été 1907 avec mon père et moi. Pour s'occuper du petit garçon de deux ans, ils ont ramené de Bulgarie une bonne d'enfant, elle-même âgée de quinze ans à peine. Elle a l'habitude de sortir de bon matin portant l'enfant sur son bras ; elle ne parle que le bulgare mais se débrouille parfaitement dans ce Karlsbad plein d'animation et rentre toujours à l'heure prévue avec l'enfant. Une fois, on la surprend avec un jeune homme inconnu, dans la rue, elle prétend ne rien savoir de lui, une rencontre tout à fait fortuite. Quelques semaines plus tard, on s'aperçoit que le jeune homme occupe la chambre juste en face de la nôtre de l'autre côté du vestibule. La jeune fille va parfois le retrouver discrètement, en pleine nuit. Les parents se sentent responsables et la renvoient aussitôt en Bulgarie.

Tous deux, la jeune fille et le jeune homme, quittaient la maison de bon matin, c'est ainsi qu'ils se seront rencontrés la première fois. C'est ainsi que tout aura commencé. La menace du couteau fait son effet, l'enfant s'est tu pendant dix ans[1].

Chez Canetti, c'est sans aucun fard que l'effroi à la Cortázar se donne à voir. La menace de mutilation est directe. Son urgence opprimante est sous-tendue par

1. *Op. cit.*, p. 3-4.

l'exhibition de l'instrument effilé de cette amputation, rapproché qu'il est de l'organe concerné. La terreur inspirée à l'enfant atteint son objectif. Les dix années de mutisme qui s'ensuivent prouvent qu'il ne s'agissait pas d'une menace en l'air : l'enfant aura effectivement perdu la langue et ne la récupérera que lorsqu'il aura pu raconter l'histoire du canif à sa mère, ce qui ne surviendra qu'après de pénibles tribulations et des exils répétés. Parmi ceux-ci, intervint en premier lieu, en Angleterre, la mort brutale du père, à l'âge de trente et un ans, possiblement acculé au suicide par l'infidélité de son épouse, ou succombant à l'impact d'une tension émotionnelle insupportable. Elias n'avait alors que sept ans. Cet événement traumatique, sur lequel nous aurons à revenir, a joué le rôle d'une ligne de partage des eaux, ayant gouverné, à partir de sa frange, toute la vie de l'écrivain.

Le premier tome de l'autobiographie s'intitule : *Die gerettete Zunge*, la langue *sauvée* ou *libérée* (traduction qui serait plus littérale que celle adoptée dans l'édition espagnole : *pardonnée [absuelta])*. Mais ce titre, dans tous les idiomes européens, se prête surtout à l'équivoque, puisque « langue » est tout autant l'organe de la bouche avec lequel s'articule la parole que l'idiome ou le dialecte dans lequel on se parle. Tout le monde est d'accord pour dire que Canetti est un écrivain dont l'œuvre émane du carrefour embrouillé de langues où il s'est trouvé plongé depuis sa venue au monde, sa langue d'origine ayant été celle des juifs séfarades : le ladino. Pour l'écrivain, la naissance à la langue qui devait devenir pour lui définitive, l'allemand, « ma seconde langue maternelle », comme il le dira par la suite, se produisit sous la férule cruelle de sa mère. La

« langue » du titre de son livre est presque toujours mise en rapport par les critiques littéraires avec la maîtrise que manifeste Canetti dans l'usage de l'écriture, avec son don pour les langues, sa volubilité linguistique et son exceptionnelle facilité à dominer les arcanes de la langue allemande. Mais l'épisode de la bonne bulgare met en évidence que la langue sur laquelle pèse la menace – qu'elle se retrouve sauvée, libérée ou absoute par l'écriture – est celle qui est dans la bouche, entourée par les dents.

Les deux sens du mot « langue » permettent de comprendre de deux façons, toutes deux légitimes, le titre de la première partie de l'autobiographie. La seconde partie porte un titre tout aussi évocateur : *Le Flambeau dans l'oreille*. Que le récit commence par la menace portée à la *Zunge*, menace corroborée par le rapprochement d'une lame tout près de l'appendice humide, vise à indiquer que c'est le fait de prendre ce mot dans son sens d'organe qui rend l'épisode traumatique et que cette équivoque préside au déroulement de l'ensemble de la narration. Cela vient confirmer la thèse centrale de notre essai : retracer l'histoire des commencements de la mémoire, c'est reconnaître qu'elle prend son origine dans la peur et l'épreuve de la détresse. Le cas particulier que nous étudions ici permet de relever six caractéristiques dont l'explicitation nous importe : la *première* serait de remarquer que le contexte du souvenir n'en fait pas partie, et il faut que ce soit l'Autre (la mère) qui apporte les précisions spatiales et temporelles (Karlsbad, été 1907) ; la *seconde* est que le souvenir sert d'écran à une autre scène, une scène libidineuse que l'enfant ne devait pas révéler, s'il voulait conserver sa langue indemne ; la *troisième* est celle qui permet, dans ce premier souvenir, de constater le déplacement sur un élément visuel aléatoire, comme la couleur (jaune pour Freud, gris pour Cortázar, rouge pour Canetti, bleu pour García Márquez) ; la *quatrième* est que la netteté des images – qui par cela même est digne d'être soupçonnée de falsification rétroactive – est mise en relief par leur définition à laquelle parvient un enfant tout juste en train de s'initier aux secrets du langage ; la *cinquième* est que l'épisode rend manifeste une situation d'abandon sans protection, comme celui que connaît un enfant quand s'absentent ceux qui auraient pu lui éviter l'angoisse ; et la *sixième* est le fait que le souvenir comporte des éléments qui calfeutrent l'horreur, en édulcorant la scène : le bourreau potentiel est « un homme souriant qui vient gentiment vers moi ».

Mais relevons surtout une *septième* caractéristique. Car, si on le compare aux autres récits de « souvenirs d'enfance », celui-ci se présente comme inédit avant le récit de Canetti : il s'agit de la réitération de la scène qui a lieu « chaque matin » et qui devient le mode habituel de commencer la journée. Un contraste se fait jour entre le sourire du tortionnaire et le niveau d'angoisse, qui monte toujours davantage, chez cet enfant qui sait que la sentence sans appel finira bien par tomber. Il est étrange que Canetti ne mentionne pas cet état d'attente anxieuse générée par le report constant du moment de l'exécution : « pas aujourd'hui, demain. » À la lumière de la vie et de l'œuvre entière de l'écrivain, telle qu'elle est reprise dans les biographies, et en fonction de la manière d'entrelacer œuvre et vie dans l'autobiographie, on a lieu de se demander si, à chaque réveil, chaque aurore ne commençait pas pour Canetti avec la sinistre phrase : « Maintenant, on va lui couper la langue », suivie de : « Pas maintenant, demain. » On a toujours souligné l'affinité qu'il y avait entre l'œuvre de Canetti et celle de Franz Kafka, en suggérant même que l'écrivain austro-bulgare s'employa à confirmer cette parenté, nulle part rendue plus évidente que dans son unique roman : *Auto-da-fé*. Le récit d'un enfant, condamné sans procès par une sentence impitoyable, ne peut-il pas être considéré comme le paradigme de la littérature kafkaïenne, suivant elle-même les traces de *La Colonie pénitentiaire* ? Rencontrerait-on une jouissance, et une jouissance authentique, dans l'attente que se mette à exécution une menace, « maintenant », alors même que toujours elle est différée mais perpétuellement se renouvelle, sachant que la mort ne manquera pas d'advenir, mais « pas encore aujourd'hui » ? L'aveu de cette jouissance matinale vient de la bouche de l'auteur lui-même : « Enfin, et le plus obsessionnellement, il y a la mort que je ne puis reconnaître, bien que je n'en détourne jamais les yeux, et qu'il me faut débusquer jusque dans son dernier retrait, pour en détruire l'attraction et le faux éclat[1]. » Donc, toujours la garder proche et l'avoir à l'œil.

Par rapport à cette agonie imaginaire, à ce « je meurs de ne pas mourir », à cette persécution maniaque du rapace (comme si la mort, la fascinante persécutrice, n'était pas ici la maîtresse du jeu), Canetti prétend prendre ses distances, comme Cortázar et comme presque tous les auteurs dont nous traitons, en écrivant sans pouvoir s'arrêter. « Il serait difficile pour moi, d'avancer dans ce que je fais le plus volontiers, si je ne tenais pas un journal parfois [...]. Un être pareil, donc, n'aurait d'autre issue que d'exploser ou de tomber en

1. E. Canetti, *La Conscience des mots*, *op. cit.*, p. 83.

pièces, s'il ne *s'apaisait* dans un journal[1]. » L'écriture, avoue-t-il, n'est pas volontaire ; c'est une prophylaxie contre la folie. Les livres, du fait même qu'ils dessinent sur leur couverture son nom et proclament son renom, fonctionnent comme des *butoirs*, comme ces petits accessoires qui sont apposés à l'extrémité des axes pour que les roues tournent sans s'échapper. Si le butoir glissait jusqu'à se perdre, si venait à manquer la fonction qu'il occupe : empêcher le déséquilibre de l'esprit par la magie que confère à cet ustensile l'assemblage soigneux des lettres pour en faire œuvre belle, il faudrait l'enfermer. Alternative qui ne laisse aucun choix : ou l'écriture ou la mort (la folie).

La langue est restée hypothéquée par la menace suspendue qui la surplombe. Un enfant, qui ne peut comprendre une histoire dont le sens ne se dévoile que dans l'après-coup (*Nachträglich*), qui ne peut saisir ce qui se passe à ce moment-là entre le jeune homme souriant et la petite bonne bulgare, finira bien par déchiffrer son arrière-fond de nature sexuelle. Ce qui est manifeste, c'est que l'instance de la loi est en jeu : c'est parce qu'il y a transgression qu'on ne peut parler et que la langue peut être arrachée. L'emprise de cette loi se fait encore plus manifeste quand s'exécute la sentence et que la demoiselle est réexpédiée dans son pays, sans que puisse être invoquée une raison relative à son petit protégé, puisque, lui au moins, a su garder sa langue, alors que les parents de Canetti « se sentent responsables » à son égard.

Que voyait donc l'enfant et qu'il devait celer ? Qu'entendait-il de la rencontre entre les deux jouven-

1. *Ibid.*, p. 65.

ceaux ? Comment se tenait-il face au couple des amants ? Quelle était sa jouissance de témoin de cette « scène primaire » ? Rien n'est apparemment angoissant dans le souvenir, sauf l'affirmation : « Je sais qu'il finira par me la couper et j'ai de plus en plus peur. » C'est la langue (la langue ?) dépossédée du poète en germe qui aura à recouvrer son bien par l'écriture.

Mais chez Canetti, l'événement central de la mémoire, le cœur palpitant de la vie n'est cependant pas cet angoissant premier souvenir, mais la mort inexplicable de son père, comme nous l'avons déjà annoncé, quand il n'est encore qu'un enfant de sept ans. La relation entre ce malheur et le sinistre jeune homme souriant au canif nous paraît évidente, et nous souhaitons en démontrer le bien-fondé. Sauf que maintenant, les paroles de curiosité sont prononcées par l'enfant, et celle qui a la langue prisonnière sous la herse de lèvres serrées ou de paroles mensongères, c'est la mère.

Des antécédents sont ici à rappeler. La mère est tombée « malade » l'année du transfert de la famille de Bulgarie en Angleterre (en 1912) et, comme l'air de la ville « ne lui convenait pas », elle s'en fut en cure dans un sanatorium autrichien où elle découvrit qu'elle ne voulait pas résider en Angleterre, fut émue par la découverte des drames de Strindberg et prit goût à la compagnie d'un médecin qui s'amouracha d'elle au point de lui demander qu'elle se marie avec lui et ne retourne pas dans sa famille. Sans partager cet amour – ou du moins c'est ce qu'elle affirme sans ambages –, elle ne cessait de demander à son mari de différer son retour, le priant de la laisser davantage de temps au sanatorium, jusqu'au jour où il lui intima l'ordre, par télégramme, de retourner au foyer. Autant dans ses lettres que lors de son retour, la femme tenait son mari informé de l'amélioration de sa santé, mais aussi – noblesse oblige ! – des distractions que lui apportait sa relation avec le médecin. Lorsqu'elle revint enfin, le père de Canetti soumit sa femme à un torturant interrogatoire nocturne au terme duquel ils finirent par ne plus se parler, s'étant fâchés l'un comme l'autre : « À chaque réponse de ma mère, sa jalousie ne faisait que croître : il persista à croire qu'elle s'était rendue coupable, tenant pour mensonge chacune des réponses qu'elle lui faisait » (*La Langue sauvée, op. cit.*, p. 70). Le matin suivant, le père descendit jouer avec les enfants ; ce fut alors qu'il prononça quelques phrases sans importance. Il n'y eut jamais pour Canetti de mots qui se gravèrent plus profondément dans sa mémoire : c'étaient les ultimes paroles qu'il ait eu à entendre de son père. Ayant fini de jouer, le maître de maison « redescendit comme toujours pour prendre son petit déjeuner », ouvrit le journal qui annonçait le commencement d'une nouvelle guerre dans les Balkans et, quelques instants plus tard, le voilà gisant sur le parquet, sa femme poussant des cris à ses côtés, encore mue par la croyance qu'il faisait semblant pour la punir et exigeait à nouveau d'elle qu'elle lui avoue quelque chose. Quelques heures plus tard, la mère grondait son fils, lui reprochant en fureur de jouer alors que son père était mort : « Avec ses cris, la mort de mon père entra en moi, elle ne devait plus jamais me quitter » (*ibid.*, p. 66)

Se met alors en place un jeu que Canetti n'ose pas interpréter, alors que nous ne manquerons pas de le faire. Notons au passage que Canetti (comme Nabokov et, d'une certaine manière, Borges) fut durant toute sa vie un ennemi déclaré de la psychanalyse et plus particulièrement des affirmations freudiennes touchant le complexe d'Œdipe[1]. En bon disciple de Karl Kraus, Canetti ne perdait aucune occasion de stigmatiser de ses sarcasmes la pensée et l'œuvre de Freud, ne manquant pas de réfuter la prétention de la psychanalyse à se poser en traitement contre la souffrance psychique.

Mais nous parlions du jeu qui s'était établi entre l'enfant et sa mère, un jeu qui consistait en l'interrogatoire policier sur la mort du père et mari, visant à arracher des aveux éphémères qui infusaient de tels doutes qu'ils relançaient le questionnement, afin d'obtenir une nouvelle confession. Cette inquisition était une véritable et mutuelle torture (ils en *jouissaient* donc, sinon, pourquoi se serait-elle répétée ?) ; aussi se rejouaient-ils la scène de la dernière nuit du père dans son alcôve, le fils prenant la place de ce dernier. Il ne fait pas de doute que tous deux se sont complu durant vingt-trois ans à ce jeu acide des joutes verbales et des complets mensonges, jusqu'à ce que, Canetti ayant atteint trente ans et publié d'*Auto-da-fé* (qui enthousiasma la mère), celle-ci produisît une version qui était, cette fois selon lui, définitive : « la dernière version de la mort de mon père en laquelle je crois encore » (p. 68). Il importe de donner toute sa valeur à cette formulation : il ne considère pas cette version comme étant la *véridique*, mais seulement comme un objet de croyance dont il n'est pas convaincu, parce qu'elle est temporaire (j'y crois « encore ») et versatile. Aupara-

1. Il y a lieu de consulter, à propos de la relation conflictuelle de Canetti avec Freud, le deuxième tome de ses mémoires *Histoire d'une vie : Le Flambeau dans l'oreille (1921-1931), op. cit.* On lit p. 449 : « Je me rendais parfaitement compte que j'avais besoin de lui [il s'agit de Freud] comme adversaire. Mais personne n'aurait pu me convaincre alors qu'il me servait aussi comme une espèce de modèle. »

vant, la version qu'elle avait autorisée, dont les « mots pénétrèrent en moi comme si c'était mon propre père qui les avait prononcés » (*ibid.*, pp. 68-69), voulait que le père soit mort cette triste matinée à cause du chagrin provoqué par la nouvelle qu'une guerre avait éclaté, qui entraînerait la mort de beaucoup de monde. Canetti recherche une explication à cette mort qui serait consolatrice, mais, comme s'il le confessait à lui-même, il reconnaît qu'il ne veut pas la trouver : « *Je ne pouvais* croire qu'il y eût quelque raison à la mort de mon père, il valait donc mieux pour moi qu'on n'en trouvât point » (*ibid.*, p. 67).

Sous le feu de ses questions, les premières réponses de la mère étaient qu'il « ne pourrait pas comprendre », puis en vinrent d'autres qui visaient à « préserver mon jeune âge ». Ces versions se succèdent avec les années et se contredisent, chacune apportant la preuve que la précédente était mensongère :

> Ma mère souriait et déclarait invariablement : « Si je t'ai dit cela, c'est que tu étais trop jeune à l'époque. Tu n'aurais pas pu comprendre. » Je redoutais ce sourire [*Ah, le sourire du coupeur de langue !*], il était différent de son sourire habituel que j'aimais à cause de la fierté et de l'intelligence dont il témoignait. Elle savait qu'elle me blessait quand elle me révélait quelque chose de nouveau sur la mort de mon père. Elle était cruelle et se plaisait à ce jeu, c'était sa manière à elle de se venger car j'étais jaloux et ma jalousie lui pesait terriblement.
>
> Tout ce qu'elle m'a dit à ce sujet est resté gravé dans ma mémoire, *il n'est rien dont j'aie conservé plus précieusement le souvenir.* Peut-être coucherai-je une fois sur le papier les différentes versions de la mort de mon

> père. Ce serait la matière d'un livre entier. Mais pour l'instant, ce sont d'autres traces que je suis. [p. 67-68. La phrase entre crochets et les italiques ont été rajoutés par mes soins.]

Canetti garda sa langue durant dix ans avant de confesser à sa mère l'épisode infantile. La mère fut plus résistante et dévoila à son fils son dernier récit, qui n'est pas nécessairement le plus authentique, vingt-trois ans après la mystérieuse mort du père. Durant toutes ces années, l'enfant, l'adolescent, le jeune écrivain continuèrent, inlassablement, l'implacable interrogatoire commencé ce matin fatidique de 1912. Se répétait ainsi la scène de l'enquête du père qui, sous l'emprise de sa jalousie, se refusait à admettre les réponses qu'il recevait et exigeait un aveu, sachant que, de toute façon, celui-ci ne le tranquilliserait pas et augmenterait tantôt son angoisse, tantôt le sadisme policier de son enquête. Dostoïevski, dans *Un cœur faible*, Schnitzler, Zweig et, assurément, Strindberg ont exploré dans tous ses recoins la passion des jaloux. Dans ce cas, Canetti a occupé la place de Hamlet, en tant que fils.

> Comme rien ne me préoccupait davantage que cette mort, je crus à chacune de ces « versions ». Je m'en tenais au dernier récit de ma mère, je m'en pénétrais, ressassant chaque détail comme s'il sortait de la Bible, y rapportant tout ce qui se produisait autour de moi mais aussi tout ce que je lisais et pensais. Mon monde était changeant, mais la mort de mon père demeurait en son centre. Quand, au bout de quelques années, j'apprenais quelque chose de nouveau, le monde où j'avais vécu s'écroulait tout autour de moi, plus rien ne tenait debout... [*Ibid.*, p. 67.]

Offusqué comme il l'était par les thèses freudiennes sur l'Œdipe, si peu enclin à les accepter, si sceptique en bon krausien qu'il était, Canetti s'est montré, après la mort de son père, férocement possessif à l'égard de Mathilde Arditi, mère veuve qui était prête à tout pour complaire à son fils et qui est restée à cause de lui assez inconsolable.

Écrire (:) le désir de la mère

Canetti illustre avec plus de clarté le complexe d'Hamlet que celui d'Œdipe, lui qui prétend s'innocenter de ses propres fautes en les attribuant au désir de sa mère… donc, ce n'est pas pour rien qu'il intervient en la matière. C'est seulement à partir de la version de 1935 qu'il trouve la paix. Il y a lieu de resituer le contexte dans lequel est obtenu l'ultime aveu. Aux yeux de sa mère, « la littérature universelle, telle qu'elle était entendue à l'époque, en vint à constituer ce qui donnait vraiment un sens à la vie ». Mathilde Arditi cependant s'opposait à la volonté du père qui, au moment précis où l'enfant atteignait ses sept ans fatidiques, commença à lui donner des livres à lire (en anglais) et à commenter avec lui, le soir venu, le contenu de ses lectures. « Je garde de ces moments un souvenir marquant », commente l'écrivain. L'opposition de la mère aux lectures du fils (« telle fut l'époque la moins appréciée de ma vie avec ma mère ») se manifesta précisément avant qu'elle ne se rende au sanatorium en Autriche pour son traitement, là même où le médecin lui apprit à aimer Strindberg. Nous ne nous étendrons pas ici sur le thème de la jalousie chez Strindberg ni dans *Le Fils de la bonne* ni dans son drame *Père*. Que le lecteur, s'il le souhaite, aille y voir, s'il veut s'aventurer sur les pistes de la passion de Mathilde Canetti. Rappelons seulement quelques mots d'Elias Canetti que l'on trouve aussi bien dans *La Langue sauvée* :

> Fut corroborée la jalousie qui m'a torturé toute la vie et la force avec laquelle, à l'époque, elle m'a saisi, elle m'a marqué pour toute la vie. Celle-ci devint ma véritable passion, et une passion qui ne cédait devant aucun ordre d'arguments ou de raisonnements.

Les parents de Canetti parlaient entre eux l'allemand ; ils s'étaient connus à Vienne où ils assistaient tous les deux de façon très assidue aux représentations théâtrales de la ville. Ils interdisaient au petit Elias d'apprendre cette langue : car c'était leur langue secrète. Quand le père, Jacques Canetti, mourut, la mère d'Elias se mit en tête de le familiariser (ce qui n'est pas la même chose qu'enseigner) avec la langue qui lui était jusqu'ici interdite, en usant de la manière forte et en lui laissant peu de jours. Son entêtement, c'est le moins qu'on puisse dire, fut féroce : posant des exigences démesurées, se moquant de ses moindres erreurs, l'injuriant parce qu'il était un « idiot » et, après une bévue, prononçant une phrase qui était la chose la plus douloureuse qui pût s'incruster dans sa mémoire à lui : « Ton père savait l'allemand. Que dirait ton père s'il pouvait t'entendre ? » L'enfant raconte :

> Je vivais dans la terreur de ses sarcasmes. Alors se passa quelque chose que je ne parviens pas à comprendre. Je me mis à faire terriblement attention à tout ce qui sortait de ma bouche [...], tandis que c'est

> à peine si elle-même se rendait compte que, préoccupé comme je l'étais, je ne mangeais presque plus. Elle trouvait pédagogique que je vive ainsi sous la terreur [...]. Elle répétait souvent la phrase qui me blessait si profondément : quel est cet idiot que j'ai mis au monde !

Le résultat ne se fit pas attendre : Canetti apprit ainsi l'allemand, la langue condamnée qui avait fini par être son instrument de salut. Il parvint à parler avec sa mère dans la langue secrète qui avait été auparavant celle de son père et réussit enfin à obtenir d'elle une reconnaissance : « Maintenant oui, tu es vraiment mon fils ! » Mais Canetti surenchérit, comme s'il cherchait à ne plus vouer la moindre réserve à l'égard de l'œdipianisme qu'à part lui il condamnait avec tant d'ardeur :

> Beaucoup plus tard, je compris que ce n'était pas seulement pour moi qu'elle m'enseigna l'allemand, entremêlant la chose de supplices et de moqueries. Elle portait en elle une profonde nécessité de parler en allemand avec moi, puisque cela avait été la langue de son intimité [...]. Tel avait été la langue confidentielle de son couple. *Elle se sentait perdue sans lui et s'employa à me faire occuper sa place aussi rapidement qu'elle le put* [...]. Elle m'obligea ainsi en très peu de temps à atteindre à un niveau qui dépassait les capacités normales de n'importe quel enfant, et son succès a déterminé la nature profonde de mon allemand : ce fut une langue maternelle tardive inculquée à force de souffrances véritables. Mais tout ne fut pas de l'ordre de la douleur, car cette période fut immédiatement suivie d'une époque de bonheur qui finit par m'unir indissolublement à cette langue [...]. *La langue de notre*

amour – et quel magnifique amour ! – serait l'allemand. [*Ibid.*, nous soulignons.]

Les lettres des mots allemands entrent en lui par le sang de la langue. Recevoir un enseignement et apprendre dans un climat de terreur est aussi source de jouissance ; celle-ci a peut-être une amertume qui se laisse lire à chaque ligne du texte : la nature profonde de la langue de Canetti doit se rechercher dans la douleur par laquelle l'enfant est passé, à devoir, furieux et impuissant, farfouiller dans les dictionnaires et se faufiler dans le labyrinthe des mots de l'Autre, du mort, pour partager sa mère avec ce fantôme omniprésent (« Avec ses cris, la mort de mon père entra en moi, et elle ne devait jamais plus me quitter »). C'est par ce biais que nous nous rapprochons de l'ultime aveu de la mère : Elias Canetti venait de publier, dans les années déjà grises, en 1935, à Vienne juste avant l'*Anschluss*, son roman *Auto-da-fé*, un saisissant récit, considéré comme un chef-d'œuvre de la littérature allemande.

> Il y avait eu de longs et rudes affrontements entre nous et, plus d'une fois, elle avait été sur le point de se détourner de moi. Mais elle comprenait maintenant, disait-elle, la lutte que j'avais menée pour conquérir ma liberté [...]. Le livre qu'elle avait lu, disait-elle, était la chair de sa chair : elle se reconnaissait en moi, elle voyait les hommes exactement comme je les décrivais et c'était ainsi, exactement ainsi qu'elle aurait elle-même voulu écrire. Il ne lui suffisait pas de me pardonner, elle voulait s'incliner devant moi, elle me reconnaissait doublement comme son fils, j'étais devenu ce qu'elle avait souhaité par-dessus tout que je devienne [...]. Il m'était insupportable de penser

> qu'elle pût s'incliner devant moi à cause de ce roman, aussi important fût-il à mes yeux. [...] Quand je la revis elle fut bien aise de sentir mon embarras, fait de honte et de déception à la fois et [...] elle se laissa aller à me dire enfin toute la vérité sur la mort de mon père.
>
> Bien qu'elle n'y eût jamais fait allusion dans ses précédentes versions, il m'était arrivé de supputer qu'il s'était passé quelque chose dans ce genre, mais je m'étais reproché ensuite, chaque fois, de me laisser égarer par le côté soupçonneux que j'ai hérité d'elle. [*Ibid.* pp. 70-71.]

Irrévocable est la victoire qu'obtient ainsi Elias : la mère lui rendait enfin quelque peu de liberté. Mais ce fut en s'accouplant à sa langue et au désir dans lequel elle s'exprimait. Cette mère dut quand même s'acquitter d'un prix, qui était d'admettre qu'elle avait commis une faute susceptible de calmer définitivement la suspicion que nourrissait son fils. Elias se le tient-il pour dit parce qu'à présent il connaît la vérité ? Ou parce que sa mère s'est humiliée, s'est mutilée, donnant sa langue au chat, en confessant son secret ? Se tranquillise-t-il parce qu'il peut compenser le traumatisme incurable de la mort du père ? Ou parce que, moyennant l'emprunt de la voie que constitue l'écriture, qui lui apporte, une fois devenu auteur, la reconnaissance de son être, il a réussi à avoir un nom qu'il s'est fait par lui-même, sortant ainsi de son village bulgare et du salmigondis de langues parmi lesquelles il avait grandi ? L'écriture chez Canetti, il l'avoue lui-même, est anxiolytique, elle est un antidote à la folie. Elle porte les traces effrayantes de la guerre à propos des livres, celle de la mère contre le fils, de l'époux contre sa femme, qui ne peut se terminer que dans le sacrifice. Le combat titanesque des époux : de

Teresa contre Kien, de Kien contre Teresa, est un pari désespéré à propos des livres, qui se termine en *Auto-da-fé*, le grand bûcher d'où le roman reçoit son titre.

Peut-être n'échappe-t-il à personne que Canetti, à l'égal de son père, a su dès le début la vérité de ce qui s'est passé dans la ville thermale ? Ce n'est pas rien d'entendre dans la bouche d'un anti-freudien militant que cette vérité, « il avait toujours essayé de la refouler ». N'est-il pas angoissant pour lui que la mère se décide à lui dire « toute la vérité » ? Mais l'important, c'est qu'elle se soit rendue en s'humiliant. Le jeu sadique qui s'était établi entre eux a perdu de son sel (et il se déplace à présent vers la relation entretenue avec sa femme, qui l'amène, dans la répétition, à s'identifier au drame personnel de Tolstoï, Veza étant une femme possessive dont les traits apparaissent, déguisés, sous ceux de la sinistre Teresa du roman). Le spectre de son père, comme le père de Hamlet dont le fantôme vagabonde au-dessus des remparts du château d'Elsinore, peut recouvrer la paix, grâce à la vengeance effective, bien que symbolique, du fils.

Entre le souvenir le plus ancien, celui de Karlsbad, quand il avait deux ans, et le souvenir le plus chevillé au corps dont il lui est impossible de se distancier en le reléguant dans le passé, celui de Manchester, quand il avait sept ans, il y a une correspondance et une affinité qui les rend cousins. Que se sont donc dit les membres du couple qui copulent devant lui dans leur langue incompréhensible ? Quel est le mystère du sexe, ce mystère que Canetti ne parvenait pas à lever, n'admettant pas jusqu'à un âge risible ce que la mère continuait de prétendre, puisqu'elle niait que les enfants puissent naître, après que les parents eurent fait la même chose que le coq avec la poule ? Pourquoi lui couperaient-ils la langue, s'il parlait de ce qu'il savait très bien, relatant ce qui s'était passé entre la bonne bulgare et son jeune homme, entre Mathilde et Jacques, ses parents, enfin s'il devinait ce qui s'était passé aux thermes de Reichenbach – une chose que la mère ne reconnut jamais pleinement ? Que s'était-il passé cette nuit-là dans la chambre à coucher des parents, fermée à double tour, et à propos de quoi toute curiosité devait être déboutée ? Pourquoi le père avait-il pu mourir, si était mise en doute l'hypothèse que c'étaient les nouvelles qu'il avait lues dans le journal qui l'avaient terrassé ? Pourquoi tous ceux qui ont approché Elias jeune ont-ils eu de la compassion en le voyant torturé par sa compulsive jalousie ? Comment se fait-il que la menace récurrente du premier souvenir se soit fixée d'une façon aussi implacable chez cet enfant devenu précocement homme de lettres, mais à qui les parties génitales n'importaient guère, parce qu'elles ne furent jamais reconnues comme faisant partie de son anatomie ou de celle de l'autre ? Il ne pouvait ignorer tout à fait qu'il avait l'apanage de certaines privautés inavouables qui pouvaient le conduire à une mutilation – et pas seulement de la langue : « je sais qu'il me la coupera ». Quel est ce canif qui condamne sa langue (sa langue ?) à être coupée chaque jour, mais « pas aujourd'hui, demain » ?

Je voudrais préciser mes idées autour de tout cela. Il est peu vraisemblable (et c'est toujours le cas avec la mémoire des enfants) qu'un gosse de deux ans ait enregistré avec exactitude un dialogue aussi complexe que celui qui est reproduit dans le texte de son souvenir. Ses premiers composants pourraient être authentiquement d'ordre mnésique (si tant est que l'adverbe et l'adjectif n'entrent pas en contradiction ; mais que l'on me passe l'oxymore !) : la couleur rouge, l'escalier, le couple des amants, le contraste entre le sourire et la menace, le canif redouté. Le deuxième élément qui donne une cohérence et un cadre à tous ces composants provient du récit de la mère, « rouge » renvoyant à Karlsbad en 1907 ; il y eut effectivement une jeune fille bulgare qui fut renvoyée en raison d'un amour illicite. Le troisième élément est constitué par la manière selon laquelle ce « souvenir », qui est un fantasme (« l'union de choses vues et entendues », disait Freud), s'intègre à ce que l'enfant savait sans pouvoir le savoir : l'adultère de la mère, révélateur qu'il est de la teneur sexuelle du souvenir ancien. D'où il résulte que le premier souvenir est une construction qui se fait doublement *après coup*. L'épisode du canif qui se rapprocha de sa langue pour y rester, les mots équivoques de la mère et la mort du père dessinent les trois chambranles de la fenêtre par laquelle Elias Canetti regardera le monde[1].

Ce qui pose encore question est ce à quoi il nous faut retourner. Se peut-il que la langue – *Zunge*, en ses deux acceptions – parvienne à être le phallus ? Et comment Canetti parvient-il à passer de son ignorance imposée de l'allemand, en tant que langue intime des amours parentales et à ce titre prohibée à l'enfant, à la position du poète et de l'essayiste qu'il occupe au point de recevoir le prix Nobel pour la maîtrise de la langue interdite ?

Il faudra, en sus, prendre en considération l'incidence de la culpabilité et les moyens mis en œuvre pour se mettre à l'abri des remords et de leurs coups de dents.

1. Tout au long de cette argumentation, j'ai résumé les linéaments d'un fécond dialogue que j'ai eu avec Daniel Koren, qui a fourni l'essentiel de ces matériaux. Grâces soient donc ici rendues à l'ami et au collaborateur.

Le mieux était encore pour l'enfant – c'est ce que reconnaît l'écrivain adulte – que ne se trouve aucune raison pour la mort du père, même s'il lui était loisible d'écrire un livre entier à partir des différentes versions de cette mort, obtenues à partir de son enquête. Qu'éprouva-t-il à la vue de son père étendu sur le parquet, couché tout près de la cheminée ? Bien peu de chose, peut-il sembler, à la lecture de son récit : quelques minutes après, il se retrouverait en train de jouer avec un ami. Nous ne pouvons renoncer ici cependant à notre méthode d'analyse intertextuelle. Et dans un autre livre de Canetti[1], il nous est donné à lire ceci :

> Ce qui succède à l'effroi face au mort qui gît là, c'est la satisfaction : on n'est pas soi-même le mort. Cela aurait pu être le cas. C'est toutefois l'autre qui gît là [...]. C'est ce sentiment qui prend rapidement le dessus ; ce qui était effroi, initialement, s'imprègne maintenant de contentement. [...] Cet état de fait est si effroyable et si nu qu'on le voile comme on peut. Qu'on en ait honte ou non est décisif pour l'appréciation de l'être humain. Mais cela ne change rien à l'état de fait. La situation de survie est la situation centrale de la puissance.

Les deux souvenirs, le plus ancien et celui dont l'impact aura été le plus grand, se rejoignent et maintiennent entre eux un lien sous-jacent. Je puis faire l'hypothèse que la vie et l'œuvre de Canetti dérivent de la condamnation infligée à sa langue, condamnation qui pourrait absoudre la médiocre traduction espa-

1. E. Canetti, *La Conscience des mots, op. cit.*, p. 33.

gnole de son autobiographie, lorsqu'elle traduit *gerettete* par *absuelta*. On peut douter du fait qu'elle ait été « sauvée », ne serait-ce que parce que cette libération se négocie par la solution d'une réclusion dans l'enceinte du désir manifeste de la mère et dans la réalisation outrancière de son désir, en tant que désir de l'Autre. Je m'aventure à postuler que le « désir le plus ancien » de Elias Canetti, bien fait pour donner raison à la thèse de Cortázar, se comprend à partir de l'équivoque que permettent les deux acceptions du vocable « langue ». Le premier souvenir, construit rétroactivement à partir du second, fonctionne comme une grille et se superpose à l'imaginaire de l'écrivain, imaginaire qu'il aimerait nous faire partager comme un oracle, selon la fine intuition de Martha Robles. Il sera écrivain, il écrira en allemand, mais il gardera sa langue maternelle (le ladino), il la gardera mais sans trahir beaucoup des secrets qu'il est parvenu à percer en s'en servant, la gardant pour parler, mais ne s'y exprimant vraiment que par écrit, transposant ses fantasmes dans les lettres de l'alphabet. La sentence prononcée se voudra sentencieuse. D'une façon incoercible, il remplira les milliers de pages de son journal, afin de s'innocenter et de se sauver de l'explosion de toutes ces mines dont son terrain était infesté. Il jouira de cette écriture qui peut mettre à distance l'effroi et lui permettre de jeter à la mer la langue enserrée dans sa bouteille de dents. Sauvée qu'elle se verra ainsi du canif.

XI

Georges Perec n'a pas de souvenirs d'enfance[1]

HISTOIRE DE L'ORPHELIN QUI ÉTAIT LE FILS DE SES PAROLES

Avant de m'immerger dans les méandres du premier souvenir de Georges Perec, en continuant de retrouver les échos que Cortázar nous émet, je crois qu'il conviendrait que je propose au lecteur de m'accompagner dans une présentation biographique et littéraire de l'écrivain. Georges Perec est un romancier français dont la lecture n'est pas facile, exigeant beaucoup même du plus appliqué des adeptes de sa littérature. Il était le fils de Juifs polonais émigrés et ne vécut que quarante-six ans (Paris, 1936-1982) ; durant ce bref

1. Nous ont servi pour la rédaction de ce chapitre, en plus des textes cités de Perec lui-même, des données fournies par des revues : *L'Arc*, n° 76, 1979, ainsi que *Le Magazine littéraire*, n° 193, de mars 1983, et le n° 316 de décembre 1993, tout deux consacrés à Perec. Nous avons de même consulté la copieuse et recommandable biographie de D. Bellos, *Georges Perec. Une vie dans les mots*, Paris, Seuil, 1994.

intervalle, il a réussi à écrire certains des livres les plus créatifs de la littérature française d'après-guerre (ou de la littérature universelle de tous les temps, si l'on veut bien faire sauter des restrictions spatio-temporelles superflues). Perec perdit son père au front, tombé en 1940, et sa mère fut arrêtée en 1943 pour être déportée dans un camp de la mort qui n'a jamais été identifié. Ils ont tous deux disparu, sans qu'il ait pu voir leur corps ou pratiquer des rites funéraires. Cette « disparition » précoce et subreptice resta gravée en lui comme l'événement crucial de sa vie et de son œuvre. En 1956, l'adolescent se rendit à un cimetière militaire où il chercha et trouva, parmi les nombreuses croix alignées, celle sur laquelle était inscrit le nom de son père ; il ressentit à ce moment[1]

> l'envie de dire quelque chose, ou de penser quelque chose, un balancement confus entre une émotion incoercible à la limite du balbutiement et une indifférence à la limite du délibéré, et, en dessous, quelque chose comme une sérénité secrète liée à l'ancrage dans l'espace, à l'encrage sur la croix, de cette mort qui cessait d'être abstraite.

Nous pouvons à notre tour faire la conjecture que, s'il y avait là une croix portant un nom, le père « devait bien avoir vécu » : c'est sous cette terre tombale qu'était fichée la racine morte du nerf d'une dent dont le futur écrivain fut pour toujours dépourvu.

L'orphelin fut confié aux soins de parents de la mère dans le sud de la France, jusqu'à ce qu'il revienne à

1. G. Perec, *W ou le Souvenir d'enfance*, Paris, Denoël, 1975, repris dans la collection L'Imaginaire de Gallimard, 1993, p. 59.

Paris, quand la guerre fut terminée. Pendant les années qui suivirent, qui furent sans boussole et marquées par la solitude, il suivit divers cours à l'université, travailla comme bibliothécaire, tout en « gagnant sa vie » (?) de la vente à différents journaux de grilles de mots croisés. Le succès littéraire arriva seulement quelques années avant sa mort prématurée suite à un cancer du poumon, bien qu'il ait été reconnu et fêté comme un romancier novateur dès la sortie de son premier récit, *Les Choses* [1965].

Le souci d'avoir à se définir lui-même à partir de ces origines floues, l'envie de dévoiler les mystères de sa provenance et de son nom l'envahissent et s'infiltrent dans toutes les lignes, et même entre les lignes de toute sa volumineuse œuvre. Alors même que l'histoire avait privé Perec de souvenirs et de racines, il était logique et pas si paradoxal qu'il devienne un obsédé de la mémoire, un détective passionné des moindres vestiges d'un passé dont il ne pouvait rien laisser échapper. Il vivait obnubilé par le ressouvenir minutieux de tribulations dont la mémoire l'encombrait et dont il aurait voulu, en principe, perdre toute trace pour s'installer dans un présent hypnotique, loin de tout projet, loin du monde des autres, comme le personnage de son deuxième roman, *Un homme qui dort*[1]. Ce qui caractérise ce roman, qui est le récit, à peine déguisé, d'une partie de ses années juvéniles, est le fait qu'il soit écrit à la deuxième personne. Nous y découvrons des phrases révélatrices où l'auteur s'admoneste ainsi : « Tu n'es pas un mort. Tu n'es pas devenu fou... Arrête de parler comme un homme qui rêve. » Dans

1. G. Perec, *Un homme qui dort*, Paris, Denoël, 1967, et Gallimard, Folio, 1990.

son autobiographie, au sens propre du mot (?), *W ou le Souvenir d'enfance* [1975], production centrale dans son œuvre, qui sera commentée dans la deuxième partie de ce chapitre, il donne sur son propre compte assez d'éléments pour comprendre que l'*Homme qui dort*, où il parle assurément comme s'il rêvait, était un avatar de lui-même. Quand il touche à cette période de son existence, en tant que narrateur de ce qu'il a éprouvé de sa vie, et non en tant que personnage de roman, il a recours, non à la deuxième personne, mais à des tournures impersonnelles. Il vit sans se permettre d'avoir des sensations, il est un somnambule (*ibid.* p. 98).

> Il n'y avait ni commencement ni fin. Il n'y avait plus de passé, et pendant très longtemps il n'y eut pas non plus d'avenir ; simplement ça durait. On était là. Ça se passait dans un lieu qui était loin, mais personne n'aurait vraiment pu dire loin d'où c'était, peut-être simplement loin de Villard-de-Lans. De temps en temps, on changeait de lieu, on allait dans une autre pension ou dans une autre famille. Les choses et les lieux n'avaient pas de noms ou en avaient plusieurs ; les gens n'avaient pas de visage. [...]
>
> Tout ce que l'on sait, c'est que ça a duré très longtemps, et puis un jour ça s'est arrêté.

À l'instar d'Elias Canetti, comme nous l'avons déjà vu, il pense qu'il serait devenu fou s'il n'avait pas écrit son journal. À l'instar de tant d'autres : Cortázar, Nabokov ou Kafka (et Joyce peut-être ?), il cherche à capter la mémoire tout en l'esquivant, pour se tenir à distance de l'intolérable du réel, pour se sauver de l'effroi des coqs matinaux qui emportèrent ses parents, les emmenant au pays sans retour. Il lui est arrivé à certaines reprises de peindre avec des mots son autoportrait, s'exprimant ainsi[1] :

> L'écriture me protège. J'avance sous le rempart de mes mots, de mes phrases, de mes paragraphes habilement enchaînés, de mes chapitres astucieusement programmés. Je ne manque pas d'ingéniosité.
>
> Ai-je encore besoin d'être protégé ? Et si le bouclier devient un carcan ?
>
> Il faudra bien, un jour, que je commence à me servir des mots pour démasquer le réel, pour démasquer ma réalité.

Cet aveu à propos de la valeur « prophylactique » de son écriture se lit au cœur d'un « autoportrait » littéraire ; le texte en question a pour titre une paronomase, tirée du « connais-toi toi-même » qui se dit en grec (comme le savent même ceux qui n'en ont pas fait) : *gnoti se auton*. Il « se connaît lui-même » en s'entourant d'un rempart de sarcasmes, en ne cessant de douter de la légitimité de son projet. Comme un laborantin de la langue au style recherché, il fait des jongleries avec le langage, qui se joue à son tour de lui. Il écrit des « mots croisés ».

L'être amorphe de l'enfance et de l'adolescence, l'homme qui dort, mais qui se donne avec entrain au cours de sa vie, essayant d'exorciser les fantômes de ses ancêtres disparus, non sans tenter à la fois de les objectiver, observe avec soin des photographies, pose des questions aux parents survivants, reconstruit

1. G. Perec, « Les gnocchis de l'automne », in *Je suis né*, Paris, Seuil, 1990, p. 73.

patiemment le supposé « souvenir d'enfance » qui sera le titre de son autobiographie. S'épuisant à la recherche d'un passé qui lui échappe, qui lui a été arraché, qu'il aimerait pouvoir ficeler et séquestrer sous les barreaux d'une stricte cuirasse de lettres métalliques, Perec vit pour que celles-ci parviennent à soustraire au hasard ou au caprice leur impitoyable enfermement. Il ratiocine : je ne peux rien dire, je ne sais pas si j'aurais quelque chose à dire ; si je ne dis pas ce que je pourrais dire, c'est bien parce que ce que je dirais est ineffable. L'impossible à faire passer en mots est la poussière infime du chagrin qui s'insinue dans tout ce qu'il écrit. De quoi parlerait-il donc ? Peut-on « conter » un trou ? Qu'est-ce qui pourrait être dit d'une origine incompréhensible pour un enfant que l'Histoire (avec une majuscule) a privé d'histoire (en minuscule), dont la vie est comme un fleuve sorti de son lit ? La dépersonnalisation de son écriture reflète bien celle de son être. Il sait qu'il aura beau dire, que ce qui en sortira restera marqué d'inanité, demeurera incolore, ne sera que le signe d'une annulation définitive. Raison pour laquelle c'est en forçant les mots qu'il écrit, en y enserrant l'Histoire, lui tournant autour, traçant ses lignes avec rigueur, comme si les mots étaient entourés par les fils barbelés électriques d'un camp de concentration. Comme leurs prisonniers, il est un matricule sans substance. « Si c'est être un homme[1]. » Il ne parvient à se consoler avec de belles images ni à questionner ses lapsus ni à s'arrêter à des détails sans importance, comme la taille des habits de son père, ni à scruter ses phrases « y retrou-

1. Allusion au titre du livre de Primo Levi. (N.d.T.)

vant, assurément, les échos rassurants de l'Œdipe et de la castration ». Il vit et écrit pour prendre de la distance par rapport aux fantômes qui le harcèlent[1] :

> Je ne retrouverai jamais, dans mon ressassement même, que l'ultime reflet d'une parole absente à l'écriture, le scandale de leur silence et de mon silence [...]. J'écris : j'écris parce que nous avons vécu ensemble, parce j'ai été un parmi eux, ombre au milieu de leurs ombres, corps près de leur corps ; j'écris parce qu'ils ont laissé en moi leur marque indélébile et que la trace en est l'écriture : leur souvenir est mort à l'écriture ; l'écriture est le souvenir de leur mort et l'affirmation de ma vie.

À chaque moment, nous constatons que, en plus du singulier témoignage littéraire qu'ils offrent, les mots transcrits par Perec servent, dans leur ensemble, au travail du deuil enduré pour la mort de ses parents dont le fascisme nazi l'a dépouillé. Ce n'est pas tant que ses parents lui aient manqué ; il s'est passé quelque chose de plus terrible : il lui a manqué de pouvoir assister à leur mort. Il invoque l'esprit de ses parents évanouis, en même temps qu'il les noie sous des torrents d'encre. Il en va de même pour sa judéité : elle ne lui signale pas une appartenance, mais une autre forme de silence et de vide. La seule certitude à laquelle il accède, c'est celle d'avoir été marqué comme Juif et, de cette façon, condamné à vivre en exil, étranger à lui-même, différent non seulement des autres, mais aussi des « membres de son peuple » dont il ne peut partager la langue, la mémoire et les traditions, puisque celles-ci

1. G. Perec, *W ou le Souvenir d'enfance*, *op. cit.*, p. 63-64.

ne lui ont pas été transmises, ce qui ne l'empêche pas de se questionner sans cesse[1] :

> Je ne sais pas précisément ce que c'est
> qu'être juif
> ce que ça me fait que d'être juif
>
> c'est une évidence, si l'on veut, mais une évidence
> médiocre, qui ne me rattache à rien ;
> ce n'est pas un signe d'appartenance, ce n'est pas lié
> à une croyance, à une religion, à une pratique, à un
> folklore, à une langue ;
> ce serait plutôt un silence, une absence, une
> question, une mise en question, un flottement, une
> inquiétude :
>
> une certitude inquiète
> derrière laquelle se profile une autre certitude,
> abstraite, lourde, insupportable : celle d'avoir été
> désigné comme juif,
> et parce que juif victime,
> et de ne devoir la vie qu'au hasard et à l'exil
>
> j'aurais pu naître, comme des cousins proches ou
> lointains, à Haïfa, à Baltimore ou à Vancouver
> j'aurais pu être argentin, australien, anglais ou
> suédois…

Nous pourrions dire encore mieux que lui – à l'instar de Canetti et à la différence de Kafka – qu'il n'a rien voulu savoir à propos de cette identité à la fois offerte et refusée. Ou constater qu'il n'a pu la prendre au sérieux qu'en forgeant le projet d'écrire et de filmer

1. G. Perec, *Ellis Island*, Paris, P.O.L, 1995, p. 58.

l'histoire d'Ellis Island, le lieu où étaient concentrés les immigrants qui arrivaient à New York (seize millions de personnes entre 1892 et 1924), ou, en affectant de n'en être nullement fâché, qu'il a pu se moquer de son judaïsme dans l'un des plus lumineux préambules d'« autobiographie potentielle » jamais livrés à l'impression[1] :

> Je suis né le 25 décembre 0000. Mon père était dit-on, ouvrier charpentier. Peu de temps après ma naissance, les gentils ne le furent pas et l'on dut se réfugier en Égypte. C'est ainsi que j'appris que j'étais juif et c'est dans ces conditions dramatiques qu'il faut voir l'origine de ma ferme décision de ne pas le rester. Vous connaissez la suite.

Il écrit pour peupler de gribouillis le rien d'un pur trou, d'une maison sans fenêtres ou de fenêtres sans maison. Il remplit une mission en traçant des signes sur le papier qui lui permettraient, en fin de compte, de faire que sa vie, qui lui a été volée, accoste à bon port. Perec poursuit Perec et tente de l'amarrer à la bitte d'une graphomanie marquée au sceau de la compulsion. Il fonde (en 1967, avec Raymond Queneau et François Le Lyonnais) l'Oulipo (l'*ouvroir de littérature potentielle*), un atelier d'écrivains qui prétendaient arriver à la création littéraire en suivant des chemins contraires à ceux de la tradition de liberté artistique du XXe siècle où chaque écrivain, en principe, est souverain et s'accorde le droit de faire ce que bon lui semble. Les oulipiens décident, au contraire, de se soumettre aux contraintes de lois impitoyables qu'ils s'imposent à eux-mêmes ; ce sont les

1. G. Perec, *Je suis né*, *op. cit.*, p. 10.

ouvriers d'une fabrique (l'*ouvroir*) qui satisfont, en journaliers appliqués, à des obligations qui vont au-delà des lois ordinaires du langage, du vocabulaire et de la syntaxe, allant même ainsi contre les prétentions à transmettre un *sens* au travers de l'écriture, dans la mesure où celui-ci comporte inévitablement sa surcharge d'imaginaire. Quelques exemples de ces constructions verbales auto-imposées seraient ici à exposer, dans la mesure où ils se rapportent à l'écriture sans égale de Perec : écrire des phrases où aucune lettre ne dépasse les lignes droites et parallèles de la barre ; se voient ainsi interdites les lettres i, j, p, q, l, d, f, g, h, b, y, t ; les accents peuvent aussi être exclus (on pourra écrire : une *mule*, mais non : un *âne*) ; on s'emploie à s'exercer dans le palindrome (comme chez nous Juan Filloy, cet oulipien de la Pampa) ; à composer des poèmes comportant onze vers de onze lettres chacun, ces lettres étant les dix les plus usitées dans la langue française (e, s, a, r, t, u, l, i, n, o), plus une laissée libre ; à soumettre la succession des mots et des phrases à des lois mathématiques et à des équations. Les formules censées s'appliquer à ces opprimants « lipogrammes » qu'a engendrés l'Oulipo sont en nombre infini. La maxime qui les inspire semble être sartrienne : ce serait seulement entre les murs de la prison (des mots) que peut subsister une liberté pour un artiste désireux d'inventer. Il est évident qu'il existe une parenté entre le programme qui engendre ces travaux forcés et la musique dodécaphonique qui a laissé une profonde empreinte sur l'art du XXe siècle.

Dans son vaste roman, *La Vie mode d'emploi*[1], chef-d'œuvre de la littérature oulipienne, Perec observe ses

1. G. Perec, *La Vie mode d'emploi, op. cit.*

personnages en les situant dans l'espace d'un immeuble où ils habitent autant que dans le livre qui les décrit, celui-ci ordonnant la succession des épisodes au sein d'un « bicarré latino orthogonal d'ordre 10 » (épargnons-nous le touffu d'une explication entortillée). Les sauts d'un appartement à l'autre de l'immeuble (d'un chapitre au suivant) se font en suivant les mouvements du cheval dans le jeu d'échecs, sur un échiquier comportant dix carrés par côté, en évitant que le support en question passe deux fois par une même case. On aurait pu penser que le résultat serait à coup sûr un livre illisible, une œuvre hermétique seulement accessible aux cinglés capables de se soumettre au règlement capricieux instauré par le romancier. Il n'en est rien : l'art de l'écrivain agence un jeu fascinant de miroirs qui capte l'attention du lecteur comme s'il se laissait prendre à l'ouvrage obsédant de résoudre le puzzle qu'est la vie elle-même, l'histoire culminant en un final sensationnel où est mise en scène la lettre *w*, l'étrangère par excellence, *sa* lettre. Se trouvent disséminées dans le texte des citations, non spécifiées en tant que telles, d'une multitude d'auteurs : Borges, Stendhal, Calvino, Freud, Leiris, Perec lui-même, Nabokov, García Márquez, Verne, Proust, Rabelais, Thomas Mann, Melville, Joyce, Agatha Christie, Unica Zurn, entre autres. *La Vie... devient un compendium de la littérature universelle.* On peut se passer d'un manuel d'instructions pour se plonger dans le labyrinthe, parce que le livre lui-même devient ce manuel.

La Vie mode d'emploi est, en sus, un inventaire d'inventaires qui rassemble au sein de ses six cents pages plus de cent (cent sept) histoires captivantes et qui y anticipe le récit de cent quatre-vingts autres, non écrites, mais dont les arguments prennent une ou deux lignes, dans le style de : « 48. Le fils de la dame au petit chien qui préféra la pornographie au sacerdoce », ou « 179. Le vieux peintre qui fit contenir toute la maison dans sa toile. » L'ensemble de ces romans se configure comme un puzzle dont le thème serait l'art de fabriquer des puzzles, mais leur agencement, au lieu de sembler régi par l'aléatoire, suivrait une méthode rigoureuse. Rien n'est ici gratuit, à commencer par le titre lui-même : *La Vie mode d'emploi*, et par l'exergue, tiré de Jules Verne : « Ouvre bien les yeux, regarde[1]. » Quelqu'un de mal intentionné[2] a écrit que les cinq cents morceaux du puzzle qu'est ce grand roman résument une sombre histoire de vengeance, perpétrée avec l'arme des puzzles contre son psychanalyste, Jean-Bertrand Pontalis[3]. Cette analyse prit fin en juin 1975, quelques jours après la publication de son autobiographie : *W ou le Souvenir d'enfance* dont nous ferons, dans la section suivante, notre objet et notre instrument.

Le moment est venu de rappeler que la poursuite de ses fantasmes inconscients ne se fit pas seulement par le moyen des travaux forcés de l'écriture, mais également

1. La phrase ne paraît pas porter à conséquence. Elle est tirée de *Michel Strogoff*, qui, comme on s'en souvient, se faisait passer pour aveugle.

2. C. Burgelin, « Autoportrait d'une âme », *Le Magazine littéraire* n° 316, 1993, p. 50-52.

3. Il convient de rappeler que Pontalis, disciple de Lacan, était, quand Perec vint le consulter, déjà célèbre pour avoir écrit (avec J. Laplanche) un *Vocabulaire de la psychanalyse* (Paris, PUF, 1968), qui a été traduit dans toutes les langues occidentales et qui reste considéré comme essentiel pour les lumières qu'il apporte aux psychanalystes. Il recense, en les définissant et en relevant leurs différentes acceptions au cours de l'histoire, tous les mots de la discipline. Perec, ce maniaque des mots, pouvait rencontrer des raisons de connivence spirituelle, en venant rechercher de l'aide auprès d'un « collègue », J.-B. Pontalis.

par le recours à la psychanalyse. Perec passa successivement sur les divans de Françoise Dolto (1949) quand il était adolescent, de Michel de M'Uzan (1956-1957) dans ses années de jeunesse, et de Jean-Bertrand Pontalis (1971-1975) quand il était déjà un auteur reconnu. Il est plus intéressant encore – et véritablement fascinant – de recenser les différentes vignettes cliniques, telles que Pontalis lui-même les a consignées pour le cas de Perec, en leur attribuant différents pseudonymes (Pierre, Pierre G., Paul, Simon, etc.). À notre connaissance, il n'y a pas d'antécédents dans la littérature analytique d'un psychanalyste se risquant à faire la présentation du cas d'un patient célèbre, en livrant des données permettant facilement de dévoiler son identité et son intimité. Il en va autrement, c'est certain, du cas de patients comme ceux de Freud qui ne devinrent célèbres qu'à partir du récit qu'en a fait leur analyste (l'homme aux loups, l'homme aux rats, le petit Hans, Dora). Les commentaires de Pontalis ne manquent pas de sel, quand on les lit en sachant qui est le patient concerné, celui qui affirme : « Je ne puis avoir de souvenirs d'enfance, parce que j'ai été orphelin très précocement », ce à quoi le psychanalyste réplique par la glose suivante[1] :

> Ses deux parents sont morts dans ses premières années : déportés, disparus. Il voit dans cette double disparition la cause de son « amnésie infantile ». Il y reviendra souvent : « Je ne peux pas avoir de souvenirs d'enfance puisque j'ai été si tôt orphelin. » Autrement dit, les parents ont entraîné dans la mort l'enfant vivant. Il ne

1. J.-B. Pontalis, *Entre le rêve et la douleur*, Paris, Gallimard, 1977, et coll. Tel, 1983, p. 263-264 et p. 266.

lui reste qu'à survivre. Et ce qui survit dans les séances, c'est une extraordinaire machine à produire des rêves (non à rêver), à jouer avec les mots (plutôt qu'à les laisser jouer), à enregistrer la vie quotidienne (à condition qu'elle reste figée). Il s'était constitué un système clos – clôture et séparation –, une sorte de camp de concentration mental où les exploits intellectuels, une discrète et ironique mégalomanie auraient pris la place, par retournement, des sévices corporels et de la mémoire physique. Système dont je devais être le témoin, le gardien et le garant. Très doué, intelligent, ingénieur brillant et inventif, d'un humour un peu sarcastique, il paraissait ne rien attendre de moi, sinon un renforcement de sa « barrière protectrice » [...]. Il y avait chez lui une coupure évidente entre les représentations de mots et les représentations de choses, entre une activité mentale sans répit et une vie psychique non productive, comme encapsulée. Sa propre psyché, tout comme sa mère, avait cessé de le nourrir.

« Une vie psychique non productive », comme le dit son psychanalyste, cela nous laisse rêveur, à tel point que nous ne cessons de nous demander ce qu'il aurait pu en être, chez Perec, dans le cas contraire !

Le thème qui donne un axe à l'œuvre de Perec est bien le nôtre en tout cas, puisqu'il s'agit de la mémoire. La sienne était dominée par l'horreur de l'oubli et était quasiment celle du Funes de Borges. L'idée d'écrire une « Tentative d'inventaire de tous les aliments et de toutes les boissons que j'ai ingurgités durant l'année 1974 » est bien de lui et n'aurait pu venir à l'esprit de personne d'autre, comme il lui est arrivé de mener à bien d'autres tentatives insensées de classification du même acabit. Ses exploits d'hypermnésique en vinrent à passer à la légende.

Dans un autre texte faisant allusion à Perec, Pontalis commente les caractéristiques de sa mémoire[1] :

> C'est Pierre G. (je tairai son nom moins par discrétion que parce que le lien qui nous a unis un temps demeura secret et n'a pu se nouer, intense et ténu, que dans ce secret partagé) qui me fit apercevoir ce que peut signifier la passion des lieux. Les souvenirs d'enfance, disait Pierre, n'étaient pas son fort. Ce vide, ce trou sans fond aux origines de la mémoire, il ne s'en plaignait pas. Il n'en tirait pas un plus : la gloire d'être en quelque sorte né de lui-même. Il ne pouvait que constater le fait. Il voulait que je m'en tienne à cette évidence et moi je pressentais qu'en lui permettant de survivre elle l'empêchait de vivre, sans savoir ce que je mettais dans ces mots-là.
>
> En fait sa mémoire était immense, prête à accueillir – non : à enregistrer – toutes sortes d'informations : des numéros de téléphone, le nom d'un second rôle dans un film de série B, celui d'un cheval qui avait remporté une course à Longchamp, celui d'un secrétaire d'État à l'équipement, l'adresse d'un restaurant de l'Yonne où les poireaux vinaigrette valaient le détour, la cote d'un grimoire consulté à la Bibliothèque nationale, l'emplacement exact d'une statue dans un square du XVIIIe arrondissement... Une inépuisable banque de données en désordre, un ordinateur facétieux sans mode d'emploi, un Pécuchet privé de son Bouvard, telle était la mémoire de Pierre.
>
> Parfois elle se fixait et c'est alors qu'elle s'égarait. Elle allait visiter des lieux, obstinée à les capter, à les saisir comme un photographe à l'affût, ou comme un huissier de justice. [...] Et voici que de cet inventaire

1. J.-B. Pontalis, *L'Amour des commencements*, Paris, Gallimard, Folio, 1994, p. 169-171.

> maniaque, de cette recension sans fin qui n'eût rien dû laisser perdre, naissait en moi un sentiment poignant de l'absence. [...] Il n'y avait là que des reliques, il n'y avait là personne. Et bizarrement c'est en moi que le trou se creusait. Jamais je ne m'étais senti si affreusement abandonné. Délaissé, éjecté dans un espace qui eût été à la fois de désolation et inflexiblement quadrillé.
>
> La mère de Pierre avait disparu dans une chambre à gaz. Sous toutes ces chambres vides qu'il n'en finissait pas de remplir, il y avait cette chambre-là. Sous tous ces noms, le sans-nom. Sous toutes ces reliques, une mère perdue sans laisser la moindre trace. Un jour, c'était quand déjà ? Pierre et moi avons réussi à trouver des mots qui ne soient pas des restes, des mots qui, par miracle, allèrent à leur destinataire inconnu.

Le psychanalyste sut donc trouver le moyen de rendre audibles les invocations adressées à la mère disparue et découvrir le secret que recelait cette obsession pour la mémorisation. Derrière tous les noms, le nom. Derrière tous les souvenirs, farcis d'une absence envahissante, le souvenir. Il n'est pas étonnant que l'un des livres les plus provocateurs de Perec s'intitule *Je me souviens*[1]. L'œuvre est constituée par une série de 480 souvenirs numérotés dans un ordre qui ne correspond à aucune succession logique. Perec, en écrivain bibliothécaire, se réduit à n'être que le transcripteur, doté d'une objectivité laconique, d'un catalogue de souvenirs, révélant ainsi les traits qui font de lui ce lettré insolite, puisque dépendant du dévidement de l'amoncellement confus des détritus d'une mémoire complaisante et expansive... qui en devient celle de n'importe qui,

1. G. Perec, *Je me souviens*, Paris, Hachette, 1978.

puisque n'importe qui serait susceptible d'écrire un livre du même tonneau, sauf que ce ne serait jamais, bien sûr, le même que celui de Perec. « C'est comme dans la théorie des ensembles : je partage avec X des souvenirs que je partage avec Y, et dans le grand ensemble de nos souvenirs, chacun pourrait se choisir une configuration unique[1]. » Le trot de la mémoire, comme un cheval oscillant entre l'individuel et le collectif, se donne à entendre. La suite des nombres naturels, de 1 à 480, impose un ordre bizarre dans l'inventaire de ses souvenirs, afin que, moyennant l'effet de liste, sa vie évite de se déverser, faute d'un récipient qui la contienne. Numéroter les souvenirs est une opération analogue à celle de cataloguer des livres ou d'inventorier les animaux imaginaires de l'encyclopédie chinoise de Borges, pour les soustraire au chaos. C'est la tentative de restaurer un semblant d'ordre et de sens dans le chaos de la vie à la dérive de cet orphelin, sans port d'attache où jeter son ancre. En regroupant les fragments dispersés d'une mémoire qui est la sienne, mais aussi celle de ses contemporains, il parvient à amarrer son être à des souvenirs « historiques » et « collectifs », avec des paragraphes du genre : « § 43 – Je me souviens de l'*Adagio* d'Albinoni » (il vaudrait la peine de se demander si X ou Y se souviennent, pensent et ressentent la même chose, en se ressouvenant de l'adagio) ; « § 394 – Je me souviens des courses en sacs », mais sans que cela empêche de mentionner des évocations singulières et insignifiantes comme : « § 2 – Je me souviens que mon oncle avait une 11 CV immatriculée 7070 RL 2 » (un souvenir idiosyncrasique que,

1. G. Perec, *Je suis né*, *op. cit.*, p. 92.

bien sûr, il ne saurait partager avec personne). Sa mémoire peut être, comme celle de Funes, le mémorieux personnage de Borges, un champ d'épandage. Mais aussi, lorsqu'il privilégie le souvenir de sportifs français et de leurs victoires en cyclisme ou à la boxe, elle peut lui fournir un moyen de reconquérir, d'une façon vicariante, un sentiment d'appartenance et d'identité (« § 213 – Je me souviens du nageur Alex Jany. »).

L'être intime, l'être de Perec (de tous ?) peut s'appréhender comme un cimetière chaotique de mémoire inutile, de mémoire sémantique, celle qui, depuis la distinction de Hegel (*Gedächtniss* vs *Erinnerung*) – qui ne manqua pas de précurseurs, à commencer par Aristote (*mnémè* vs *anamnésis*) – a précisément pour fonction d'entraver l'entendement. Perec met en œuvre le projet d'une intelligence qui dresse l'inventaire et organise les souvenirs, comme si valait pour le sujet la maxime qui prévaut pour les bibliothèques : « Un livre qui n'est pas à sa place est un livre perdu. » La mémoire de l'excentrique écrivain est un catalogue ; en son domaine, ce sont des nombres qui gouvernent, ordonnés qu'ils sont par une séquence qui donne un air de fausse naturalité à l'accumulation insensée des données. La suite ordinale ne sert qu'à maquiller le chaos, comme c'est le cas avec la classification psychiatrique des « troubles mentaux », le DSM-IV, base, de nos jours, de la « science » psychiatrique. La mémoire de Perec n'est pas la mémoire involontaire de Proust ou la mémoire inconsciente de Freud ; c'est le champ pierreux des laves qui commémorent l'éruption, l'embrouillamini de ces fragments de roche crachés, sans plans ni méthode, par un volcan, dont chacun a reçu un chiffre. C'est la mémoire comme méli-mélo, agglomération capricieuse de matières hétéroclites passées sous les fourches caudines d'une mathématique hasardeuse, par la grâce d'un écrivain qui s'emploie à démontrer l'absurdité, et pourtant l'impérieux besoin d'accéder à un savoir sans fin ni finalité, qui habite le sujet.

On pourrait penser, en se référant à la classique dichotomie de Cortázar[1], que Perec était un « fameux » et tout le contraire d'un « cronope ». On le sait, les fameux embaument leurs souvenirs, les enveloppent et leur fichent une étiquette noire indiquant leur nom, tandis que les cronopes « laissent les souvenirs en liberté dans la maison » et les protègent pour éviter qu'ils se fassent mal. Les souvenirs des cronopes courent partout et poussent des cris joyeux, tandis que les fameux « hochent la tête d'un air compréhensif et vont vite voir si toutes leurs étiquettes sont bien à leur place ». Mais la situation de Perec peut encore se voir sous un jour différent. Sa mémoire mirifique et compulsive n'est pas sans raison : elle le protège des pensées qui pourraient le mener à trébucher sur de l'incompréhensible : sur la *disparition*.

Perec applique des formules qui sont dominées par le plus inflexible des caprices et écrit des relations aussi surprenantes que celle précisément de *La Disparition*[2], roman policier de trois cents pages au cours desquelles il n'utilise jamais la lettre *e* (traduit en espagnol sous le titre *El secuestro* et où la traductrice n'utilise jamais la lettre *a*). La « disparition » n'était rien d'autre qu'une

1. J. Cortázar, « Conservation des souvenirs », in *Cronopes et fameux*, nouvelles traduites par L. Guille-Bataillon, Paris, Gallimard, 1977, p. 131.

2. G. Perec, *La Disparition*, Paris, Denoël, 1969 ; rééd. Gallimard, L'Imaginaire, 1989.

mise en scène de l'absence de la lettre la plus commune dans le lexique du français. Il publia ensuite son autobiographie (*W ou le Souvenir d'enfance*), qui est précisément dédiée à *e*, la lettre disparue, qui s'entend aussi bien, par homophonie, comme désignant ces *eux*, les *disparus*. Dans un autre texte, digne cousin du précédent, qui s'intitule : *Les Revenentes. Texte*[1], on ne trouve, tout au long de ses soixante pages, d'autre voyelle que le *e*. Sa mémoire est un antidote, une formation réactive contre… la mémoire. Le refoulement, chez lui, n'a pas joué son rôle. L'effacement sans traces, de la trace de ses parents, épisode dont Perec ne parvint pas à réaliser la subjectivation, se transforma, rétroactivement, en effroi, puis en berceau d'une mémoire sans limites.

LA PEUR D'OUBLIER. LA FABRICATION D'UNE MÉMOIRE

Je ne crois pas qu'existe dans toute l'histoire du genre une autobiographie plus originale que celle de Perec, à l'exception de certains romans faussement autobiographiques, comme le *Lazarillo de Tormes* (anonyme du Siècle d'or) ou le *Tristram Shandy* de Sterne (sur lequel il nous faudra revenir au chapitre XV). Il y aurait à redire sur le fait que les *Confessions* de Rousseau, même si celles-ci se présentent comme « une entreprise dont il n'y a pas d'autres exemples et qui n'aura pas d'imitateurs », soient considérées comme l'œuvre fondatrice du genre. Dans *W ou le Souvenir*

1. G. Perec, « Les Revenentes. Texte », *Romans et récits*, Paris, Le Livre de poche, La Pochothèque, 2002, p. 567-620.

d'enfance alternent deux récits, formés de brefs chapitres, qui, à la lettre, semblent n'avoir rien en commun et être arbitrairement réunis sous le chef d'un même livre. À un fragment imprimé avec une typographie romaine normale qui prétend se conformer aux lois du genre autobiographique, répond un autre fragment imprimé, lui, en italiques, qui a l'allure d'un roman d'aventures, lequel aurait été rédigé dans la tendre adolescence de l'auteur, qui en aurait ensuite, magiquement, recouvré (*retrieved*) le souvenir un certain jour, à Venise. Nous laisserons de côté pour le moment cette fiction qui en fin de compte aboutit à la description d'une société utopiquement située en quelque Terre de Feu et qui se transforme peu à peu en un véritable camp de concentration (pinochetien par anticipation, dirait sans doute son auteur), et nous nous consacrerons à l'histoire de la vie du moi de Georges Perec, telle qu'il la raconte lui-même. Nous ne négligerons pas de toute façon le fait que le roman superposé à l'autobiographie proprement dite n'est pas un ajout dont on pourrait se passer, puisqu'il offre allégoriquement une grille d'interprétation pour l'autobiographie perecquienne. La vérité historique, celle du monde concentrationnaire, s'infiltre ainsi dans les pores de l'aventure du protagoniste (un orphelin élevé par une famille adoptive) qui se présente comme étant à la recherche de sa véritable identité, laquelle lui aurait été soustraite sous le faux nom de Gaspard Winckler. La mémoire, celle de Perec, est un Janus bifrons : l'aventure imaginaire (en italiques) de Gaspard Winckler se superpose en s'interpolant à celle de Georges (en caractères romains), qui en ressort comme entachée par le passage à la fiction et à l'artifice de plusieurs données qui se révèlent être de fausses pistes.

Pour présenter le livre, Perec écrit en quatrième de couverture : « Récit pauvre d'exploits et de souvenirs, fait de miettes dispersées, de vides, d'oublis, de doutes, d'hypothèses, de bribes éparses. » « La vie est un roman », écrivions-nous pour commencer ces pages. La vie est davantage qu'un roman : un collage d'inventions de la mémoire, destinées à échapper à l'Histoire, nous corrigerait Perec.

Les mensonges, les mentions du doute et les déformations transpercent la narration « véridique » de la vie dans le récit autobiographique des années d'enfance, écrit conformément aux lois du genre comme une « œuvre de la mémoire », et non comme issu de la fantaisie d'un affabulateur. Perec prétend écrire son récit faussement authentique sur la base de photographies, de documents et de témoignages explorés d'une façon minutieuse, qui cernent la question avec force précisions et détails. Il met sous les yeux du lecteur deux récits superposés : l'un, un roman, *W* ; et l'autre, une histoire de vie (bio-graphie), *Le Souvenir d'enfance*. Si aucun des deux n'est véridique, quel est le moins faux ? Nous pouvons répondre que la vérité est insérée dans la « fragile intersection[1] » des deux.

Perec, qui est un hypermnésique comparable à des personnages légendaires comme Simonide, Funes et le Cherechevski qui fut le patient du neurologue Luria, commence son autobiographie avec une phrase impressionnante qui ne peut s'entendre au début que comme un énorme mensonge : « Je n'ai pas de souvenirs d'enfance. » Cet aveu facilite la reconnaissance du patient déjà cité comme étant le « Simon » ou le

1. G. Perec, *W...*, *op. cit.*, quatrième de couverture.

« Pierre G. » du psychanalyste Pontalis. Perec prétend que, jusqu'à ses douze ans, tout pouvait se résumer dans le récit succinct de la disparition de ses parents et qu'il écrivit, à treize ans, une histoire, *W*, qui occupait la place, sinon de l'histoire *en propre*, en tout cas d'*une* histoire de son enfance. *W*, le « roman », raconte l'histoire de Gaspard, enfant autiste, séquestré, qui a été dépouillé de son identité et qui reçoit pour mission de la récupérer. Il vaut la peine de préciser que ce fut juste après avoir publié le double texte de *W ou le Souvenir d'enfance* que Perec estima que pouvait se conclure son incursion sur les divans (1975). La psychanalyse aura ainsi servi aux retrouvailles de l'auteur avec son identité, perdue à cause de la disparition de ses parents, et à la reconstruction de son histoire vécue, de son histoire réelle, caractérisée par la supposée absence de souvenirs d'enfance.

W ou le Souvenir d'enfance renvoie, comme *titre*, à l'ambiguïté de la conjonction *ou* (qui traduit à la fois le *vel* et le *aut* latins). D'une part, « ou » – le nôtre, dans le titre de ce livre[1], est un hommage au génie de Perec – indique une différence ou une alternative – Georges ou Winckler, la France ou la Terre de Feu – qui contraint à choisir l'une de ses branches ; mais, de l'autre côté, « ou » est une équivalence, il indique que deux choses, voire plus, s'équivalent (Walter Scott, ou l'auteur de *Waverley*, ma grand-mère, ou la mère de mon père). Le titre adopté soulève ainsi une question : sont-ce deux histoires différentes qui se substituent l'une à l'autre ? Ou s'agit-il d'une seule et de la même ? Y aurait-il quelque continuité entre l'enfant autiste qui rêve qu'il retrouve son identité

1. Le titre original en espagnol était : *Memoria y espanto O el recuerdo de infancia* (littéralement en français : *Mémoire et effroi, ou le souvenir d'enfance*).

perdue, et l'écrivain fêté qui « encrypte » ses souvenirs ? Ou sont-ils une seule et même personne ?

W ou le Souvenir d'enfance, en tant que *livre* maintenant : est-ce une autobiographie ou un roman ? Faut-il y lire de la vérité ou du mensonge ? De la dissimulation ou de la révélation ? De la mémoire ou de l'invention ? En laquelle des deux histoires se trouve l'une ? Et où l'autre… ? À moins qu'elles ne soient toutes les deux authentiques ou toutes deux des falsifications ? Jusqu'où peut-on faire confiance au livre, et par là même à l'auteur, dont la couverture nous livre le nom ?

En fait, la partie que l'on peut supposer « réaliste » du double texte, constituée par les chapitres imprimés dans la respectable et conventionnelle police Times New Roman, déborde tellement d'équivoques et d'erreurs que l'on peut se demander si Perec ne voulait pas, en ne maquillant pas les pistes qu'il était facile d'emprunter pour les démasquer, dénoncer par leur entremise le genre même de l'autobiographie et la validité des souvenirs remontant à l'enfance. Son habileté dans l'art de perpétrer la tromperie sous la forme d'un « roman » qui dévoile la vérité était aussi exceptionnelle que sa mémoire. Le biographe, lui, observe[1] :

> Certaines de ses erreurs sont suffisamment flagrantes pour qu'elles sautent aux yeux des lecteurs, et même à ceux qui ne possèdent pas la capacité de Perec pour scruter les textes. Peut-être faisait-il exprès de commettre tant d'erreurs, puisque l'erreur est humaine, comme chacun sait, afin ainsi de « s'humaniser » ? […] En fait, presque toutes les affirmations

1. D. Bellos, *Georges Perec*, *op. cit.*, p. 557-575, extraits du chapitre intitulé « M / W ».

qui se lisent dans les chapitres de la mémoire de *W* incitent à se poser des questions, et la réponse, dans la plupart des cas, est que la mémoire [...] a été altérée, réélaborée, enjolivée ou, tout simplement, falsifiée. [...] La dynamique entière de l'écriture de *W ou le Souvenir d'enfance* réside précisément dans la falsification, dans la production d'un livre qui fait marcher, mais qui démontre que, de toute façon, ça marche.

Comment concilier la phrase : « Je n'ai pas de souvenirs d'enfance » (*ibid.*, p. 17), avec cette autre : « Je garde, en tout cas, un souvenir extrêmement précis de mon baptême, célébré un jour de l'été 1943 » (*ibid.*, p. 130) ? (La cérémonie religieuse était nécessaire pour entrer dans le collège catholique de Turenne et échapper ainsi aux lois raciales de l'époque ; il avait, alors, sept ans.) Le lecteur et son commentateur (quand ils ne sont pas une seule et même personne) peuvent se soulager en pointant ce genre de fraudes logiques. Perec lui donnerait la main : « C'est le propre de l'homme de lettres de disserter sur son être et de s'engluer dans sa bouillie de contradictions[1]. »

Comment concilier la dénégation du début – « Je n'ai pas... » –, avec la description, détaillée immédiatement après, de ces deux premiers souvenirs qui allient une précision dans les lieux et le temps avec une précocité authentifiée par la présence du père qui mourut en 1940 ? Perec lui-même comprend que ce sont des souvenirs-écrans dans le plus pur style de la découverte freudienne de 1899. Mettons-nous à l'écoute de ce premier souvenir précédé d'un paragraphe où sont avancées des mises en garde (que nous mettons en italiques) :

1. G. Perec, *Les Gnocchis...*, *op. cit.*, p. 68.

Mes premiers souvenirs ne sont pas entièrement invraisemblables, même s'*il est évident que les nombreuses variantes et pseudo-précisions que j'ai introduites dans les relations – parlées ou écrites – que j'en ai faites les ont profondément altérés, sinon complètement dénaturés.*

Le premier souvenir aurait pour cadre l'arrière-boutique de ma grand-mère. J'ai trois ans. Je suis assis au centre de la pièce, au milieu des journaux yiddish éparpillés. Le cercle de la famille m'entoure complètement : cette sensation d'encerclement ne s'accompagne pour moi d'aucun sentiment d'écrasement ou de menace ; au contraire, elle est protection chaleureuse, amour : toute la famille, la totalité, l'intégralité de la famille est là, réunie autour de l'enfant qui vient de naître (n'ai-je pourtant pas dit il y a un instant que j'avais trois ans ?), comme un mur infranchissable.

Tout le monde s'extasie devant le fait que j'ai désigné une lettre hébraïque en l'identifiant : le signe aurait eu la forme d'un carré ouvert à son angle inférieur, quelque chose comme [...]

[Suit ici le dessin d'une (pseudo) lettre hébraïque qui a tout lieu d'être davantage comparée à une croix gammée (*gammeth, gammel*) qu'à l'interprétation fantaisiste du biographe, David Bellos, qui la fait ressembler à un G à l'envers, dérivée de Georges, ce qui en ferait chez Perec une affirmation-négation de sa judéité ; quoi qu'il en soit, la lettre en question ne correspond à aucune des lettres de l'alphabet hébreu et Bellos, le biographe, affirme que ce supposé (*alleged*) premier souvenir « est la *falsification* la plus étudiée par les érudits français[1] ».]

1. D. Bellos, *op. cit.*, p. 552.

> […] et son nom aurait été *gammeth* ou *gammel.* La scène tout entière, par son thème, sa douceur, sa lumière, ressemble pour moi à un tableau ou peut-être inventé, qui se nommerait « Jésus en face des Docteurs ». [*Ibid.* p. 26-27.] [Après avoir dessiné et nommé la lettre hébreu, il rajoute en note :] C'est ce surcroît de précision qui suffit à ruiner le souvenir ou en tout cas la charge d'une lettre qu'il n'avait pas. Il existe en effet une lettre nommée « Gimmel » dont je me plais à croire qu'elle pourrait être l'initiale de mon prénom ; elle ne ressemble absolument pas au signe que j'ai tracé et qui pourrait, à la rigueur, passer pour un « mem » ou « M. ». Esther, ma tante, m'a raconté récemment qu'en 1939 – j'avais alors trois ans – ma tante Fanny, la jeune sœur de ma mère, m'amenait parfois de Belleville jusqu'à chez elle. […] Un de mes jeux consistait à déchiffrer, avec Fanny, des lettres dans des journaux, non pas yiddish, mais français. [Et pour ce qui est de Jésus et des docteurs, il rectifie aussi les choses dans une seconde note :] Dans ce souvenir ou pseudo-souvenir, Jésus est un nouveau-né entouré de vieillards bienveillants. Tous les tableaux intitulés « Jésus au milieu des docteurs » le représentent en adulte. Le tableau auquel je me réfère, s'il existe, est beaucoup plus vraisemblablement une « Présentation au Temple ». [*Ibid.*, p. 28.]

David Bellos[1] commente cette falsification du souvenir sans se priver d'user d'épithètes, ce qui l'amène à soutenir que Perec creuse la fondation de son autobiographie pour qu'elle repose sous l'énorme poids d'une manœuvre d'escamotage si brillante qu'elle parvien-

1. *Ibid.*, p. 553.

drait à le mystifier lui-même. « Tout l'épisode, écrit-il, est une pantomime [...]. Il s'agirait d'un jeu diabolique pour représenter la mémoire d'une enfance juive (la lettre en hébreu serait un *mem* contrefait) et, sans doute, l'exemple le plus tortueux de l'affirmation et négation simultanées que faisait Perec de sa judéité. »

Je crois pour ma part – et Perec serait d'accord avec moi – qu'il y a là suffisamment de netteté dans le souvenir pour que le sujet supposé d'une complète amnésie infantile, qui se retranche en la relevant et en réitérant son fait devant quiconque voudra bien l'entendre, se le tienne pour dit. Il l'avait soutenu juste auparavant[1] sur le ton de la moquerie et avec l'intention de disqualifier les autobiographies littéraires dont les auteurs se vantent, comme nous le savons, d'« authenticité » et de « sincérité » :

> Comme tout le monde, ou presque, j'ai eu un père et une mère, un pot, un lit-cage, un hochet, et plus tard une bicyclette [...]. Comme tout le monde, j'ai tout oublié de mes premières années d'existence.
>
> Mon enfance fait partie de ces choses dont je ne sais pas grand-chose. Elle est derrière moi, pourtant, elle est le sol sur lequel j'ai grandi, elle m'a appartenu, quelle que soit ma ténacité à affirmer qu'elle ne m'appartient plus. J'ai longtemps cherché à détourner ou à masquer ces évidences, m'enfermant dans le statut inoffensif de l'orphelin, de l'inengendré, du fils de personne. [*Ibid.* p. 25.]

Apparaît ici en clair le quadruple mouvement esquissé dans ce livre sans égal qui se nomme *W ou le*

1. G. Perec, *W...*, *op. cit*, p. 25.

Souvenir d'enfance : 1) *je n'ai pas de souvenirs d'enfance ;* 2) *tout le monde a oublié complètement ce qui lui est arrivé dans l'enfance (tous commettent des mensonges quand ils racontent leurs souvenirs) ;* 3) *j'ai une foule de souvenirs, mais je n'en veux rien savoir ;* 4) *je dispose de souvenirs très nets ; déjà ils me font apparaître comme le* Messie, *comme occupant le centre d'une nombreuse famille, comme l'homme de lettres que je suis devenu à présent, comme l'objet merveilleux d'un amour immaculé, comme le nouveau-né* (de trois ans !) *qui arbore la dignité d'un sage, comme le tendre modèle digne du pinceau d'un Rembrandt.*

Là où le biographe et le sens commun s'offusquent de flagrantes contradictions et de jeux diaboliques, le lecteur, qui n'est pas si naïf pour se laisser abuser par les fausses rigueurs de la logique, aura tout loisir d'apprécier la mise en jeu des mécanismes poétiques propres à l'inconscient, l'usage intentionnel de la contradiction, la contestation de la logique formelle, la confirmation du fait que la mémoire a différentes strates et se présente sous trois facettes – rappelons-le – qui sont le *ressouvenu* (faux ou falsifié), l'*oublié* (qui est constitutif du sujet, le noyau de l'être, tel qu'il communique avec le réel) et le *refoulé* (dont il pourrait arriver qu'il soit connu, moyennant la levée de certaines résistances et pourvu qu'intervienne, entre le narrateur et celui auquel il s'adresse, quelque transfert, l'analyste, le cas échéant, pouvant occuper cette place, étant mis en position d'écouter ce récit). Renonçant à se laisser abuser par les conditions mêmes du genre, Perec écrit la plus véritable (ou la plus fictive) de toutes les autobiographies, tout en dénonçant la duperie cachée sous toutes les protestations de sincérité comme sous la prétention à unifier le récit et la vie, qui est à la clé de toutes les autres. Perec incarne la contestation de ce genre artificiel par sa manière de raconter sa vie, en modalisant à foison son discours qu'il surcharge de doutes (comme le fait Leiris dans son dramatique « souvenir d'enfance »), en écrivant différentes versions du récit de ce « premier » souvenir, de sorte qu'elles en ressortent toutes comme sujettes à caution (comme c'est le cas avec le suprême récit de Louis-René des Forêts[1]), en soulignant – sans chercher à les concilier – les contradictions (« Je suis l'enfant qui vient de naître, n'ai-je pourtant pas dit il y a un instant que j'avais trois ans ? »), en inventant une lettre qui n'existe pas, en fabriquant de fausses étymologies et des significations controuvées pour son nom de famille, en racontant un souvenir potentiel, celui qu'il aurait pu avoir s'il était né dans un autre pays, issu d'autres parents, etc. Le message qu'il fait explicitement passer sous cette abondance de procédés rhétoriques en vient à se faire, à un moment donné, explicite : « Tout le travail de l'écriture se fait toujours en relation avec une chose qui n'existe plus, qui peut un instant être fixée dans l'écriture, comme une trace, mais qui a déjà disparu[2]. » La mémoire oscille entre le traumatisme et la nostalgie.

Perec ne souscrirait pas à l'affirmation de Cortázar sur la relation entre « la mémoire *et* l'effroi ». Pour lui, demeure la possibilité d'emprunter deux chemins différents : *ou* la négation des souvenirs – « Je n'ai pas de… », *ou* l'action de postuler l'existence d'un souvenir complètement falsifié et enjolivé pour se protéger d'un réel effrayant. Il soutenait, en toute imperturbabilité,

1. L.-R. des Forêts, « Une mémoire démentielle », *La Chambre des enfants*, Paris, Gallimard, L'Imaginaire, 1960, p. 91-122.

2. G. Perec, « Le travail de la mémoire », *Je suis né, op. cit.*, p. 69.

qu'il ne gardait pas de souvenirs de son enfance et exigeait qu'on ne l'interrogeât point sur le thème de savoir pourquoi il était dispensé de répondre à la question : « Une autre histoire, la Grande, l'Histoire avec sa grande hache, avait déjà répondu à ma place : la guerre, les camps » (*Ibid.*, p. 17).

Pour Julio Cortázar, la mémoire commence avec l'effroi ; pour Georges Perec, l'effroi commence avec l'Histoire et la mémoire s'essaye à mettre un couvercle sur le puits de l'angoisse originaire, provenant de cette brutalité irrationnelle de l'Autre qui arrache l'enfant au sein maternel. Ou la mémoire compassionnelle ou l'histoire sans pitié. Perec – à l'instar de Nabokov, mais dans d'autres circonstances – se réfugie dans des souvenirs heureux (tels que ce premier souvenir, complètement manipulé, de l'enfant entouré de toute la chaleur familiale) qui contrastent avec *l'histoire* dont il comprendra par la suite qu'elle était de *terreur* ; et c'est seulement après qu'il peut travailler sur « le souvenir d'enfance », le seul « véritable » qu'il ait gardé de sa mère. Il ne lui est resté d'elle qu'une copie de l'acte de naissance, quelque autre papier officiel, cinq photographies jalousement conservées et examinées dans leurs moindres détails, ainsi que ce douteux *souvenir* de l'adieu, à Paris, en gare de Lyon : il ne savait pas qu'il ne la reverrait jamais et que cet adieu était en réalité le commencement d'une « disparition », d'un départ en fumée… dans le four crématoire. Le moment du dernier adieu est la trompette qui prophétise le camp de concentration – s'agit-il d'Auschwitz, de Theresienstadt, ou d'un autre encore ? –, cet univers (*W*) qu'il ne sera possible de présentifier, de dévoiler, de produire que des années plus tard, quand Perec, et avec lui le monde atterré, en saura suffisamment pour reconstruire une histoire qui est hors mémoire. L'effroi du « souvenir d'enfance » est pour lui rétrospectif et reste pour lui – pour tous ? – masqué sous des détails faisant écran. Par exemple, Perec se souvient très bien que sa mère, avant de monter dans le train, lui acheta une histoire de *Charlot parachutiste*. On se doute qu'il est totalement invraisemblable qu'une pareille historiette sur le metteur en scène du *Grand Dictateur* ait pu circuler en France en 1942. Tous les détails sont également questionnables, quand on compare les diverses versions écrites par Perec de ce souvenir. Philippe Lejeune[1] en apporte le commentaire suivant :

> Tragique certainement pour la mère, le départ à la gare de Lyon n'est devenu tragique pour l'enfant que rétrospectivement, deux ou trois ans plus tard, quand il a accédé à l'idée que jamais plus il ne reverrait sa mère. C'est alors que le travail de reconstruction a commencé, pour élever un monument sur cet emplacement quasi vide.

Il s'agit donc bien ou d'effacer l'effroi d'une histoire indicible ou d'emmagasiner dans la mémoire une quantité invraisemblable de données superflues, pour faire écran (*Je me souviens*), ou – troisième option – de reconstituer péniblement le puzzle absurde de la vie sur le divan d'un psychanalyste. Tout cela aboutit à la prise de conscience que, au moment de conclure (le roman, l'analyse), le trou noir de l'unique pièce du puzzle qui n'a pas encore été replacée dessine la forme parfaite d'un X, tandis qu'il reste, entre les doigts du mort,

1. P. Lejeune, *La mémoire et l'oblique. Georges Perec autobiographe*, Paris, Hachette, 1991, p. 83.

l'unique pièce qu'il n'est pas parvenu à caser… et qui exhibe la forme, « prévisible en son ironie même depuis bien longtemps, d'un W[1] ».

Nous pourrions dire que le « premier souvenir » de Georges Perec, où un bonheur originaire est inventé de toutes pièces, est la mystification, pratiquée en vue d'une jouissance, qui anticipe une destinée d'écrivain, d'« homme de lettres ». Nous pourrions sans doute ajouter que Perec se contredit puisque, après avoir soutenu qu'il n'a pas de souvenirs d'enfance, il énonce, avec un luxe de détails, une scène qui se passe en famille, encore émaillée d'associations, comme s'il s'agissait d'un rêve, et non de l'évocation d'un épisode « réel », et qu'il aggrave encore la contradiction quand il raconte, en se montrant minutieux dans les détails, la journée de son baptême ou tant d'autres épisodes de son enfance. Bellos, son biographe, se laisse quant à lui entraîner sur cette route, en y allant de ses propres associations, en proposant les hypothèses : que, *mem* correspondant à la lettre *m*, celle-ci est l'initiale de « mémoire » et la signature du vampire de Düsseldorf dans le film de Fritz Lang, que le *m* est l'initiale du mot « mère » dans toutes les langues, que *m*, si on le renverse, se transforme en *w*, qui est le titre de son autobiographie, le nom de l'île qui est un camp de concentration et la lettre sur laquelle se clôt le livre sur les modes d'emploi de la vie, que le *w* est, en français comme en espagnol, la lettre étrangère par excellence, etc.

Nous ne pouvons, quant à nous, oublier Freud, ce Freud qui donne complètement raison à Perec et qui

1. G. Perec, *La Vie mode d'emploi*, *op. cit.*, p. 572.

l'illustre *avant la lettre** en jetant toute la lumière requise sur l'affirmation de Perec selon laquelle celui-ci n'a pas de souvenirs d'enfance. Pour la raison bien simple que Freud exposa en 1898, et de laquelle personne ne se souvient (Freud lui-même l'ayant bien souvent oubliée) : ***personne n'a de souvenirs d'enfance.*** Le refoulement s'est mis en marche bien avant le premier épisode dont on se souvient *et il est déjà en acte dans la construction de ce souvenir.* Le souvenir en psychanalyse n'est pas l'enfant chéri de la mémoire, mais de son opposé : le refoulement. Il n'a pas pour fonction de restaurer le passé, mais de le recouvrir. Voici textuellement ce que dit Freud[1] :

> Le souvenir falsifié est le premier dont nous ayons connaissance ; le matériel de traces mnésiques à partir duquel il a été forgé nous est resté inconnu (*unbekennen*) dans sa forme originelle.
>
> Avec une telle façon de voir, l'écart entre les souvenirs-couverture et les autres souvenirs provenant de l'enfance se réduit dans notre estimation. Peut-être y a-t-il doute, en général, sur le fait de savoir si nous avons des souvenirs conscients provenant de l'enfance, ou pas plutôt se rapportant simplement à l'enfance. Nos souvenirs d'enfance nous montrent les premières années de la vie, non comme elles étaient, mais comme elles sont apparues à des époques d'évocation [*retrieval*] ultérieures. À ces époques d'évocation, les souvenirs d'enfance n'ont pas *émergé*, comme on a coutume de le dire, mais ils ont été formés [*encoded*] alors, et toute une série de motifs, qui sont loin de viser à la fidélité historique,

1. S. Freud, il s'agit des paroles finales de « Sur les souvenirs-couvercles », in *Œuvres complètes,* t. III, Paris, PUF, 1989, p. 276.

ont influencé cette formation autant que la sélection des souvenirs.

Revenant à présent de la plume de Freud à celle de Perec, nous nous apercevons, non sans étonnement, que c'est seulement lui qui a su comprendre la distinction essentielle entre les souvenirs *de* l'enfance – ceux-là mêmes que lui *n'a pas* –, et les souvenirs *sur* l'enfance qui sont ceux qui ne font que croître et embellir dans les pages de toutes les autobiographies, et qui, très bientôt, touchant la fin de notre parcours, culmineront avec Michel Leiris. Les souvenirs originaires sont restés gravés et constituent l'essence même de la vie d'un être humain. Mais ils sont ensevelis sous les voûtes de l'amnésie infantile et déterminent à partir de là même la distorsion des premiers souvenirs. *De la prime enfance, point d'histoire qui tienne, rien que des romans, des inventions et affabulations.* Quel auteur, parmi tous ceux sur lesquels nous nous sommes penchés, constituerait une exception à cette règle ?

Synthétisons : *W ou le Souvenir d'enfance* propose d'instaurer une disjonction : ou l'effroi ou la mémoire. S'il y avait conjonction : mémoire *et* effroi, la disjonction changerait de lieu et cela donnerait : mémoire *et* effroi *ou le Souvenir d'enfance.* Pour échapper à l'effroi qui est assimilable, d'une façon exemplaire, à celui causé par la disparition de la mère, à ce cauchemar qu'est l'histoire pour Stephen Dedalus, il faut s'envelopper d'une cape, celle des souvenirs ayant fonction de couverture. La mémoire, en tant que connaissance du monde, est oubli de l'être comme *geworfen*, comme jeté au monde dont il est rejeté.

La mémoire se cultive. L'on sait bien ce que l'on se doit de ne pas savoir. Ou on le sait si bien qu'on ne parvient pas à conjurer le maléfice qui vous fait revenir sans cesse sur la marque douloureuse, sur la trace historique, d'un souvenir rebelle.

Et l'on pourrait penser que, avant Perec et avant Freud, c'est le gaucho Martín Fierro qui l'avait dit par avance[1] :

> Méditez la sentence :
> Oublier le mal
> C'est encore
> Avoir souvenance.

---

1. José Hernandez, *(La vuelta de) Martin Fierro* [1879], XXXIII, vers 7203-7204. Notre traduction (N.d.T.).

XII

Michel Leiris : l'échec bienvenu de l'autobiographie (« …reusement ! »)

> *Le mot n'est pas signe, mais nœud de significations. Et que je dise le mot « rideau » par exemple, ce n'est pas seulement par convention désigner l'usage d'un objet […]. C'est par métaphore un rideau d'arbres ; par calembour, les rides et les ris de l'eau, et mon ami Leiris dominant mieux que moi ces jeux glossolaliques*[1].

Présentation de l'auteur, du narrateur, du personnage

Aucun auteur n'a mieux saisi que Michel Leiris (1901-1990) les difficultés et les risques de l'entreprise autobiographique à laquelle il a, durant la soixantaine d'années bien remplies de sa vie d'homme de lettres, accordé toute sa sollicitude. Comme nous le fîmes pour Perec, il n'est pas superflu de le présenter, suppléant des données biographiques qui font justement défaut dans ses écrits. Ce faisant, nous mettons déjà le

1. J. Lacan, « Propos sur la causalité psychique », *Écrits, op. cit.*, p. 166-167.

doigt sur un trait caractéristique de Leiris : les dates, les faits empiriques dessinant son identité, les noms propres de ses parents, de ses amis, de ses frères et sœurs, de ses maîtres, les référents sociopolitiques, les documents officiels se trouvent absents de ses écrits ou y sont mentionnés sans ordre et d'une façon fragmentaire. Faire l'historiographie de sa vie, telle qu'elle pourrait apparaître dans un dictionnaire, est étranger à ses prétentions, va à l'encontre de son projet. Le récit des péripéties de sa vie s'octroie le droit de négliger les coordonnées sociales, temporelles et géographiques qui constituent l'ordinaire du genre. C'est que l'abondante autobiographie de Leiris est postfreudienne, au sens conceptuel du terme, plutôt que dans la chronologie, dans la mesure où elle entretient un lien de parenté majeur avec la dispersion narrative de la parole dans la séance psychanalytique et n'a rien à faire de la tentative d'un moi qui aurait le souci d'asseoir sa position dans le monde et d'affirmer sa singularité. La signature qui préside à la formation du texte et qui le précède paraît superflue, le nom propre finissant par passer pour une donnée qui pourrait être omise. Le style de l'auteur profite et se sert des rigueurs anarchiques de l'association libre. Il entasse des matériaux hétérogènes et les compose d'une façon désordonnée, au lieu de cultiver comme d'habitude une composition détaillée et minutieuse qui se pare d'authenticité, en comblant toutes les lacunes et répondant par avance à toutes les questions. Incomparable autobiographie ! Il arrive par exemple que, dans le fatras de ses associations qui paraissent fortuites, on rencontre, et dès la deuxième page de *L'Âge d'homme*, sa première et plus célèbre tentative autobiographique, la mention du fait que, lorsqu'il se trouve seul, il a tendance à se gratter la région anale, sans qu'auparavant, ou d'ailleurs à quelque endroit du livre que ce soit, il n'ait pris le « soin » de consigner qui ont été ses parents ou quelle a été sa date de naissance. Leiris préfère commencer par un autoportrait implacable qu'il dessine par écrit en affirmant que, lorsqu'il se découvre à l'improviste devant un miroir, il ressent l'horreur de se voir dans son humiliante laideur. Son écriture pourrait être considérée comme un effort pour passer au vitriol les traits de son visage, comme une *prosopoclastie*, ainsi que nous nous exprimerions pour désigner les autobiographes qui écrivent contre leur image spéculaire. La beauté de la prose doit combattre l'effroi provoqué par le *prosopon*, venu d'un regard qui considère sa propre physionomie comme ignominieuse.

Comme il s'est montré lui-même parcimonieux en informations concernant sa personne, nous devons recourir au dictionnaire, toujours surabondant en données, et en transcrire certaines pour mieux situer l'écrivain : il est né en avril 1901 à quelques mètres de distance et la même semaine que Jacques Lacan, dont il deviendra l'ami après l'avoir rencontré, en 1935, dans le salon de Marie Bonaparte. Il fréquenta et appartint en sa jeunesse au groupe de peintres et écrivains du mouvement surréaliste. Passé le seuil de la vingtaine, en 1922, il découvrit certains des textes de Freud et commença, à partir de la même date, à tenir un foisonnant journal dans lequel il déversera son vécu durant presque soixante ans, écriture adressée à un interlocuteur imaginaire qui ne manquera pas de lui servir de base de données pour son travail autobiographique. Il se maria en 1926 avec Louise Godon, belle-fille de David-Henry Kahnweiler, le marchand de tableaux de Picasso, Matisse et André Masson ; la paternité lui faisant horreur, il n'eut jamais d'enfants. En 1928, il fut le témoin de Georges Bataille à son mariage avec Sylvia Maklès, qui deviendra par la suite Sylvia Lacan. Il rompit en 1929 avec le surréalisme et fit le choix d'opter pour l'ethnologie, la sociologie et le marxisme. Se sentant victime d'une impuissance irrémédiable, tant physique qu'intellectuelle, il commença sa psychanalyse, suivant en cela le conseil de Bataille lui-même, avec Adrien Borel (1886-1966), l'un des introducteurs du freudisme en France. Son premier passage sur le divan devait durer deux ans et il fut renouvelé pendant une année de plus en 1935-1936. Ses amis, durant ces années, étaient Picasso, Bataille, Queneau, Jouhandeau (avec lequel il rompit au moment où ce dernier se déclara antisémite) et Breton. Il fit en 1942 la connaissance de Jean-Paul Sartre et noua avec lui une étroite amitié. Il fut le fondateur, avec Sartre, Merleau-Ponty, de Beauvoir et quelques autres, de la revue *Les Temps modernes* (en 1945). Il avait auparavant, en 1929, parachevé son premier roman (*Aurora*) qui dut attendre jusqu'en 1946 pour être publié : le personnage principal du récit ne s'y prénomme pas Leiris, mais Siriel. Ce palindrome indique sans laisser place au doute qu'il s'agit d'une fiction marquée du sceau de l'autobiographique (mais y en a-t-il qui ne le soient pas ?). Le prénom de Siriel, son personnage, est Damoclès ; Leiris-Siriel restera pour toujours la tête sous la menace d'une épée. Il écrivit, entre 1933 et 1935, *L'Âge d'homme* et l'envoya à l'impression en 1939 ; c'est un livre qui respecte toutes les règles définissant le « genre » : l'*auteur* coïncide avec le *narrateur* qui est aussi le *personnage principal* – trois fonctions réunies en un seul et même sujet. Dans la première édition, le livre ne comportait aucun prologue, mais une fois la guerre terminée Leiris inséra un chapitre en guise d'exergue, écrit durant ces années intermédiaires et intitulé « De la littérature considérée comme une tauromachie ». Ce prologue était, à bien des égards, une tacite correction du contenu du livre et pouvait même passer pour une rétractation par rapport au texte qu'il introduisait. Puis, entre 1948 et 1976, il ne cessa de publier, tome après tome, l'œuvre clé de sa production, une autobiographie torrentielle intitulée *La Règle du jeu*, qui fait plus de mille pages et qui, en 2003, fera l'objet d'une édition définitive[1].

Avant de poursuivre, récapitulons : nous avons affaire au total à trois autobiographies : a) un roman, *Aurora*, où il se présente sous les traits de Damoclès Siriel ; b) une première autobiographie « formelle » de Leiris, *L'Âge d'homme*, publiée en 1939 et qui reçoit, lors de sa réédition en 1946, un prologue où l'auteur se compare, pour l'audace avec laquelle il met au jour son intimité, au torero qui risque sa vie en public ; et c) une seconde autobiographie « formelle », *La Règle du jeu*, qui fut publiée en quatre volumes entre 1948 et 1976, bien que la rédaction du premier tome soit en fait antérieure à celle du prologue taurin de *L'Âge d'homme*. Leiris, en effet, travailla à ce premier volume, *Biffures*, entre 1940 et 1946. Auparavant, en 1938, il avait déjà donné le jour à un texte où il exposait sa fascination pour les taureaux et idéalisait la fête à laquelle donnait lieu leur corrida – *miroir de la tauromachie*[2]. La

1. Respectivement par la suite, nous noterons pour *L'Âge d'homme*, [1939], (Gallimard, Folio, 1973) : *AH*, et pour *La Règle du jeu* (Paris, Gallimard, La Pléiade, 2003) : *RJ*.

2. M. Leiris, *Miroir de la tauromachie*, Paris, Fata Morgana, 1981, avec de merveilleuses illustrations d'A. Masson.

littérature – telle que la conçoit Leiris – implique la mise en jeu de la vie, raison pour laquelle le rituel de l'écriture, comme celui de la fête taurine, est chargé dans son imagination de connotations transcendantes : c'est un rendez-vous donné à la mort, incarnée par le fil acéré de la corne du taureau. La lutte se fait corps à corps. Le modèle de l'art de la tauromachie domine ainsi la rédaction de cet ensemble monumental qui intéresse tout particulièrement notre recherche, parce qu'il comporte *non pas un, mais deux* « premier(s) souvenir(s) » d'enfance.

Leiris mourut en 1990 ; il était alors un auteur consacré et célébré par les intellectuels français (dispensons-nous du terme d'*intelligentsia*). Leiris ne se limita pas à parler de lui : il laissa une production consistante de livres, constituée de poèmes, d'essais ethnographiques, d'études sur la peinture et la littérature, de textes politiques (il faut rappeler, pour nous montrer mesuré dans notre compréhension, qu'il fut membre du parti communiste, résistant actif durant les années grises, castriste, participant décidé des mouvements contestataires de 68, et, pour finir, partisan de la seconde candidature présidentielle de Mitterrand, couronnée de succès en 1988). À sa mort restaient des inédits, et le sont encore les minutieux journaux, qui étaient déjà fameux, mais pas autant que l'impudique épopée de *L'Âge d'homme*, comme des quatre tomes de *La Règle du jeu*, la monumentale autobiographie qu'il nous intéresse de commenter. Aujourd'hui, Leiris est une référence incontournable dans l'histoire du « genre » autobiographique auquel il consacra sa vie, convaincu qu'il était d'être un passionné de la vérité et un audacieux torero. La bibliographie qui entoure son œuvre est immense. Les noms de Michel Butor, de

Maurice Blanchot, de Claude Lévi-Strauss, de Jean-Bertrand Pontalis, etc., seraient les plus immédiatement repérables. Ce dernier, psychanalyste de Georges Perec, comme nous venons de le voir, l'a qualifié d'« ethnologue de ses institutions personnelles » – l'ethnologue du moi, dirions-nous –, et il écrit[1] avec justesse et justice :

> On admirera l'honnêteté, sans exemple avant lui, avec laquelle il conduit son entreprise et fait aboutir son refus des antinomies entre vie et mort, mythe et réalité, travail et parole, langue littéraire et prose quotidienne, conférant ainsi à ses écrits un niveau de tension incomparable.

Nous avons là affaire à un « cas exemplaire » d'intersection entre l'écriture autobiographique et la psychanalyse. Leiris communiqua – et sûrement sans que ce soit en allant à l'encontre de son désir – plus de choses que celles dont il caressait le projet : celui de « dire toute la vérité et rien que la vérité », et de la dire en face et « sans artifices » (*AH*, p. 17). La parole va fatalement au-delà de ce qu'elle souhaite dire (et dit encore autre chose). Il *désire* (en tant qu'auteur) *dire* la vérité, mais il ne sait pas que, ratant sa cible, ce qu'il dit *a trait* à la vérité et que c'est par ce biais qu'il en attrape un bout. La vérité a sa place là où cela lui convient : et pas au lieu de celui qui dit « je », mais chez celui qui écoute ou lit. Car l'authentique de la vie – et c'est là le grand secret de la littérature autobiographique – se trouve pour quiconque au lieu de l'Autre.

---

1. J.-B. Pontalis, *Après Freud*, Paris, Gallimard, 1968, p. 313.

Par quel labyrinthe nous fait passer le fantasme d'un homme qui, nous semble-t-il, plutôt que d'être animé par le désir de « vivre pour la raconter[1] », nous paraît arrimé à celui de « la raconter *au lieu de* la vivre », soumettant ainsi son existence personnelle à la transsubstantiation littéraire de sa vie ? Au travers des cinq panneaux que comporte le paravent de son odyssée, un ordre sera dégagé.

Dans le premier sera traitée la question du souvenir initial qui, comme nous l'avons dit et constaté dans d'autres cas que nous avons pu analyser (celui de Perec, de Nabokov, de Woolf, etc.), est double, comportant un souvenir qui sème la graine de l'effroi et qui est le premier, parce qu'il apparaît à la première page de la narration, et un autre, le « deuxième premier », lyrique, idéal, qui est évoqué plusieurs pages après comme étant le plus éloigné, antérieur dans le temps au premier qui a été consigné. L'un est le point de départ de l'autobiographie, l'autre y occupe le rang de la priorité chronologique.

Dans le second se vérifiera que la tentative est en fait d'échapper à la chronologie et de mettre en route une écriture qui, si maintenue en bride qu'elle soit – et c'est tant mieux ! –, n'en est pas moins la sœur de la méthode des associations libres dont l'analyste a dressé la trame. Ceci oblige l'auteur à pratiquer une lecture de son propre texte gouvernée par le souci qu'en contrepartie, soit instaurée chez le lecteur une « attention librement flottante », lui qui est tacitement invité à s'asseoir dans le fauteuil du psychanalyste, à écouter en s'abstenant de tout préjugé et en s'appliquant à

1. Allusion au titre de l'autobiographie de G. García Márquez. (N.d.T.)

garder la prudence interprétative qui est attendue d'un freudien.

Sur le troisième sera observé l'étrange, bien que fréquent, fantasme de survie littéraire de l'auteur, par le biais et par la grâce de sa prose autobiographique, un désir de perdurer au travers de l'écriture se monnayant sous la forme d'une demande d'immortalité adressée au lecteur. Il se manifeste également par la manière (et la manie) constante qu'il a d'invoquer et de nier la mort dans le récit de la vie, par les justifications thanatophobiques qu'il met en avant pour se justifier de l'exhibition du moi-moi-moi qui est censé être démasqué, ce moi étant ainsi condamné à une perpétuelle agonie, mais s'efforçant tout de même de *faire semblant** qu'il est encore vivant. Comme si l'écriture offrait un sauf-conduit contre la mort.

Sur le quatrième apparaîtra ce que l'intrépide écrivain peut « confesser » de sa sexualité, dans les termes mêmes où il s'en sera acquitté dans son analyse – nous le comparerons sur ce plan à un autre grand écrivain psychanalysé : Hermann Broch –, avec les artifices auxquels il aura recours pour dévoiler (mais aussi pour dissimuler) ce qui pour la majorité des hommes demeure une énigme : celle du rapport aux femmes, tel qu'il se voit incarné par l'« autre » sexe, le féminin.

Dans le cinquième sera examiné le résultat d'une aventure autobiographique qui est poussée, dans le cas d'espèce, jusqu'à ses ultimes conséquences puisque, au moment d'exposer sa vie aux yeux des autres – d'établir, comme il le dit, son « étymologie subjective » –, il en vient à montrer à quel point l'être est incrusté dans le langage, mais dans quelle mesure il dispose, en tant qu'artiste, des moyens, inspirés de la psychanalyse, pour retrouver le souvenir de l'oublié, du censuré et du refoulé.

Notre vol comportera donc cinq escales.

LE DOUBLE PREMIER SOUVENIR : LA BÉATITUDE, AVEC SA CHUTE MAL-HEUREUSE

Dans le récit d'une histoire de la vie, il nous incombe de distinguer trois moments initiaux qui sont les trois options offertes à l'autobiographe : a) l'option *notariale*, qui a normalement lieu d'être transcrite chaque fois que s'accomplit une formalité : nom, date et lieu de naissance, moyen le plus simple pour commencer une autobiographie (*Je suis né*[1] *;* mes parents étaient..., etc.) ; b) l'option *psychologique*, grâce à laquelle s'énonce le premier souvenir qui se perd dans la nébuleuse du temps, au sein de la longue nuit de l'amnésie infantile, tel celui que va conter Leiris évoquant la chaude présence de sa mère ; et c) l'option *littéraire*, qui produit l'accroche grâce à laquelle se commence le récit. Celle-ci peut être identique au début fourni par l'option précédente (comme dans le cas d'Elias Canetti qui commence *La Langue sauvée* par son premier souvenir) ; être, comme dans *Autres rivages* de Nabokov, un « souvenir prénatal », attribué même – et c'est un cas exceptionnel – à un autre sujet (à « un jeune chronophobe ») ; ou encore être, comme cela arrive dans le cas de Michel Leiris, un souvenir en apparence arbitrairement choisi par l'écrivain, mais figurant à la première page de l'autobiographie, et précédant même d'une centaine de

1. En français dans le texte et allusion au titre de G. Perec. (N.d.T.)

pages celui qui sera ensuite décrété comme le souvenir le plus ancien.

Jusqu'à présent, nous avons longuement discuté l'importance du premier souvenir et les raisons de sa conservation, rémanence qui, mieux encore, devient, en tant que source de leur identité, une sacralisation. Nous avons mis de côté l'idée ingénue selon laquelle sa transcendance est due à la *réalité* de l'événement mémorisé, nous retrouvant d'accord avec Freud qui soutient que de tels souvenirs ne sont rien d'autre que des reconstitutions rétroactives et arbitraires, servant des intérêts qui sont ceux du refoulement exercé par le moi lui-même, en tant qu'ils lui permettent de méconnaître des vérités insupportables. Nous savons qu'il s'agit, dans tous les cas, de souvenirs ayant la fonction d'*écrans*. Tant ceux qui entourent l'enfant comme le sujet lui-même et, dans l'après-coup, ceux qui écoutent le récit qui en est tenu, ou qui en viennent à lire l'autobiographie qui en est issue, sont enclins à entourer cet épisode originaire, cet hybride de mémoire et d'imagination, du halo de mystère qui, décrypté, offrira des clés décisives pour comprendre la vie et l'œuvre de l'adulte, quand ce n'est pas pour corroborer le prestige accordé à des vaticinations qui se verraient accomplies avec les années. Comme il est facile de se faire le prophète du passé ! Le premier souvenir, présumé être le noyau de la mémoire, est une construction mythologique. Manque-t-il pour autant d'intérêt ? Bien au contraire, étant une formation de l'inconscient (comme le rêve ou n'importe quelle construction engendrée par la fantaisie), occupant vis-à-vis du sujet la fonction de mythe fondateur de son identité, le premier souvenir – c'est ce que disait Freud –, donne la clé des armoires de la vie animique.

Nous prendrions le risque d'ajouter qu'étant falsificateur, il est le porteur, le facteur, de la vérité : celle du fantasme, qui est la colonne vertébrale de la subjectivité.

Leiris le sait bien, lui qui se met en quête des souvenirs, comme le ferait un détective. L'intéresse davantage la chasse que la proie, la poursuite que l'objet poursuivi. Son autobiographie est « une sorte de roman policier ». Il ne cherche pas à retrouver l'émotion initiale, mais à ressentir vivement la commotion provoquée en lui par le fait de se dédier à cette recherche. Ses écrits ne sont pas des « mémoires », car il tient pour acquis que ceux-ci relèvent la plupart du temps d'un artifice. Il ne vise pas à reconstituer le fait tel qu'il fut, mais le fait tel qu'il est maintenant : déformé. Ce qui lui importe, c'est seulement de mesurer la marge qui sépare ce qui a bien pu avoir lieu dans le passé, de comment il imagine et dépeint aujourd'hui ce qui s'est passé. Il se livre sans pudeur, sans s'illusionner ni chercher à embobiner le lecteur, « s'abandonnant franchement à une sorte de reconstitution imaginative, de réinvention du fait » (*RJ*, p. 1120, appendice : « L'Homme sans honneur »). Ce qu'il devrait parvenir à transmettre sera, de toute façon, authentique, étant donné qu'il « ne m'était pas loisible de changer d'une virgule mon passé » (*AH*, p. 19). Il faut que la parole de l'écrivain, « de quelque manière qu'il s'y prenne pour la transcrire, soit toujours vérité » (*AH*, 22). Lui s'engage à dire la vérité, la mettant en acte dans son écriture, et nous autres sommes mis en position d'exiger que ce performatif s'accomplisse. Un pacte est scellé entre l'auteur et le lecteur où le susmentionné (qui reste jouir du ©*opyright*), Michel Leiris, devient le protagoniste de son histoire, afin que celle-ci se voie vérifiée par qui en détient le droit : l'Autre. S'il pouvait « changer une virgule du passé », il serait nécessaire que le passé se trouve quelque part déjà écrit. Il se trouve qu'il ne l'est nulle part : le passé, c'est ce qu'on fait advenir en l'écrivant et en le remplissant de virgules et autres signes de ponctuation. Il est le fils de la rhétorique.

Le narrateur dans sa maturité, celui de l'après-guerre, donne à lire, comme nous l'avons anticipé, non pas un seul, mais deux « premiers » souvenirs, le psychologique (qui se situe dans la chronologie) et le littéraire (dans les premières pages du livre). Le plus archaïque et le plus ancien est nimbé de l'aura du sacré d'un merveilleux halo de roman de chevalerie ou de conte de fées, aussi éloigné que mal défini, issu plutôt de la *préhistoire* que du passé mémorisé. C'est avec précision que Leiris se voit et se ressent installé dans ce passé mythique et inaccessible, sachant très bien pourtant qu'il s'agit là de quelque chose dont il ne pourra se ressouvenir d'aucune façon. Il situe ce souvenir séminal dans la distance d'un printemps, dont il est possible qu'il remonte à ses « trois ans et demi » (« C'est impossible ! » pourrions-nous nous exclamer, si nous nous mettions dans la position du détective : puisqu'il est dit que ce devait être « vers le mois de mai », il ne pouvait avoir que trois ou quatre ans, et sûrement pas trois ans et demi, vu qu'il est né en avril ; mais nous savons bien déjà qu'il ne peut être question de « vérité matérielle » dans un texte se prétendant biographique, puisqu'il est bien plus proche du roman que de l'histoire).

Le souvenir initial, le plus ancien, ne saurait être plus trivial ; mieux encore, sa substance ne prend seulement sens que si on le rapporte à « l'autre » premier souvenir, celui du mot mal-heureusement coupé et corrigé par un adulte, toujours là tapi et prêt à inculquer l'impitoyable loi du langage pour faire passer l'*infans* au statut d'être parlant. Nous parvient aux oreilles, par le fait même que nous lisons, le souvenir élémentaire, la cellule-souche de cette autobiographie et de beaucoup d'autres. Vérifions la teneur de lieu commun qu'a ce souvenir : l'enfant est auprès de sa mère et peut-être cette chambre vide sent-elle l'insecticide, car il y plane une poussière donnant l'odeur de renfermé. La lumière du soleil s'infiltre par les persiennes, il fait chaud, les ailes des insectes bourdonnent. Il ne se passe rien de particulier ; simplement, « j'éprouve un sentiment de tiédeur, de bien-être et de sécurité » ; la douceur du monde est comme palpable, tandis que l'enfant regarde, extasié, comment bougent dans le rayon les corpuscules de la poussière. C'est sans doute eu égard à cette évocation, écrit-il, que l'adulte qu'il est aujourd'hui reste bouche bée devant les choses qui semblaient dire : « Il était une fois... » (*RJ*, pp. 167-168). Si la scène évoque ce qui a trait au *sacré*, si le souvenir a plus une odeur de sainteté que de poussière, ce n'est point pour ce qu'elle dit, mais parce qu'elle est inaugurale et, par là même, plus *exotique* que tout ce à quoi on peut avoir affaire. Voici les éclaircissements qu'il donne à ce propos :

> Le caractère sacré attaché aux souvenirs d'enfance peut s'expliquer par les mêmes raisons d'exotisme, si l'on considère que l'*archaïsme* est dans le temps ce que l'exotisme est dans l'espace : mes souvenirs me sont sacrés dans la mesure où ils me sont lointains. [*RJ*, p. 1119, appendice, « L'Homme sans honneur ».]

Le premier souvenir n'est pas important pour l'enfant qu'il fut autrefois, mais pour le touriste d'une autobiographie, qui voyage jusqu'à pouvoir le retrouver sur des terres vierges et qui vit dans le maintenant, mais récapitulant son passé mythique. Il y a une minute, semble-t-il dire, « je » n'existais pas, et maintenant, miraculeusement, j'ai débarqué, venant du néant[1]. Le thème du récit a pour objet un instant : celui de la naissance « authentique » du sujet, si nous acceptons de considérer, avec John Locke, que l'identité et la mémoire sont consubstantielles. Et dans ce lieu de quiétude et de soleil se détache la présence ineffaçable de la mère, source et origine de toute certitude. La perfection de la coalescence idyllique avec la mère ne s'enracine pas dans le terreau des origines, il n'y en a souvenir que parce qu'avant, le deux n'existait pas, il n'y avait pas de l'un et de l'autre, elle et moi ; l'union avec elle est, bien sûr, mythique ; elle ne s'atteint que dans l'après-coup, après un laborieux récit qui a commencé par le divorce entre le *self* et l'autre. L'histoire de quelqu'un est toujours celle d'une « conscience malheureuse » sur le mode hégélien, séparée et *à la recherche** de soi, s'obstinant à recouvrer une jouissance qui n'exista jamais, une jouissance de l'être avant le langage. Mais raconte-t-on d'autres histoires que celle-là ?

C'est bien pour cette raison qu'importent la dissociation et la confluence entre ce souvenir initial de bonheur (perdu) aux côtés de la mère, et l'autre souvenir, celui du trauma de l'initiation au langage, du

1. L'auteur me communique qu'il faudrait entendre cette phrase comme faisant écho à celle de Lacan : « Une minute après, la bombe explosait. » (N.d.T.)

moment initiatique où il impose son existence, marqué qu'il est, tout autant que le premier, de nombreux indices d'incertitude. Autant le premier souvenir était trivial, commun à beaucoup d'autobiographies et plus proche de l'épiphanie, car son moment intervient en dehors du fil de la narration, qu'il est d'un instant et ne forme pas une séquence, qu'il se vit comme une sensation et non comme un épisode ; autant le second est exceptionnel, véritable joyau dans la littérature du « genre ». Il mériterait que nous approfondissions encore l'analyse que nous en ferons.

Biffures, la première partie de *La Règle du jeu*, commence par un bref chapitre intitulé « *...reusement* » (*RJ*, pp. 3-6). L'écriture de Leiris en est si inspirée que ce court épisode, à l'instar du commencement des *Confessions* de Rousseau, ne saurait manquer à une anthologie qu'on établirait de l'ensemble des autobiographies. C'est avec plaisir que nous en reproduirions les quatre pages, mais – concision oblige – il nous faut choisir d'en faire tout au plus apparaître le squelette narratif. L'événement présumé survient dans un lieu imprécis de la maison où l'enfant joue et vit. Soudain, il se voit exposé à la chute d'un petit soldat, sans qu'il parvienne à préciser s'il était de plomb, de fer ou de carton peint, sans qu'il sache s'il était neuf ou vieux ni de quelle couleur il était, sans qu'il sache même s'il s'agissait effectivement d'un soldat, longtemps avant donc qu'il devienne l'orgueilleux propriétaire d'une collection. L'essentiel n'était pas qu'il se fût agi d'un petit soldat, mais que ç'ait été un petit jouet qui lui appartenait, quelque chose de personnel qui avait échappé à ses maladroites petites mains, courant le risque de se casser en raison de sa chute. Le petit Michel se précipite avec angoisse sur son objet si valorisé, le récupère, le caresse, le regarde et constate qu'il ne lui est rien arrivé. Il s'exclame en jubilant : « *...reusement !* » Oui, mais, hélas ! Il n'est pas seul. Dans cette pièce « mal définie » se trouve un adulte – mère, frère ou sœur – qui le corrige : « On dit : *heureusement.* » Son allégresse s'évanouit et se mue en un étrange désarroi. Ce qu'il croyait être une interjection pure et simple se voit à présent assimilé à un élément pris dans l'ensemble du langage : il y a l'adjectif : *heureux*, et il y a l'adverbe : *heureusement.* L'enfant ne peut plus et ne pourra jamais plus manier les mots en toute liberté : ils lui deviennent étrangers, étant régis par une loi à laquelle les adultes, eux, se sont soumis. Il se voit exproprié de sa volonté propre, parce que le langage est *socialisé.* Il n'est pas le maître des mots ; au contraire, il doit leur obéir et ce sont eux qui le gouvernent :

> Sur le sol de la salle à manger ou du salon, le soldat, de plomb ou de carton-pâte, vient de tomber. Je me suis écrié : « ...reusement ! » L'on m'a repris. Et, un instant, je demeure interdit, en proie à une sorte de vertige. Car ce mot mal prononcé, et dont je viens de découvrir qu'il n'est pas en réalité ce que j'avais cru jusque-là, m'a mis en état d'obscurément sentir – grâce à l'espèce de déviation, de décalage qui s'est trouvé de ce fait imprimé à ma pensée – en quoi le langage articulé, tissu arachnéen de mes rapports avec les autres, me dépasse, poussant de tous côtés ses antennes mystérieuses. [*RJ*, p. 6.]

Selon la doctrine lacanienne de la jouissance, le sujet doit renoncer à celle éprouvée originellement, qui est l'apanage du corps sans le langage (*hors langage**), corps dans lequel il se voit submergé, mais dont il doit filtrer les humeurs au travers des appareils du langage qui ne lui appartiennent pas, qui procèdent de l'Autre. La langue (maternelle) est cette loi qui expulse la jouissance du corps et fait passer toute satisfaction future par ses défilés, qu'ils soient phonétiques, sémantiques, grammaticaux ou syntaxiques. À partir de cette violente ingérence de l'Autre, « la jouissance se voit prohibée à celui qui parle en tant que tel » et il n'y a de jouissance qu'en rapport à des règles qui en restreignent l'importance et en canalisent le vécu. La jouissance cesse d'être ressentie comme ce soleil tiède qui se réfracte au travers des molécules de poussière et se transforme en jouissance autorisée par un langage se situant hors du corps (*hors-corps**), passée en mots et obéissant à une législation inflexible. À notre connaissance, on ne nous a jamais proposé une meilleure illustration de cette contrainte que cette vignette tirée de l'enfance du petit Michel, imaginairement recréée par l'écrivain dans sa maturité.

Nous avons rendu compte des deux premiers souvenirs de Leiris et signalé le fait que l'un (*...reusement*) est celui qui ouvre l'autobiographie, tandis que l'autre, cent soixante-cinq pages plus loin, est présenté par l'auteur comme le plus originaire et le plus exotique. Je voudrais exprimer les réserves qui me feraient argumenter que, dans une perspective logique, ces deux souvenirs sont contemporains, qu'ils représentent comme les deux battants d'une même fenêtre. La jubilation de se retrouver proche de sa mère à regarder émerveillé le doux volettement des molécules de poussière, réfractées par la lumière du soleil, est le souvenir d'une félicité antérieure au langage, mais ayant pour prémisse cette expulsion du paradis maternel et cette acceptation que « la vraie vie est ailleurs ». La présence ne se manifeste en tant que telle que sur la toile de fond d'une absence. L'objet peut seulement se re-présenter, à partir de son absence, de l'expérience qu'il manque à sa place. Cette « re-présentation » suppose qu'intervienne l'appareil entier du langage avec l'établissement qu'il implique de la différence entre signifiants ; et cet appareil est, lui, *socialisé*, tel un moulinet de paroles qui ne fait pas partie des appareils du corps, qui n'est pas endogène, qui n'est ni « mental » ni « cérébral », dans la mesure où c'est bien le système de la langue (de l'Autre) qui a été imprimé à la surface du sujet, pour qu'il s'en imprègne. En accord avec ce système, on se met hors la loi, on est un *criminel*, si l'on dit : « *reusement.* » Le cas exposé par Leiris est clair et transparent, puisqu'il parvient à montrer que, de la même façon que pour le petit-fils de Freud, avec sa bobine qui représentait *son* petit soldat à lui, avoir et ne pas avoir, apparaître et disparaître du miroir, *fort* et *da*, sont corrélatifs : ce qui vaut, ce n'est pas l'une des positions, mais la relation entre les deux phonèmes : *o* et *a*. Raison pour laquelle je soutiens que cette expérience de Leiris est paradigmatique du traumatisme qu'entraîne *pour tout sujet* l'entrée dans le langage : la présence de l'objet originel, la mère, s'instaure à partir de son irrémédiable perte. *Fort* et *da*, se trouver dans le champ visuel de l'autre ou ne pas y être, apparaître devant le voile d'un rideau ou s'en servir pour se cacher, sont ce qui encadre la vie de tout le monde, cette vie qui se passe sur la scène de théâtre qu'instaure le regard de l'autre. Pour être vu et reconnu, il vous faudra parler la « langue maternelle », et son usage interdit de pouvoir y prononcer un : …*reusement*. Le malheur est programmé, *malheureusement**.

On serait porté à spéculer pour se demander dans quelle mesure, à partir de ce jour funeste, cet infime épisode de l'enfant se voyant expulsé d'une souveraineté sur les mots n'a pas joué le rôle de déclencheur d'une lutte sans merci menée par Michel Leiris contre la langue française. Sont-ce là les « règles du jeu », les « règles du je », puisque la langue française offre une homophonie, ou presque, entre *jeu* et *je* ? Acceptons de jouer selon elles, risquons-nous à exposer nos vies, comme le font les deux participants de la corrida dans leur impitoyable affrontement. Jouissons de l'exercice de la parole, telle qu'elle régule et amortit la jouissance. Est-ce cela, la littérature, une tauromachie, un jeu à mort ? Non ; la lutte, devant être vécue au sein du langage, est perdue d'avance. Aussi ce qui donne un sens, et à la vie elle-même, c'est le fait de la mettre en jeu. La faire passer par l'écriture pour vivre, ou pour se donner l'illusion héroïque d'affronter la mort et de ne pas mourir de le tenter, cela n'aboutit-il pas à faire que la vie ne soit que lettre morte ?

Écriture autobiographique et psychanalyse

Leiris, conjointement avec Georges Perec, Hermann Broch, Samuel Beckett, et quelques autres, appartient au groupe des auteurs reconnus d'autobiographies qui sont passés au feu d'une psychanalyse personnelle. Nous avons déjà rappelé les dates de ses périodes d'analyse et le nom de Borel, son psychanalyste, en France un des premiers freudiens, qui analysa aussi Georges Bataille et d'autres artistes connus. Il est par ailleurs des praticiens de la psychanalyse qui ont fait des incursions dans le genre autobiographique : Sigmund Freud lui-même n'a pas manqué d'écrire une « Autoprésentation (*Selbstdarstellung*) biographique », bien que le véritable récit de son expérience de vie doive se rechercher davantage dans les protocoles qu'il a instaurés pour fonder la psychanalyse, c'est-à-dire dans *L'Interprétation du rêve* et *La Psychopathologie de la vie quotidienne*, nous le savons bien, plutôt que dans cet essai de circonstance qu'il écrivit sur commande, des tiers lui en ayant fait la demande quand il atteignit soixante ans. Theodor Reik[1], Jacques Nassif[2] et, d'une façon romancée, Serge André[3] proposent des exemples d'autobiographie psychanalytique et présentent les diverses stratégies que peuvent adopter les explorateurs avertis de l'inconscient pour s'éviter de tomber dans les pièges du narcissisme qui ont traditionnellement fait porter une « malédiction » sur un genre condamné à l'égocentrisme. Quand le psychanalyste (ou, ce qui est presque la même chose, l'analysé) écrit son autobiographie, il se fait un devoir de retransmettre ce que lui a enseigné l'analyse et il se contraint à éviter la complaisance, l'exhibitionnisme, la recherche d'un lecteur qui se ferait complice ou juge indulgent, la prétention à ratifier une problématique « identité », atteinte une fois pour toutes, une mise en ordre des faits, systématique et documentaire, qui masquent davantage la vie qu'ils ne la révèlent. Que les auteurs d'autobiographies soient passés par une psychanalyse ou non, nous avons déjà dit que celle-ci introduit une rupture entre un avant et un après dans ce genre littéraire problématique qui est à cheval entre l'histoire et le roman. À partir de Freud,

1. T. Reik, *The Search Within*, New York, Grove Press, 1956.
2. J. Nassif, *En face. Confessions d'un psychanalyste*, Paris, Aubier, 2001.
3. S. André, *Flac*, suivi de *L'écriture commence là où la psychanalyse se termine*, Paris, éditions Que, 2001.

on se doit de prendre en compte l'inconscient, et personne ne saurait s'en exempter au nom d'une « sincérité », de la transparence à soi-même au moment où l'on en vient à écrire des « confidences », écriture qui invoque pourtant de la « bonne foi » et une « confiance » réciproque entre l'écrivain et son lecteur. Le père et la mère, tels que peut les dépeindre un écrivain, ne sont pas les mêmes après que l'Œdipe a été intronisé comme berceau de la subjectivité. Le « souvenir d'enfance » a perdu de ses charmes et s'est opacifié, après qu'a été reconnue la présence universelle des « souvenirs-écrans ». La théorie du narcissisme et la découverte du caractère de mise en scène qu'a le stade du miroir, avec l'aliénation du sujet qui s'ensuit, dans un « moi » qui le représente, là où il n'est ni par essence ni par accident, ont problématisé le sujet de l'énoncé qui, depuis saint Augustin et Rousseau, se voyait conforté dans la trompeuse première personne du singulier : il n'est plus de mise de se réconforter avec l'illusion de la transparence de soi par rapport à soi. L'inconscient est « le discours de l'Autre », lequel se manifeste sur la scène autobiographique quand le destinataire, devenu objet d'un transfert, fait consubstantiellement partie du discours qu'on lui adresse ; raison pour laquelle le lecteur en vient à s'intégrer comme l'adresse de l'autobiographie.

La consigne que donne un psychanalyste à son patient, la « règle fondamentale » (« dites tout ce qui vous passe par la tête, si désagréable, trivial, incohérent ou impertinent qu'il vous apparaisse »), devenue loi si elle se pratique hors de son cadre, est l'opposé de ce qui formait l'axe traditionnel du récit d'une vie. Quand on obéit à cette règle, se multiplient ces fleurs de rhétorique que sont les lapsus et les rêves, s'amplifient, à l'égard du discours qui se tient, le sentiment d'incertitude ou le scepticisme, apparaissent inopinément des souvenirs que l'on croyait disparus, font retour les fantômes de personnes chosifiées et d'objets personnifiés, remontent à la surface des craintes et des aspirations archaïques, sont ébranlées et s'écroulent des certitudes que l'on tenait pour acquises une fois pour toutes. « Je croyais pourtant que… mais à présent je comprends que… » Ce n'est plus à la construction d'une vie que l'on s'attache, mais plutôt à sa déconstruction ; et « tout ce qui est solide s'évapore dans l'air[1] ».

Pour avoir encore recours à Goethe : l'esprit méphistophélique de la négation exerce ses effets corrosifs sur la belle âme qui méconnaît sa participation aux malheurs dont elle se plaint. Après la découverte freudienne, l'autobiographie de personne, en vérité, ne pourrait rester la même. La jouissance, depuis lors, ne réside plus dans le fait de déguiser à soi-même et aux autres un être que l'on drape d'un voile consolateur, mais de démasquer cet imposteur qui parle en disant « je » et de débroussailler les chemins qui permirent au désir, en tant qu'inconscient, d'avoir accès à une jouissance que le sujet a perdue quand on lui a interdit de dire : « …reusement » et qu'on lui a imposé de se soumettre aux dures lois du bien-dire. « L'écriture commence là où la psychanalyse se termine », écrivait Serge André (*op. cit.*, p. 167). Une fois l'analyse parachevée avec le délogement qu'opère sur le Je la perte de ses mirages, la consigne devient de passer à l'écriture du livre que chacun, que tout sujet selon Proust, contient en lui, celui-là même qui avait été dénaturé par les

1. Phrase qui n'a l'air de rien, mais qui est tirée du *Manifeste communiste* de K. Marx et F. Engels, me fait remarquer l'auteur. (N.d.T.)

demandes de se conformer à un règlement qui, bien que jamais édicté expressément, reste toujours en vigueur, étant formé par les exigences et les convenances que l'Autre a prescrites. Il s'agirait là d'une autobiographie qui fasse droit au souvenir des batailles que le Je a dû mener contre ces trois maîtres sévères que sont : le Ça pulsionnel et le Surmoi despotique, à l'intérieur, et, à l'extérieur, la réalité imposant ses limitations. Une autobiographie, quand elle devient véridique, fait voler en éclats les fantasmes d'une autonomie. Ce serait la geste des aventures et des trébuchements de celui qui s'aventure sur les chemins de la liberté.

Si l'association libre est la partie qui concerne l'écrivain, celle-ci ne va pas sans une contrepartie : l'attention librement flottante du lecteur. Car une écriture de cet ordre déchaîne chez ce dernier un jeu différent avec la mémoire : ce n'est plus seulement celui de l'agencement des phrases, mais celui que permet le saut, incalculable (puisqu'il peut atteindre jusqu'à des centaines de pages), dans la trame du récit, mettant en relation, par exemple, les souvenirs précis de la première enfance de Perec avec l'affirmation initiale qu'il n'a pas de souvenirs d'enfance, ou démontrant la profonde solidarité qui existe entre les deux premiers souvenirs de Leiris (celui de la félicité d'être en contact avec sa mère et celui du traumatisme de se voir corrigé pour le mésusage d'un mot), ou faisant le lien entre les souvenirs « parfaits » de Nabokov et sa collection de merveilleux papillons et mites, avec le rêve où sa mère lui montre comment on plonge ces insectes en narcose, ou réunissant l'effroi que ressent Borges devant la diversité de ses miroirs, avec l'ensemble de son œuvre littéraire qui échoue quand elle se confronte à la tâche de réconcilier

« Borges et moi ». Depuis Freud, il peut y avoir une nouvelle pratique de l'écriture autobiographique… mais aussi une nouvelle pratique de la lecture qui dévoile les poncifs du genre et rend possible l'heureux sursaut que provoque l'interprétation allant à contre-courant du contenu manifeste. Peut-être y aurait-il lieu de remarquer que, dans la mesure où on lit différemment (depuis qu'un psychanalyste peut pointer le bout de son nez), l'écrivain peut se voir incité, quand il écrit, à aller à l'encontre de sa pente et de ses inclinations « spontanées ». On ne peut plus écrire sa vie sans que la corde du soupçon de l'Autre, que devient le lecteur, ne vienne serrer l'auteur au cou.

Au travers de ces considérations sur le changement du « genre » autobiographique, du fait de l'irruption du freudisme, il nous faut ajouter que Leiris ne fut jamais lui-même un passionné de psychanalyse et qu'il a toujours montré des réticences à l'égard du discours psychanalytique et de l'usage de son vocabulaire. À un certain moment de son journal, en 1929 (le 28 octobre), il écrit en majuscules PISCHANALYSE et s'empresse de préciser qu'il s'agit d'un lapsus, et non d'un jeu de mots. Plusieurs années plus tard, en 1946 (le 10 mars), il élucide ce mot, avec ses lettres inversées, pointant que, dans les eaux troubles de l'inconscient, il y a des poissons attendant qu'on les pêche. Il n'hésite pas à affirmer – et pas seulement à insinuer – qu'il s'est soumis à une « cure psychologique » (sic), que « malgré ma répugnance pour tout ce qui prétend guérir les maux autres que ceux du corps, ma détresse intérieure m'avait forcé de subir » (*AH*, p. 39). Il convient de raconter ici dans quelles conditions dramatiques il décida de commencer son analyse sur le même divan que celui où Bataille s'était analysé et grâce auquel ce dernier, de son propre aveu, était parvenu à écrire *L'Histoire de l'œil*, qui faisait l'objet de l'admiration de Leiris. C'était en 1929, il était complètement soûl, et, après un accès d'impuissance avec une danseuse noire nord-américaine, le voilà qui atterrit chez un ami vers les 5 heures du matin pour lui demander un rasoir, ayant l'intention, « plus ou moins feinte », de se castrer. Son ami éluda sa demande, en lui répondant que l'unique rasoir dont il se servait était électrique. Après cet épisode, Leiris dut admettre que sa condition mentale comportait quelque chose de bien malade et il se décida alors à commencer un traitement psychanalytique. Il se voyait échouant sur tous les plans et en train de se détruire, il était angoissé de ne pouvoir remettre à temps ses articles et se considérait lui-même davantage comme un pantin que comme un acteur tragique. Il se disait dévasté par un « atroce sentiment d'impuissance – tant sur le plan génital qu'intellectuel – dont je souffre encore aujourd'hui » (quand il écrit *L'Âge d'homme*) (*AH*, p. 196). Il avait recours à la psychanalyse pour se « libérer de cette crainte chimérique du châtiment », sans comprendre, semble-t-il, que c'était lui-même qui se soumettait au reproche auquel il cherchait à échapper. Lorsqu'il écrit :

> D'une manière générale, sadisme, masochisme, etc., ne constituent pas pour moi des « vices », mais seulement des moyens d'atteindre une plus intense réalité. En amour, tout me paraît toujours trop gratuit, trop anodin, trop dépourvu de gravité ; il faudrait que la sanction de la déconsidération sociale, du sang ou de la mort interviennent, pour que le jeu en vaille réellement la chandelle. [*AH*, p 197.]

Ne semble-t-il pas réclamer la punition ? « J'ai subi cette cure pendant un an avec des fortunes diverses. Ce fut, au moins durant les premiers temps, le couteau dans la plaie. » Les échos du labeur taurin ne sont, bien sûr, pas loin. C'est Borel, son psychanalyste, qui lui suggère de faire un long voyage d'exploration ethnographique, et Leiris profite, « pour des raisons scientifiques », de la proposition qui lui est faite de s'exiler, ce qui va lui permettre pour un temps de se pacifier en faisant une cure de chasteté et de jeûne sentimental (*ibid.*, p. 199). Au retour de ses tristes tropiques à lui, l'idée du voyage comme moyen d'évasion n'est plus de saison et il se soumet à nouveau à « la thérapeutique », mais seulement à deux reprises, et la deuxième fois « pour un bref laps de temps ». Il découvre ainsi que, à travers des manifestations variables, il reste toujours identique à lui-même et que, quoi qu'il fasse, il est toujours reconduit à une « petite constellation de choses qu'on tend à reproduire sous des formes diverses un nombre illimité de fois » (*ibid.*, p. 200). En 1934 (le 2 juillet), il note dans son journal le motif principal de son hostilité envers la psychanalyse : elle l'a privé de tous ses recours mythologiques ; il se sent, pour avoir voulu soulever le voile d'Isis, davantage puni.

Priver un Michel Leiris de l'artifice mythologique n'est pas rien ; l'ethnologue de lui-même, comme l'a appelé Pontalis, ne pouvait renoncer à ses mythes individuels sans se plaindre : sa jouissance est manifeste quand il parvient à rendre ses récits esthétiques, et les souvenirs qui se laissent embellir à coups de plume sont ceux qu'il préfère. Il découvre en lui « la tendance naturelle de ma mémoire à retenir dans la somme prodigieuse de choses qui, de même qu'à tout homme, me sont arrivées, celles seulement qui revêtent une forme telle qu'elles puissent servir de base à une mythologie » (*RJ*, p. 304). En fait, le résultat de la psychanalyse est la première version, farcie de mythe (Lucrèce, Judith et Holopherne), de ce qui devait déboucher sur la rédaction de *L'Âge d'homme*, et, ensuite, de *La Règle du jeu*, sans oublier que sa première tranche d'analyse fut précédée par le roman *Aurora* du palindromique Siriel. Si tout névrosé s'organise un « mythe individuel » (selon Lacan), la psychanalyse, en tant que cure de cette névrose, implique nécessairement une démystification. Le processus, qui ne saurait être mené que sans anesthésie, peut se révéler fort douloureux. Leiris le mène à bien sur son divan et le continue dans ses livres, en s'inventant une mémoire.

L'écriture leirisienne, après avoir « souffert » de la psychanalyse, se transformant en poésie, implique qu'un compromis soit trouvé entre ce qui pousse à dire ce que l'on a envie, et la prise en compte des exigences de la « règle du jeu » (autobiographique), qui est la carte forcée de l'Autre.

> Donc, montrant que, par l'exercice de la poésie l'on pose autrui en égal, je retourne à la vérité que j'avais dégagée d'abord : apprendre qu'on ne dit pas *…reusement* mais *heureusement*, c'était apprendre que le langage est à deux faces, l'une tournée vers le dedans l'autre vers le dehors, et quand – découvrant l'altruisme au bout de deux ou trois volumes consacrés à ma propre personne – j'assume qu'un poète ne peut pas se désintéresser du sort de son prochain, c'est de cette nature double que je tire argument, comme si l'essentiel avait été déjà inclus dans ma trouvaille ancienne.
>
> Donc me voilà revenu sensiblement à mon point de départ. [*RJ*, p. 772.]

La redécouverte de la première expérience de mise en relation avec le langage, celle où il se voit corrigé par un adulte, consiste en ce que l'usage de la parole suppose le transfert, ce qui entraîne que « l'émetteur reçoit du récepteur son message sous une forme inversée » (Lacan). C'est pour cette raison précise, et comme une conséquence qui en découle nécessairement, qu'il ne saurait jamais s'agir d'« appliquer » des interprétations ayant une allure psychanalytique sur des textes où se superposent le nom d'un auteur, la fonction du narrateur et la personne qui dit « je ». Dans *La Vie de Henry Brulard* d'un certain Henri Beyle, alias Stendhal, ce n'est pas au complexe d'Œdipe de Freud que nous avons affaire, mais, au contraire, c'est dans la psychanalyse que nous trouvons la compréhension théorique et universelle de ce qui se manifeste déjà d'une façon concrète dans le texte de Stendhal. Freud ne saurait psychanalyser un Stendhal ; il lui faut se limiter à écouter, et rendre ainsi possible que lui-même s'écoute au travers de l'enchaînement des pensées de son discours. Stendhal n'est pas un précurseur de Freud, mais Freud est ce vers quoi débouche nécessairement Stendhal… et plusieurs autres avant lui et après lui. Leiris est le résultat du travail de la psychanalyse, sans doute, mais tout autant des conceptions et des pratiques (écriture automatique, esthétique onirique) des surréalistes, dont il a fait partie durant de nombreuses années et dont il a gardé l'empreinte tout au long de sa vie.

Leiris a écrit deux autobiographies. Dans la première (*AH*, 1939), le thème qui prédomine est celui des avatars de sa sexualité et de ses fantasmes, tel qu'ils se voyaient activés au contact de différentes femmes qui suivent le double modèle de la fidélité à toute épreuve

– la Lucrèce de Cranach l'Ancien –, autant que de la trahison castratrice d'une femme qui commence par se prostituer, selon le modèle de la Judith du même Cranach. Nous reviendrons sur ce thème quand nous comparerons son récit avec celui de Broch. Dans la seconde autobiographie (*RJ*, 1948-1976), celle qui commence par le malencontreux *...reusement* !, l'histoire a pour foyer un non-souvenir insolite, racontant les élucubrations que lui inspire le souvenir qu'il aimerait avoir eu et qui lui échappe : celui d'être envahi par la conscience de la mort. Nous y reviendrons aussi. Nous pouvons cependant affirmer de ces deux autobiographies, au sens formel du terme, que la première (*AH*) est freudienne, tant par son contenu que par sa méthode, tandis que la seconde (*RJ*), selon les mêmes paramètres, est lacanienne.

Mais la question du décalage existant entre les deux autobiographies de Leiris a été peu creusée, parce que l'on a préféré considérer ces deux textes comme la continuation l'un de l'autre. Les critiques ont répugné à discerner que se profilaient dans *Biffures* (écrit entre 1942 et 1946) des remarques autocritiques qui manquent dans *L'Âge d'homme* (commencé en décembre 1930 et terminé en novembre 1935). Pour peu qu'on ouvre la préface taurophile insérée dix ans plus tard, cet agacement autocritique se lit en toutes lettres dans ce prétendu prologue, qui est non pas une sorte de confirmation, mais une contestation et une palinodie par rapport au livre. En ce sens, *La Règle du jeu*, dont les premières pages sont constituées par *Biffures* (et le chapitre intitulé : « *...reusement !* »), réfute le projet de la première autobiographie et les aspirations à la crédulité du lecteur-témoin, sur laquelle elle table. *L'Âge d'homme* est un texte régi par les illusions messianiques de la « vérité », de l'« authenticité », de la « sincérité », du « regard sans complaisance jeté sur soi-même », de la « négation du roman » et autres expressions de la même farine visant à désamorcer par avance toute critique. La rectification que comporte le prologue ne fait pas de doute :

> Ce que je méconnaissais, c'est qu'à la base de toute introspection il y a un goût de se contempler et qu'au fond de toute confession il y a un désir d'être absous. Me regarder, maintenir mes yeux fixés sur moi au lieu de les porter au-delà pour me dépasser vers quelque chose de plus largement humain. Me dévoiler devant les autres, mais le faire dans un écrit dont je souhaitais qu'il fût bien rédigé et architecturé, riche d'aperçus et émouvant, c'était tenter de les séduire pour qu'ils me soient indulgents, limiter – de toute façon – le scandale en lui donnant forme esthétique. [*AH*, 13, in *De la littérature considérée comme tauromachie*.]

Pour toutes ces raisons, *Biffures*, avec l'ensemble des textes qui ont suivi pour constituer *La Règle du jeu*, offre l'exemple paradigmatique d'une autobiographie lacanienne s'employant à dissiper jusqu'au dernier des mirages du moi, tandis que *L'Âge d'homme* est l'indispensable précurseur (freudien) de cette œuvre cyclopéenne, se perdant parfois en détails superflus – soit dit en passant, même si c'est pour faire droit à la vérité –, par laquelle Leiris s'est dévoilé durant quarante ans. Il va sans dire que Leiris ne souhaiterait pas être considéré comme freudien ou lacanien, mais, tout au plus, comme leirisien, comme archéologue de la mémoire, ethnologue, ornithologue et étymologiste de son exotique tribut de souvenirs débandés qui font de lui ce qu'il est. Son désir est celui de « justifier son existence » par le biais de la littérature, au sens le plus strict et le plus étroit, celui qui suppose la renonciation à être poète ou héros mythologique ou romancier imaginatif ; il se contente, lui, d'être cet « auteur d'honnêtes essais autobiographiques qui pourraient parvenir à faire la défense et l'illustration de ce genre littéraire ». Il reconnaît que le projet qui l'inspire est peu excitant et équivaut à la confession d'un échec, mais il se justifie en alléguant que le dernier mot de toute morale professionnelle est celui de « faire ce que je suis seul à pouvoir faire » (*RJ*, p. 763), et que – pourquoi pas après tout ? – il faut l'avouer : personne ne serait aussi soupçonneux pour lui contester le droit d'être lui, et lui seul, en mesure d'écrire son autobiographie. La seule question qui se pose, c'est : de quelle façon continue-t-elle la psychanalyse qui se présenta comme achevée ?

Présence de la mort dans l'acharnement littéraire de Leiris

Combien diverses sont les stratégies qu'a mises en œuvre Michel Leiris pour se distraire de la mort et la blouser, elle, son ennemie irréconciliable, la sienne et celle de presque tout le monde, elle qui a rencontré chez cet auteur son admirateur le plus éperdu et son attaquant le plus combatif ! Efforçons-nous d'en tracer la liste : coucher par écrit la vie passée pour l'en préserver, redonner aux souvenirs une seconde vie et s'y accrocher, s'opposer au gâchis de l'oubli, idolâtrer la mémoire infantile en arrêtant le déclin et en soulignant la beauté par la magie du rythme, débusquer les pièges du langage par une évocation qui aspire à ressusciter des événements ensevelis, embaumer les émotions, confier à l'impression des tomes et des tomes d'autobiographies fictives et authentiques, vivre en s'exposant comme un tableau dans une galerie, comme un torero dans une corrida, écrivant son récit pour en arriver à ce point extrême qui consiste à préférer l'invention littéraire au fait d'avoir à souffrir une vie tourmentée par l'impuissance et attirée à tout moment par l'imminence d'un suicide.

La mort est pour tous un événement à situer dans l'avenir et donc le prototype de ce dont on ne pourrait avoir un souvenir. Nous naissons sans nous douter de son existence, entrons dans le langage, *...reusement*, jusqu'à ce qu'un jour, nécessairement postérieur, pénètre en nous l'ombre de son savoir. Depuis le futur désincarné – où elle a son séjour – parvient jusqu'à l'être qui se sent vivant la nouvelle que la mort est en train de l'attendre et que, tôt ou tard, elle finira par le rejoindre et mettre un terme à sa conscience et aux imaginaires renvois que les miroirs lui restituent. Chacun bute sur cette prise de connaissance ; et elle est traumatique, inacceptable, inconciliable avec le moi, elle qui ne laisse pas de nous accompagner sur tous les chemins que nous parcourons en ce monde. Le savoir de la fin est sans fin. Contre ce savoir, plus que contre la mort elle-même – qui est invulnérable –, l'humanité a érigé toutes sortes d'écrans : les religions, des techniques, des remèdes, des politiques de régulation sociale, les amours, des images de postérité, des généalogies et des descendances (les classiques poncifs de l'arbre + l'enfant + le livre), des systèmes philosophiques, des conceptions de l'éternité, une infinité de baumes s'appliquant sur une plaie qui jamais ne cicatrise et qui ne cesse de suppurer. La majorité se fabrique une feuille de route pour la vie qui prend soin de dissimuler quel est le port de destination et qui se console de savoir que la mort est ce qui n'arrive qu'aux autres. L'inconscient freudien – qui est pour Lacan l'un des noms de Dieu – l'ignore et la dément. Nombreux sont ceux qui ressentent son obscure attraction, l'éludent tout en la convoquant, lui rendent un culte, la comparent et finissent bien des fois par avancer le rendez-vous auquel ils ont le devoir de comparaître, pour découvrir une bonne fois la tête qu'elle a. On peut en imaginer les traits, mais on ne peut pas la vivre, ou, pour le moins, il n'est pas loisible de passer par son défilé et de garder un souvenir de l'expérience. Elle ne s'oppose pas, elle, à ce qu'enfers et paradis, Lazare et compagnie, âmes immortelles et *revenants* de toutes sortes se pressent dans le paysage mental des parlants. Certains jouissent de la voir de près, de la toucher, de rencontrer le point de cette tangente sur laquelle on la retrouve, en s'écartant ensuite à l'instant crucial pour la regarder à distance en ressentant qu'ils lui ont échappé, qu'ils l'ont feintée. L'orgasme comme « petite mort » en est un pâle simulacre, étant, lui, réitérable (presque) à volonté. La guerre et la tauromachie sont des jeux plus sérieux, anonyme dans le premier cas, plein de lumière dans le second. Ce n'est pas par hasard que la fête taurine, figurée par ce contour où convergent l'érotisme et la mort, fut ce qui fascina le thanatophobique amoureux de la camarde qui s'appelait Michel Leiris.

L'écrivain accumule, interroge et collectionne ses souvenirs en les ordonnant, même si c'est sans se préoccuper de leur chronologie. Comme un philatéliste en présence d'un album contenant un espace prérempli pour chaque timbre, il se désespère quand il découvre que lui manque une pièce essentielle, la plus précieuse, pour compléter la page de son enfance : celle de la prise de conscience d'être mortel. Il ne peut « se posséder sans lacune », parce qu'il y en a une, celle de cette amnésie au cœur même de sa mémoire, qui l'obsède et pour le comblement de laquelle il donnerait n'importe quoi.

> L'événement capital que j'ai toujours été dans l'incapacité de retrouver (cela pour la simple raison qu'il n'a jamais dû se produire, soit qu'il n'y ait pas même possibilité de pareille découverte, tant qu'on n'est pas au pied du mur, soit qu'elle s'opère seulement par degrés et de manière subreptice à mesure que l'échéance se rapproche) est en effet celui qu'aurait constitué pour moi ma prise de conscience de la mort ou, plus précisément, du fait que ma propre vie – cette vie que je ne peux pas croire soumise aux mêmes lois que les autres – ne saurait manquer de s'arrêter pile, en un radical écroulement. [*RJ*, 304-305, et aussi *AH*, 28.]

Leiris vit une lutte à mort contre la mort et pense que, s'il pouvait récupérer le souvenir de ce moment, quelque chose de fondamental changerait en lui. Il colmate l'emplacement de ce trou que comporte sa mémoire avec un souvenir-écran, en soi insignifiant, mais d'une beauté bouleversante, touchant la peur intense qu'il ressentit une nuit (à l'âge de quatre ans ?) où il trottinait à côté de son père sur un chemin solitaire à Viroflay, leur séjour de vacances. La « très banale anecdote » sur laquelle il revient est d'avoir entendu le bruit des élytres d'un insecte, un bruit éloigné qui l'effraie, qui lui fait évoquer celui du Roi des aulnes. Qui, en ce point, pourrait éviter d'avoir à l'oreille la saisissante ballade de Goethe, mise en musique par Schubert (mais aussi par Loewe), que Leiris omet de mentionner dans le récit de ses associations ? *Le père frémit, il galope prestement, réconfortant l'enfant qui gémit doucement, parvient au château angoissé : dans ses bras l'enfant était mort.* Mais ce qui pousse Leiris à interroger son père sur la nature de ce bruit, lui fait entendre une réponse qui augmente sa terreur : « C'est une voiture qui est très loin, très loin… » Leiris doute de l'authenticité du souvenir, mais ne manque pas de penser que son père lui avait menti pour lui cacher, pour ne pas lui expliquer, *autre chose* que l'enfant ne devait pas savoir. Il interprète la phrase de son père comme un pieux mensonge, pour lui occulter quelque chose de véritablement inquiétant, dont le savoir devrait lui rester prohibé :

> Toujours est-il que j'ai gardé un souvenir très vivant de cette peur. Souvenir imprécis, voire fantaisiste, quant à la façon dont a pu intervenir mon père. Souvenir vrai, quant à la peur provoquée par ce bruissement léger entendu dans la nuit et dont le caractère angoissant reposait peut-être exclusivement sur le fait qu'il manifestait l'état de veille de quelque chose d'infime ou de lointain, unique présence sonore dans le silence d'un lieu plus ou moins campagnard où j'imaginais qu'à pareille heure tout devait être endormi ou commencer à s'endormir.
>
> Crainte de la nuit. Crainte de l'obscurité. [*RJ*, p. 306-307.]

En ce point, Leiris fait le constat que sa mémoire est défaillante et qu'il doit y suppléer moyennant des constructions, des raisonnements, des conjectures, une infatigable rumination qui lui permettrait de combler cette lacune dans l'« après-coup », et il se demande pourquoi il lui faut mettre en rapport ce souvenir imprécis de la promenade champêtre avec la conscience de la mort. Il compare son travail à celui des Hollandais asséchant le Zuiderzee et il postule que l'art a pour vocation de devoir s'approprier et coloniser certaines parcelles qui sont d'un intérêt vital si l'on veut se soustraire à la chose sans nom dont le flux nous menace. Il pourchasse ce souvenir tout au long d'un certain nombre de pages et en conclut que la « voiture » (à une époque où ce mot dit par le père ne signifiait pas nécessairement automobile – en 1905 –, mais qui se transforme assurément en auto, quand l'écrivain évoque ce souvenir nocturne comme apparenté à une musique de Bartok dont le caractère de « couverture » ne lui échappe guère) pourrait être entendue métaphoriquement, car cette « voiture » roule sans discontinuer dans sa mémoire, par le biais de ce souvenir effectif ou en partie mensonger, qui finit par être dépourvu de toute prétention à l'authenticité, étant devenu le souvenir d'un souvenir : « surprenant double fond ! un peu comme il existe un théâtre de théâtre » (*ibid.* p. 311). Mémoire fabriquée d'une mémoire absente, photocopie peu crédible, insert mis à la place du timbre manquant de l'album. Voiture, auto, au temps où circulaient certains véhicules électriques que fabriquaient les frères Mors. *Mors* est le titre d'un chapitre consacré à ce souvenir décisif, *mors*, signifiant qui évoque autant les morses du zoo que le morse de l'alphabet télégraphique ou que la fatidique *mors* qui passera au rang de savoir de la chose, quand l'enfant se mettra au latin.

Parce que la mort l'obsède, Leiris ne parvient pas à se considérer comme un homme à part entière ni même à se reconnaître doté d'une existence propre.

Tout est dévalorisé *a priori*, vu qu'il lui faudra mourir : tout ce qu'il pourrait réaliser, du fait de cette conscience acérée, se présente à ses yeux comme creux et insensé :

> Exempt de toute passion véritable, de tout vice et même de toute ambition, je suis, dès mon vivant, la proie d'une torpeur pareille à celle de ces figurines de musée qui s'immiscèrent dans l'un de mes sommeils, et les actes que j'accomplis ne sont guère plus que gestes d'automate ou travaux mécaniques de *zombi* comme si la peur, effaçant tout ce qui est en moi, me transformait d'ores et déjà en cette charpente sans conscience que je crains tant de devenir. La prescience du moment nauséeux où tout se dérobera – comme le sol manque aux pieds de celui qui tombe dans la noirceur d'une oubliette – suffit à faire de moi, réduit à l'abstraction d'un point géométrique, le centre d'un monde cotonneux où il n'est plus que formes vagues, en dehors de celles à mon gré trop précises où je crois lire une menace. [*RJ*, p. 343-344.]

La thanatophobie leirisienne fait place à la réaction contraphobique de défier l'objet craint. Il ne vaut la peine de vivre que si l'on se confronte à la mort. Le modèle en est, nous l'avons anticipé, l'art du torero. Incapable qu'il est de risquer sa vie par ce geste sublime – incapable, en fait, de pratiquer un autre sport que celui de la longue trotte –, Leiris prend une décision qui jouera dans son existence le rôle d'un timonier : l'écriture aura pour mission de le mettre en danger, ligne après ligne, biffure sur biffure, l'exposant à la corne acérée du taureau. La scène de la corrida le fascine et il cherche à en retrouver des équivalents. Il faut bien dire cependant que son modèle idéal ne lui fait pas toujours revêtir l'habit de lumière du torero et que, la plupart du temps, il choisit plutôt d'occuper la place du taureau, victime prédestinée d'une estocade programmée depuis le début de la fiesta. Le lecteur est invité à suivre Leiris dans des images où il s'exhibe comme se livrant à la mort. Il trouve merveilleuse l'image de Judith, mais il s'identifie avec un héros qui n'est autre… qu'Holopherne, l'amant décapité d'une nuit. L'autre figure devant laquelle il s'extasie, c'est celle, trouvée aussi chez Cranach l'Ancien, de Lucrèce, avec le poignard qu'elle s'introduit sous son sein nu. Son aspiration est sans masque : esthétiser la mort, avec la vaine prétention de la faire disparaître.

Comment l'écriture – où rien n'est mis en jeu dans le réel – peut-elle se montrer digne d'entrer en comparaison avec la tauromachie et les gestes de défi où elle courtise la mort ? Leiris en justifie ainsi le bien-fondé : pour cesser d'être mortel, il importe de pouvoir se différencier des autres mortels, en montant en épingle une différence soigneusement conservée par rapport à eux, grâce à laquelle on cherche à éloigner la mort elle-même. Sans se faire trop d'illusions. Chaque fois que l'écrivain se vide, donnant un livre à l'impression, il en vient à constater que « bien ou mal reçu, ce livre aura été un *geste dans le vide* » (*RJ*, p. 1164). La tentative de tuer la mort finit toujours par échouer… et il faut recommencer. Le livre est le cheval qui, une fois sellé et monté par le palefrenier, a la folle ambition de gagner la mort de vitesse, ce qui finit par faire découvrir que le livre lui-même devient une raison de vivre, au lieu d'être ce véhicule qui clarifie la manière de vivre. Pour écrire son livre, l'auteur a recours à la mémoire, cette propriété exclusive qui le rend différent des autres, parce que personne d'autre que lui n'a les mêmes souvenirs… Toutefois, la mémoire serait comme des rênes auxquelles on ne pourrait pas se fier, les difficultés se présentant en nombre infini, car on ne peut récupérer le passé à coup de griffures de stylo, et le sens vous échappe de ce que vous avez vécu « sans même atteindre à la dignité d'énigmes » (*RJ*, p. 297). Raison pour laquelle, tant que la mort ne fait pas main basse sur lui, ne pouvant mettre au rancart l'idée qu'il en a, il doit se mettre à son service. Dans ce but, il fait appel aux pâles souvenirs d'un temps irrécupérable, aux infimes fragments de vie où se retrouve quelque chose de ressemblant à Michel Leiris qui lui donne l'impression d'exister ; ce qui fait qu'il s'emploie à une chasse implacable de ces expériences où son visage pourrait lui paraître un peu moins étranger. Il affirme et nie à la fois que ce stylo, bien calé au creux de sa main droite, se transforme en une colonne de marbre pesante dont la charge l'oppresse au point de lui arracher un cri d'effroi au moment de se réveiller de son cauchemar (*ibid.* p. 354). Écrire devient la tâche de remplir une mission vitalement essentielle, visant à démentir la mort dont il ressent le vent traversant son corps et sa vie. Il déverse son encre sur ses feuilles de papier, comme le taureau (quand ce n'est pas le torero) verse son sang sur l'arène vers la fin du combat. Il sait combien sa prétention est cousue de fil blanc :

> Aimant à jouer les toreros mais sans qu'il y ait jamais en face de moi un vrai taureau, et les don Juan, sans conquêtes ni défi au Commandeur ; n'existant plus que par écrit et, à tout instant, m'essayant à formuler des sentences au ton lointain de dernières paroles comme si mes doigts étaient déjà serrés par le gantelet de pierre de la mort, ne suis-je pas un manda-

taire infidèle quant au destin dont j'ai rêvé, autrement dit un prévaricateur ? [*RJ*, p. 343-344.]

Leiris a bien raison de douter du succès de son entreprise. Sa vie, comme celle de quiconque, est marquée par des événements singuliers, et la coucher sur le papier, en faisant d'elle un ou plusieurs livres, est un droit inaliénable de l'homme, au point que l'historique déclaration de 1789 n'a jugé ni utile ni nécessaire de le mentionner. Il ne fait pas non plus de doute que chacune de ces vies est faite de coïncidences et de banalités qui ne méritent pas d'être relevées, spécialement quand n'y figurent ni exploits ni hauts faits remarquables. La mémoire de Shakespeare[1], comme le disait Borges, était constituée par les mêmes trivialités que celle de tout le monde. Dans un tel cas, raconter sa vie est une entreprise qui ne nuit à personne et ne porte pas à conséquences, mais qui ne manque pas d'éveiller la tentation, à voir la quantité de journaux intimes, de cahiers de notes, de correspondances, de mémoires, de confessions et d'autobiographies, qui trouvent à s'écrire, à se publier, et même à être lus. Leiris était conscient du fait que les conditions de son existence étaient des plus courantes, mais qu'il était possible de les exalter au travers de l'activité littéraire, les érigeant au rang d'un monument qui deviendrait impérissable au-delà de l'événement, tout aussi trivial, de sa mort. Comment transformer en exploit la narration des souvenirs et faire de ces traces de vie incolores un

1. *La Mémoire de Shakespeare* est un texte de Borges publié dans ses *Œuvres complètes* traduit par J. P. Bernes, Paris, Gallimard, La Pléiade, 2010,t. II, p. 984-995, et que nous commentons dans *La memoria, la inventora*, México, Siglo XXI, 2008, chap. II, p. 82.

événement, non seulement tiré de l'oubli, mais qu'on fait devenir mémorable ? Comment justifier l'entreprise de passer sa vie à composer une symphonie en moi dièse majeur, toujours soutenue, mais toujours inachevée, comme celle en *la* mineur de Schubert ? Comment désamorcer, à ses propres yeux comme à ceux des lecteurs, les soupçons qu'on pourrait inspirer touchant la vanité, le narcissisme, l'autocomplaisance, la recherche d'alibis et de complicités, pour répondre à ces accusations non formulées, pour simuler un pouvoir qui ne cesse d'échouer ?

Leiris sait bien que l'accumulation de ces nuages assombrit son activité littéraire, et c'est ce qui le fait recourir au modèle héroïque pour justifier le fatras d'une autobiographie virtuellement inachevable, bien qu'il n'y ait pas d'événements spéciaux à raconter, et même s'il parvient à s'écarter du genre traditionnel qui comporte l'accumulation rebattue de faits et de souvenirs de rencontres avec des amis et des personnages notables, qui n'ont sûrement pas manqué mais qui, comme par hasard, sont absents aussi bien de *AH* que de *RJ*. C'est pour se défendre contre ces éventuelles accusations qu'il se raccroche à l'analogie entre son œuvre et la mort à laquelle s'expose le torero, sans oublier que :

> Il est entendu une fois pour toutes qu'écrire et publier une autobiographie n'entraînent pour celui qui s'en rend responsable (à moins qu'il n'ait commis un délit dont l'aveu lui ferait encourir une peine capitale) aucun danger de mort, sauf circonstances exceptionnelles. Sans doute risque-t-il d'en pâtir dans ses rapports avec ses proches et de se déconsidérer socialement si les aveux qu'il fait vont par trop à

> l'encontre des idées reçues ; mais il se peut, même s'il n'est pas un pur cynique, que de telles sanctions aient pour lui peu de poids (voire le satisfassent, s'il regarde comme salubre l'atmosphère ainsi créée autour de lui) et qu'il mène par conséquent sa partie avec un enjeu tout à fait fictif. Quoi qu'il en soit, un tel risque moral ne peut se comparer avec le risque matériel qu'affronte le torero. [*AH*, p. 16-17.]

Il n'en loue pas moins son geste littéraire, en glorifiant les risques qu'il prend : il lui devient ainsi nécessaire de recourir, en suivant le modèle du matador, à tout ce qu'il peut y avoir de sagacité technique pour triompher du danger. Ce qui le séduit dans la psychanalyse, c'est précisément le fait qu'elle puisse conférer à l'expérience freudienne une stature mythique, puisque celle-ci « met en jeu un matériau séduisant d'images et, par ailleurs, offre à chacun un moyen commode de se hausser jusqu'au plan tragique en se prenant pour un nouvel Œdipe » (*AH*, p. 15). Le rôle théâtral que joue la corrida dans la vie des spectateurs ne lui échappe pas non plus : en tant qu'instigateur du combat, il s'offre à l'identification du public et à l'exaltation que lui procurent les « Olé ! », afin qu'un autre puisse « découvrir en lui-même quelque chose d'homophone à ce fond qui m'était découvert » (*AH*, p. 20). Si enfermé qu'il soit dans le particulier, il aspire, par la sublimation poétique, à l'universel. Dans sa tentative pour mettre la mort en échec, à coups de traits d'encre et de *biffures*, sans accepter de reconnaître qu'en face d'un ennemi invincible, le mieux à faire, c'est encore d'accepter *a priori* sa défaite, ne finira-t-il pas par écrire le plus émouvant des hymnes, la plus rigoureuse des apologies, adressés à l'heure elle-même, celle où il ne sera plus possible de remettre à plus tard, à cette heure suprême ?

La sexualité analysée : Michel Leiris et Hermann Broch

La preuve du feu pour ce « torero » que Leiris aimerait être, ce serait de parvenir à exposer certains aspects de sa vie sexuelle, « la pierre angulaire dans l'édifice de la personnalité » (*AH*, P. 18). Imprégné de morale chrétienne, il estime que confesser les œuvres de la chair est une tâche des plus dangereuses, où il court le risque le plus élevé, car se soumettre à l'exigence d'authenticité, là où celle-ci se montre la plus extrême, est le plus difficile. Il se pourrait encore qu'en 1945, rendre publics ses petits secrets d'alcôve ait pu résonner comme relevant de l'impudeur, mais, à la lumière de la littérature, du cinéma, de la poésie, du théâtre et des arts plastiques de ces soixante dernières années – depuis Henry Miller jusqu'à Catherine Millet, sans oublier de mentionner le précurseur qu'aura été le « divin marquis » –, son inconvenance nous laisse aujourd'hui la nette impression d'être de l'ingénuité, même lorsqu'il sied de reconnaître à l'effort autobiographique de Leiris un caractère de (quasi) pionnier dans la littérature de confession. Ses souvenirs et ses fantasmes sont ceux du premier venu, et ils sont même dépourvus des charmes, devenus aujourd'hui communs, de la perversion exhibée à l'adresse de la jouissance voyeuriste de l'autre. La valeur de son témoignage réside davantage dans le style inventé pour raconter les choses de son intimité – peut-être par l'art qu'il pratique de suggérer ce qui reste voilé, de la même manière que le torero dissimule son épée sous sa cape – que dans ces faits eux-mêmes et, plus que tout, dans l'analyse qu'il effectue des mécanismes subjectifs de ses actions. La question qui caractérise la subjectivité d'un obsessionnel – suis-je vivant ou mort ? – est illustrée de manière exemplaire par Leiris, quand il fait état de son attraction contraphobique à l'égard de la mort, telle que nous en avons déjà parlé et telle qu'elle l'amène, à certains moments de sa vie, à des tentatives de suicide presque réussies, qui entraînèrent des jours et des jours de sommeil et une trachéotomie, autant de thèmes à aborder pour de nouvelles pages dans ses mémoires. Mais ce sont les stratégies, les angoisses et les doutes de l'obsessionnel par rapport au sexe, à l'égal et dans une plus grande mesure que celles à l'égard de la mort, qui finissent par être ceux que l'écrivain déploie sous les yeux du lecteur. Leiris, pour ce qui concerne les « œuvres de la chair » à haut risque, jouit de se montrer, non en homme corrompu dans son être, mais comme capable d'une *vertu*, entendue toujours dans la perspective augustinienne et néoplatonicienne du sexe comme susceptible de faire risquer castration et condamnation, la chair étant le péché suprême qui voue une âme à une perdition d'autant plus assurée que le désir aura été plus intense.

> Adulte, je garde un constant désir d'amitié idéale et d'amour platonique à côté de ce que d'autres regarderont comme des noyades sans grandeur dans la bassesse et dans le vice. Jeune, je me passionnais pour ces aventures fabuleuses où grouille un peuple d'enchanteurs, de dames inégalablement chastes et de chevaliers, en même temps que me remuaient au bas-ventre les troubles de la puberté. [*AH*, p. 136-137.]

Se profile à nouveau sur ce terrain la silhouette idéalisée du torero, retraduite ici en l'image ternie d'un défi, qui dissimule à peine et fort mal la fuite devant un « danger », personnifié par les femmes, risque qu'il a artificiellement provoqué et imaginairement assumé. Pour Leiris, l'art de la tauromachie est un simulacre de coït (à moins que ce ne soit l'inverse), et l'écriture voudrait se poser en un équivalent et un supplément des deux. Quant à nous, non sans que nous visite l'envie d'être sarcastique, cela nous inciterait à évoquer la litote du « feu pâle » de Nabokov, pour qualifier, devant tant d'efforts déployés, de si maigres résultats.

Interrogeant son passé, il se souvient de son étonnement quand il éprouve sa première érection en assistant au spectacle, en soi innocent, d'enfants pauvres grimpant aux arbres les pieds nus, pour s'apercevoir que ses théories sexuelles infantiles lui font penser que les enfants s'engendrent en passant, « non par le sexe de la mère, mais par son ombilic – cet ombilic dont j'avais été si étonné d'apprendre (à une époque plus lointaine encore) qu'il est, en somme, une cicatrice » (*AH*, p. 62). L'écrivain met à nu la crainte que lui inspire le sexe, une crainte qu'il traduit sous forme de chasteté et d'ascétisme durant de longues périodes de sa vie d'adulte ; il en vient à penser de lui-même qu'il est affecté d'impuissance, de par sa phobie des instruments coupants et son attraction pour Judith et Lucrèce auxquelles nous avons déjà fait allusion, de par aussi les fantasmes qu'il organise autour du ruban que l'*Olympia* de Manet porte au cou, ce qui l'amène à écrire un magnifique essai consacré à ce détail du tableau, de par enfin le dégoût que lui inspire le nouveau-né, après la naissance de sa sœur, quand il avait neuf ans (*AH*, p. 26). Dégoût qui est à la source de son impossibilité à faire l'amour, quand il envisage que cet acte soit autre chose qu'un événement totalement stérile et n'ayant rien à voir avec l'instinct humain de féconder (*ibid.*, p. 27), ce qui fait que pour lui,

> Il y a beau temps, en tout cas, que je ne considère plus l'acte amoureux comme une chose simple, mais comme un événement relativement exceptionnel, nécessitant certaines dispositions intérieures ou particulièrement tragiques ou particulièrement heureuses, très différentes, dans l'une comme dans l'autre alternative, de ce que je dois regarder comme mes dispositions moyennes. [*AH*, p. 26.]

Un fils est aux yeux de Leiris une éventualité sinistre, qu'il obvie en faisant de « la stérilité une morale : refus de propager la vie, car la vie est un trop grand mal » (*RJ*, p. 348). Passer au rang de père, c'est descendre d'un cran sur le chemin de la tombe, tirer la conséquence ultime du caractère incestueux du mariage, qui a pour fonction de réaliser un troc par lequel les relations amoureuses se muent en rapports familiaux, et qui culminent dans la transformation d'un homme en époux, variante domestique de l'amant, réduit qu'il se voit à la condition exsangue de devenir « le père de mes enfants », c'est-à-dire, pas plus qu'un simple parent. Leiris s'aperçoit pourtant que cela le fait tomber dans une flagrante contradiction puisque, en s'opposant à la propagation de la vie, il n'en continue pas moins d'écrire des livres, ce qui implique qu'il parie sur une postérité, puisque n'est pas vraiment à son goût l'appréhension qu'il a de voir des volumes aller au pilon et tomber dans l'oubli, alors que c'est au prix de tant d'application et de constance qu'il les a confiés à l'impression. Il voudrait avoir des lecteurs dans les générations futures et, grâce à eux, se donner un semblant de survie. S'il est insensé de se soumettre au processus de génération, il ne l'est pas moins de continuer d'écrire ; si la littérature proclame la vanité du monde humain, le fait même de le dénoncer retourne en boomerang sur l'écrivain lui-même et le frappe sans pitié : « une aventure qu'au demeurant, je ne saurais tenir pour absurde sans qu'écrire devienne l'une entre des milliers de ces tentatives humaines absurdes » (*RJ*, p. 349).

Le sexe auquel il consacre tant de pages de son écriture est cause et miroir de son angoisse. Leiris est effrayé à la perspective d'avoir à se manifester comme un homme en face d'une femme. Aimer, c'est se voir exposé à l'estocade du taureau, à l'épée qui tranche le cou d'Holopherne et de Jean le Baptiste, au poignard fiché sous le sein gauche de Lucrèce, au bistouri qui lui a tranché les amygdales quand il était petit, à des épisodes d'impuissance, comme la première fois où il a été au bordel ou aux premiers jours d'une relation avec une femme dont il était tombé amoureux (*ibid.*, p. 173). À ses yeux, la poésie est un alibi qui lui permet d'échapper à l'estocade qu'il appréhende sous la cape rouge de la femme. Dans le goût et la saveur des mots qu'il laisse fondre dans sa bouche, comme s'il avait affaire à des fruits mûrs, il trouve un plaisir préférable aux jouissances proprement érotiques (*ibid.*, p. 184). Face à la panique qu'il éprouve de la pénétration, il se console en pensant que, du point de vue sentimental, l'amitié d'une femme pourrait lui suffire, et quand il se décide finalement à se marier, il ressent qu'il s'agit d'une « demi-trahison ou d'un renoncement » (*AH*, p. 187).

Son attitude envers les femmes, c'est en termes strictement (et conventionnellement) psychanalytiques qu'il la trouve compréhensible, c'est-à-dire en termes de castration ; il en ressent à la fois de l'horreur et le désir de se libérer de la malédiction qu'il y aurait à se postuler comme homme désirant, après avoir fait cette « déclaration de sexe ». L'inversion des positions masculine et féminine dans la rencontre sexuelle est patente : il « fait la femme », en bon hystérique, sans jamais en arriver à avoir des fantaisies de rencontres homosexuelles. Quand, après une nuit d'ivresse, il va dormir avec un ami pédéraste, il raconte l'épisode en disant qu'il avait « humilié ma bouche et la sienne dans un réciproque égarement » (*AH*, p. 146). Ses fantasmes érotiques portent toujours sur un objet féminin (phallique) qui l'effraie, sous les espèces de la double figure de Judith et de Lucrèce, des femmes à épée. Après avoir raconté en en faisant la synthèse resserrée pas moins de quinze épisodes d'impuissance, il conclut : « Une femme est toujours pour moi la Méduse ou le radeau de la Méduse » (on peut lire la suite dans *AH*, p. 147). Ce à quoi il faut ajouter, pour entrer dans plus de détails :

> Il ne m'est pas possible d'aimer une femme sans me demander, par exemple, dans quel drame je serais capable de me lancer pour elle, quel supplice je pourrais endurer, broyage des os ou déchirement des chairs, noyade ou combustion à petit feu – question à laquelle je me réponds toujours avec une conscience si précise de ma terreur à l'endroit de la souffrance physique, que je ne puis jamais m'en tirer qu'écrasé par la honte, sentant tout mon être pourri par cette incurable lâcheté. [*AH*, p. 49.]

La couardise est manifeste et sous-jacente au projet littéraire qui se substitue à cette sexualité chancelante, en même temps qu'elle clarifie les raisons qui le poussent à relater, avec une prétendue désinvolture, les petits côtés de sa vie amoureuse. Leiris écrit pour s'échapper, pour éviter d'avoir à être confronté aux vérités du sexe et de la mort qui l'enveloppent et l'intimident. Il se reconnaît, et tous ses amis le savent, comme un « maniaque de la confession » (*ibid.*, p. 155), parce que la timidité le pousse à se présenter comme faisant des confidences qui le transforment en personnage dramatique, souffrant, chaque fois davantage, de son infériorité, et à mesure que l'angoisse fait de lui sa proie. C'est bien pour cela qu'il ne parvient pas à s'exprimer comme un mâle qui désire une femelle : il lui est nécessaire que le geste du rapprochement érotique surgisse d'abord en elle pour s'adresser à lui. Il comprend que de cette manière, dans la joute érotique (une corrida, dirions-nous, imaginaire, nous avançant à penser que Leiris en serait d'accord), il n'occupe pas la place du don Juan, mais celle de l'« élément dominé » (*ibid.*, p. 156), accentuant ainsi son sentiment d'infériorité, car il garde l'impression humiliante d'avoir à se contenter du rôle passif de celui qui a été choisi, s'étant lui-même tendu le piège qui lui fait honte, quand il parvient à obtenir que coïncide la circonstance d'aimer avec celle d'être aimé.

L'autobiographie lui permet de s'exhiber comme un enfant qui ne cherche pas le plaisir, mais plutôt à obtenir de la femme une absolution et un geste de consolation, lui offrant un sein tendre où il pourra pleurer tout son saoul. Chacune d'entre elles est en même temps une Judith qui le fascine et le paralyse de terreur, et une Lucrèce tendre, fidèle jusqu'à la mort, qui est la seule femme qu'il pourrait vraiment conquérir, alors même qu'il rêve d'une Judith. Étant donné cependant que les Lucrèce se produisent comme la conséquence de la couardise, pour se métamorphoser en la Judith qu'il appelle de ses vœux, il ne lui reste plus comme solution que, « pour mieux les aimer, de les martyriser », en essayant ensuite de se rattraper en introduisant au cœur de la vie quotidienne une déchirure morale qui s'exprime sous forme de pitié.

> Car, si j'examine avec assez de précision la nature même de cette pitié, j'en arrive à penser que le bouleversement grisant que j'en retire vient surtout du *remords* qui lui est attaché du fait que c'est moi-même qui me suis conduit lâchement, et assez cruellement pour que cette pitié ait pu se produire. [*AH*, p. 151.]

Arrivés en ce point, il importe de faire jouer un témoignage qui se trouve en grande partie converger avec celui de Leiris et qui provient de l'un des grands écrivains de la littérature du XXe siècle : Hermann Broch (1886-1951). L'insigne auteur des *Somnambules*, de *La Mort de Virgile* et d'autres chefs-d'œuvre, sous l'influence de Freud et de sa propre analyse (menée avec Paul Federn durant son exil aux États-Unis), dans ce curieux récit qu'est son *Autobiographie psychique*[1] – texte qui est l'inégalable épiphanie de la sexualité d'un obsessionnel – s'essaye à expliquer à ses amis pourquoi il est incapable de mener une vie normale. Broch propose un portrait désincarné de lui-même, sur le plan érotique et sexuel, où il expose avec

1. H. Broch, *Autobiographie psychique*, traduit par L. Cassagnau, Paris, L'Arche, Tête-à-Tête, 2001.

une audacieuse sincérité, après avoir pu au cours de son analyse dévoiler certains fantasmes de sa vie sentimentale et animique, les tenants et aboutissants de sa névrose touchant les femmes. Se prenant comme cobaye, il entreprend un labeur littéraire qui, comme il l'indique depuis le début, est une recherche de la vérité et, par là même, un *travail philosophique*. Nous préférons quant à nous cette appellation à l'analogie forcée et douteuse avec la joute taurine, qui sert d'axe à toute l'œuvre de Leiris. Broch vit accablé par un terrible sentiment d'infériorité, qu'il attribue au fait d'avoir été mis au deuxième plan par sa mère et son frère, pour ce qui est de l'amour que celle-ci pouvait lui accorder. Ce sentiment (un vulgaire complexe d'Œdipe) n'est pas ce qui compte le plus ; ce dont il souffre, ce sont les conséquences qu'il entraîne : il ne parvient pas à se considérer comme un homme ; le trait qui le caractérise fondamentalement se révèle être l'impuissance, sans omettre les composantes physiques d'un tel mal, contre lequel il lutte en multipliant impulsivement des relations amoureuses qui pourraient lui donner les preuves de sa virilité. Prenant conscience du côté artificiel de ses efforts, il en vient à se déprécier et à rechercher une forme d'ascèse à laquelle il reviendra pour se tranquilliser, comme s'il s'agissait là du type de vie qui lui convenait le mieux. Cette démesure dans la performance réveille donc une exigence implacable de se livrer à la torture que pourraient exercer la vérité et l'humanité quand elles ne font plus qu'un, ce qu'il juge à chaque fois insuffisant et qui finit par renforcer son sentiment d'impuissance. Que reste-t-il d'une sexualité compulsive, aussi insatiable qu'humiliante ? Rien de moins qu'un chef-d'œuvre : *La Mort de Virgile*, « un livre strictement ésotérique, commencé malgré moi, comme une affaire privée qui concernait le salut de mon âme » (*op. cit.*, p. 100).

La multiplication des échecs qu'il essuie avec les représentantes de l'autre sexe, autant que les succès douteux dont il s'accuse, aboutissent à un résultat semblable à celui dont pâtit Michel Leiris ; à telle enseigne que l'analyse que fait Broch aurait pu, dans une bonne mesure, profiter à Leiris et lui permettre d'avoir accès à des aspects inédits de sa psychologie érotique ; car, en empruntant ce chemin, l'écrivain français aurait pu aller plus loin dans la sublimation littéraire à laquelle il voue ses désirs sans avoir besoin de se laisser absorber par un projet autobiographique aussi illimité. Broch admet sa timidité et son insuffisance, lorsqu'il en vient à découvrir qu'à cause de cette impuissance qui est le résultat de sa lâcheté, il ne se donne pas le droit de faire la cour à une femme, devant par là même attendre d'être – comme Leiris – choisi par elle, de sorte que, au cas où se manifesterait son impuissance, ce soit sur elle que la faute retombe, ce qui diminuerait d'autant sa honte. Comme il se doute qu'au fond, c'est lui qui a séduit cette femme, et une femme qui n'a même pas été l'objet de son désir, puisque c'est uniquement par goût d'occuper la place de celui qui se laisse séduire, il prend sur lui la faute et la dette, s'embarquant dans toute une série de relations serviles et oblatives qui sont davantage le fait d'un homme qui s'engage moralement qu'érotiquement, au point qu'il en vient à incarner la figure d'un authentique masochisme moral, sous la forme de « la grotesque obligation, non seulement d'être consentant avec toute femme consentante – au moins en théorie et par principe –, mais aussi de leur consacrer ma vie. Je me suis par là même fabriqué un rôle féminin » (*op. cit.*, p. 14). Sa virilité, continue

Broch, n'est pas naturelle : il s'agit d'une surcompensation exhibitionniste et d'une sublimation hypertrophiée. Avec les envies de polygamie qu'il réalise, il a dans l'idée de parvenir à désavouer le rêve infantile secret d'un rapport de dépendance absolue et d'engagement total et réciproque, s'employant à démystifier un tel miracle, puisque celui-ci est toujours mis en échec par le caractère dissolu de ses déplorables relations avec les femmes. Il saute aux yeux du lecteur que le fantasme précoce et œdipien de l'amour courtois est caressé dans des termes analogues chez Broch et chez Leiris. Pour se libérer d'un idéal si pesant, parce que si peu praticable (« la réalité humaine n'autorise pas un tel rapport entre un moi et un autre moi »), il ne reste d'autre solution que de s'écarter des relations sentimentales et d'avoir recours au refuge qu'offrent les prostituées. On le comprend : le fait de payer en argent lui permet d'échapper à la culpabilité et aux obligations morales qui s'ensuivent.

La vie érotique de Broch, qu'il s'agisse de la fantasmée ou de la réelle, reste dégradée, dissociée et clivée, au sens où Freud l'avait anticipé dans un texte théorique bien antérieur – et comme cela se déduit aussi du récit de Leiris –, entre deux tendances bien différenciées, orientées sur deux types de femmes. Freud parlait de l'opposition entre la maman et la putain, et chez Leiris il y avait celle entre Lucrèce et Judith ; chez Hermann Broch, celle qui se profile fait intervenir d'une part les femmes hautes, jolies et juives qui jouissent d'une situation économique avantageuse – femmes « décoratives » qui savent s'imposer, qui satisfont en lui sa vanité érotique et sa position sociale, mais qui ne l'attirent pas ou lui inspirent plutôt de l'effroi, car il se voit soumis avec elles à la prohibition de l'inceste, qui l'empêche de consommer avec elles autre chose qu'un « mariage en blanc », comme celui qu'il supposait exister entre ses parents –, et, d'autre part, les femmes ayant une vie légère, les bonnes, les femmes de petite taille, avec lesquelles il peut faire valoir une suffisance pseudo-virile, liaisons qui, en tout cas, doivent demeurer cachées aux yeux de sa mère et du monde plus élargi, soutenues qu'elles sont dans la pénombre, la dissimulation et la honte. Dans de telles relations il n'incarne en rien le rôle valorisant du père, mais celui de l'enfant dont il faut s'occuper, et qui exige par là même qu'on lui accorde de l'attention. « En résumé, le premier type de choix convient à mon surmoi, le second à mon moi pulsionnel ; et si le premier permet d'assouvir mon masochisme, j'investis tout mon sadisme dans le second » (*op. cit.,* p. 55). L'*impasse* dans laquelle se retrouve l'obsessionnel est ici manifeste : quoi qu'il fasse et quelle que soit la personne avec qui il entre en relation, il se sentira toujours débiteur et trouvera qu'il n'est pas en train de faire ce qu'il devrait ou ce qu'il voudrait. La satisfaction est toujours condamnée et de ce fait, dans un cas comme dans l'autre, sa jouissance ne sera garantie qu'au travers de ses doutes, tels qu'ils sont alimentés par la faute que ses choix l'amènent à ressentir. Qui pourra donc libérer Broch ? Lui, il le sait, mais il ne se résout pas à recourir à cette solution : celle d'une analyse réussie, la prolongation jusqu'à bonne fin du processus qu'il a mis en marche, mais qu'il a interrompu. Même au cas où il se décidait à le parachever, il se verrait cependant confronté à un nouvel enfer : s'il se vouait à cette analyse, cela lui ferait commettre une double infidélité qui ferait ressurgir en lui ses conflits moraux et ses attitudes obsessionnelles : une infidélité à l'égard de chacune des femmes qu'il aurait pu aimer et une autre à l'égard du travail littéraire auquel il se consacre, pour permettre que « seule l'analyse soit l'amante de son cœur ». La conclusion qu'il en tire est étonnante : « Pour le dire d'une façon paradoxale et grotesque : il semble que ma névrose rende impossible toute analyse » (*ibid.,* p. 78.)

Le goût que Leiris ressent pour son analyse est aussi peu prononcé que celui de Broch. Il invite et incite « les modernes explorateurs de l'inconscient » à parler de l'Œdipe, de la castration et de la culpabilité, du narcissisme et de tout ce dont ils pourraient avoir envie, mais – c'est ainsi qu'il le comprend pour sa part – on n'apprend rien d'essentiel avec ces notions, touchant le problème qui pour lui continue d'être lié à l'insoluble problème de la mort (*mors*) et qui relève par là même plutôt de la métaphysique. Il découvre qu'existe au fond une relation substantielle entre la beauté et la peur, et qu'il peut faire siens les vers d'Apollinaire (cités dans *AH*, p. 152) :

> Cette femme était si belle
> Qu'elle me faisait peur

La colère la plus noire que Leiris ait ressentie à l'égard de son père a surgi en lui quand celui-ci déclara qu'il trouvait ces vers incompréhensibles.

Sexe et mort, Éros et Thanatos, mort et sexe. Leiris découvre le lien intime existant entre eux. Je détache du chapitre « *Mors* », dans *Fibrilles*, les deux paragraphes dont il vaut la peine de donner ici une citation :

> Notre mort est liée à la dualité des sexes. Un homme qui serait à la fois mâle et femelle, et capable

> de se reproduire seul, ne mourrait pas, son âme se transmettant sans mélanges à sa postérité.
>
> La haine instinctive que les sexes ont l'un pour l'autre vient peut-être de la connaissance obscure de ce fait que la mortalité est due à la différenciation des sexes. Rancune violente, balancée par la tendance à l'unité – seul chiffre de vie – qu'ils tentent de satisfaire par le coït. [*RJ*, p. 345.]

C'est en ces termes que Leiris confesse son fantasme : celui d'une *bisexualité* qui lui permettrait d'appartenir à la fois à l'un et l'autre sexe et de résoudre l'opposition, et les *impasses* qu'il rencontre, entre la bête et le torero, entre l'homme et la femme, entre la vie et la mort, entre le sang et l'encre, entre la vérité et la fiction, entre Judith et Holopherne, entre le désir et la jouissance, entre « l'amour et l'effroi ». Être un homme, qui pourrait être à la fois une femme et qui s'adonnerait à un coït interminable : ne serait-ce pas cela, une autobiographie ?

ÉGOGRAPHIE MÉTHODIQUE ET SAUVEGARDE DE LA MÉMOIRE

Il faut le redire : l'œuvre entière de Leiris, bien que parfois sur un mode honteux, voire à contrecœur, est une symphonie en moi majeur, avec des prétentions mystiques et un besoin d'éternité, de survie après la mort.

> Si je rassemble tous ces faits empruntés à ce que fut, lorsque j'étais enfant, mon existence quotidienne, je vois se former peu à peu une image de ce qu'est pour moi le *sacré*.

> [...] Si tant est que l'un des buts les plus « sacrés » qu'un homme puisse se proposer soit d'acquérir une connaissance de soi aussi intense et précise que possible, il apparaît désirable que chacun, scrutant ses souvenirs avec le maximum d'honnêteté, examine s'il n'y peut découvrir quelque indice lui permettant de discerner quelle *couleur* a pour lui la notion même de sacré. [*Le Sacré dans la vie quotidienne*, ou *L'Homme sans honneur* [1939], *RJ*, p. 1118.]

Le projet leirisien comporte des caractères bibliques. Le titre qui pourrait lui être attribué est : *L'Évangile selon moi.*

> Je m'imaginais que j'avais, plus encore qu'une vocation, une *destinée*, l'état d'exaltation dans lequel je me trouvais m'apparaissant comme la preuve irréfutable que ma vie comportait quelque chose de mythique. Si conscient que je fusse de la médiocrité de mes moyens littéraires, je me considérais comme une manière de prophète et tirais une grande fierté d'un messianisme qui me semblait inhérent au sort de tout poète. [*AH*, p. 190.]

Le narrateur dans ce cas se présente sans artifices comme un prédestiné, un démiurge qui se forge un univers véridique, qui peut toucher à l'absolu et dont il peut jouir. Il serait ici facile de faire appel aux notions de psychopathologie que sont la mégalomanie et le narcissisme. Mais Leiris ne délire pas ; il sait fort bien que la couleur du sacré se voit estompée par des incertitudes, qu'elles touchent sa mémoire ou le terme de sa vie. Ce n'est pas en vain qu'il choisit d'intituler *Biffures* le premier volume de *La Règle du jeu* (qui peut aussi s'entendre, notons-le au passage, comme *La Règle du je*). Cet en-tête est un jeu de mots : chaque moment de la vie, chaque ligne du récit qui la relate, est susceptible d'être narré de différentes manières : c'est une *bifurcation* analogue à celles engendrées par le frayage des voies ferrées. Il faut donc choisir sans cesse. Mais, une fois qu'on l'a fait, il faut décider de ce qu'on va en dire ou à quel degré on va le taire : son texte doit donc être soumis à des rayures, des amendements, des caviardages qui laissent transparaître ce qui est resté écrit au-dessous de la rayure, qui n'effacent qu'à moitié le récit originel. *Biffer* est le verbe qui exprime en français l'acte d'effacer en traçant un trait sur de l'écrit ; *biffures* désignant ces rayures surimposées aux mots en dessinant une ligne au-dessus de ce qui a été écrit, action dont nous avons aujourd'hui perdu l'habitude, étant donné la facilité avec laquelle on corrige avec les appareils électroniques qui ont rendu obsolètes autant la biffure que la gomme. La mémoire se constitue donc à partir de la matière première des souvenirs, en fonction du choix opéré par les voies narratives, à chaque carrefour des frayages discursifs et en usant de l'encre pour rayer, ce qui invalide les premières écritures au profit d'autres qui, comme dans un palimpseste, occultent la trace subsistante de ce que l'on a voulu éliminer.

Quand j'écris le mot *égographie,* mon logiciel, sans biffure ni préavis, me corrige automatiquement en rétablissant l'ordre des premières lettres, ce qui donne : *géographie du moi.* Il pourrait aussi – mais il n'est pas assez savant pour cela – écrire *géologie* : l'étude des couches superposées du moi. Ce qui nous intéresse, c'est la méthode qu'emploie Leiris pour s'explorer, s'écrire – et éventuellement s'illusionner sur le résultat de son infatigable effort autobiographique. Il a laissé courir sa plume durant soixante-dix ans, à partir du moment où il a commencé son journal intime. Il a farfouillé dans ses souvenirs pour en tirer des pages immortelles, comme celle de la découverte qu'il a faite, enfant, de la soumission à un langage qui n'est pas le sien : *heureusement*. Peut-être ne s'est-il jamais vraiment résigné – du moins est-ce notre impression –, comme si cette découverte de sa dépendance à l'égard de l'Autre qu'est le langage lui paraissait douteuse, si bien qu'il a passé sa vie à en contester l'importance, en soutenant que sa parole omnipotente était capable de forcer cet Autre à concéder qu'on peut assurément dire : *…reusement !* À certains moments de son œuvre immense, fugacement, honteusement, se le dissimulant, il a pu reconnaître, nommément dans *Aurora* (où il fait le jeu de mot entre *Aurora* et *horreur à**), qu'il écrivait aussi du *roman*, de la fiction. Une des clés de son œuvre est le fait qu'elle soit restée indéterminée quant au genre. Tandis qu'il compose bien consciencieusement ses textes, qu'il approfondit encore et encore la connaissance de son passé et qu'il souhaite toujours davantage ne pas être pris pour un affabulateur, voilà qu'il se consacre avec d'autant plus de zèle à l'*encryptement de sa mémoire*. Comme un torero qui ferait mine d'oublier que son affaire est d'être dans la représentation, dans la performance, dans un spectacle où il va devoir s'ingénier à obtenir des applaudissements, en mettant sa vie à carreau, tout en s'exposant au danger des cornes, il remplit une fonction qui tient du décorum, avec la bénédiction du public.

Quand nous passons le seuil d'une librairie aux États-Unis, il nous vient tout d'un coup l'intuition que les livres offerts aux usagers sont là-bas seulement classés en deux catégories : *fiction* et *non-fiction*. Or, contre toute attente, les biographies et les autobiographies se trouvent sur les rayons de non-fiction, ce qui laisse supposer que ces livres sont plus « véridiques » que les autres, parce qu'ils prennent bien la précaution d'exclure qu'il soit fait recours à l'imagination et à l'invention de l'auteur, quand il présente son texte. On sait – depuis Derrida – à quel point il est difficile de faire appartenir les textes à un genre. Nous oserions aller plus loin : il n'y a pas une loi du genre, mais plutôt une *aporie*, une impossibilité. Disons, en guise d'illustration que, si nous lisons sur une couverture : *Chroniques martiennes*, nous comprenons tout de suite qu'il s'agit d'une œuvre de fiction. Pourtant, immédiatement après et, que mention en soit faite ou non sur la couverture, nous trouvons écrit le mot « Contes ». Ce dernier appartient-il au groupe d'histoires dont le volume est composé et qui se passent sur Mars, ou s'agit-il d'un ajout de non-fiction qui encadre les récits de l'extérieur et fixe leur sort à l'intérieur, adressant au lecteur un message : ne t'imagine pas que ce que tu te disposes à lire soit du *vrai*. Sauf exception autoréférentielle (le fameux sonnet de Lope de Vega sur les sonnets), le mot « sonnet » ne fait pas partie du sonnet. L'analogie qui est ici proposée avec la tauromachie est-elle de la *fiction* ou de la *non-fiction ?* Combien de fois les auteurs de romans n'ont-ils pas présenté leurs songes comme dépeignant la vie elle-même dans sa réalité la plus attrayante ou la plus crue ? Combien de fois ne nous sommes-nous pas demandé si tel ou tel texte n'était pas inspiré d'une *true story ?*

Serge André, à propos du récit de son enfance, s'est arrangé pour sortir du dilemme : son récit, prétend-il, est « autobiographique à mille pour cent », c'est-à-dire « autobiographique à cent pour cent, pourvu que ne soit pas oublié de tenir compte du fait que j'y ai rajouté les neuf cents autres ». Car les éléments en jeu dans le premier cent « n'auraient eu aucun intérêt pour personne, à commencer pour moi, si je n'étais pas parvenu à les gonfler avec les neuf cents pour cent que j'ai rajoutés ». Qu'a-t-il donc fait ? Ayant pris ce qui dans ses souvenirs était confus et énigmatique, il a retravaillé ces restes du naufrage encouru par sa mémoire pour leur donner la forme poétique qui pouvait les restaurer et les rendre intéressants aux yeux d'un lecteur qui allait devenir le juge et réalisateur de ses phrases et formulations, non de sa vie elle-même… Puisque, si écrites qu'elles se veuillent, elles n'en deviennent pas pour autant de la vie, mais… de la littérature ! Si quelque chose est *graphié*, la vie (*bios*) en est absente.

Une autobiographie en ressort d'autant plus artificielle que sont importantes les protestations d'authenticité et de sincérité de son auteur. Tel est le piège dans lequel tombe Leiris, davantage qu'il ne l'ourdit lui-même : il n'y a pas de « genre », spécialement dans le champ de la narration, qui ne soit pas de la fiction, parce qu'il n'y a pas de « genre naturel ». Personne ne peut être conteur sans recourir à des artifices – encore moins si l'on s'efforce de faire une œuvre qui survive et que l'on a l'impression d'y risquer la vie, ou que l'émulation que l'on ressent dans l'exploit qu'on réalise avec son stylo, c'est celle du torero et de son estocade –, si bien que la « vérité », telle qu'elle est retransmise par le texte, en devient secondaire, vient à l'écrit dans l'après-coup, puisque c'est le destinataire qui prononce qu'elle a été véritablement atteinte par sa lecture. Le vérifiable, dans ce type de récits, est en général anecdotique et secondaire, il apporte plus de confusion que d'éclarcissements, il *rationalise* le vécu, au lieu d'en donner *rai-*

son. Rien n'induit davantage au malentendu dans une autobiographie que le fait d'invoquer la vérité, en prétendant qu'il ne « sera pas changé une virgule du passé ».

Prenons deux exemples qui ne sont pas choisis au hasard. Avant d'écrire *À la recherche du temps perdu*, Marcel Proust a rédigé un énorme brouillon de plus de sept cents pages qu'il n'a jamais fait mettre sous presse et qui est sorti trente années après sa mort (en 1952), sous le titre *Jean Santeuil*[1] (inventé par les éditeurs du manuscrit), du nom du héros de ce récit écrit à la troisième personne. Il est évident aux yeux de tout le monde que Proust considéra ce texte, qui est farci d'incongruités, complètement remplacé par celui, très différent, qu'il écrivit après, le grand roman qui a fait sa réputation et qui est, lui, conté à la première personne par un certain « Marcel ». Quoi qu'il en soit, *Jean Santeuil* débute par cette brève note mise en exergue :

> Puis-je appeler ce livre un roman ? C'est peut-être moins, et beaucoup plus, l'essence même de ma vie, recueillie sans rien y mélanger, passant par les heures de déchirement qu'elle traverse. Ce livre n'a jamais été fait, il a été récolté.

Jean Santeuil est un récit concernant sa vie, mais dont toutes les données ont été modifiées en fonction d'un projet qui se veut littéraire. Serait-il plus « véridique » si le héros principal avait été « moi, Marcel Proust », au lieu de « Jean S. », et s'il était bourré de données vérifiables ? Non, il n'y aurait là qu'une appa-

1. M. Proust, *Jean Santeuil*, Paris, Gallimard, La Pléiade, 1971.

rence d'objectivité et, pour le coup, la part de fiction, loin d'être diminuée, n'en serait que plus patente. Nous soutiendrons dans les chapitres finaux que, quel que soit le thème abordé, il est impossible qu'un texte cesse de faire partie de l'autobiographie de l'auteur, lequel ne peut jamais s'empêcher de faire allusion au moment et à la scène de l'écriture – y compris, à la limite, s'il se mettait à copier le Bottin.

Mais prenons le second exemple annoncé : le romancier original qu'est l'Autrichien Joseph Roth (1894-1939) fait aussi précéder d'un bref prologue son roman *Fuite sans fin*[1]. Il y écrit :

> Dans ce qui suit, je relate l'histoire de mon ami, camarade et coreligionnaire Franz Tunda. Je suis, en partie, ses notes et, en partie, les récits qu'il m'a faits. Je n'ai rien inventé ni rien composé. Il ne s'agit pas de « poétiser ». Le plus important, c'est ce qui a été observé.

Ingénuité ou tentative d'embuscade où faire tomber le lecteur ? Si l'alternative, avec son côté énigmatique, tient la route en ce qui concerne ces deux romans, elle est valable aussi, et pour les mêmes raisons, dans le cas de toute autobiographie, de toute tentative pour raconter une vie humaine « au naturel ». Les fictions, y compris sans doute dans le cas des *Chroniques martiennes*, prouvent que, au travers de la lecture que nous en faisons, c'est du monde où nous vivons, de l'auteur, de nous-mêmes, qu'elles nous parlent. L'*égographie*, dans le cas d'un écrivain, quel qu'il soit, même d'un politi-

1. J. Roth, *Fuite sans fin* [1959], traduit par R. Atldorf et R. Jouglet, Paris, Gallimard, L'Imaginaire, 1985.

cien ou d'un scientifique, parle bien évidemment aussi de tout cela… mais elle le fait sur un mode trompeur, sous prétexte de donner dans l'« authenticité ». Le fabuleux *Tristram Shandy* de Sterne est tout aussi « véridique » que le Rousseau des *Confessions*, et Rousseau, tout comme le Stiller de *Je ne suis pas Stiller*, le roman de Max Frisch qui dénonce les pièges de l'identité. « Je suis » est un palindrome menteur : car aucun prédicat ne pourra rendre le « je » véritable, de même qu'ici le verbe « être », conjugué à la première personne du singulier, est celui qui consomme le péché de la tromperie. La prétention au « naturel » est un alibi dans le recours auquel se fourvoient souvent l'auteur comme le lecteur. Tentons une analogie que je proposerai aussi sur un mode interrogatif : des fleurs peuvent-elles dans une maison être « véridiques » et se distinguer sans problème des « artificielles » ? Qu'elles soient coupées et disposées dans un vase ou restées dans leur terre native et plantées dans un pot, qu'elles soient achetées ou cueillies dans le jardin, plantées dans un endroit qui a été choisi avec soin, qu'elles soient dans l'eau ou arrosées, ces choix obéissent toujours à des lois du langage qui gouvernent ceux qui « heureusement » croient s'en servir en maîtres. Comment n'en serait-il pas ainsi dans un livre, quels que soient ses qualités, ses arguments ou son genre ? Qui pourrait raconter ses souvenirs sans les avoir cultivés, en laissant tomber certains, en mettant d'autres en relief pour les rendre plus visibles, pour les découper et les encadrer, les regrouper en ensembles adressés au regard du tiers, les enserrer en un vocabulaire à propos duquel on ne peut éviter que soient toujours remarquées les différences entre l'événement vécu, le souvenir et sa narration ? Le livre n'est-il pas un vase de pages imprimées ? Nous participons tous de l'heureuse duperie du semblant ! Les fleurs, si elles sont trop parfaites, nous paraissent artificielles, et si elles sont parfaitement fabriquées, nous paraissent naturelles. Il n'est pas exceptionnel que nous recourions à l'épreuve du toucher, pour vérifier si la substance des pétales est botanique ou plastique.

Ce n'est pas Leiris qui m'a inspiré cette comparaison, mais l'analogie trouve d'une certaine manière sa « référence » adéquate quand elle se laisse tenter par une citation sur laquelle, non sans surprise, on peut tomber, pour peu que l'on se rende au moment terminal de son monument autobiographique. La thanatophobie revient sur ses terres dans les lignes finales du dernier tome de *La Règle du jeu*. Leiris y raconte la mort de son frère, évidemment anticipatrice de la sienne propre ; au jour même où il écrit cette page, il dépeint l'horreur que lui inspire l'effigie du défunt et, prévoyant que ce visage sera maquillé matériellement lors de son ultime *toilette*, il se demande s'il n'est pas lui-même en train de procéder à une *toilette finale* « pour rendre la chose plus tolérable, imposer par la plume un ordre à ce qui est une horreur sans nom » (*RJ*, p. 1054). Après ces lignes finales du dernier tome, *Frêle bruit*, il trouve convenable de rajouter un bref épilogue où il se donne l'opportunité de réfléchir à l'ensemble de sa vie, telle qu'elle se confond avec l'acte de l'avoir rendue publique, condensant – ce serait notre avis – les fonctions du notaire et du poète. Il fait ainsi retour sur les tactiques qu'il a adoptées pour traiter des « neiges d'antan selon un état d'esprit présent, les sortant de mes cartons ou des tiroirs de ma mémoire, pour les mêler à des choses d'aujourd'hui ou à peine d'hier », et il se demande, endolori :

> Mais acquiert-on un œil d'éternité en mélangeant les temps, multipliant les points de vue et mariant ou opposant les tons comme il vous plaît ?
>
> Affaire, si l'on veut, d'arrangement, à la façon dont au Japon l'on arrange patiemment – sans les fondre en la profusion d'un bouquet – un petit nombre de fleurs, pour la joie – ou pour la paix – du regard, avec toutefois certains dessous.
>
> Florilège donc, que plus irrémissiblement que tout choix délibéré limitent ces absences : ce que je n'ai pas décelé, pas su formuler, ou répugné à mettre en lumière. [*RJ*, p. 1055.]

Et maintenant oui, *La Règle du jeu (du je)* est terminée. Il ne conclut pas en affirmant la plénitude de la parole, mais en touchant à la limite de l'indicible, ce qui excède les limites du savoir ou du dégoût. Le travail de l'autobiographie culmine dans la composition artificielle d'une vie considérée comme un ikebana, ombilic du rêve qui a partie liée avec le réel qu'aucun typographe ne pourra jamais imprimer. C'est cela même qui est mis à nu, tant à la fin de l'autobiographie qu'à celle d'une psychanalyse, qui débouchent toutes deux, non point sur la plénitude d'une interprétation sans faille, mais plutôt sur le but atteint d'une reconnaissance de la faille inhérente au savoir. Leiris – tout comme Broch ou Beckett ou Perec – passe de l'expérience psychanalytique à l'exposition de ses fantasmes, de cette parole et de ce discours, tels qu'ils s'ordonnent capricieusement dans la séance d'analyse, à une écriture rigoureuse se mettant à la recherche d'une construction définitive et impossible ayant la prétention de cerner le noyau indicible de l'existence, limité qu'il se voit par l'inéluctabilité de la mort et de la sexualité, dont la conjonction se condense pour Leiris dans les figures combinées de Lucrèce et de Judith, représentantes en image de cette chose (le réel) qui ne se peut savoir. En ce sens – et c'est là ce que proposait Lacan pour Joyce –, l'écriture (toujours, nous nous en sommes aperçu, plus ou moins autobiographique) remplit la fonction de *symptôme*, lequel permet au sujet de naviguer, même si c'est d'une façon précaire, même si la hantise du suicide surplombe la vie de tant d'écrivains, sur les hérissements des vagues de « la vie ».

Comme le disait Serge André, « ce n'est pas la psychanalyse qui interprète la littérature » (selon ce qu'ont cru, avec l'ingénuité des illuminés, ces psychanalystes qui s'adressent à l'écrivain, dans une attitude supérieure, pour lui communiquer les secrets qu'ils ont dévoilés dans ses pages – et Freud lui-même n'est pas exempt de ce péché de « l'application », si l'on se souvient de son texte sur la *Gradiva* de Jensen), « mais au contraire, c'est l'écriture qui clarifie la psychanalyse » (*Flac, op. cit.*, p. 184), spécialement en ce qui concerne ce creux qui est au cœur de la colonne de la vie, surtout si l'on voulait prétendre que ce vide puisse être comblé par une « parole pleine », par un langage qui dise le vrai sur l'être. L'écriture de Leiris, celle de n'importe quel autobiographe depuis Freud – raison pour laquelle cela est plus visible chez ceux qui sont passés par l'expérience de la psychanalyse –, est une écriture désenchantée qui démontre, *...reusement*, quelles sont les frontières du langage. Leiris avec son stylo n'atteindra pas à l'immortalité, l'écriture ne compensera pas non plus sa stérilité, comme si le travail poétique pouvait lui donner, devenant en quelque sorte un simulacre de la maternité et de l'accouchement, un supplément de cette paternité qui lui fait horreur ; il ne parviendra pas à consommer cette union parfaite avec lui-même qui démentirait la différence entre les sexes, ni à atteindre à sa véritable image, à moins que cette véritable image ne soit son masque mortuaire, celui qui sera confié aux mains de l'employé des pompes funèbres chargé de lui faire sa *dernière toilette*. S'agit-il là de l'une des fonctions du lecteur ? C'est bien notre idée : ce sera l'une de nos thèses.

XIII

Autobiographies et autoportraits

De tout ce qui s'écrit sous le chef d'une autobiographie

Les papiers officiels qui accréditent l'existence d'une « personne », la profusion de souvenirs que recèle la mémoire, ainsi que la reconnaissance d'une continuité que procure l'image dans le miroir, sont les fondements de l'« identité » du sujet, telle qu'elle se manifeste par le moyen du pronom personnel « je » (ou « nous », quand il s'agit d'une communauté). Notre analyse des textes relatant les commencements de la mémoire, quand ceux-ci renoncent aux interpolations en provenance d'une autre source qu'eux, nous a permis d'obtenir la confirmation du fait que la mémoire infantile, en tant que pierre d'angle de l'identité, est un témoin qui ne saurait laisser d'inspirer le soupçon. « Je », le *sujet de l'énoncé* (qui, selon la puissante définition de Benveniste[1], prononce : « Est "ego" qui *dit*

1. É. Benveniste, *Problèmes de linguistique générale I*, 5e partie, « L'homme dans la langue », chap. XXI, « De la subjectivité dans le

"ego" ») pose rarement et bien mal la question de savoir quel est le *sujet de l'énonciation* : sais-je qui parle quand je dis « je me souviens » ? Et, pour peu que l'on prenne en compte le *sujet de l'annonciation*, on saura encore moins quels sont le désir et la prétention qui animent ce « je », ignorant qu'il est de son sujet de l'énonciation, quand il se présente en alignant ses énoncés : quelle est la cible qui est finalement visée dans la mise en jeu « autobiographique » ? Quelle est la jouissance cachée, quel est le fantasme qui se réalise avec la réitération maniaque du moi-je ? Quel plaisir y a-t-il à exposer son intimité ressouvenue, serait-ce la plus douloureuse ? S'insinue en fait chez celui qui dit « je » une part de désir inconscient, cet inconnu qui manifeste sa présence par le biais d'évocations équivoques (d'*équivocations*, pourrait-on dire) et de lapsus de mémoire, tous ces défauts qui convoquent cet Autre chargé de donner du poids au discours qu'on lui adresse, en le vérifiant. L'Autre, c'est ce quidam anonyme qui demande à l'auteur (à moins que ce soit l'auteur qui imagine cet Autre, lui en faisant la demande) de lui raconter l'histoire de sa vie. En dernière instance, ce quidam occupe la fonction du juge qui devra sanctionner le récit que « je » produirai, en me prenant pour thème de celui-ci. Toute autobiographie, que cela soit avoué ou non, est une demande d'approbation basée sur une promesse de dire, « sincèrement », « la vérité, et toute la vérité ». Un des pon-

langage », Paris, NRF-Gallimard, 1966, p. 260, où l'on peut constater que, pour rompre sans doute avec toutes les ambiguïtés du je-moi (que l'espagnol de toutes les façons méconnaît, ne disposant que du seul « yo »), Benveniste emploie l'*ego* latin, en réminiscence sans doute de la formule des *Méditations* de Descartes : « *ego sum, ego existo ; certum est* », même si par la suite, dans ses commentaires, il oublie l'*ego* pour lui substituer le « je ». (N.d.T.)

cifs du « genre » (entre guillemets – car nous en discuterons l'existence) est de commencer en protestant de sa sincérité, de sa spontanéité, en repoussant les affèteries littéraires. L'idéal d'authenticité se développerait par la suite jusqu'à déboucher sur la méthode psychanalytique des associations libres, mais pour nous donner à constater que, suivant la manière dont se profilent les choses, un tel idéal se voit trahi dès le début. « Je me laisse mener, je me déroute, j'aboutirai à devenir incompréhensible si je ne suis pas l'ordre chronologique et, par ailleurs, je ne me souviendrai pas bien des circonstances[1]. » D'un autre côté, le personnage que nous venons de citer, dont la vie donne titre à cet écrit – mais dont le nom ne correspond ni avec celui de l'auteur (Henri Beyle) ni avec le pseudonyme de celui qui signe (Stendhal), si bien que l'on peut se demander s'il s'agit d'un roman ou d'une autobiographie –, parvient pourtant, avec une sincérité qui aurait permis à Freud de le reconnaître comme son précurseur, à exposer ses désirs sexuels envers sa mère (qui mourut quand il n'avait que sept ans), autant que de sa haine envers son père et envers Dieu lui-même, donnant des aperçus tellement saisissants que ceux-là mêmes qui croiraient avoir trouvé quelque chose de nouveau à dire sur le complexe d'Œdipe pourraient s'en étonner[2].

On n'insistera jamais assez : c'est à partir de la précarité des certitudes du miroir, ce garant imaginaire du moi, que le sujet essaye de se coucher par écrit sous la forme d'un récit qu'il baptise *autobiographie*. L'auto-

1. Stendhal, *Vie de Henry Brulard*, in *Œuvres intimes II*, Paris, Gallimard, La Pléiade, 1982, p. 529-929.

2. *Ibid.*, p. 550-552. Je résiste à la tentation de travailler sur son vivace « premier souvenir », mais je recommande avec ferveur sa lecture.

biographe est alors pris entre les feux de deux objectifs contradictoires : infirmer ou confirmer l'image spéculaire. Le miroir est le décor sur lequel se joue, non le *pacte*, mais plutôt la *joute* autobiographique. Le lecteur y est convoqué en tant qu'arbitre.

Nous avons déjà pris en compte le témoignage de Borges nous narrant ses mésaventures avec les miroirs et avons aussi bien pris la mesure, chez trois écrivaines, des relations difficiles qu'en tant que petites filles, elles ont entretenu avec le miroir ; nous avons pu entendre comment les doutes qui leur venaient, à l'heure de définir qui elles étaient vraiment, étaient rapportés au lien qu'elles faisaient entre elles-mêmes et le message qui leur parvenait à partir de la surface réfléchissante de leur première et énigmatique image, telle qu'elle se profile obscurément dans le regard de leur mère. Qui est-elle donc celle-là qui me regarde de l'autre côté du miroir ? Suis-je « moi » ? Suis-je comme ma mère ? Que suis-je et qui suis-je ? Que serai-je ? Toutes questions qui vont bien au-delà de la bizarre conduite des schizophrènes devant le miroir, ou de la mère de Blanche-Neige souhaitant voir authentifiée sa propre beauté. La perplexité de Narcisse s'étend à l'ensemble de l'humanité : aliénation spéculaire ou échappatoire trouvée à l'enclos carcéral qu'offre le miroir à celui qui s'y regarde – passant soit par les chemins de l'action soit par ceux de l'écriture. Le mercure de la glace détient apparemment les clés surprenantes, offrant au sujet la possibilité de devenir l'informateur de ses relations avec les autres. Pour peu que l'on veuille savoir comment l'on est vu et que soient opérés les ajustements pertinents à la figure que l'on souhaite offrir au spectateur, le « normal » serait qu'existe une convergence entre la présence à soi (dans l'espace réel) et l'image que l'on offre à l'Autre (dans l'espace virtuel). Or cette convergence n'est ni l'effet du hasard ni une affaire purement mécanique, puisque c'est bien laborieusement qu'elle se ménage. L'on apprend à se voir comme l'Autre vous voit ; comme l'Autre vous enjoint de vous voir. L'identification n'est pas spontanée, elle est induite ; c'est un effet du langage. Une incrustation de l'imaginaire qui s'insère dans le symbolique. « Je » est celui-là qui peut faire un récit à la première personne et attester de la continuité de son existence à partir d'un « je suis né », à l'instar de Perec. La profondeur advient à la surface des miroirs grâce aux mots qui nomment ce qui s'y voit. Le je entre en confrontation et en contraste avec cette dimension imaginaire qui s'impose à la volonté, quand elle lui fait reconnaître dans ce moi que *les autres voient* (et tel qu'il est, « entaché de fautes ») un acteur qui lui plaît ou qui lui déplaît. Qui lui plaît et qui lui déplaît. Qui exagère, dissimule et occulte. Qui se souvient et oublie, donnant créance au fantasme de « lui-même » ou d'« elle-même », car l'expérience donne à constater que ce fantasme est d'emblée sexué, chose que l'espagnol, avec son « *si mismo* », pourrait laisser oublier.

Le miroir offre au sujet la première occasion grâce à laquelle sa propre division sera captée par lui-même. Quelle est la substance de « la chose que je suis et qui me fait vivre[1] » ? Coïncide-t-il avec cette « chose » que

1. W. Shakespeare : Borges était fasciné par cette phrase prononcée par Parolles dans *Tout est bien qui finit bien*, à l'acte IV, (Paris, Gallimard, Folio Théâtre, 1996, p. 172) dans la scène III. Parolles est un personnage pitoyable qui implore la vie devant des supposés ennemis ; c'est alors que, priant qu'on ne le tue pas, il énonce : *The thing I am shall make me live.*

Les références dans Borges lui-même apparaissent dans un essai sous la forme d'un conte, *La Mémoire de Shakespeare*, *op. cit.*, et enfin dans un poème qui s'intitule *The Thing I am* (*ibid.*, II, p. 627).

les autres voient et que moi, je guette, essayant de la déchiffrer dans le miroir ? L'autobiographie et l'autoportrait sont des tentatives pour incarner au moyen de l'écriture les résultats de cette exploration de soi – la peinture est aussi une écriture ; la toile est aussi apte à recevoir des traits ou des traces que la feuille vierge ; (se) décrire et (se) dépeindre sont des opérations parallèles. Dans ces œuvres autoréférentielles, il y a toujours quelque chose du plaidoyer : elles se penchent vers l'Autre pour l'instruire à propos de ce que l'on est, elles ont tendance à devenir des exercices rhétoriques visant à retransmettre les images que l'Autre se fait invariablement de quelqu'un, en les remodelant ou les recorrigeant. Le je prétend qu'il pourrait s'appliquer à lui-même un voile de Véronique et montrer au monde son « image véridique ». Il se pourrait qu'il s'y emploie en guise d'exercice privé, comme dans les innombrables autoportraits de Rembrandt ou d'Egon Schiele, qui démontrent, dans la succession comparative de multiples images, les mutations progressives de l'une à l'autre, en même temps qu'ils affirment la continuité d'une même substance ontique. D'autres suivent le chemin de Paul Valéry qui écrivit 29 000 pages pour personne, pour lui seul, sans imaginer qu'il aurait un éventuel lecteur, en une sorte de « cambriolage par escalade nocturne », comme nous l'écrivions il y a peu[1]. Valéry écrivait et conservait ces cahiers s'alignant à l'infini comme des exercices de la pensée ou, mieux encore, comme une « gymnastique de la plume ». L'architecte du Cimetière marin était un

1. N. Braunstein, « El amor en *La llama doble* de Otavio Paz y en los *Cahiers* de Paul Valéry », *Ficcionario de psicoanálisis*, *op. cit.*, p. 166-196.

détective invétéré qui poursuivait Paul Valéry, ce prisonnier qui s'éclipse en s'adonnant à chaque page à la fuite : « Écrire exige de l'écrivain qu'il se divise contre lui-même. C'est seulement de cette façon que l'homme entier parvient à être auteur[1]. »

Forger sa propre image, reconnaissable ou non par les autres, telle est la *tâche de l'auteu®*. Entourant ce *r* d'un cercle, comme on le fait du @ de l'arobase, mon étrange graphie vise à indiquer le caractère légal et même légiste du droit d'auteur qui n'est avéré, ce qui représente un aspect actuellement essentiel, que dans la mesure où l'artiste se voit assuré de percevoir un *©opyright*. Autre façon de dire que l'art est un produit ayant pour destin d'être entre les mains de l'Autre, puisque c'est de l'Autre que le créateur reçoit sa re-connaissance. L'auteur doit être dûment enregistré. Il est une « marque ».

L'auto- (qu'il soit biographe ou portraitiste) s'essaye à faire se coaguler une représentation de lui-même et entre par là même en compétition avec la chambre noire du photographe. Il prétend faire de la vie en mouvement un *still*[2]. La plupart du temps, mais pas toujours, comme Virginia Woolf nous en donne l'exemple. Il aspire à rendre compte de la persistance de l'être, malgré les changements qu'il subit, faisant de sa propre (*auto*) vie (*bios*) un livre (*graphein*). Dire, et le faire voluptueusement ; le dire, comme Rousseau, à Dieu même, en guise de défi[3] :

1. P. Valéry, *Cahiers, I*, Paris, Gallimard, La Pléiade, 1973, p. 474.
2. L'auteur joue ici sur l'appellation anglaise de la « nature morte » (« *still life* »), l'adjectif *still* désignant une forme d'immobilisation. (N.d.T.)
3. J.-J. Rousseau, *Les Confessions*, Paris, Garnier Frères, 1964, p. 4-5.

> J'ai dévoilé mon intérieur tel que tu l'as vu toi-même. Être éternel, rassemble autour de moi l'innombrable foule de mes semblables ; qu'ils écoutent mes confessions, qu'ils gémissent de mes indignités, qu'ils rougissent de mes misères. Que chacun d'eux découvre à son tour mon cœur au pied de ton trône avec la même sincérité ; et puis qu'un seul te dise, s'il l'ose : *Je fus meilleur que cet homme-là.*

Tandis que j'écris cette page et que je cite Rousseau et tant d'autres auteurs, je m'aperçois que les instants où je le fais « s'impriment en moi » comme le souvenir de mon propre écrire, comme souvenir futur de cette scène d'écriture. Et ce présent où j'appuie sur les touches d'un ordinateur se convertit en passé et s'intègre à ma mémoire qui s'alimente des mouvements de mes doigts et des lettres qui apparaissent à l'écran. Je serai le livre que je suis en train d'écrire. La scène de cette écriture recèle un fantasme parthénogénétique. J'apparais et disparais à chaque touche que j'enfonce : *fort/da*. Ainsi que Proust à chaque réveil et chaque retombée dans le sommeil et l'obscurité, ainsi que Virginia Woolf à chaque déferlement des vagues, comme à chaque fois que nous ouvrons et fermons l'armoire de nos souvenirs. Ou chaque fois que chante le coq. Farfouillant dans les tiroirs de mon âme et en tirant, en un mouvement alternant de systole et de diastole, les sécrétions que je déposerai sur la page.

Ayant eu recours à tous ces « minuscules papiers » de tant d'autres qui ont écrit sur eux-mêmes, je réalise ces actes qui s'enregistrent dans le magasin de ma mémoire. Je m'écris. Ces moments font partie de ma vie et par là même j'étends à d'autres la réflexion, mais il me faut reconnaître que chaque acte d'expression comporte une dimension *auto*, que le « je » y apparaisse ou non comme sujet de l'énoncé. Ma mémoire construit ma mémoire… dans l'Autre, par le biais de l'auditeur, du lecteur… auquel je m'adresse pour qu'il me le confirme. Et par rebond, à partir de l'imprévisible réplique, la mémoire se fabrique en moi. Seule la science peut prétendre que le sujet de l'énonciation s'efface dans l'acte même de formuler ses énoncés et que le fait de relever qui dit quoi est inessentiel, pourvu que ce qui est dit puisse être vérifié par quelqu'un d'autre. Cette présomption est sujette à caution et même fallacieuse. Que j'écrive moi-même, par exemple, sur la production de pipette de maté ou de couverts en argent dans le Pérou du XVIIIe siècle, sur un cas clinique qu'il m'a échu d'accueillir ou sur les romans de Thomas Mann : à mon insu, tirant mon caillou et me cachant la main, je me verrai en catimini écrivant un fragment de ma propre vie. Le choix du thème, la façon de l'aborder, les références et les notes en bas de page, les allusions au « je » qui signera le texte, la construction fantasmatique de l'Autre auquel il va s'adresser, les tentatives de dissimulation du sujet de l'énonciation l'effaçant des énoncés pour le reléguer dans le plus impersonnel des pronoms, l'appel fait au lecteur pour qu'il valide « mes » énoncés, l'usage emphatique du « nous », les recours rhétoriques et heuristiques visant à en remettre sur le plan de l'« objectivité », tout cela, tout ce que fait aussi bien l'artiste que le scientifique, lorsqu'ils écrivent, démontre cette vérité imparable : l'écrivain – tout écrivain – est effet de son écriture et de l'accueil qu'elle permet d'obtenir. Pour peu qu'on écrive, il n'y a aucun pronom, qu'il soit personnel, voire impersonnel, qui soit innocent. « L'émetteur reçoit son message du récepteur sous une forme inversée[1]. » On dénomme pourtant « communication » une telle production spéculaire. On reçoit peut-être son message de l'Autre, mais l'on conserve le droit juridique et commercial sur les copies qui en seront faites : le ©*opyright*. L'idéologie de l'individualisme libéral est là bien présente : « Je suis le maître (le patron) de moi-même et je puis vendre et distribuer ce produit qui est sorti de moi ; il m'est loisible et fort légitime de transférer mon être dans cette écriture qui est bien mienne, puisqu'elle obéit aux desseins que je pourrais m'assigner. »

C'est un poncif dans l'enseignement que l'on attribue à Derrida : la signature de l'auteur, de même que son titre, la date et le lieu de publication, ainsi que le nom de son éditeur, etc., qui ne sont pas partie intégrante de son texte, sont des composants décisifs et inséparables de celui-ci. Ce n'est pas pour rien que le « genre autobiographique » (si tant est qu'un texte puisse *appartenir* à un *genre*[2]) prend son essor à partir de la Révolution française et de ses conséquences – avec auparavant diverses exceptions notables, parmi lesquelles se détache celle de saint Augustin, mettant sa plume au service de la cause évangélique et de la mémoire de sa mère. Rousseau y fait figure de précurseur et le romantisme, depuis deux cents ans et jusqu'à nos jours, met l'accent sur l'autodéfinition du sujet au travers de la conservation de ses souvenirs. Freud n'est ainsi qu'un épigone de Goethe, sauf que, dès lors qu'il

1. J. Lacan, « Le séminaire sur la lettre volée », *Écrits*, *op. cit.*, p. 41, formule constamment reprise et pont aux ânes de son enseignement.

2. J. Derrida, « La loi du genre », repris dans *Parages*, Paris, Galilée, 1986, p. 233-266.

met au jour l'inconscient, il se montre assurément subversif.

En ce sens, toute écriture est autobiographique, mais aussi bien toute peinture. Contemplant un jour, au musée de Philadelphie, un tableau de Vincent Van Gogh intitulé *Pluie*, qui représente une série désordonnée de traits diagonaux avec un paysage qui se pressent vaguement au fond, dont on peut supposer qu'il s'agit de l'image de la pluie frappant la vitre de la fenêtre que le peintre regarde, j'eus moi-même la convaincante sensation de regarder une radiographie de l'état d'âme de l'artiste, et que cette « pluie » était un autoportrait aussi authentique que beaucoup d'autres, tels que je les avais connus sous ce titre et dont l'« objet » est censément la face du peintre. Combien de fois ne sommes-nous pas passés par la maison ou le bureau ou la bibliothèque d'un ami pour constater que la disposition des objets, l'ordre et le désordre, l'harmonie ou l'anarchie, la distribution de l'essentiel ou du décoratif, tout ce que nous voyons qui s'étale en ce lieu est un merveilleux autoportrait inconscient ! Nous rencontrons parfois une réplique de son occupant, dans sa cuisine ou sa chambre à coucher, et qui le révèle davantage que l'image maquillée qu'il nous offre avec son visage, autre fleur de rhétorique. Tout ce qui nous entoure est notre création et parle de nous. L'autobiographique coule à flots, comme le sang sourd d'une artère sectionnée, pourvu que l'on décide d'y avoir accès en ce qui s'en recueille à l'intérieur d'un livre. Il n'est pas indispensable que l'on dise « je » et que celui-ci se rende transparent, car il apparaîtra le plus souvent voilé et confus, comme l'image floue reflétée à la surface d'un miroir terni (Corinthiens, XIII, 12). Mais sans pouvoir caresser l'espoir de saint Paul que le moi puisse jamais se voir face à face, en présence de la vérité. C'est ou elle ou lui ; et aucune autobiographie n'invalidera cette antinomie.

Il n'en reste pas moins que tout ce qui parle, toute éloquence octroyée aux phrases ou restituée aux objets, parle du sujet… auquel elle renvoie et qu'elle évoque. On vit – on écrit – pour l'Autre. Aucun texte, aucune peinture ne cessent d'être animés par le mouvement à exister qui les a produits. L'insistance rebattue sur le thème de « la mort de l'auteur » entrera toujours en antagonisme avec l'évidence à laquelle renvoie le sujet qui insiste, lui aussi, à répondre : présent ! Horace est là-dessus inénarrable : *Mutato nomine de te fabula narratur*[1]. *Quod spiro et placeo, si placeo, tuum est*[2]. Il nous faut résister à la tentation de continuer à citer *Odes*, *Lettres* et *Satires* qui toutes tournent autour du thème de ce que nous finirons par appeler : *hétérothanatophonie.*

L'autobiographie est performative ; c'est une promesse. L'auteur, qu'il le dise explicitement ou le taise, s'est engagé envers son lecteur, en faisant en sorte que son texte relève du « genre », pour lui dire la vérité sur lui-même. Le mensonge et la dissimulation, à la différence de ce qui se produit dans des œuvres qui se présentent comme des fictions, finissent par passer pour des transgressions. L'écrivain est supposé être le seul à avoir accès à la réalité de son histoire, il est l'unique individu en condition de soutenir un discours qui

1. Horace, *Satires*, I, 69 : « Il suffit de changer le nom, c'est de toi que parle le conte. »
2. Horace, *Odes*, IV, 3, traduit par C. A. Tabart, Paris, Poésies Gallimard, 2004, p. 385 : « Que je sois inspiré, que plaisent mes poèmes, / c'est à toi qu'en revient l'honneur. »

serait à la hauteur de sa « vérité » et qui pourrait la transmettre à son lecteur sans interpolations. Il aspire à retracer une ligne de frontière entre la « vérité » qu'il va nous exposer, et les faussetés qui procèdent de la fantaisie. Ce qu'expose en toutes lettres Michel Leiris[1] quand il énonce son dessein :

> Du point de vue strictement esthétique, il s'agissait pour moi de condenser, à l'état presque brut, un ensemble de faits et d'images que je me refusais à exploiter en laissant travailler dessus mon imagination ; en somme : la négation d'un roman.

Le narrateur de sa propre histoire signe avec son lecteur un *pacte* et aspire à être cru, comme le serait une autorité indiscutable sur le thème qu'il traite : lui-même. L'un comme l'autre y participent de bonne foi, mais… rien n'est moins fiable qu'un texte autobiographique, étant donné l'habitude invétérée qu'a le moi de se mentir sous le prétexte d'être sincère. On le sait bien, c'est Freud (précédé sur ce chemin par Nietzsche) qui a instauré pour le moi l'ère du soupçon. La transparence qu'entretiendrait chacun par rapport à soi-même, croyance qui est au fondement du « genre » autobiographique, a été secouée sans ménagement par la notion d'« inconscient ». La découverte freudienne a tracé dans l'histoire des autobiographies une frontière entre un avant et un après. Indépendamment de leur date de publication, on peut les reclasser en pré- ou postfreudiennes. Et les linguistes, ajoutant leur contribution au thème du clivage du sujet, ont apporté depuis leur champ propre la distinction entre le *sujet de*

1. M. Leiris, *L'Âge d'homme*, Paris, Gallimard, Folio, 1975, p. 14-15.

l'énoncé, celui qui dit « je », et le *sujet de l'énonciation* qui n'est jamais complètement exprimé par aucun ensemble d'énoncés et qui se dénote toujours au-delà.

L'intérêt que l'on trouve néanmoins dans les autobiographies réside moins dans les énoncés qu'elles alignent, dans le texte explicite qu'elles rédigent, que dans les manifestations subreptices des sujets de l'énonciation et de l'annonciation, en ces moments de distraction de la conscience narrative qui laissent la vérité se profiler en catimini dans les failles du discours, lesquelles ne se révèlent qu'aux yeux du récepteur, de ce lecteur invoqué pour contresigner l'autobiographie. C'est lui qui devra se charger de l'interpréter, en désamorçant – s'il y en avait… et il y en a toujours ! – les hameçons du style, des semi-vérités et de l'amour-propre.

Dans les arts toutefois, l'occultation du sujet de l'énonciation ne prétend pas être aussi radicale que dans les sciences ou l'historiographie positive qui se vantent de pouvoir parler comme s'il n'y avait pas de sujet de l'énoncé. Les œuvres artistiques sont des messages qui se savent ambigus. Le spectateur doit légitimer cette présence de l'artiste (parfois évidente, parfois fantomatique) dans les objets qu'aura créés son invention, son imitation, sa copie, qu'il se conforme ou non aux lois du genre, dans sa production originale. Autant un peintre anonyme et peu inspiré de la Renaissance – qui dépeint sans aucune innovation ni dans la forme ni dans la couleur un thème conventionnel comme, par exemple, l'Adoration des bergers –, que Van Gogh, quand il peint une nuit étoilée d'hallucination ou des champs de blé brûlés par le soleil, se mêlent l'un comme l'autre de représenter un objet qui, au niveau de l'énoncé, se situe en dehors d'eux, comme quelque chose de visible qu'ils proposent en aliment au regard du spectateur. Mais, au niveau de l'énonciation, ils se représentent eux-mêmes avec leur relation au monde. Dans le premier cas, ce sera la réponse complaisante à une commande effectuée par une pieuse confrérie pour couvrir les murs d'une chapelle, ce sera dans le second la rébellion révulsée contre les démons intérieurs qui l'obligent à projeter sur la toile ses tripes et ses délires. Le style, le choix des couleurs ou des mots, l'adresse au destinataire du tableau, ou du récit, essai, sculpture, concerto : tout cela se mue en moyens de devenir l'auteu®, et chacune de ces productions *aura constitué*, rétrospectivement, le tenant-lieu de l'auteu®(e).

L'écrivain, le poète, l'essayiste ou le scientifique ne précèdent pas leur œuvre : ils en sont bien plutôt une conséquence. Et cela se vérifie autant dans la plus formelle ou la plus abstruse des disciplines que dans ce que l'art peut offrir de plus « créatif » et de plus personnel. Celui qui écrit en se travestissant sous ses gribouillages dévoile le travail de dissimulation auquel il se livre. Il va sans dire que celui qui ment le mieux, celui qui se maquille avec le plus de vraisemblance, c'est celui qui prétend se montrer « tel qu'il est ». Tant et si bien que, devant l'impossibilité à laquelle est confronté un auteur de se camoufler, *comment pourrait-on écrire quelque chose qui ne soit pas autobiographique ?* Tout écrivain, quand il met au jour un personnage, est un Flaubert en flottaison parmi des Bovary. « Emma Bovary, *c'est moi* » advient dans la mesure où « Je est un Autre ».

DISJONCTION ENTRE LA MÉMOIRE ET LA PHILOSOPHIE

L'essai est un genre plus particulièrement digne d'éveiller le soupçon. Tous ses exemples les plus remarquables, à commencer par le premier, celui de Montaigne, jusqu'aux derniers écrits de Derrida, si l'on privilégie cette référence, sont marqués par la présence active de l'auteu® dans les énoncés. Non pas comme un fantôme qui flotte au-dessus de son texte, mais comme quelqu'un qui *s'incarne* à chaque ligne. Il est aussi des exemples illustres d'insurrection contre l'intrusion éhontée de la subjectivité au sein des romans et des essais. Le plus célèbre est peut-être la dénonciation que fait Pascal de Montaigne[1] et du « *sot projet qu'il a eu de se peindre* » : cela « attriste et ennuie », c'est un vain exercice qui correspond à une méthode incorrecte se réfugiant dans la recherche de l'élégance et du discours erratique qui, sans ordre ni préméditation, saute d'un thème à l'autre. L'invective du janséniste strict contre l'essayiste décousu se fait éloquente et passionnée. Toujours il y a eu des tensions exacerbées et des conflits entre la philosophie – qui souhaite pouvoir éliminer le contingent, pour que soit mieux illustré le nécessaire,

1. *Pensées,* Paris, Seuil, 1962, Pensée 780 : « Parler de ceux qui ont traité de la connaissance de soi-même, des divisions de Charron, qui attristent et ennuient. De la confusion de Montaigne, qu'il avait senti le défaut d'une droite méthode. Qu'il évitait en sautant de sujet en sujet, qu'il cherchait le bon air. Le sot projet qu'il a eu de se peindre, et cela non pas en passant en contre ses maximes, comme il arrive à tout le monde de faillir, mais par ses propres maximes et par un dessein premier et principal. Car de dire des sottises par hasard et par faiblesse c'est un mal ordinaire, mais d'en dire par dessein c'est ce qui n'est pas supportable… »

parvenant par ce biais à se présenter comme une « science de l'esprit » – et l'autobiographie – qui ne peut que se réfugier du côté des concrétions que laisse le hasard ou la singularité, prenant appui sur les aléas imprévisibles de la remémoration et privilégiant le « je » du narrateur sur tous les autres « je ». Le biographe de lui-même recherche au moyen de l'écriture le passé perdu où il croit qu'il pourrait retrouver ce qui le rend *Unique*[1]. La référence à Stirner est ici incontournable, dans la mesure où ce précurseur méconnu de la pensée postmoderne savait très bien que l'autobiographie est pour le « je » un sentier qui ne mène nulle part :

> C'est seulement quand je suis sûr de moi et quand je ne pratique plus sur moi l'introspection que je peux véritablement dire que je m'appartiens. Alors, je me possède et je m'emploie à jouir de moi. Alors que si je crois qu'il me faut encore découvrir mon moi véridique [...], il m'est interdit à jamais de jouir de moi. [...] La question dès lors n'est plus de savoir comment reconquérir sa vie, mais de comment la dépenser et en jouir ; il ne s'agit pas de faire fleurir en moi le je véridique, mais d'en faire la vendange et d'en consommer le fruit.

Ce n'est plus « vivre pour la raconter[2] ». Le choix devient catégorique : ou l'écrire ou la vivre. Et en tout cas, l'avoir vécue d'abord pour en faire ensuite la confession. Comme s'il convenait d'empêcher que le personnage (*auto*) vienne en son être prendre la place

---

1. Max Stirner, *L'Unique et sa Propriété*, traduit par de R. L. Reclaire (téléchargeable), Paris, Stock, 1899.
2. Cf. le titre plus haut commenté de G. García Márquez. (N.d.T.)

du vivant (*bios*) dans l'acte de l'écriture (*graphie*). Antoine Roquentin, le héros de *La Nausée*, dont nous ferions ainsi le contradicteur insolite de Gabriel García Márquez, ne l'entendait pas autrement[1] :

> Voici ce que j'ai pensé : pour que l'événement le plus banal devienne une aventure, il faut et il suffit qu'on se mette à le raconter. C'est ce qui dupe les gens : un homme, c'est toujours un conteur d'histoires, il vit entouré de ses histoires et des histoires d'autrui, il voit tout ce qui lui arrive à travers elles ; et il cherche à vivre sa vie comme s'il la racontait.
>
> Mais il faut choisir : vivre ou raconter.

Il n'en reste pas moins que ce sont des trivialités personnelles qu'on peut considérer comme fruits du hasard qui fonctionnent comme les conditions de possibilités du philosopher. La *nécessaire contingence*, ce maudit oxymore, est le chemin que l'on ne pourrait s'épargner d'emprunter pour aller de la vie à l'œuvre, et cela, que l'on soit romancier ou amant du savoir pur ou absolu (mais aussi « autobiographe sincère », celui qui se vante de vouer la fiction aux gémonies). Par exemple ? Le fait trivial pour moi de cette rencontre de hasard en ce dimanche de juin 2007 avec le texte de Sartre[2], lu il y a des dizaines d'années :

> Quand on vit, il n'arrive rien. Les décors changent, les gens entrent et sortent, voilà tout. Il n'y a jamais de commencements. Les jours s'ajoutent aux jours sans rime ni raison, c'est une addition interminable et

1. J. P. Sartre, *La Nausée* [1938], Paris, Gallimard, Folio, 1972, p. 64.
2. *Ibid.*, p. 65.

monotone. [...] Ça, c'est vivre. Mais quand on raconte la vie, tout change ; seulement, c'est un changement que personne ne remarque ; la preuve, c'est qu'on parle d'histoires *vraies*. Comme s'il pouvait y avoir des histoires vraies ; les événements se produisent dans un sens et nous les racontons en sens inverse. On a l'air de débuter par le commencement : « C'était un beau soir d'automne de 1922. J'étais clerc de notaire à Marommes. » Et en réalité, c'est par la fin qu'on a commencé. Elle est là, invisible et présente, c'est elle qui donne à ces quelques mots la pompe et la valeur d'un commencement. [...] Cette phrase, prise simplement pour ce qu'elle est, veut dire que le type était absorbé, morose, à cent lieues d'une aventure, précisément dans ce type d'humeur où on laisse passer les événements sans les voir. Mais la fin est là qui transforme tout. Pour nous le type est déjà le héros de l'histoire.

La leçon que nous donne ici Sartre est essentielle à notre recherche sur les premiers souvenirs et sur le prestige des commencements. Le narrateur nous entraîne et nous amène à ressentir le fait que tous les détails des choses qui lui sont arrivées ce soir-là se posent en signes annonciateurs et promesses d'une aventure inespérée, tapie quelque part dans le futur. Mais quand nous racontons pourtant l'histoire, ce qui se profilait dans le futur est déjà passé, et encore davantage si l'on constate que c'est depuis cet aboutissement que le récit rencontre sa raison d'être. Il n'en va pas autrement de ce geste qui consiste à raconter sa vie propre, en agençant une série de données vérifiables et de souvenirs auxquels personne d'autre ne saurait avoir accès pour les partager. La mémoire est la servante du narrateur (de la narratrice) et obéit à ses caprices, comme dans le *Je me souviens* de Perec.

Il est difficile – et ce serait un véritable défi lancé à des romanciers – d'imaginer une biographie qui serait signée par un philosophe rigoureux, dans le style de Kant, Hegel ou Wittgenstein. On peut, en revanche, facilement l'imaginer avec sir Karl Popper ou sir Bertrand Russell qui, au moins quand ils se sont mis à les écrire, cessaient d'être des philosophes, étant devenus des « sirs » justement. Or, revenant à Pascal et nous limitant aux lieux communs les plus ressassés de son œuvre, ne pourrions-nous pas lire comme étant les fruits d'une série de *veillées autobiographiques* des aperçus comme celui du « roseau pensant » (200), du « silence éternel de ces espaces infinis [qui] m'effraie » (201), du « cœur [qui] a ses raisons que la raison ne connaît point » (423), du « pari » (418), de l'insistance qu'il met à démontrer que « Montaigne se trompe » (525), de la « facilité du mal » (526) – un thème devenu si banal ! –, du « moi [qui] est haïssable » (597)… voire dans toutes ses autres *Pensées*, pour ne pas parler du mémorial « de la nuit du 23 novembre 1654 entre dix heures et demie et minuit et demi » où lui fut révélée la vérité du dieu d'Abraham, d'Isaac et de Jacob, au lieu du « dieu des philosophes et des savants » (913)[1] ? Et n'omettons pas ici son épitaphe, que Pascal a lui-même rédigé en latin et dont la traduction en français serait : « J'ai pris la mesure de l'immensité des cieux, comme celle des ombres de la Terre ; mon esprit était céleste, mais mon corps gît dans

1. Où tous les chiffres entre parenthèses désignent le numéro de la pensée, mais où le lecteur voudra bien se reporter à une table de concordance, comme il en existe à présent dans toutes les éditions courantes des *Pensées* : dans celle, par exemple, de Michel Le Guern chez Gallimard, Folio, p. 697-722.

l'ombre. » Ce qui revient en bref à dire que l'épitaphe de Blaise Pascal est une autobiographie, concise sans doute, mais combien vaniteuse chez quelqu'un ayant écrit que *le moi est haïssable*. Pascal serait alors un narcisse ? Assurément. Pourquoi ferait-il exception ?

Chaque autobiographe se voit appelé à justifier sa méthode d'exposition et à explorer les différences qui peuvent l'inquiéter entre ce qui lui est arrivé « dans la réalité » et ce dont sa mémoire a gardé trace. Personne ne peut disposer d'une certitude en ce qui concerne les événements, et la plupart des gens aspirent à bénéficier d'une objectivité historiographique qui, comme chacun sait, est le rêve des historiens eux-mêmes : « raconter le passé tel qu'il a été. » La chronique des circonstances a quelque chose de pauvre et l'introduction (incessante) du fantasme rend les souvenirs sujets à caution. Marguerite Yourcenar, qui récuse l'appellation « je » à la fillette née en 1903, reconnaît que la bambine entre en scène déjà marquée par les coordonnées du christianisme et d'une Europe qui entrait alors dans le XXe siècle. « Que cet enfant soit moi je n'en puis douter sans douter de tout[1]. » Obsédée comme elle se sent, de toute façon, par l'irréalité qu'elle éprouve, elle se voit obligée (comme si les souvenirs étaient ceux d'Hadrien, et non les siens propres) de s'escrimer sur des lambeaux de souvenirs, obtenus à partir de l'anamnèse des autres, sur la recherche de documents, de lettres et de carnets auxquels aura été épargné le destin de la corbeille, et à tirer le suc à extraire de ces minuscules papiers, pour leur faire donner ce qu'ils recèlent, à fourrager enfin dans les archives, là

1. M. Yourcenar, *Souvenirs pieux*, Paris, Gallimard, Folio, 1974, p. 12.

où le jargon légal élimine tout ce qui pourrait encore y être à considérer comme de l'humain. Qu'est-ce qui pousse l'écrivaine à poursuivre son effort ?

> Je n'ignore pas que tout cela est *faux* ou *vague* comme tout ce qui a été interprété par la mémoire de trop d'individus différents, *plat* comme ce qu'on écrit sur la ligne pointillée d'une demande de passeport, *niais* comme les anecdotes qu'on se transmet en famille, *rongé* par ce qui entre-temps s'est amassé comme une pierre par du lichen ou du métal par la rouille. *Ces bribes de faits crus connus sont cependant entre cet enfant et moi la seule passerelle viable ; ils sont aussi la seule bouée qui nous soutient tous deux sur la mer du temps.* C'est avec curiosité que je me mets ici à les *rejointoyer* pour voir ce que va donner leur assemblage : l'image d'une personne et de quelques autres, d'un milieu, d'un site, ou, çà et là, une échappée momentanée sur ce qui est sans nom et sans forme[1]. [Nous soulignons.]

Yourcenar cherche à rétablir une continuité et à la confirmer, entre l'enfant venue au monde avec peu d'envies et la vieille dame qui s'assied pour écrire ses mémoires. Le projet est clairement exprimé : « rejointoyer », (se) donner une identité, rétablir une confiance en l'idée que la permanence d'un individu puisse être constante.

Le bon autobiographe est affecté par la pudeur et la honte. Il sait que le « genre » auquel il se consacre est un hybride, qu'il y a des sauts entre l'événement vécu, le souvenir de cet événement et la mise en mots écrits de ce

1. *Ibid.*

souvenir. Il doute de sa « sincérité », il est averti des pièges inévitables que lui tend le narcissisme, il expérimente à quel point prononcer le mot « je » a mauvais goût en son palais et combien il est prétentieux de faire de son soi une entité substantielle, il ne lui échappe pas combien c'est duper son monde que de se promouvoir en héros de son propre roman, affichant la prétention de montrer la véritable image de ce personnage. Que retentisse à nos oreilles l'avertissement qu'Oscar Wilde[1] donna un jour à Gide dans le triste site de Berneval : « En art, n'écrivez jamais le mot "je". En art, il n'y a pas de première personne. » Comme le fait Yourcenar, l'ambition autobiographique poursuit néanmoins son cours, elle cherche toujours à jeter des ponts entre *Qui je fus* (pour reprendre ici le titre d'Henri Michaux) et ce que je suis, qui se sent harcelé par des émissaires exsangues du passé, le poursuivant et le plongeant dans la perplexité avec leurs incessantes questions : Qu'as-tu fait de nous ? Où est-ce donc que tu nous emmènes[2] ?

> Je suis hanté ; je parle à ces qui-je-fus et ils me parlent. J'éprouve parfois la gêne de me sentir étranger. Il se trouve qu'ils forment à présent toute une société et j'en viens à m'apercevoir que je ne me comprends plus moi-même.

1. *The good autobiographer has heard Oscar Wilde's warning to André Gide one sad day in Berneval (as quoted by Alan Sheridan) : « From now on, my dear, never write "I" any more. In art, you see, there is no first person. Nonetheless, the autobiographic ambition forges ahead, as in H. Michaux, who seeks to establish bridges between "those that I have been" and the one that I am, feeling that those weary emissaries of the past are stalking him, pursuing him and submerging him in perplexity with their tirelessly repeated question s : What have you done with us ? Where are you taking us ? »*

2. H. Michaux, *Œuvres complètes* [1927], Paris, Gallimard, La Pléiade, 1998, p. 73.

Les philosophes sont friands de propositions universelles et, animés qu'ils sont par l'esprit de géométrie, qu'ils privilégient, ils peuvent écrire un *Tractatus*, mais non une autobiographie. Quand ils parviennent dans leur vie au point où il leur faudrait laisser un témoignage « personnel », ils sentent bien qu'ils ne peuvent rien dire et qu'il leur vaut mieux se taire. La cohérence d'un système de pensée est mise à la torture par la prise en compte du hasard et, dans la vie de chacun, il n'y a que des hasards, des rencontres avec de l'inattendu, les péripéties de coïncidences ou de rencontres ratées. Le philosophe voulait rester enfermé dans le cercle du *nécessaire* et du valable pour tous, parmi ce qu'il appelle les jugements apodictiques. Son fantasme est celui d'être un législateur. Au lieu des propositions universelles dont il a rêvé, il bute sur du *contingent*, cela même qui, une fois qu'il a eu lieu, se convertit en du nécessaire, mais qui serait à la fois impossible à expliquer. Le passé, qui est l'effet du hasard, ne peut plus se modifier. Il est survenu pour demeurer à perpétuité ; il a laissé ses formes et ses cicatrices, lesquelles pourront (malaisément) être ressouvenues, mais non éliminées. Coup porté, Dieu même ne l'efface, dit le proverbe. Rien n'est plus nécessaire, rien n'est plus fatal, et pour chacun, d'avoir eu à naître par hasard en un certain lieu et à une certaine date. La petite Yourcenar, une heure après être née, se voit déjà « prise, comme dans un filet, dans les réalités de la souffrance animale et de la peine humaine[1] », dans les futilités de l'époque, les petites et grandes nouvelles du journal de ce jour-là, dans les modes et la routine, dans la banalité des objets

1. *Ibid.*, p. 34.

qui l'entourent et qui la surplombent. L'universel – dans son cas – se résout au fait que ses contingences, bien que la concernant « en propre », sont comparables à celles de tous les autres. La mémoire ne fait que reprendre indéfiniment à son compte ces platitudes singulières, celles de tout le monde, pareilles à celles du fabuleux Shakespeare que Borges fabrique dans sa fiction sur *La Mémoire de Shakespeare*, prétendant leur accorder une signification, quand ce ne serait pas une valeur prophétique.

Le philosophe préférera quant à lui que son « œuvre » soit reçue comme pouvant se passer d'avoir à se référer à la « vie » – *bios* – pour être comprise. Il sait de science sûre et depuis le plus jeune âge que l'identité n'est qu'un mythe psychologique et une mise en demeure de l'État. Il ne sera pas la dupe de l'« égographie » à laquelle chacun contribue, mais à laquelle il n'aura pas participé. Afin de le démontrer – par la voie du paradoxe – je proposerai un exemple, autobiographique même tiré d'une conférence de Theodor W. Adorno[1] :

> Répond au principe d'identité l'affirmation selon laquelle une chose reste la même. Nous parlons ainsi de l'identité d'une personne. Je me rappelle clairement qu'étant enfant la pensée qu'un homme pouvait être identique m'a toujours choqué et il ne me surprendrait aucunement que ceux d'entre vous qui n'ont pas encore été corrompus par la philosophie éprouvent la

1. T. W. Adorno, *Philosophische Terminologie II*, p. 100 de la traduction espagnole de R. Sánchez Ortiz, Madrid, Taurus, 1977. À notre connaissance, il n'existe pas de traduction française de ce texte. (N.d.T.)

même chose. Dire d'un homme qu'il est identique à lui-même m'a paru, tant que ma conscience n'était pas déformée, étrange et exorbitant ; car dire d'une chose qu'elle est identique à une autre fait que l'on puisse s'attendre que deux moments distincts soient d'une façon ou d'une autre identiques entre eux. Je passe ainsi de l'affirmation que je suis identique à moi-même à l'affirmation que je suis différent de moi. Confronté à ce concept de l'identité, on est soumis au choc d'un dédoublement, choc que l'on éprouve à s'apercevoir que l'on n'est pas soi-même sans plus.

C'est bien là ce que Derrida, peu de temps après, a dénommé la *différance*. S'il y a une différence dans l'être, il y a une différance, que chacun entretient dans le temps, avec lui-même. Et c'est incontournable. L'autobiographie, contrairement au projet qu'elle affiche, ne pourrait seulement écrire que la non-coïncidence et la non-continuité de l'auteu®, ou de l'auteu®e, avec lui-même ou elle-même, tout au long de sa vie. De soi, l'on ne peut écrire que la différence, la différance, la dif-hérence, la differ-angoisse. Jamais l'identité.

Le biographe de lui-même – qui dans la plupart des cas a publié auparavant différents livres, étant déjà reconnu comme auteur ou auteure – est un être qui mêle et confond œuvre et vie. Nombreux sont ceux, et parmi eux même l'auteur en question, qui s'emploient à trouver dans l'autobiographie des grilles qui puissent servir de ponts donnant une continuité et une cohérence à la vie et à l'œuvre. Pour les rejointoyer, les conjuguer, les ravauder. Du point de vue de la stricte philosophie, l'interférence des fantasmes personnels de l'auteur menace la réussite de son projet. L'œuvre aurait tout intérêt à ressortir indemne au feu d'une épreuve de subjectivité qui la ferait échapper aux misères et triviales circonstances de l'auteur, lui permettant de se prévaloir par elle-même d'une existence indépendante de lui. Celle-ci ressortira pourtant toujours entachée par le hasard, et la nettoyer de toutes les impuretés de la contingence est une mission impossible, tout autant d'ailleurs qu'échoueront les tentatives réitérées d'« expliquer » l'œuvre par les caractéristiques psychologiques ou sociales de l'auteur. *Aucun code – qu'il soit psychologique, marxiste, psychanalytique, neurophysiologique, épistémologique ou esthétique – ne saurait servir de grille de lecture du rapport entre vie et œuvre.* Et rien ne sert de les superposer tous. Reprenant des interrogations que nous nous sommes déjà adressées : Comment se fait-il que Gabriel García Márquez soit passé d'Aracataca à *Cent ans de solitude ?* Comment se fait-il qu'une chute de cheval (« l'a fait tomber un cheval à moitié dompté », dit Borges en se référant au « Zarathoustra à l'état sauvage et vernaculaire[1] » qu'était à ses yeux Funes le mémorieux) ait pu transformer Nietzsche, de hussard prussien en philologue et philosophe ? Pourquoi cela n'a-t-il pu être qu'un Juif et de langue allemande, précisément *ce* Juif-là de Vienne et pas un autre, qui inventa la psychanalyse ? La question posée par le rapport entre vie et œuvre sous-tend et donne tout son intérêt à l'entreprise biographique. Pour le reste, la mémoire, celle de chacun, ne recueille que des banalités comme celles dérivant du choc qu'entraîne la vision de soi sur un ou plusieurs miroirs, la rencontre d'un berceau, l'occurrence du chant d'un coq, dans un manoir ancestral ou dans un lugubre taudis.

1. J. L. Borges, *Fictions,* traduit par N. Ibarra, P. Verdevoye et R. Caillois, Paris, Gallimard, Folio, 1974, p. 110.

Si, comme on le prétend, la mémoire est le fondement de l'identité de l'être humain (Locke dit bien : *Memory makes personal identity*), tout essai, tout poème, tout roman rassemble (métaphorise) des traces mnésiques de l'écrivain. C'est un trajet en leur sein qui est retransmis. Bien piètre serait l'essai qui se risquerait à l'imposture de faire disparaître l'auteu®. L'essai authentique rend compte d'une réflexion au présent qui prend pour matière première ce que l'auteur(e) a pensé et écrit auparavant. Pour qu'un essai puisse être considéré comme véritablement anonyme, il faudrait imaginer la fiction d'un auteur naissant au moment où il se mettrait à l'écrire, sans lectures ni publications antérieures, sans un style qui se serait taillé à la dure discipline de limer le cristal de la langue. Moi, qui suis l'auteur de ces lignes, je souscris sans réserve à ce qu'écrit Cynthia Ozick[1] :

> On s'attend à ce que les essais exposent la position de l'écrivain (*the writer's case*[2]). Or ceux-ci ne sont pas destinés à demeurer immobiles, et le temps ou la trempe peuvent les modifier. Un récit est une hypothèse, une mise à l'épreuve (*try out*) de la nature humaine au feu de la violence intrusive (*impingement*) de certains matériaux imposés ; il en va de même pour l'essai. Après lecture, l'esprit en a été modifié. Presque tout essai, comme tout récit, est une expérience, non un credo. Ou, pour le dire avec davantage de précision, un essai, comme un récit ou un roman, est une fiction. Par définition, une fiction

1. C. Ozick, *Metaphor & Memory. Essays*, New York, Vintage, 1991, p. X-XI. Traduit par mes soins (N.d.T.).
2. Merveilleuse ambiguïté de la langue : le *cas* de l'écrivain…

> est quelque chose qui se fabrique comme une réponse à donner à une imagination qui s'exalte. *Ce qu'il y a de véritablement fictionnel dans un essai, c'est la prétention que l'invention n'y soit pour rien – de sorte que lire un essai peut être plus risqué que lire un récit.* Ce prologue lui-même, par exemple, peut être considéré comme un bref essai : doit-on lui faire créance ? [Nous soulignons.]

Cela s'étend au-delà de l'imaginaire, auquel se réduit traditionnellement le moi spéculaire. La plus abstraite des peintures (Malevitch, Kandinsky, Rothko) est une communication de miroir à miroir entre le peintre et le spectateur. Au travers de son tableau, l'artiste interroge : « Que vois-tu quand tu me vois ? » Or ce n'est point une relation de symétrie, car, nous le savons bien, chaque tableau nous dit : « Tu ne me vois pas d'où je te regarde. » Et c'est bien pour cela qu'il fonctionne comme un miroir. C'est au travers de notre attentive excitation (ou au travers de notre indifférent passage devant elle) que l'œuvre d'art se produit. Même quand il s'agit d'une roue de bicyclette rouillée. Sur son banc de cuisine statique et surélevé, installée dans un musée, elle garde aussi les traces du génie de son auteur ; elle-même fait également partie d'une « autobiographie ». Sans parler de *Étant donné : 1. la chute d'eau, 2. le gaz d'éclairage* dont les éléments, qui figurent dans le titre de cette œuvre maîtresse sur laquelle il a travaillé en cachette durant vingt ans (de 1946 à 1966), reproduisent en fait textuellement le paysage de la place que Marcel Duchamp voyait chaque matin de son enfance, depuis la fenêtre de sa maison de la rue Jeanne-d'Arc à Rouen (le souvenir d'enfance !), en même temps que l'artiste exprimait en la chiffrant sa romance avec Maria Martins, épouse de l'ambassadeur du Brésil en France[1]. L'autobiographie est impossible : raison pour laquelle tous s'y essayent ; et c'est bien parce que personne ne cesse de la pratiquer qu'il ne peut être écrit un texte qui ne soit pas autobiographique.

---

1. C. Tomkins, *Duchamp : A Biography,* New York, Holt & Co., 1996. Je dois à mon ami José L. García Castellano d'avoir pu repérer précisément et indubitablement la chute d'eau et le réverbère à gaz en plein centre de Rouen, contrairement à l'affirmation de son biographe.

XIV

Prosopopée. L'autobiographie en ses modes

Qu'il y a contradiction entre les lettres et les miroirs

Jacques Derrida a consacré un magnifique essai à l'autoportrait, et les thèses qu'il y soutient gardent toute leur pertinence si on les transfère à l'autobiographie. Sans omettre pour autant une différence : l'autoportrait de quelqu'un qui « se » peint sur une toile est inscrit dans le temps comme un « instantané », tandis que l'autobiographie est un discours diachronique qui prétend, bien que ce soit rétroactivement et après avoir réuni des fragments dispersés, rétablir une continuité temporelle du sujet qui « se » couche sur le papier. Celui qui met en œuvre le projet de construire sa propre image se positionne à ses yeux au point même que *nous* occupons, nous intimant de nous voir avec lui, le peintre, dans le *face-à-face* de son regard. Nous sommes ce point où l'artiste a planté ses yeux, comme cela arrive quand on se regarde dans un miroir. Nous ne faisons nous-mêmes que remplacer un tel miroir (tout en l'obnubilant). Soit que le peintre (en tant que signataire et modèle, en tant que sujet et objet du tableau) cherche à éveiller l'admiration de notre *mirage*[1], soit qu'il tente de provoquer notre effroi, comme cela advient parfois, c'est, de toute façon, une demande qui se perçoit : « Regarde-moi. Confirme-moi mon *identité*, en contresignant[2] l'image que je te propose. » Celui qui se prend pour modèle assume nécessairement le fait de prendre une posture. Et quelle posture ne s'adopte pas en frôlant l'imposture ? C'est bien ce que dit Derrida[3], quand il expose ses idées sur le peintre d'autoportraits :

> Nous sommes la condition de sa vue, certes, et de sa propre image, mais c'est aussi, comme dans *L'Homme au sable* d'Hoffmann, que nous faisons sauter ses yeux pour les remplacer dans l'instant : nous sommes ses yeux ou le double de ses yeux.

Avec notre seul regard, il est en notre pouvoir de le faire accroire ou de le mettre en échec.

L'écrivain, lui (en étendant assez le sens de ce mot pour y inclure aussi les musiciens qui rajoutent sur leurs partitions en pentagrammes des gribouillis, et les mathématiciens lorsqu'ils transcrivent leurs équations ou dessinent leurs figures topologiques), est toujours

---

1. Au sens (forcé pour ce mot, d'où les italiques qui sont de mon cru) de regard, puisqu'en espagnol le mot qui le désigne est *mirada*, lequel assone avec notre *miroir* ou le *mirror* anglais, alors qu'en espagnol le mot qui désigne cet objet est *espejo*. (N.d.T.)

2. Jeu de mots intraduisible, puisque signer et contresigner se disent en espagnol *firmar* et *confirmar*. (N.d.T.)

3. Référence au catalogue de l'exposition du Louvre *Mémoires d'aveugles*, Paris, Parti pris, 1990, p. 65.

quelqu'un qui, en tenant la plume, *s*'écrit lui-même et adresse son écrit à quelque complice plus ou moins hypocrite qui saura le découvrir dans sa lecture. C'est depuis le début le leitmotiv de cet essai, qui enquête, comme le ferait un détective, sur les « minuscules papiers » que sont les traces laissées par le poète ou le penseur, quand ceux-ci racontent leurs souvenirs d'enfance. Un graphologue – n'est-ce pas là, en fin de compte, le rôle que nous avons endossé ? – retrouve un sujet derrière n'importe quel petit bout de papier que celui-ci aurait gribouillé. Sans aller jusqu'à devoir recourir au concept de *projection*, dont on a tellement abusé, nous devons reconnaître que n'importe quel trait est, à l'instar du miroir, une source de curiosité dont le miroir s'assouvit. Il reflète l'auteur et le fait à la fois disparaître dans le regard qui lui est dirigé. N'avons-nous pas déjà dit et répété sans cesse que les miroirs nous privent de notre séjour dans les maisons que nous habitons[1] ?

En certaines occasions, comme nous l'avons vu, il arrive à celui qui écrit d'éprouver colère et horreur, étonnement et fascination, à l'égard de l'image que lui renvoie la glace. Le moment est venu de passer au tamis nos réflexions autour de ce décalage[2] entre la lettre et le miroir honni, qui n'est même pas toujours reconnu par les auteurs eux-mêmes.

Jetons un coup d'œil sur l'écrivain – n'importe lequel, moi-même : comment pourrais-je cesser de me voir en train d'écrire ? – incliné sur sa feuille vierge ou, chose plus fréquente aujourd'hui, sur son clavier, avec

1. L'auteur dit en espagnol : les miroirs nous *déshabitent*. (N.d.T.)
2. L'auteur emploie le beau mot espagnol de *desencuentro* que nous avons parfois traduit par ce « malencontre » cher à La Boétie. (N.d.T.)

tous ses caractères alphabétiques associés à un écran lumineux, sur lequel son texte entouré d'icônes se déroule vers le bas, à mesure que, si c'est moi, j'appuie sur les touches qui laissent des traces, faciles à effacer ou remplacer, par moi ou par d'autres. Que voit donc cet écrivain sur le papier ou sur les cristaux liquides de l'ordinateur ? Mettons plutôt l'accent sur ce qu'*il ne voit pas* : ni son propre visage ni celui de quelqu'un d'autre, qu'il soit ou non le lecteur de la page qu'il est en train d'écrire. L'écriture suppose que le corps de l'écrivain soit retranscrit dans l'espace – ni virtuel ni réel – de cette page où c'est bien son image spéculaire qui se trouve avoir disparu. Autrement dit, sur la page, l'image quotidienne de soi se voit remplacée par le regard supposé d'un lecteur ou d'un spectateur, non pas tourné vers le visage de l'écrivain, absolument pas, mais sur un livre imprimé qui reproduira dans l'avenir les signes qu'il est actuellement en train de tracer sur la page. Toute écriture provient de l'avenir. (Si je ne pensais pas qu'un autre pourra lire ces signes, je ne serais pas en train de les composer. *Si par une nuit d'hiver un voyageur*[1].) On comprend mieux ainsi l'idée à laquelle Borges tenait tant : celui qui gribouille procède à une « abolition drastique » des miroirs – chose qu'il voyait matérialisée dans la cécité qui touchait ses yeux. L'auteur, qu'il soit génial ou de seconde zone, lorsqu'il assume la tâche de construire son texte, doit s'employer à ce que la présence de sa personne soit remplacée par une combinaison de signes alphabétiques qui ne ressemblent à rien, ni à ce qu'il est ni à ce dont il parle. Le mot « pomme » sur l'écran d'un ordinateur est

1. Allusion au titre d'un roman d'I. Calvino. (N.d.T.)

encore plus métaphysique que l'une de celles peintes par Cézanne ; le mot « chaussure », même s'il est écrit par un industriel de Guanajuato, est aussi peu utilisable pour gambader que ces sabots usés par une paysanne, ou par Van Gogh lui-même – nous ne le saurons jamais –, tels qu'ils se présentent à nous sous la forme de ces taches noires huileuses laissées sur un morceau de toile.

L'écriture défigure, dérobant à l'écrivain son visage, l'expulsant de ses miroirs. Elle est l'ennemie du spéculaire. Rappelons que la *prosopopée*, au-delà de l'insuffisante définition apportée par le dictionnaire, est, à partir de son étymologie (*prosopon* = visage, *peia* = *poiesis*, engendrement, poésie), ce qui, selon Paul de Man, nous parvient comme « le trope de l'autobiographie, grâce auquel le nom de quelqu'un devient aussi intelligible et transmissible que son visage[1] ». Il s'en déduit que l'écriture en général serait *prosopoclaste* (comme est *iconoclaste* celui qui détruit les images), puisqu'elle déconstruit la semblance et la dissout en traits, en *bits*. *Le texte, tout texte est un miroir qui aveugle, qui arrache les yeux*. Il est désorbitant. L'écriture, par définition, ne se gêne pas[2].

Il se trouve donc que le grattage d'une feuille blanche, par le simple fait d'écrire, disions-nous, ne restitue pas son image à l'auteur : il s'en voit, lui, privé, délogé quand il dirige son regard sur cette page blanche qui l'incite à écrire ou dessiner (mais qui se

1. P. de Man, cité par J. Derrida dans *En souvenir de Paul de Man*, *op. cit.*, p. 37.

2. *Descarada* en espagnol, mot très riche qui veut dire littéralement « sans visage », mais qui désigne aussi quelqu'un qui a du culot ou qui ne dissimule rien. On pourrait aussi entendre, en sens inverse, qu'elle fait perdre la face. (N.d.T.)

retourne souvent en cause et raison d'angoisse). Dans ce qui encadre ainsi l'absence, il peut s'essayer à évoquer et retranscrire sa face perdue, au moyen de la magie du verbe. Avançons l'hypothèse que la lettre écrite permet de faire objection à la relation au miroir, de la mettre à distance et de la corriger, mais aussi, le cas échéant, de l'annuler. L'écriture « réalise » le spéculaire, en en faisant une réponse au carrefour d'une option disjonctive : ou l'image visible du tableau ou la lettre écrite et sans visage. Ou la figure ou la lettre : la religion monothéiste nous l'a inculqué : l'idolâtrie est le plus grave des péchés, l'écriture y est vénérée et en devient vénérable. Grâce aux signes alphabétiques, les visages s'effacent et cesse toute ressemblance reconnaissable. Personne n'ignore cependant qu'il reste possible de « décrire », de « peindre en mots », de réanimer l'imaginaire au moyen d'enchaînements verbaux et qu'il s'agit là de l'une des fonctions essentielles de la poésie, celle-là même que Platon, comme s'il s'était agi d'un Juif, condamnait dans *La République*. La ressemblance, désarçonnée par la lettre, peut revenir en force, moyennant la musique et la couleur que recèlent les vocables. En principe, le texte aurait dû avoir provoqué une *prosopagnosie*, ce cadre clinique de la neurologie caractérisé par l'incapacité de reconnaître les visages, quand ils se montrent, ce qui entraîne la déconnexion entre le visage et le nom de celui auquel il correspond. Ce n'est pas ce qui survient, comme nous le verrons tout de suite, dans le cas des autobiographies qui s'essayent à faire le portrait de l'auteur « en corps et en âme », à réaliser « le sot projet [qu'il y a à] se peindre ».

Si nous suivions ce chemin, nous nous acheminerions vers le thème passionnant du désir de l'écrivain.

Il est nécessaire de ne pas nous y laisser entraîner et de faire retour à la *mémoire*, afin que le souvenir de ce qu'était notre projet nous revienne en tête. Le fait est que, à partir du rapport qui se dessine entre l'auteur et sa figure (*prosopon*) reflétée dans le miroir, nous pourrions parvenir à faire une typologie des écritures autobiographiques.

En premier lieu, il y a des auteurs qui organisent leurs souvenirs de telle sorte qu'ils s'évitent la confrontation avec leur image spéculaire. Ils y parviennent au moyen des signes qu'ils tracent sur la page blanche ; ils écrivent pour s'évader d'eux-mêmes. Sous prétexte d'exactitude, ils réfrènent leur mémoire épisodique et se cachent derrière leur mémoire sémantique, celle-ci pouvant être considérée comme publique et partageable. Ils se délestent du mythe, de la métaphore et de l'image. Ils se réfugient dans la fonction référentielle du langage ; ce sont des autobiographes objectifs qui s'appuient sur des données, écrivant à partir de « journaux intimes », d'« agendas », de « carnets » et de « mémoires[1] ». Comme s'ils retraçaient leur *curriculum vitæ* ! La carrière d'une vie, en somme, quelle autobiographie ! Voilà une *prosopagnosie* poussée à l'extrême. L'auteur se traduit sans avoir recours à la représentation, remplit une simple formalité bureaucratique qui a pour visée et destin d'alimenter l'archive.

En deuxième lieu il existe d'autres auteurs, au contraire, qui écrivent pour transmettre d'eux-mêmes à un lecteur

1. C'est le cas de S. Freud dans sa « Présentation autobiographique » de 1926, qui diffère du tout au tout des révélations que nous apportent *L'Interprétation du rêve* (1900) et la *Psychopathologie de la vie quotidienne* (1901). Si on parvenait à les combiner, ces deux essais se rapprocheraient de l'autobiographie idéale dont nous reconnaissons l'impossibilité.

virtuel une certaine image à laquelle ils peuvent ainsi rendre des couleurs, se laissant mener par leur impulsion narcissique, embellissant leur figure et invitant le lecteur à une reconnaissance tranquille et consolante. Ils ne se présentent pas tels qu'ils sont ou croient être, mais d'une façon plus ou moins idéalisée ou maquillée. Le moi est une marchandise sublime qui s'embellit pour que l'autre l'admire. Ces auteurs forment le gros bataillon de l'autobiographie, se montrant tels qu'ils aimeraient être vus, et ils donnent dans des « confessions » prétendument marquées du sceau de l'authenticité afin de renforcer leur projet de celer en se dévoilant. Ils se représentent comme des modèles à imiter, parce qu'ils avouent leurs péchés et montrent ainsi qu'ils ont su échapper aux pièges du moi. C'est le cas de celui qui incarne la source et l'origine du « genre » : Rousseau, qui cherche par ce biais à être reconnu, admiré, disculpé. L'écrivain expose ses crimes, de façon à déplacer l'attention des lecteurs et d'accuser en sous-main ceux qui n'ont pas su le comprendre, lui ayant fait du tort. Ils professent donc, je parle de Rousseau et de ses continuateurs, l'étrange croyance qu'il existe une mesure commune entre le moi autobiographique et la subjectivité, comme si l'inconscient n'existait pas. Ils se sentent transparents à eux-mêmes et prétendent que le lecteur ratifiera leur impression sous la forme d'un pacte entre égaux, de moi à moi (ces *égaux*, ironiserait sans doute Lacan, sont des *ego*). Il est notable qu'assez fréquemment ils adoptent le statut de la victime injustement pourchassée ou maltraitée par le destin, et ils aspirent à transmettre la compassion qu'ils se prodiguent à eux-mêmes. La prosopagnosie qui caractérise, comme nous l'avons noté, toute écriture alphabétique se transforme ici en *propospoplastie*.

Ou, pour parler avec des mots plus courants, il s'agit ici de cosmétique et de chirurgie esthétique.

En troisième lieu, en plus de ces deux catégories – ceux qui évitent leur image et ceux qui en tombent amoureux –, il faudra prendre en compte ceux qui écrivent pour la mettre en pièces, les détestables qui se détestent et qui se dissèquent en public lorsqu'ils se donnent à lire. Ils ne nous livrent pas une photographie statique (*still*), mais nous présentent une description cinématographique de leur « métamorphose » journalière à la Samsa[1], des « progrès de la carie » chez « un homme qui dort », du pourrissement de leurs organes et de leur apparence physique, de leur putréfaction « sous le volcan ». (Kafka, dans *Un jeûneur* ou dans un *Rapport pour une académie*, Perec, Lowry, Samuel Beckett, Akutagawa, Thomas Bernhard.) Chez ces écrivains qui sont entrés en belligérance avec leur figure, nous avons affaire à de la *prosopoclastie*. Leurs textes s'affichent fréquemment sur le mode du défi, se piquant de passer les bornes du tolérable et d'être illisibles.

Nous pouvons tirer de ce qui précède une possible typologie des narrateurs qui écrivent des pages plus ou moins autobiographiques se rapportant à leurs souvenirs et à leur image spéculaire : 1) la prosopagnosie, chez ceux qui fuient la rencontre avec le miroir et ont la prétention d'être vus objectivement, comme si c'était du dehors ; 2) la prosopoplastie, chez ceux qui se complaisent à se peindre sous des couleurs favorables afin de se justifier ; et pour finir, 3) la prosopoclastie, chez ceux qui expriment de l'effroi à l'égard de leur propre image. Cela donne lieu à un exposé prétendument historiographique dans le premier cas, une hagiographie

1. Nom du protagoniste de La *Métamorphose* (N.d.T.).

romantique du *self* dans le second, et une autodestruction déconstructive de l'identité dans le troisième. Les premiers choisissent d'exposer les circonstances de leur vie en se montrant sous les traits de cette chose que personne n'a jamais su définir et qui est désignée par le terme évasif d'« êtres humains » ; les seconds s'exhibent comme des héros, des saints ou des martyrs ; et les derniers descendent à l'abîme et ne dédaignent pas à se montrer sous l'apparence du singe ou de l'insecte, du déchet déchu. Purgatoire, paradis et enfer tournant chacun autour de l'image de soi. Trois modalités qui ne s'excluent pas à l'heure de (s')écrire : beaucoup d'autobiographies content des péripéties qui correspondent aux trois parties de la *Divine Comédie*. La plupart des récits personnels se présentent à divers degrés comme des mélanges de ces trois types de rapports au miroir : celui qui objective, celui qui idéalise et celui qui désubjective.

LE REGARD DE L'AUTRE

Comme illustration et paradigme de la combinaison des trois modalités d'autobiographie, nous avons à notre disposition l'exemple du plus grand explorateur de la mémoire et du plus pénétrant de tous, Marcel Proust, que nous pourrions difficilement caser dans l'une ou l'autre de ces trois catégories d'auteurs. La découverte fondamentale de l'auteur d'*À la recherche du temps perdu* (*roman*, il ne faudrait jamais oublier de le souligner), contemporaine de celle de la psychanalyse, est que l'essentiel de notre vie ne saurait être aperçu par nous-mêmes, parce qu'il se déroule dans un espace qui nous est inaccessible : celui du regard extérieur que jette sur nous un autre. Marcel, le narrateur, habite dans une galerie de miroirs déformants où aucun de ceux qui s'y trouvent n'est celui qu'il croit ou celui qu'il dit être, lui-même étant le résultat de tous les regards qui convergent sur lui pour le photographier. Si la vérité de nos vies provient du discours de l'Autre, comment pourrions-nous soutenir à leur propos un discours qui se prétendrait « véridique » ? La recherche proustienne, pour cette raison même, apporte un enseignement précieux aux neurophysiologistes de la mémoire. Où se trouve dans le cerveau le regard, la pensée et l'interprétation muette de l'Autre ? Puisque l'existence consiste à être aperçu depuis l'extérieur, la mémoire n'est pas non plus à l'intérieur, dans l'esprit. Elle se situe dans ces choses mêmes qui jouissent de la propriété de réactualiser les vécus dont le corps a été le siège : dans les madeleines, dans les sabots dépareillés, dans le bruit cadencé des roues de train sur les fentes du rail, dans de vieux grimoires. En dernière instance, elle réside dans le livre encore non écrit, dans le livre qui se tient sur ces voies qui suscitent la naissance du style d'un écrivain, l'objet même du désir de Proust (et de sa mère : le désir étant le désir de l'Autre). Tel est l'objet de la *Recherche*, et son moment crucial est l'épisode de la madeleine plongée dans le thé. L'humble madeleine fonctionne comme le mythe de la naissance du souvenir, ressouvenance qui déclenche la mémoire, point de départ intact de la narration. Comme Sartre vient il y a quelques pages de nous l'enseigner (au travers de Roquentin), il s'agit d'un faux départ. En réalité, il s'agit du point final de la recherche du temps. À partir de la madeleine, le temps fait marche arrière jusqu'à parvenir au commencement : la publication du livre (« ce livre essentiel, unique, que le grand écrivain n'a pas à inventer, parce qu'il existe déjà en chacun de nous, mais à traduire » ; « un livre dont l'impression a été réalisée en nous par la réalité elle-même[1] ») et les fréquentes lectures que nous en avons faites… qui nous poussent à croire qu'il a commencé avec ce réveil en pleine nuit qui amène à se souvenir de la vénérable madeleine.

On pourrait croire que ces regards qui pleuvent sur nous ne laissent pas de traces ; ils opèrent en réalité comme des nœuds qui attachent nos corps, aussi subrepticement que des corps étrangers qui, s'emparant de nous, s'approprieraient notre être même. Ce que voit celui qui nous observe reste une inconnue ; sans cesse nous tentons d'en résoudre l'équation, d'en obtenir des indices, des confirmations, de dessiner des lignes qui y mènent avec exactitude, mais qui n'épuisent jamais notre curiosité. Les autres nous regardent ; ils sont nombreux, ils bavardent, on ne peut pas s'y fier, ils nous voient avec la déformation apportée par le filtre de la couleur et de la graduation des verres de leurs lentilles. Nous existons sur le miroir concave de leur insondable et obscure écorce occipitale, là où vont se loger les stimuli de la rétine. Certes ce sont là des miroirs, divers et variés, incurvés et sans tain, mus par des passions indéchiffrables. Notre inconscient est le reflet de cette vie se déroulant sur un écran dont nous n'avons aucune perception, et qui se voit modifié par la fantaisie et le désir de l'Autre. « L'inconscient est le discours de l'Autre[2]. » Impénétrable, insondable, inaccessible.

1. M. Proust, *À la recherche…*, Paris, Gallimard, La Pléiade, vol. III, p. 890 et 880, respectivement.
2. J. Lacan, *Écrits*, *op. cit.*, p. 265. Une formule qui revient p. 379, 469, 549, 628, etc.

Comment pourrions-nous nous connaître si la connaissance que nous pouvons avoir de nous-mêmes passe par le regard de cet Autre ? Une fois cela précisé, on peut dire que l'histoire du « genre » autobiographique rencontre une coupure qui le divise en deux étapes : avant et après Freud. Dans l'autobiographie traditionnelle, l'écrivain pense, au travers du texte qu'il adresse au public, qu'il peut s'enfanter lui-même en une sorte de parthénogenèse. À partir de Freud, pour se connaître soi-même, il est requis d'en passer par un Autre, par un personnage dont on sait peu de chose et qui est l'objet d'un transfert. En présence du psychanalyste, le sujet dévoile petit à petit les couches inconnues de sa subjectivité et de sa mémoire. Ses propres croyances et souvenirs se voient entachés de soupçon, et la propension à animer et colorer les contenus de sa conscience, que lui inspire son fantasme, est prise en compte. À la suite d'une analyse, le sujet désarticule ce qu'il imaginait être son autoportrait et il comprend que son histoire lui revient telle qu'issue du désir de l'Autre.

Jamais nous ne parvenons à pleinement savoir qui nous sommes, tant que nous ne faisons pas en sorte de nous souvenir, de nous photographier, d'écrire ce dont nous nous souvenons, sans affectation ou par le biais du roman, sous notre nom ou sous celui d'un personnage. *Nous vivons exposés aux intempéries du regard extérieur.* Aucune autobiographie – aucune photographie – ne pourrait l'ignorer. La plupart de ces narrations sont écrites dans le but de façonner le regard de l'Autre, au point de parvenir à imposer la façon dont on sera vu. Le projet est bien de procurer unité et continuité à la vie, et le fait que ce soit cela même qui fasse l'objet d'une prétention démontre à l'envi que c'est cela même qui manque le plus : pouvoir ravauder le corps et l'âme, le passé et le présent, la réalité sociale et l'image spéculaire. Ce souhait unificateur saute aux yeux, comme nous l'avons dit, chez ceux qui écrivent leurs Confessions, depuis saint Augustin jusqu'à Rousseau et sa descendance, et qui font entendre des palinodies entonnées à partir d'une claire intention apologétique, avec la prétention de corriger des erreurs passées, en démontrant que les défauts deviennent des qualités du simple fait qu'on a eu le courage de les avouer. La sincérité, comme nous l'avons affirmé dès l'orée de cet itinéraire, est une forme, et peut-être la plus répandue, de « mauvaise foi », au sens où l'entendrait Sartre.

Le regard de l'Autre peut s'objectiver grâce à un miroir doté de mémoire[1] : l'objectif photographique. Mais l'image qu'il nous procure est toujours du temps coagulé. Sur une photo où nous apparaissons, c'est toujours une « nature morte », la nôtre, que nous voyons. En anglais, cela s'appelle merveilleusement : *still life*. *Still* peut être entendu dans cette langue comme adjectif, adverbe et substantif. Ce mot signifie tout autant « calme, immobile », que « encore, aussi ». Dans la troisième acception qui nous importe tout autant, un *still*, c'est un plan fixe ou une photographie de plateau extraite du film. La nature morte est une vie *still*, un *still* (encore) en vie. Sur une photo se présentifie le moment passé, apparaissant justement comme sans retour possible. Il est amusant de pouvoir

1. Cette métaphore sensationnelle du « miroir doté de mémoire » est presque aussi vieille que la photographie elle-même. O. W. Holmes, médecin et photographe amateur américain, l'a utilisée en 1859. Cf. A. Draaysma, *Metaphors of Memory*, *op. cit.*, p. 119. Je me pose la question : le cerveau serait-il, lui aussi, un miroir doté de mémoire ?

constater comment se matérialise la différence entre le présent et le passé dans le laps minimal de temps qui sépare l'instant où l'on capte la photographie, et l'instant où l'on regarde sur l'écran numérique de l'appareil pour voir « ce que ça donne ». C'est un exemple parfait de la différance derridienne. Il y a une *différence* entre le moment de la prise et celui où l'on regarde son résultat objectivé, et il y a un *différer* dans le temps. La photographie, exactement comme l'autobiographie, nous le verrons bientôt, objective la mort, tandis que le personnage est *still life* (toujours en vie). Les photos sont toujours menteuses, parce qu'elles montrent le passé comme s'il était présent. Ce que la mémoire fait bien également.

Une autobiographie totalement originale serait celle qui manifesterait la prétention de faire le récit d'une vie dont le héros (qui porte pourtant le même nom que l'auteu®/e), sans faire en rien référence à sa « mémoire d'observateur », c'est-à-dire – si nous avons gardé en mémoire une référence antérieure [cf. p. 74-75] – effaçant tout ce qu'il a vu, lui, avec sa « caméra subjective » telle qu'elle se replonge dans les scènes dont il se souvient. L'auteur(e) devrait s'employer à écrire à partir de la mémoire spontanée de l'Autre, de celui qui le regarde vivre ; (se) racontant ainsi à partir d'une hypothétique caméra qui serait en train de le filmer. L'histoire se lirait comme une aventure de la subjectivité se déployant sur le terrain de la subjectivité étrangère en fonction de laquelle on devient soi-même un objet – et non le sujet. Par exemple, on aurait affaire à une autobiographie d'Odette de Crécy qui serait écrite par elle, mais à partir du regard respectif de chacun de ses trois maris, ou de Mme Verdurin, ou de ses amants, ou de sa fille Gilberte, ou des différents personnages qui l'ont connue. On obtiendrait de cette façon une vision cubiste du « je » ; les angles de la prise de vue seraient en constant changement. On tenterait ainsi d'accéder à l'impossible « vérité » d'une vie, au travers de l'addition des subjectivités, de leurs points de vue distincts, depuis les différentes perspectives qu'elles adoptent, depuis ces miroirs multiples qui seraient ceux-là mêmes qui mettaient au supplice Borges enfant. L'inauthentique de cette fausseté qui saute toujours aux yeux dans cette variante du genre narratif (*diégétique*) qu'est l'autobiographie est un effet inévitable du fait que l'auteur se confonde avec le moi, alors que ce « moi » est l'effet du regard d'un Autre aux yeux duquel « on » existe. Proust le savait à la perfection ; Nabokov n'en avait pas la moindre idée. Mais nous ne méconnaissons pas que la vérité a structure de fiction aussi bien dans le cas de l'un que de l'autre. Du simple fait de montrer et de démonter ce qui se construit dans la fiction, on se fraye une voie qui mène à la vérité de l'être. Il faut écrire le livre que l'on porte en soi… qui ne parviendra jamais à être une autobiographie véridique… mais qui ne cessera jamais de l'être.

Œdipe et Narcisse sont cités à la barre des témoins : le premier découvre ce qu'il est et s'arrache les yeux ; le second se regarde à la surface de l'étang, se confond avec son image et se noie pour se voir remplacé par une fleur. Il ne semble pas que le destin de chacune de ces deux figures soit étranger à celui des autobiographes, se retrouvant à la base de chacune des deux stratégies du récit que l'on fait de soi, telles que nous avons pu en décrire le type. Œdipe, le prosopoclaste, en allant à la recherche de lui-même, brise tous les miroirs du fait de l'aveuglement qu'il s'inflige pour s'être vu déchu. Narcisse s'écroule en voulant faire de son image une idole et en se confondant avec le miroir qui le regarde. L'autobiographie aura-t-elle le pouvoir de sauver Narcisse et de lui faire conclure que le mirage n'est qu'un leurre ? C'est la fonction qu'il y a lieu d'assigner au critique et au lecteur, chargés qu'ils se voient de contresigner l'autobiographie pour la transformer en *hétéro-* et *thanato-*graphie. Si l'auteur, dans l'unique souci de soigner son image (*to save face*, de « garder la tête haute », dirions-nous en français), s'adonne à jet continu à la falsification, c'est au lecteur qu'il incombe de dénoncer l'imposture en la débusquant. Dans l'histoire de la psychanalyse, deux outils ont été confectionnés pour contribuer au questionnement des échafaudages qui permettent à un sujet de vivre juché au sommet de la forteresse vide de son moi autobiographique : le « roman familial du névrosé[1] » de Freud et le « mythe individuel du névrosé[2] » de Lacan. Nous n'aborderons pas en détail l'autobiographie[3] de Jean-Paul Sartre, mais celle-ci montre avec évidence comment ces deux références, du mythe et du roman, inter-réagissent entre elles : la révision romancée qu'il fait de son histoire familiale dans les premières pages du livre et la conviction qu'il en tire de pouvoir vouer aux gémonies (il parle de renvoyer *au magasin des accessoires*) l'idée de salut ne sont rien d'autre qu'une façon de dénier le fait qu'il a vécu sa vie entière dans les travaux forcés d'une écriture qui lui permettrait d'échapper à l'enfer qu'il présuppose être celui de l'immanence. Son mythe individuel est celui de l'écrivain qui s'engendre lui-même (il prétend n'avoir pas eu de parents

1. S. Freud, « Le roman familial du névrosé », in *Névrose, psychose et perversion*, *op. cit.*, 2007.

2. J. Lacan, *Le Mythe individuel du névrosé, ou poésie et vérité dans la névrose*, Paris, Seuil, 2007.

3. J.-P. Sartre, *Les Mots*, Paris, Gallimard, Folio, 1977.

et s'être soustrait au poids exercé par le Surmoi) ; et il change le monde, en se montrant comme ce grand homme qui, face au commencement efféminé de Proust, celui du « Longtemps je me suis couché de bonne heure », peut répliquer plus virilement par un : « Longtemps j'ai pris ma plume pour une épée[1] », affirmation qu'il s'empresse cependant de désavouer : « À présent, je connais notre impuissance. » Nous omettrons de faire un sort aux signifiants : « épée » et « impuissance » ; toute interprétation à ce propos frôlerait la caricature.

Il serait insolite d'avoir affaire à une pratique de l'autobiographie qui ferait coexister des perspectives hétérogènes, mais il est toujours possible d'intercaler des souvenirs personnels parmi ces regards et ces attitudes venus de l'Autre et qui colorent différemment la vie de chacun. Il est devenu indispensable que l'auteur se regarde du point de vue de celui qui le voit, et plus particulièrement quand il fait jouer l'acte de se remémorer. « L'unique moyen de conserver la mémoire consiste à ne pas la garder pour soi[2]. » L'idiosyncrasie du style est ce qui sied bien à un auteur, car elle équivaut à sa signature, mais il est indispensable que s'intercalent d'autres styles de narration, d'autres vocabulaires, de telle sorte que soit préservé le style de l'autre, du *socius*, du témoin.

> Mon style irrégulier et naturel, tantôt rapide tantôt diffus, tantôt sage tantôt lunatique, tantôt grave tantôt facétieux, formera partie intégrante de mon histoire. [...] C'est à lui (le lecteur) d'assembler ces éléments et

1. *Ibid.*, p. 211.
2. J. Derrida, « Être juste avec Freud », *Penser la folie : essais sur Michel Foucault*, Paris, Galilée, 1992, p. 141.

de déterminer l'être qu'ils composent : le résultat doit être son ouvrage ; et s'il se trompe alors, toute l'erreur sera de son fait[1].

C'est bien la réponse de l'Autre qui seule peut donner sens à la question que l'on se pose. Et tout autant son silence. Jamais la parole ou le regard des spectateurs ne peuvent être considérés comme absents de l'odyssée de la vie de l'auteu®.

Le véritable décor de notre vie, le théâtre où se déroulent nos actions est toujours celui d'une salle d'examen où nous manqueraient les réponses et où nous pourrions encore moins prévoir les questions. Les autobiographes sont précisément ceux qui dans leur majorité cherchent à faire front à la fatalité de cette aliénation qui les déporte là où le social et la postérité s'arrogent le droit de les juger sans appel. « *Credite posteri* [2] » (Croyez-nous, vous qui êtes notre postérité). L'essence de la paranoïa réside dans le fait de se positionner au point où se poste le regard de l'Autre, afin de s'approprier ou de maîtriser ce que celui-ci voit en nous, de telle sorte que l'on devient quelqu'un de grandiose dans la mégalomanie ou d'ignoble dans le délire de persécution. C'est que le dessein de vouloir contrôler le regard de l'Autre ne peut qu'échouer, si bien que cet Autre en devient à juste titre hostile et menaçant. La vie « normale » consiste à pouvoir opposer une sage défense à l'encontre du jugement imprévisible de quelque Autre que ce soit, s'il prenait à celui-ci l'envie de nous abandonner ou d'être malveillant envers nous. Et le dialogue alors ? Rien qu'une forme d'escrime. Les regards qui se croisent ne sont pas autre chose, d'une certaine manière, qu'un

1. J. -J. Rousseau, *op. cit.*, livre IV, p. 198.
2. Horace, *Odes*, II, 19.

instrument permettant de mesurer le danger que constitue cet Autre, aux fins de lui répliquer par un éventuel défi ; c'est le provoquer en duel. La séduction consiste à faire voir à l'autre que notre fleuret est moucheté et donc inoffensif, en même temps qu'il se déploie en invite adressée au fer de l'Autre, afin qu'il s'émousse. On peut même s'appliquer à soi-même une telle politique. Peut-être pourrions-nous tous dire comme le président Bush des États-Unis (mais seulement d'une partie du nord de l'Amérique) : « Que les gens nous haïssent..., je n'arrive simplement pas à le croire. Je sais, moi, à quel point nous sommes bons. » Si nous n'étions pas persuadés d'être bons et de pouvoir mériter l'amour des autres, peut-être ne nous serait-il pas si loisible de nous mettre à faire ces guerres à visage découvert ou masqué, qui se présentent comme préventives ou punitives, mais semblent avoir tant d'importance dans la trame de nos vies. L'Autre, quand prévaut la logique paranoïaque, est celui d'où procède la menace que soient mises en cause les valeurs qui sont au fondement de notre « bonté ». Presque toujours, c'est lui, cet Autre, le pervers, tandis que l'on cherche à préserver l'innocence de sa conscience, comme le ferait toute belle âme. « L'erreur est humaine... », et accuser l'Autre de nos propres erreurs est encore plus humain. De nombreuses autobiographies ont été écrites pour le démontrer. Rousseau n'est pas resté seul.

Mais, dans beaucoup d'autres cas, cet autre devient le double spéculaire lui-même, celui qui terrorise et effraye, ce rival avec lequel on entretient une relation mortifère. Le *Doppelgänger*[1]. Si l'on voulait faire la

1. O. Rank, *Le Double. Une étude psychanalytique,* London, Karnac, 2000. Et *Don Juan et le Double* [1932], traduit par le Dr S. Lautman, Paris, Payot, 1990.

recension de toutes les études anthropologiques et mentionner la grande variété d'œuvres littéraires qui abordent le thème de cette lutte intestine du sujet avec lui-même, la liste serait longue, qu'il s'énonce sous la forme du frère (particulièrement du jumeau), de l'homonyme (comme William Wilson), de l'ombre qui se rend indépendante du corps, de l'autre moi, tel Mister Hyde ou le golem ou le somnambule ou l'hypnotisé, qu'il s'agisse de l'image spéculaire qui prend le large et travaille à son compte, ou du mort qui fait son retour en fantôme assoiffé de vengeance, ou du Horla, qu'il s'agisse encore du portrait ovale qui prend vie alors que son modèle dépérit ou du portrait de Dorian Gray qui se transforme tandis que son modèle garde son immarcescible fraîcheur, que l'on ait affaire au miroir qui se met à prendre possession du corps, à « Borges et moi », aux miroirs brisés qui entraînent la mort ou pas moins de sept ans de malheur à ceux qui s'y regardent, qu'il s'agisse enfin de ces rituels qui imposent de mettre un voile sur les miroirs d'une maison, quand c'est un mort qu'on y veille. Tous ces fantasmes sont suffisamment « *pervasifs*[1] » – qu'on me pardonne cet anglicisme – pour que nous les considérions comme faisant partie du « patrimoine de l'humanité » : un patrimoine qui, bien que non sauvegardé par l'Unesco, constitue bien davantage que le recours de certains écrivains à des fantasmagories à faire peur, puisqu'il ne s'agit ni plus ni moins que de la structure même du clivage du sujet. L'hallucination engendrée par le double en devient tout simplement la tomographie de l'auteur.

1. *Pervasive*, au sens d'« invasif » et à la fois de « convaincant ». (N.d.T.)

Là se trouve la raison pour laquelle la psychanalyse nous intéresse, mais pas moins les écrivains qui nous enseignent, dans leur façon d'aborder l'autobiographie, quelles stratégies adopter par rapport au miroir : les pièges dans lesquels fait tomber l'amour-propre qui joue à plein dans la maladie mentale de l'individu normal, celle que nous appelons paranoïa, on ne rencontre pour les désamorcer rien de mieux que l'analyse, rien de mieux que l'écriture. Les limites qui entourent le moi sont imprécises, du simple fait que ce qui les détermine, c'est la vue de celui qui nous regarde, et que cet œil invasif nous amène à tracer des lignes de défense, des tranchées, des fils barbelés à haute tension, avec cette conséquence que, si « fort » que soit le moi, cette force ne pourra dépendre que des murs de contention que celui-ci aura dû dresser, l'un après l'autre et sans trêve, pour se protéger de cet ennemi : le regard. L'aliénation s'en accroît d'autant. La faiblesse de Narcisse vient de ce qu'il naisse et meure à la surface du miroir. Y restant enchaîné.

XV

Hétérothanatophonie

Le mythe de la naissance de la mémoire

Tentons d'imaginer notre naissance, en l'absence d'aucun souvenir qui la retrace. Ne pouvant la décrire, nous n'avons pas d'autre issue que de l'imaginer. Un exemple qui le met en lumière est à notre disposition : celui de la célèbre autobiographie de Marguerite Yourcenar[1] qui commence par une description en noir et blanc, où l'auteure se dépeint à la troisième personne : « L'être que j'appelle moi vint au monde un certain lundi 8 juin 1903, vers les 8 heures du matin, à Bruxelles, et naissait d'un Français appartenant à une vieille famille du Nord, et d'une Belge dont les ascendants avaient été durant quelques siècles établis à Liège, puis s'étaient fixés dans le Hainaut[2]. » Dans la plupart des cas, date, lieu et circonstances d'une naissance nous sont accessibles. Car ne font jamais défaut des témoins qui en ont gardé la trace pour nous et qui

1. M. Yourcenar, *Souvenirs pieux*, *op. cit.*, p. 262.
2. *Ibid.*, p. 11.

nous tendent cette perche à laquelle est appendue notre existence. En dépit de la faille qui l'affecte en ce point, nous pouvons faire l'effort de pousser la fantaisie jusqu'à nous mettre à la place de cette boule de chair enveloppée d'humeurs diverses et de membranes visqueuses, qui doit traverser un tunnel étroit et sans ventilation, jusqu'à pouvoir en sortir pour déboucher sur un espace infini, celui d'un astre céleste habité par des singes parlants, ceux-là mêmes qu'il lui faudra avec le temps parvenir à considérer comme ses semblables.

Depuis quelque quatre-vingts ans, la mode s'est emparée de cet atterrissage pour en parler comme d'un événement traumatique qui serait le lot de l'humanité entière, dont chacun garderait un souvenir obscur insaisissable, comme de quelque chose que nous saurions à notre insu, comme un épisode asphyxiant et impossible à mémoriser, qui serait l'archétype de l'effrayant auquel nous ramèneraient avec terreur les nuits de cauchemar.

Ce souvenir dont la ressouvenance est impossible serait le commencement de la vie, la remémoration de la mise à mal des précaires certitudes auxquelles on aurait eu affaire baigné dans ces liquides clairs, tièdes et à température constante qui formaient l'espace amniotique. Il aura fallu sortir de là, de ce paradis de la mer primitive, pour voir notre embryon de corps traverser la minuscule béance, en forme de museau de tanche, qui s'entrouvre à notre passage, devoir se glisser au travers des enserrements du tunnel évoqué plus haut dont la trajectoire se termine Dieu sait où, avoir le crâne écrasé et déformé par l'étroitesse du canal, se retrouver halé vers la fin par des pinces plus énormes que notre tête, avec pour conséquence qu'une colonne d'air froid et brûlant aura perforé l'intimité de nos poumons, le tout s'achevant par l'arrachement à coups d'ongles et de ciseaux de l'unique câble qui nous amarrait à l'espace-temps antérieur. On aura alors poussé des cris de douleur, de colère et de désespoir, qui auront eu en plus, en se faisant entendre à nos oreilles, la vertu de défoncer la virginité de nos tympans, tant et si bien que notre petit corps aura enfin été réceptionné de bonne ou de mauvaise grâce – qui pourra le dire et au bout de combien de temps ? – par une congrégation de choses animées qui ne savent de nous autres que ce rien que nous-mêmes savons d'elles, mais qui – c'est un comble ! – affichent l'arrogance de croire savoir, dorénavant, ce qui nous conviendra.

Cela s'appelle le traumatisme de la naissance – comme on disait à cette époque déjà lointaine de Sándor Ferenczi et d'Otto Rank[1] –, un trauma qui ne se surmonte jamais et qui ne cesse de faire retour, bien que ne pouvant être l'objet d'aucun ressouvenir. Il ne peut qu'être évoqué dans l'après-coup, à l'occasion de chacun des divers événements douloureux, des séparations, des pertes, des abandons et des frustrations qui ne manqueront pas de marquer la vie ultérieure, tous supposément dérivés de l'expulsion du paradis utérin. Certains proposent plutôt de chausser les lunettes de l'optimisme, préférant voir se dérouler ainsi la succession de ces événements douloureux et trouver, pour nommer cette suite de coups qui nous expulsent dans le monde, les mots consolateurs d'apprentissage, de croissance, d'acquisition de capacités, de maîtrise du monde physique et de l'environnement social,

1. S. Ferenczi et O. Rank, *Perpectives de la psychanalyse*, Paris, Payot, 1994 (épuisé). Disponible en anglais : *The Development of Psychoanalysis*, New York, Dover, 1956.

d'accroissement des forces menant à l'obtention d'aptitudes pouvant déboucher sur une certaine autonomie. Ils n'ont pas tort : la vie humaine consiste à se rendre à même d'abandonner des certitudes pour inventer des moyens de la conserver, c'est-à-dire de survivre en évoluant librement du parterre de l'orchestre à la scène, des loges aux écrans cinématographiques, jusqu'à se loger en fin de course au fond d'une quelconque caisse : celle en bois où l'on conserve les squelettes, ou cette urne contenant des cendres, résidus qui se conservent ou se dispersent, laissés à l'arbitraire imprévisible d'Éole, de Neptune ou des nymphes des rivières et des bois qui sauront en user en guise d'engrais pour une nouvelle vie. Peut-être, *chi lo sa* ?

Avant de naître, la mort n'existait pas. Et être né, c'est commencer à mourir. Durant ce parcours de la vie à la mort, différents personnages et institutions prennent en charge la tâche, selon eux digne de récompense, de nous conduire par des sentiers déjà tracés et rebattus. Si l'on devient quelqu'un (mais Un comptable parmi d'autres), ceux-là représentent l'instance de l'Autre : guides, mentors, modèles, miroirs, juges, bourreaux, témoins, ils sont à la fois les capitaines du vaisseau sur lequel nous naviguons et ceux qui le torpillent. Ils seront nos compagnons pour la navigation ou le naufrage. Ils nous accueillent au sein d'un monde sans limites, puis se chargent d'y marquer des points de référence, des noms, des directions, des buts vers lesquels orienter nos pas. Au sein de la multitude des autres se détache la figure maternelle de la personne qui nous prend dans ses bras, comble notre faim, soulage les inconforts dérangeants que nous attire le fait d'avoir un corps, nous instille par voie auriculaire les quelques gouttes de sens, les notes de chant et de musique, nous couvre des douceurs et des âpretés du linge et des caresses, nous imprime les rythmes de la faim et de la satiété. Un, deux. J'y suis, je n'y suis pas. Un, deux. *Fort – Da*. Un, deux. La vague qui s'en vient et celle qui s'en va. Je t'aime beaucoup, un peu, pas du tout. Un, deux.

Elle, la mère, nous prend en charge et nous vilipende, nous emmène, du silence et de la nuit initiaux, au jour qui apporte ses certitudes et ses dangers. C'est elle – nous l'énonçons à la suite de Winnicott, mais à partir du commentaire qu'il nous a inspiré à propos de Virginia Woolf – qui représente la première surface réfléchissante, notre premier miroir. Elle est là, mais pas toujours. Quand elle s'éclipse, il nous faut vivre dans l'espace de son absence, dans le temps perdu où le risque de son non-retour fait évoquer sa mort. Serait-elle restée enfermée, comme Amalia Freud, dans une armoire dont nous manque la clé ? En général, sa disparition est transitoire, elle s'en va, mais revient, et la vie, dans l'anticipation de son retour, se mue en attente. On peut dire que l'enfance touche à sa fin quand s'ouvre une époque où d'autres femmes et d'autres hommes peuvent prendre sa place et où la vie de la petite « personne » peut s'organiser autour de nouveaux points de référence. Vivre, mais vraiment, c'est continuer à le faire même si la mère n'est plus là, quand on est passé au-delà de cette condition de parasite qui dépend de ses allées et venues, de cette réflexion dans la glace dont son regard joue le rôle et sur la surface de laquelle nous nous voyons une première fois et pour toujours. Attendre que le passé nous ménage une retrouvaille qui n'aura jamais lieu : nostalgie.

Mais alors, qu'arrive-t-il quand c'est elle qui manque, sans qu'un autre ou que d'autres prennent en charge la nécessité de pallier son absence ? La vie de certains écrivains est incompréhensible si l'on ne prend pas en compte la durable et profonde connivence avec leur mère, l'œuvre constituant un monument érigé à la mémoire de celle-ci. C'est le cas pour Augustin d'Hippone à l'égard de sa mère, sainte Monique. Borges, qui n'est l'auteur d'aucune autobiographie[1], est un écrivain qui a grandi sur[2] les jupes de sa mère, celle-ci ayant vécu jusqu'à un âge suffisamment avancé pour le voir atteindre une glorieuse vieillesse. Laissons aux biographes le soin d'argumenter pour savoir si ce n'était pas elle, l'auteur des traductions que « Georgie » signait, ou si l'écriture de l'éminent conteur n'a point dégénéré le jour où elle mourut, le privant de son point d'insertion sur cette terre. D'autres hommes et femmes de lettres ont perdu leur mère à la naissance : Jean-Jacques Rousseau[3] et Marguerite Yourcenar[4], pour en citer deux illustres – ou même trois, si l'on y ajoute Léon Tolstoï, dont la mère mourut quand il avait un an et demi. Ils ont produit une littérature dont on a raison de penser qu'elle est à lire comme la cicatrice de cette

1. Il est fort discutable que soit attribué à l'écrivain un texte auquel il aurait participé, publié comme étant de J. L. Borges, *Un essai autobiographique*, Buenos Aires, Galaxia Gutemberg – Emécé, 1999, rédigé par N. T. Di Giovanni à partir d'une conférence prononcée par Borges à Oklahoma en 1970. Celui qui préface et traduit de l'anglais ce texte, Anibal González, écrit p. 11 qu'« une autre plume est intervenue dans la rédaction de ce texte – celle de son traducteur qui était alors son secrétaire, N. T. Di Giovanni ».

2. L'auteur dit bien dans sa langue : *sobre*, là où la langue française, plus facétieuse, dirait : sous (N.d.T.).

3. J.-J. Rousseau, *Confessions, op. cit.*

4. M. Yourcenar, *Souvenirs pieux, op. cit.*

perte initiale, comme si leur écriture devait dessiner les contours d'une mère qui n'apparaîtra jamais plus, absence reconnue comme le point manquant, quand la mère est le point d'appui des autres humains. Le mystère que devient la survie, malgré la carence d'une mère, se lit aussi bien dans les *Confessions* de Rousseau que dans les *Souvenirs pieux* de Yourcenar, tels qu'ils les ont légués à la postérité, ainsi que dans toutes et chacune de leurs autres œuvres.

La thèse de Cortázar, si souvent rabâchée, qui a fonctionné comme le *motto* de toutes ces pages, pourrait se réduire à la butée contre ces possibilités : la présence ou l'absence de la mère. Si elle est là, le bébé, dès lors qu'il balbutie, vit dans la continuité que lui offre son regard ; alors point de traumatisme et, dès lors, pas de mémoire non plus, mais à peine quelques douces évocations. L'effroi prend possession de l'être au moment où il découvre qu'elle manque : tous les exemples que nous avons alignés, y compris les candides souvenirs de Nabokov, confirment cette conclusion fort simple. C'est de la capacité de se fondre en elle que dériveraient les « épiphanies » joyciennes et woolfiennes que nous avons retracées. Nous aurions pu insérer d'autres exemples qui évoquent plutôt des sensations d'un autre ordre : sérénité, bien-être, sécurité, chaleur et lumière solaires, lesquelles entraînent certains écrivains (Pierre Loti, George Sand, Michel Leiris, etc.) à parler de la communion, de l'émerveillement, de l'ouverture au sacré, qu'ils éprouvent. Ce sont des images, comme l'écrit Pierre Loti, « totalement confuses du commencement de la vie[1] », du même ordre que

1. P. Loti, *Roman d'un enfant*, Paris, Flammarion, 1988, p. 39.

celles qu'invente Georges Perec, et qui parviennent à agencer un mode typique de mise en récit des commencements de la mémoire, une sorte de lieu commun, de poncif, qui se présente comme différent du mode d'entrée auquel nous a initié Cortázar, duquel nous avons tiré tant d'exemples. Nous comprenons de cette manière à quel point les premiers souvenirs ont à voir avec le mythe, sont toujours l'objet d'une reconstruction, d'un recouvrement, et sont supposés être les porteurs de clés susceptibles d'expliquer plusieurs mystères de nos existences. Quand on remonte un fleuve en quête de ses sources, on finit par se perdre dans le labyrinthe de petits filets d'eau qui convergent parfois, et se transforment en torrents, avant de devenir des gaves. Serait-il avéré, comme nous le raconte Claudio Magris[1], que le Danube provienne de la chantepleure de la maison d'un paysan ? Il en va de même pour la recherche de l'eldorado de ce premier souvenir que l'on prétend transformer en fontaine d'où procède toute une existence. Son caractère sacré lui est conféré par le simple fait d'être reconnu comme « premier » : il acquiert une transcendance pour l'autobiographe adulte qui s'enfonce sous la lanterne de son stylo dans la nuit de son origine, mais est parfaitement futile aux yeux de l'enfant qu'il a été. Son importance – cela n'est plus une nouveauté pour nous – lui revient à partir du futur. Leiris le reconnaît :

> Je n'en veux pour témoignage que le souvenir suivant, qui, parmi ceux que j'ai conservés, représente à coup sûr l'un des plus émouvants, peut-être seulement parce que, de tous, il est le plus éloigné et reste aussi

1. C. Magris, *Danube*, traduit par J. et M.-N. Pastureau, Paris, Gallimard, Folio, 1990.

mal défini, aussi problématique que si je l'extrayais d'une sorte de préhistoire[1].

C'est ainsi qu'il s'est lancé à la chasse du premier souvenir. Il reste bizarre qu'une foule de gens, comme nous l'avons constaté, s'escriment à cette recherche rétroactive et s'enorgueillissent dans la mesure même où ils peuvent faire remonter à plus loin un souvenir qu'ils jugeront ainsi plus précoce encore que celui des autres remémorants. Nous avons déjà mentionné les résultats des recherches de Binet et Henri (en 1895), ainsi que celles des frères Henri (en 1897) que Freud citait en toute connaissance de cause. Je ne me suis pas privé d'aller consulter le questionnaire en question pour me rendre à l'évidence et constater qu'il ne contient qu'une série de questions des plus banales, que j'aurais honte de citer textuellement. La psychologie quantitative, qui continue d'avoir pour base dans ses enquêtes ce type de données mesurables, mises au goût du jour, reste amarrée à la banalité de ce genre d'évidences dans ses « recherches ». Le contenu et le texte de ces questionnaires se coulent encore dans le moule qui est… celui que nous offrent déjà les autobiographes, lorsqu'ils nous proposent la recollection de leurs puérilités *mnémiques* (*anémiques*, me propose tout de suite le correcteur d'orthographe de mon ordinateur, faisant parfaitement son travail et sachant bien que le mot qu'il souligne en rouge ne figure pas au dictionnaire de référence).

Ne jetons la pierre ni aux écrivains ni aux psychologues, mais plutôt à l'entreprise elle-même qui a fait du

1. M. Leiris, « Biffures », *La Règle du jeu*, *op. cit.*, p. 167.

projet de raconter sa vie une mode, et qui vire quasiment à la pandémie, toutes ces égographies étant davantage couronnées des lauriers de Narcisse que de ceux d'Orphée. Par où commencer d'ailleurs ? Par les ancêtres ? Par papa et maman ? Par le rang occupé dans la fratrie ? Par le jour et le lieu de la naissance ? Par la configuration des astres en ce jour-là ? Par une description de la maison ? Par l'évocation des circonstances historiques ? Par le premier souvenir ? Mais ensuite, comment continuer ? On m'a conté que lorsque je naquis… que j'ai dit mes premiers mots à tel âge, que j'ai commencé à lire à tel autre, que je suis allé à telle école ; je me souviens avoir découvert le sexe à… que nous avons déménagé quand… que j'aimais voir telle chose, manger telle autre… Que tout cela est prévisible, quand ce n'est pas un grand écrivain qui tient la plume, quelqu'un qui serait assez courageux pour commencer par : « Longtemps je me suis couché de bonne heure… » ! Le point de départ est indifférent, peu importe son contenu. La poésie vient se nicher ailleurs, dans le « Ils me faisaient dormir seul », dans un « Je n'ai pas de souvenirs d'enfance », et dans la nécessité de se soumettre à la *maxime* freudienne : « En toute rigueur, personne *n'a* de souvenirs d'enfance, car ce sont toujours des souvenirs *sur* l'enfance. » Le fait de se référer à l'ordre chronologique, au lieu d'aider l'écrivain, le dessert plutôt, en le faisant frôler la prosopagnosie : il n'y aura alors pas à s'étonner de constater que ces textes trouvent leur point d'aboutissement au musée, un lieu si éloigné du Parnasse. Ce qui importe le plus, c'est le style, qui est l'homme, selon Buffon ; ce à quoi Lacan rajoutait : oui, mais l'homme… à qui l'on s'adresse. Ce n'est pas sans facétie qu'il nous plairait d'apporter la correction suivante : ou plutôt la femme, suivant les cas, bien sûr…

Je viens de parler du courage nécessaire pour commencer une autobiographie sans avoir à s'excuser de parler de soi, sans avoir à choisir un début conventionnel, sans s'arrêter pour ressasser la question des ambiguïtés du genre. Je me suis mis à reparcourir dans ma mémoire les différents *incipit* élus par les divers auteurs, les premiers souvenirs qui m'ont appris tellement de choses tout au long de cet essai, la recherche obstinée, ne dédaignant pas d'aller prendre appui dans des sources documentaires, etc. Et il m'est soudain apparu qu'aucun écrivain n'avait commencé en relatant un moment qui devrait pourtant être le véritable et obligé début de toute auto-*bio*-graphie : je veux parler de l'instant où la vie s'ébauche, inaccessible assurément à tout ressouvenir, et qui est celui où l'on a été conçu. En tant que psychanalyste, l'idée, le souvenir ou le fantasme de cette scène primitive, cette scène des origines qui est à l'origine de toute scène : le coït entre les parents, est un thème qui m'est familier. Que se passait-il entre eux ? Que ressentaient-ils ? Quelle idée se faisaient-ils de l'enfant qu'ils pouvaient engendrer ? Quels désirs, quelles haines traversaient leur pensée ? Étaient-ils en train de remplir quelque devoir social ? Et aux yeux de qui ? Par mon métier, j'ai été mis au courant des difficultés qu'éprouvent dans leurs vies ceux et celles qui ne peuvent nullement concevoir leur propre conception, ni imaginer l'harmonie ou la dysharmonie qui a présidé à la rencontre de leur mère avec leur père : si ce fut par amour ou éventuellement du fait d'un viol qu'a eu lieu leur engendrement, si ce fut la manifestation d'une envie ou le résultat mécanique d'une copulation exempte de toute signification. Suivant cette ligne de pensée, je me demandais la raison pour laquelle la scène originaire était absente de la plupart des autobiographies que j'ai lues, sans pouvoir exclure la possibilité de rencontrer quelque exception, quand pour finir je me suis souvenu… *m'est revenu le souvenir de Tristram Shandy.*

Le plus étonnant pour moi fut de constater que la date de publication de cette œuvre coïncidait absolument avec celle de la source et de l'origine du « genre » autobiographique que tout le monde, et en particulier les Français, s'accorde à reconnaître comme étant les *Confessions* de Rousseau, lesquelles commencent elles-mêmes en fanfare, comme on sait, avec le fameux :

> Je forme une entreprise qui n'eut jamais d'exemple et dont l'exécution n'aura point d'imitateurs. Je veux montrer à mes semblables un homme dans toute la vérité de la nature ; et cet homme, ce sera moi.
>
> Moi seul. Je sens mon cœur et je connais les hommes. Je ne suis fait comme aucun de ceux que j'ai vus ; j'ose croire n'être fait comme aucun de ceux qui existent[1].

Mais à la même date paraît justement le roman génial de Laurence Sterne, écrivain irlandais qui fut sa vie durant militaire et pasteur protestant. Les mésaventures de Tristram furent écrites entre 1760 et 1767. Ce qui nous donne la délectation de pouvoir constater que le point de départ des autobiographies, l'œuvre célèbre de Rousseau, est contemporaine et même postérieure à une œuvre de *parodie* du « genre ». La caricature viendrait avant le portrait ! Or il se trouve que le roman de Sterne, qui est présenté comme le « récit de vie » de son auteur, commence précisément avec la scène du coït

1. J.-J. Rousseau, *op. cit.*, p. 3.

parental, celle qui me paraissait manquer dans tous les autres « cas » dont j'ai eu à connaître, à telle enseigne que cela vaut la peine de placer, en vis-à-vis du commencement des *Confessions* que je viens de citer, le début suivant :

> Que mon père ou ma mère, ou, même, les deux à la fois, puisqu'il y était également tenu par devoir, n'y ont-ils regardé de plus près au moment de m'engendrer ! S'ils avaient dûment pourpensé toutes les conséquences de l'acte qu'ils étaient en train d'accomplir ; – s'ils avaient songé qu'il y allait non seulement de la génération d'un Être doué de raison, mais peut-être aussi des heureuses proportions de son corps et de la tempérance de ses humeurs, que dis-je ? du génie et du tour d'esprit qu'il posséderait en propre ; – et même, ce qu'ils ne pouvaient imaginer jusqu'à preuve du contraire, que la destinée de toute sa famille allait dépendre des humeurs et des dispositions qui les dominèrent au moment fatidique ; – bref, s'ils avaient dûment pesé toutes les données de l'affaire et avaient agi en conséquence, – je suis intimement persuadé que j'aurais montré au monde un tout autre visage que celui sous lequel je risque d'apparaître au lecteur. – Croyez-moi, braves gens, l'affaire n'est pas aussi futile que tant d'entre vous le pensent ; – vous avez, j'imagine, tous entendu parler des esprits animaux, de la manière dont ils sont transférés du père au fils, et tout ce qui s'ensuit[1]...

1. Il existe en français deux traductions de l'œuvre de L. Sterne : l'une classique et complète, due à C. Mauron, republiée chez Garnier-Flammarion, Paris, en 1982, l'autre plus récente et beaucoup plus inventive, publiée justement aux éditions Tristram, à Auch, et due à G. Jouvet. Cette seconde traduction n'en est qu'au tome I (depuis 1998 !) et ne couvre que les deux premiers volumes de l'original, qui en comporte neuf, mais elle propose 237 pages de notes pour 228 pages de texte et se montre

Les parents étaient donc en train d'accomplir cette formalité (« c'est à mon oncle, Monsieur Tobie Shandy, que je dois l'anecdote rapportée (ici) »), quand il se trouva que :

> *Dites-moi, mon ami, je vous prie*, dit ma mère, *n'avez-vous pas omis de remonter la pendule ? – Bon Dieu !* s'écria mon père, mais en prenant bien soin de bémoliser du même coup son exclamation, – *Est-ce qu'une femme, depuis la création du monde, est-ce qu'une femme a jamais interrompu un homme avec une question aussi stupide ?* Mais permettez, que disait mon père ? – Rien[1].
>
> [...] Mon père, philosophe naturaliste de première force et raisonneur dans l'âme, avec une furieuse propension à user de la plus implacable des dialectiques dès lors qu'elle s'exerçait sur les bagatelles les plus futiles, s'était maintes et maintes fois plaint à lui avec amertume des dommages infligés à ma nature ; mais jamais il ne s'en était plaint avec autant d'accablement, mon oncle Tobie s'en souvenait parfaitement, que le jour où il avait relevé (je cite son expression) *l'obliquité vraiment renversante* où je maintenais ma toupie sur son axe pour la faire tourner et tout aussi renversante dont j'usai pour justifier le procédé ; – alors, le brave homme hocha la tête, et, d'un ton qui exprimait plus de tristesse que de reproche, – il dit, il dit ce que son cœur avait depuis le début pressenti et que cette dernière observation venait confirmer après mille autres qu'il avait déjà faites sur moi : que jamais je ne penserais ni n'agirais comme aucun autre

d'une fidélité scrupuleuse par rapport aux tics typographiques de l'auteur, par exemple. C'est, bien sûr, cette traduction que nous reprenons ici, p. 13. (N.d.T.)

1. *Ibid.*, p. 14.

petit d'homme ; – *mais hélas !* poursuivit-il en hochant la tête une seconde fois et en essuyant une larme qui coulait sur sa joue, *les malheurs de mon Tristram ont commencé neuf mois avant qu'il ne vînt au monde !*

– Ma mère, qui était assise tout près, leva les yeux, – mais ne comprit pas mieux que ses postères et son entrefesson ce que voulait dire mon père ; en revanche, mon oncle, Monsieur *Tobie Shandy*, à qui cette chanson avait été tant de fois serinée qu'il la connaissait par cœur, – entendit parfaitement le sens du propos[1].

Le désopilant démarrage de cette « autobiographie » est exemplaire dans la mesure même où il fait un sort à ce que nous relevons comme étant l'« omission » dont pâtissent toutes celles qui se sont écrites dans les siècles ultérieurs, puisqu'elle concerne ce qui devrait être considéré comme le « premier souvenir » absolu. Les six cents pages qui s'enchaînent à la suite de cette scène originaire sont au diapason du ton railleur adopté à l'égard de ce genre qui, si l'on en croit les experts, a fait son apparition à la même époque[2]. Sterne raconte à la première personne, selon les règles que dicte la convention, ce qui devrait correspondre à son nom, à son initiation au langage, à sa

1. *Ibid.*, p. 16-17.

2. Le roman comme parodie du roman est loin d'être une nouveauté. Toutes les œuvres majeures pratiquant le genre narratif à la Renaissance et à l'époque classique se présentent sous les espèces du sarcasme le plus étendu, le plus violent et le plus directement adressé à l'égard du genre auquel elles prétendent appartenir : Rabelais, Cervantès et Voltaire sont des précurseurs du propos hilarant de Sterne. En guise d'exemple plus proche de nous, il faut mentionner Joyce et ses deux grands « romans » parodiques : *Ulysse* et *Finnegans Wake*.

formation (*Bildungsroman*), à ses jeux, à ses amours, au temps qu'il consacre à l'étude des forteresses militaires, etc., péripéties qui n'ont rien d'extraordinaire, mais qui sont narrées au moyen de la plupart des techniques développées par les avant-gardes littéraires du XXe siècle : laisser des pages blanches sur lesquelles le lecteur est censé dessiner comme il l'entend cette femme si belle que l'auteur préfère ne pas décrire, faire des sauts impromptus dans la chronologie des événements, employer des astérisques, faire des inventions typographiques allant aussi loin que les calligrammes d'Apollinaire, des énumérations aussi absurdes que celles de Borges, des interpolations sociohistoriques aussi osées que celles de Döblin, insérer dans le corps du texte des sermons et des homélies, des biffures (qui le restent, n'étant pas seulement le terme générique de Leiris), des chapitres qui restent vides, des dédicaces, le livre comportant, quelques chapitres plus loin, un changement de dédicace, des gribouillis, des indications faisant un sort à l'autoréférence, une ponctuation capricieuse… Sterne fait naître le héros de cette « autobiographie » à la moitié de son livre où il gardera pour toujours son nez aplati ; dans le chapitre final (le 33 du volume IX), nous est rapportée une conversation entre les parents et l'oncle Tobie qui se déroule alors que le disgracié Tristram est encore dans sa première enfance.

Le désordre engendré par le flux associatif, ou consécutif au fait que n'est suivi aucun plan pour le récit, l'advenue constante de l'inattendu, les charades et les trouvailles burlesques, le mélange des genres et des langues, l'apparition non préméditée de rêves, tout cela n'anticipe-t-il pas aussi bien – et là également, en jouant du paradoxe – une autre catégorie de diégèse : l'association libre au cours de la séance analytique et le compte rendu de cas fait par un psychanalyste, sous la forme d'une série de « vignettes cliniques » qui se prêtent à l'envi à l'interprétation ?

Nous pouvons alors nous apercevoir que cette « autobiographie cubiste » que nous avons appelée de nos vœux ou dont nous avons caressé la fantaisie, est déjà présente dans *Tristram Shandy*. L'ego du narrateur passe au deuxième plan par rapport aux opinions qu'ont de lui ceux qui l'entourent, particulièrement le père et l'oncle Tobie, qui parlent de Shandy et le voient vivre et s'efforcer à rédiger les innombrables chapitres de son livre. Comme chez Proust (et aussi Diderot, dans *Jacques le Fataliste* [1773]), l'écriture du livre fait partie intégrante du livre. Un exemple montrant l'« autobiographe » (Shandy) en train de discuter en son for intérieur sur l'organisation de son espace narratif ne viendrait pas mal en ce contexte :

> N'est-il pas honteux de consacrer deux chapitres à ce qui advint sur deux marches d'escalier ? Car nous n'avons pas dépassé le premier palier ; il reste encore quinze degrés à descendre et puisque, autant que je sache, mon père et mon oncle sont en humeur de bavarder, il risque d'y avoir autant de chapitres que de marches. Eh bien, soit, qu'y puis-je ? Autant vouloir changer mon destin. Une envie soudaine me prend : *Shandy*, baisse donc le rideau ; je le baisse ; *Tristram*, barre ta page d'un grand trait ; je la barre, et en avant pour un nouveau chapitre[1].

1. L. Sterne, *op. cit.*, p. 262 de la traduction de C. Mauron, à laquelle il faut encore se reporter à partir du volume III.

TANDIS QUE J'AGONISE (*AS I LAY DYING*)

Si la copulation des parents dont on procède ou la naissance elle-même sont des choses difficiles à conter, il est sans doute encore plus difficile de faire une description authentique de sa propre mort. Personne n'a eu l'aplomb de la raconter, après l'avoir « vécue » ; ceux qui sont parvenus à l'imaginer se comptent sur les doigts d'une main. Il s'agit pourtant de l'événement capital vers quoi une véritable autobiographie devrait culminer. Tant que la Parque ne s'est pas présentée, tout ce qui s'écrit reste provisoire, transitoire, est passible de nouveaux amendements. La mort, dans la vie de chacun, est ce lieu où l'on peut fausser compagnie aux miroirs, où l'on ne parvient plus à se voir ni à se peindre ou se raconter en écrivant. Le corps réel continue d'exister et ses cellules se mettent à mourir peu à peu, selon un rythme qui leur est prescrit, avant la décomposition finale. Le sujet subsiste encore sur le plan du symbolique, des rituels funéraires s'accomplissent, on se souvient de lui ou d'elle, le nom persiste au travers des liens de sang, à moins que ce soit dans les documents et au travers des signatures qui sont archivées et consignées. C'est dans le registre de l'imaginaire, et seulement par rapport à lui et dans le domaine du « moi », que la mort accomplit un travail instantané et irréversible.

Pour suivre les hypothèses que Derrida[1] nous propose dans son étonnante analyse de l'autobiographie de Nietzsche (*Ecce homo*), il nous faut énoncer derechef

1. J. Derrida, *Otobiographies. L'enseignement de Nietzsche et la politique du nom propre*, Paris, Galilée, 1984.

que, lorsqu'une vie se raconte, elle s'adresse à l'*écoute* d'un autre (*otobiographie*), et c'est depuis cet autre que le sujet se retrouve avec son message sous une forme inversée. La structure de l'autobiographie – nous l'avons déjà affirmé – est d'essence transférentielle. La mémoire est toujours appendue à un filin qui est amarré à l'histoire de la communauté à laquelle on appartient. C'est ce qui fait que l'*auto* de la biographie et du récit se transforme en *allo* ou en *hétérobiographie*. Il n'est pas moins assuré que le *bios* de la vie ait pour destin, comme nous l'avons remarqué, de s'écrire sur une page vierge, comme il le ferait sur un linceul qui dissimule le visage du cadavre qui gît par-dessous. L'écrit est une chose toujours-déjà-morte, car il ne sera jamais en mesure de répondre à aucune question et se contentera, même quand l'auteur est encore en vie, de rendre son témoignage muet. L'auteur de l'autobiographie écrit sous l'emprise de sa mort pré-annoncée, se présente comme déjà mort et se voit remplacé par son texte au moment même où il se rédige, où le contenu de sa mémoire se voit transféré vers celui qui sera en position d'en assurer la conservation : un semblable, une communauté, l'archive. Ce n'est pas toujours le cas, mais un fantasme l'habite : celui d'échapper, en usant du stratagème d'une écriture impérissable, à l'irréversibilité du temps et à la finitude. C'est bien en ce sens qu'il s'agit d'une *hétérothanatographie*. C'est avec ses descendants que le sujet joue au *fort-da* (à apparaître et disparaître en face du miroir) : il leur confie pour cela ses restes sous forme de textes. Il va parfois jusqu'à prescrire, en écrivant, sous quelle forme il faudra qu'on évoque son souvenir… en se soumettant à ses volontés. Le narrateur se raconte pour conjurer le spectre de la mort, sans s'apercevoir qu'il la rend par là même plus présente. Le livre de sa vie (mais est-ce encore la sienne ?) vire à l'épitaphe (*epi-taphos*) : ce qui s'écrit sur une pierre tombale. Tous les mémoires sont « d'outre-tombe » (Chateaubriand, 1850).

En dernière instance, c'est également la signification que prend l'annonce faite à Marie : celle de nier la mort, au travers de l'espérance messianique en un rédempteur qui l'annulerait et ferait obtenir, en échange, la vie éternelle. Le dialogue de Gabriel et Marie, tel qu'on le lit dans saint Luc (I : 28 et I : 36) – *Ave Maria, domine tecum. – Ecce ancilla domini*, tant de fois retranscrit sur les tableaux du Moyen Âge tardif, n'est rien d'autre qu'un appel adressé à un Maître de substitution (*Domine*) qui s'opposerait au Maître absolu qu'est la mort. Ayant pressenti la venue de sa mort, Shakespeare, l'auteur par excellence, écrit :

Look what thy memory cannot contain,
Commit to these waste blanks, and thou shalt find
Those children nurs'd, deliver'd from thy brain,
To take a new acquaintance of thy mind.

These offices, so oft as thou wilt look,
Shall profit thee, and much enrich your book[1].

Ce sonnet fait pendant à un autre[2], que nous paraphrasons : le miroir y expose implacablement comment

1. W. Shakespeare, sonnet LXXVII, soit, dans la traduction de P.-J. Jouve, Paris, Mercure de France, 1969, et Poésie Gallimard, p. 103 : « Ce que mémoire ne retient pas, confie-le aux surfaces blanches, et tu trouveras ces enfants bien soignés, issus de ton cerveau, pour faire avec ton esprit une nouvelle connaissance. Occupation, tant que tu le voudras, enrichissant ton livre, et de grand profit pour toi. »

2. Sonnet CXXII, commenté dans *La memoria, la inventora*, *op. cit.*, p. 22-23.

s'étiole une figure et se dégrade la beauté. Le cadran de l'horloge apparie la fuite des minutes à celle des souvenirs. Les tombes, comme des bouches ouvertes (*mouthed graves*), réclament un corps, avec sa mémoire. Seulement demeure le livre pour garder trace de l'esprit. C'est depuis un avenir sans espoir que se raconte l'irrécupérable passé. Avant la naissance (la naissance au langage, la seule qui compte vraiment), il n'existe aucun sujet pour se présenter comme « moi », même si un corps était là où de la mémoire pouvait venir se loger. C'est ainsi que la mémoire nous constitue, en allant à rebours :

> J'assume aujourd'hui ce qui, dans le passé absolu de l'origine, n'avait pas de sujet pour être reçu et qui, dès lors, pesait comme une fatalité. Par la mémoire, j'assume et remets en question. La mémoire réalise l'impossibilité : la mémoire, après coup, assume la passivité du passé et le maîtrise. La mémoire comme inversion du temps historique est l'essence de l'intériorité[1].

En plus de la nécessaire référence à Lévinas, qui tombe à pic au point où nous en sommes de notre recherche, c'est dans les pas de Derrida que nous nous sommes placés durant ces derniers paragraphes. Mais nous devons aller plus avant et rajouter quelque chose, provenant cette fois de ce qui peut être tiré de l'expérience du psychanalyste. Ce n'est pas à ce titre et tout à fait exceptionnellement qu'il se mettrait dans la position de lecteur de textes rédigés par ses patients. Sa

1. E. Lévinas, *Totalité et infini. Essai sur l'extériorité*, Paris, Livre de poche, Biblio Essais,1990, p. 49.

démarche, quand il en reçoit, consiste bien plutôt à les mettre de côté et demander qu'on lui *profère* ce qui est là venu par écrit. Par ce geste, il signifie qu'il ne saurait y avoir ni *auto* ni *bio*, ni même de *graphie*. L'analysant produit un discours qui est *hétérothanatophonie*. Pour raconter sa vie, il va devoir se soumettre aux occasions ménagées par les imprévisibles accidents de la parole (du *speech act*) : par les rêves, les bévues et les lapsus dans l'énoncé ou par les associations inattendues. C'est sur ces points en saillie que rebondira l'écoute du psychanalyste qui, lorsqu'il abat ses cartes, en retrouvant le chemin de la langue qui a fourché, permettra que surgisse un nouveau discours, susceptible de corriger celui du départ. Tant que durera l'analyse, ses partenaires auront l'occasion d'assister à une constante reformulation des écritures qui accompagnaient le sujet à différentes époques, mettant en œuvre une déconstruction des nombreuses élaborations (fantasmatiques, sociales, voire psychanalytiques) avec lesquelles le sujet allait se consolant et se mentant inconsciemment, soumis qu'il était aux prestiges qu'exerce le moi et la mémoire. Aucune autobiographie (en fait, aucune hétérothanatophonie elle-même) ne sort indemne des preuves qu'assène une analyse. La mémoire ne manquera pas de ressortir de ce tunnel du traitement comme « enrichie », à l'instar de l'uranium, préparée qu'elle est ainsi à la fission de ses noyaux (*Shall profit you and much enrich your book* / « Enrichissant ton livre, et de grand profit pour toi »). L'analyse permettra-t-elle d'accéder à la « vérité » de l'être ? Assurément pas ; carrément non, car cette vérité ne pourrait exister que dans un discours sans paroles, du fait même que les mots manquent toujours au moment de la dire en tant que telle.

Il n'est pas, en revanche, interdit d'envisager d'autres manières de raconter sa vie, que l'expérience analytique rend justement possibles. Les écrivains qui sont passés sur un divan produisent en fait des récits qui diffèrent d'une manière significative de ceux laissés par les sujets qui n'ont pas vécu cette expérience ou qui n'y sont passés qu'infructueusement. Les cas de Georges Perec et de Michel Leiris que nous avons analysés en détail peuvent être à cet égard considérés comme paradigmatiques. Un psychanalyste français qui s'est pris pour sujet d'un écrit, Serge Doubrovsky[1], a forgé le terme approprié « d'autofiction » pour désigner ces textes qui retracent l'identité d'un sujet dans son interaction avec les déterminations qu'il capte de son inconscient. Le dessein de ces récits autofictionnels est d'accroître la connaissance de soi, en contestant le bien-fondé de ces limites et en allant jusqu'à les effacer, telles qu'elles se dressent entre la restitution biographique (de la tranche de vie) et la transposition romanesque (sous forme de mots et de discours imaginaires). Si je l'ai bien comprise, l'idée de Doubrovsky rejoint celle que j'ai exposée quelques paragraphes plus haut à propos de la nécessité d'aller au-delà des présentations d'une individualité singulière, avec ses identités sociopolitiques de filiation, pour se consacrer à une écriture transpersonnelle – une composition « cubiste », me suis-je risqué à dire – qui rend compte de l'abolition des frontières du moi. On aurait ainsi affaire à une nouvelle forme de narration : une écriture à la limite et sur les limites du langage, *borderline*, en quelque sorte. Ce serait le contraire d'une *égographie* : une *dés-égographie*, comme

1. S. Doubrovsky, *Fils*, Paris, Galilée, 1977.

nous pourrions caractériser les entreprises faussement autobiographiques de Perec et de Leiris, ou celle de Serge André, citée au chapitre XII de cet ouvrage, ou encore celle de K. (soit Joseph, le personnage, soit Franz, l'auteur des journaux intimes). Nous savons bien qu'aucun texte ne pourrait *appartenir* à un genre déterminé, mais en *participerait* grossièrement, et à d'autres en plus, car cette assignation à un genre ne fait pas partie du texte lui-même :

> Prenons l'exemple de la mention « roman ». Elle doit être marquée d'une manière ou d'une autre, même si ce n'est pas sous la forme explicite de la mention sous-titrante et même si elle est trompeuse ou ironique. Cette mention n'est pas romanesque, elle ne fait pas, de part en part, partie du corpus qu'elle désigne. Elle ne lui est pas non plus étrangère. Mais ce singulier *topos* situe dans l'œuvre et hors d'elle, à sa bordure, une inclusion et une exclusion au regard du genre en général, d'une classe identifiable en général. Il rassemble le corpus et du même coup, du même clin d'œil il l'empêche de se fermer, de s'identifier à lui-même[1].

À la lumière de notre recension, nous pouvons soutenir que, à partir des souvenirs d'enfance (ou de n'importe quel autre principe d'organisation arbitrairement choisi), il n'est pas possible de tracer une ligne de démarcation entre l'autobiographie et le roman, et que la notion de « récit » englobe les deux. La participation de l'imagination est indissociable de l'acte de se ressouvenir, comme nous le savons depuis Hobbes, même quand plusieurs auteurs font mine de l'ignorer. La

1. J. Derrida, « La loi du genre », in *Parages*, *op. cit.*, p. 245.

mémoire personnelle a trait à la constitution de l'identité, je le concède. Mais cette identité n'est pas un monument intangible. C'est une statue aux pieds d'argile. C'est une prison dans laquelle un sujet s'enferme et dont il s'échappe chaque nuit quand il rêve.

Je crois qu'il est possible de distinguer trois niveaux dans l'identité personnelle et qu'ils sont tous trois en rapport avec la mémoire. L'un est l'*identité dans le réel*, celle qui se présentifie dans chacune de nos cellules, dans la carte génétique de nos chromosomes. Appelons-la *identité darwinienne,* en tant qu'elle est conservée (écrite) dans les molécules d'ADN. L'autre est l'*identité dans le symbolique*, celle qui se retrouve dans le nom propre et dans les documents voués à l'archive, à la mémoire dont l'État est le garant et au ©*opyright.* Elle constitue la mémoire légale, officielle, hégélienne et kelsenienne. Le « moi » et le « sujet » sont des « fictions » juridiques, comme dirait Bentham[1] et comme le ratifiera Nietzsche[2]. Enfin, il y a l'*identité dans l'imaginaire*, celle qui nous permet de reconnaître notre visage en le voyant reflété sur les miroirs ou reproduit sur des photographies, nous offrant la possibilité de dire : « C'est moi. » C'est une identité *psychologique* qui se présente dans la continuité depuis la naissance jusqu'à la mort ; malgré les constantes métamorphoses qui se constatent dans les trois identités : les cellules meurent et se renouvellent, la conscience de soi et la manière de voir son propre passé évoluent, même si le nom persiste

1. J. Bentham, « La théorie des fictions », *Le Discours psychanalytique*, Paris, Éditions de l'Association freudienne internationale, 1996.

2. F. Nietzsche, *La Volonté de puissance*, traduit par H. Albert, Paris, Le Livre de Poche, 1994.

inchangé, l'image spéculaire se transfigure sans cesse de par le simple écoulement du temps au travers du goulet de la clepsydre, jusqu'au moment où s'y coule l'ultime goutte d'eau.

On pourrait envisager l'existence d'un quatrième type d'identité qui serait venu au jour à partir de la découverte de l'inconscient : ce serait l'*identité freudienne*. Il ne s'agira pas de notre part de l'attester et de lui attribuer une substantialité sans en vérifier l'hypothèse. Les mémoires, qu'elles relèvent de l'imaginaire ou du symbolique, peuvent se coucher par écrit ; on peut même faire la supposition que le réel de la mort qui y travaille comme un point final, préinscrit dès le départ, se met en route à chaque nouveau projet autobiographique. On peut se donner le moyen de reconnaître qu'y sévit l'action délétère de la compulsion de répétition et de la pulsion de mort. Inévitablement, la conclusion qui s'en dégage cependant, c'est que l'inconscient ne possède ni ne confère aucune identité, car il ne fonctionne précisément que pour dissoudre les identités inscrites dans le symbolique et l'imaginaire. L'inconscient, on ne saurait le coucher par écrit, pour la simple raison que c'est lui qui écrit, même déguisé sous le masque de l'« objectivité » d'un curriculum ou sous couvert de la « subjectivité » débridée d'une belle âme. Cet inconscient est le décor sur lequel se joue une écriture aimantée par son destinataire et qui ne saurait donc être que transférentielle. Et c'est le cas, même quand le moi se dédouble et que l'écriture se restreint à des journaux intimes et des cahiers pouvant paraître dépourvus de destinataire et (par exemple, les *Cahiers* de Valéry déjà cités, les journaux intimes interminables de Franz Kafka et d'André Gide) : attendant une éventuelle relecture, ces écrits sont aussi des manifestations de la capacité qu'a l'auteur de s'adresser à son double. L'inconscient est au principe de la dispersion et de la ruine de toute entreprise autobiographique. L'un est le véritable écrivain et l'autre se métamorphose en lecteur… de lui-même.

Même si nous racontons un rêve, « voie royale » menant à l'inconscient suivant le catéchisme freudien, ce récit n'en reste pas moins a-signé[1] à un « moi » ; il s'agit en fait d'un « souvenir du rêve rêvé », où ce qui importe, ce n'est pas la référence à la vie du rêveur, mais la façon dont le « travail du rêve » a opéré une distorsion pour le rendre « assimilable » et « présentable » face à l'Autre du transfert, celui qui écoute le récit et dont est attendue une interprétation. L'analyse du rêve ne peut avoir pour finalité que de permettre au sujet de se découvrir différent de celui qu'il croyait être, en désamorçant les pièges de l'identité et de la soi-disant continuité de son être. La traduction du rêve, telle que l'obtient son interprétation, est *anti-autobiographique*. On pourrait dire qu'elle est en consonance avec la déconsidération de Pascal à l'égard du « sot projet [que Montaigne a eu] de se peindre ». À quoi vise cette interprétation quand elle est exacte ? À ce que la scène même du récit du rêve éclaire le narrateur, écouté par un Autre auquel il s'adresse, au sujet de la téléologie occulte qui le pousse à ne rien vouloir savoir de la jouissance dont il est en quête.

Ce n'est pas sans une idée derrière la tête que nous parlons des rêves au point où nous en sommes de notre parcours : *une autobiographie – toutes celles que nous avons eu en fait à connaître – est structurée comme un rêve (ou comme un cauchemar)*. C'est un message adressé : elle dévoile une

1. Tentative de traduction d'un jeu de mots, *(a)firmado*, intraduisible, qui joue sur la signature (*firma*) et l'affirmation. (N.d.T.)

vérité moyennant toutes les distorsions qu'impose la mémoire au récit, du simple fait qu'il est un récit. Après avoir écouté et analysé cette vérité dans ses composants imaginaires et symboliques, l'analyse aboutit à la découverte d'un ombilic qui met en communication avec le réel. Le réel, vraiment ? Oui, le réel, provoquant cet effroi dont nous a parlé Cortázar et qui nous a paru confirmé par les autres témoignages de « premiers souvenirs » que nous avons colligés : le cri provoqué par l'absence de la mère, et que son retour ne parvient pas à apaiser.

Et que devient la vie sous l'horizon de l'inconscient ? Nullement le roman édifiant à quoi l'on s'attendrait, ni rien de constructif (*Bildungsroman*) : plutôt la tâche d'avoir à reconnaître, comme l'avait déjà pressenti Goethe, le maître du genre, que la vie n'est pas à offrir aux autres, au contraire de ces histoires de vie, ©omme du nom propre avec lequel l'auteu® appose sa signature. L'image que nous nous faisons de notre vie comme unitaire est un mécanisme de mise en scène, une demande adressée à celui qui pourrait ratifier cette image, faisant appel pour cela à l'Autre qui s'en fera le lecteur. L'autobiographe ingénu se dirige vers le désir d'un Autre et lui demande que – à eux deux, lui et son hypocrite lecteur – ils ratifient réciproquement cette illusion. Mieux encore, si l'auteur fait la supposition que son lecteur pourrait lui en être reconnaissant, il fera même des rêves allant dans le sens qui pourrait lui complaire. À quels leurres ne sommes-nous pas exposés par le simple fait de nous affirmer comme « moi » et de conjuguer un verbe à la première personne ! Les « énoncés » grammaticaux sont des « prières[1] » reli-

1. L'auteur joue ici du double sens du mot *oración* qui signifie à la fois « énoncé » et « prière ». (N.d.T.)

gieuses qui implorent de l'Autre qu'il donne son consentement. Elles s'adressent à Notre-Père. Car, comme le disait Nietzsche : « Je crains que nous ne puissions nous débarrasser de Dieu, tant que nous continuons de croire en la grammaire[1]. » L'aliénation, comme l'ont démontré à leur insu Leiris et Perec, consiste à se laisser prendre dans les rets du langage, condition ultime pour pouvoir dire quelque chose. Ou, tout autant, pour nous interdire de pouvoir le dire. Et ce que nous ne pouvons dire, et qui nous constitue comme tels, c'est le langage et le désir de l'Autre – qui restent ineffables ; ce qu'il vaut mieux taire, puisque nous ne pouvons le dire. Ou, comme le disait Adorno, commentant Wittgenstein, si nous ne nous décidons pas à parler de ce que nous ne pouvons dire, de quoi d'autre pourrions-nous donc parler ? Autant le citer :

> À proprement parler, on ne peut philosopher, en général, que lorsque, pleinement conscient de cette impossibilité, on s'essaye, malgré tout, à exprimer l'inexprimable. Celui qui capitule face à cette tâche, celui qui ne s'affronte pas à l'impossible avec la conscience de son impossibilité, mieux vaut qu'il renonce à occuper cette fonction[2].

Le traumatisme serait celui de la naissance ? D'accord, mais pas celle qui figure au registre de l'état civil, car il s'agirait plutôt de la naissance au langage, celui-là qui, du fait même qu'il nous « dénaturalise », nous « humanise ». La « nature humaine », avant d'être

1. F. Nietzsche, *Le Crépuscule des idoles*, traduit par J.-C. Hémery, Paris, Gallimard, Folio Essais, 1993.
2. T. W. Adorno, *op. cit.*, p. 265.

biologique, est langagière ; elle exige que nous vivions dans un environnement réglé sur la parole, laquelle est toujours celle de l'Autre. Il n'a pas fallu attendre Freud pour le savoir. Nietzsche[1] l'avait déjà découvert, sans avoir cru devoir citer de qui il l'avait appris. L'année même de sa naissance, en 1844, Max Stirner, aujourd'hui oublié, ou seulement évoqué parce que Marx et Engels l'ont critiqué longuement et durement dans *L'Idéologie allemande* (1846), a publié *L'Unique et sa Propriété*[2], une œuvre clé dans la mesure où il s'agit de la première critique explicite du langage. Sans ce travail de Stirner, on ne pourrait pas concevoir l'œuvre de Fritz Mauthner qui déchaîna la critique viennoise du langage d'où est sorti ce qui a fini par devenir la bombe qui a abattu, au XXe siècle, les murs derrière lesquels se préservaient les conventions de la philosophie. Sans Stirner, Nietzsche n'aurait pas été possible ni Mauthner pensable. Et sans eux ne saurait être envisagée la possibilité de Hofmannstahl ou de Freud, de Wittgenstein ou de Musil. Personne, avant Stirner, n'a osé soutenir que l'accès au langage pouvait être traumatique, en des termes qui anticipent la douloureuse expérience de Leiris, quand il s'est aperçu qu'on ne pouvait pas dire « *...reusement* » :

> Du fait même qu'on ne peut pas fuir une pensée, on n'est pas seulement un homme, on est l'esclave de la langue, cette production des hommes, ce trésor de

---

1. F. Nietzsche, *Vérité et mensonge au sens extra-moral*, traduit par M. Haar et M. B. de Launay, Paris, Gallimard, Folioplus, 2009.

2. *Ibid.*, p. 259. L'essai introductif rédigé pour l'édition italienne (1991) par R. Calasso, pp. 7-46, est excellent, à cela près qu'il omet de signaler cet apport qui est, à mon sens, le plus significatif de Stirner.

> la pensée humaine. La langue ou la « parole » exercent sur nous une tyrannie effroyable, parce que celle-ci dirige contre nous une armée de notions figées. [...] Ainsi le penser n'est pas mon penser, il n'est rien de plus que le dévidage d'un écheveau de pensées, c'est un travail d'esclave, d'un « esclave des mots ».

Qu'il s'agisse de « moi » ou aussi de l'autre, tout ce qui est l'est pour nous avoir convaincu au travers du langage. Mais il n'y a pas de soi-même (*self*) qui perdure dans le temps. L'identité est un leurre engendré par la mémoire qui aspire à la continuité, qui se croit impérissable et qui méconnaît à quel point elle est un panier percé, à quel point le refoulement et l'oubli sont ce qui la conditionne. Tous les êtres parlants semblent être animés par un impératif existentiel : celui de soutenir le fantasme d'une identité continue et homogène. Les autobiographes souffrent également de se retrouver sous le joug de ce commandement, mais trouvent le moyen, afin que leur témoignage passe la rampe, de se soumettre à l'injonction contraire : celle d'incarner le discontinu, le fragmentaire, le sinueux, qui traduisent tout autant l'essence de notre histoire. Étant des poètes et des créateurs, ce qui les attire, c'est de se laisser tenter par cette aimantation à fabriquer leur passé, lui donnant une tournure romanesque, s'inventant des rôles de héros, là où ils ont été plutôt le jouet de leurs avatars. Ils ont, en outre, besoin de croire que, du simple fait d'écrire sur le passé, ils sont d'une certaine manière en mesure de le récupérer et de le fixer pour l'éternité, convaincus de ce que leurs souvenirs recèlent les clés de leur personnalité. « La vie n'est pas celle que l'on a vécu, mais celle dont on se souvient, la manière efficace de s'en souvenir étant de la raconter » (García

Márquez, *op. cit.*). Même si les souvenirs étaient « authentiques », ils ne sauraient suffire à exprimer l'identité du sujet ni à garantir la continuité de son existence. Les ajointer et faire en sorte qu'ils tiennent ensemble, choisir, parmi tous ceux qui vous reviennent, le sort qu'il faudra leur faire ne relève-t-il pas déjà de l'artifice, l'œuvre devenant ce façonnage qui consiste à relier les pages éparses du livre de la vie ? Baudelaire, au début de « Spleen », écrivait : *J'ai plus de souvenirs que si j'avais mille ans*[1]. Qui pourrait les caser en un seul livre ?

1. C. Baudelaire, *Œuvres complètes I*, Paris, Gallimard, La Pléiade, 1975, p. 73.

Table

DANS LA MÊME COLLECTION

Noam CHOMSKY, *Nouveaux Horizons dans l'étude du langage et de l'esprit*
Jean-Michel RABATÉ, *Tout dire ou ne rien dire... Logiques du mensonge*
Vicente VERDU, *Le Style du monde*
Françoise DAVOINE et Jean-Max GAUDILLIÈRE, *Histoire et trauma*
Jacques DARRAS, *Nous ne sommes pas faits pour la mort*
Avital RONELL, *Stupidity*
Michel DEGUY, *Le Sens de la visite*
Antonio NEGRI, *Fabrique de porcelaine*
Theodor W. ADORNO, *Mes rêves*
Jacques Derrida – Saint Augustin. Des Confessions
Belinda CANNONE, *La Bêtise s'améliore*
Pierre DE ROO, *Adieu vérité*
Derrida. Pour les temps à venir
Robespierre : entre vertu et terreur (Introduction et présentation de Slavoj Žižek)
Heitor O'DWYER DE MACEDO, *Lettres à une jeune psychanalyste*
Constantin VON BARLOEWEN, *Au risque de la vie philosophique*
Françoise DAVOINE, *Don Quichotte, pour combattre la mélancolie*
Avital RONELL, *Test Drive*
Belinda CANNONE, *La Tentation de Pénélope*
Michael LARIVIÈRE, *Que font vos psychanalystes ?*
Guy DANA, *Quelle politique pour la folie ?*
Christian DOUMET, *La Déraison poétique des philosophes*
Avital RONELL, *Lignes de front*
Roger SCRUTON, *Je bois donc je suis*
Catherine CLÉMENT, *L'appel de la transe*

Pour l'éditeur, le principe est d'utiliser des papiers composés de fibres naturelles, renouvelables, recyclables et fabriquées à partir de bois issus de forêts qui adoptent un système d'aménagement durable.

En outre, l'éditeur attend de ses fournisseurs de papier qu'ils s'inscrivent dans une démarche de certification environnementale reconnue.

Cet ouvrage a été composé
par Nord Compo à Villeneuve-d'Ascq
et achevé d'imprimer en France
par CPI Firmin-Didot
à Mesnil-sur-l'Estrée (Eure)
pour le compte des Éditions Stock
31, rue de Fleurus, 75006 Paris
en novembre 2011

Imprimé en France

Dépôt légal : novembre 2011
N° d'édition : 01 – N° d'impression : 108129
54-07-7923/3